I0641886

PARIS.

CHARLES GOSSELIN, ÉDITEUR,

30, RUE JACOB.

SE VEND EGALEMENT A LA LIBRAIRIE GARNIER FRÈRES.

LES

MYSTÈRES DE PARIS.

PREMIÈRE PARTIE.

PARIS, IMPRIMÉ PAR BÉTHUNE ET PLON.

LES
MYSTÈRES
DE PARIS

PAR M. EUGÈNE SUE

NOUVELLE ÉDITION REVUE PAR L'AUTEUR

LES

MYSTÈRES

DE PARIS

PAR M. EUGÈNE SÜE.

NOUVELLE ÉDITION, REVUE PAR L'AUTEUR.

PREMIÈRE PARTIE.

PARIS,

LIBRAIRIE DE CHARLES GOSSELIN,

ÉDITEUR, 30, RUE JACOB.

SE VEND ÉGALEMENT A LA LIBRAIRIE GARNIER FRÈRES.

MDCCCXLIII.

6319

ESAFE.

Siempre.

16 JUIN 1843

Mon cher E. Sue,

Votre succès vous trouble, vous en avez peur, et vous me demandez s'il faut le continuer sous une forme nouvelle qui le soutienne et le répande plus brillant encore sur le grand chemin de la popularité. Pour vous l'*illustration* n'est qu'un accessoire qui vient poliment offrir à votre livre une auréole dont il n'a nul besoin, fort qu'il est de lui-même, et peignant de main de maître, avec une si grande vérité de couleur et de dessin, qu'il fait passer à l'état réel toutes les fantaisies de votre imagination. Mais la mode est là qui s'impose, et la mode a raison quand elle associe l'art à la littérature pour qu'ils se traduisent et se commentent l'un l'autre sans jalousie de métier. D'ailleurs n'est pas illustré qui veut, et je ne pense pas que Molière, Michel Cervantès, Le Sage, Homère, Napoléon lui-même, se soient mal trouvés de ce genre de publication, qui tend à multiplier le nombre des lecteurs par tous les moyens de séduction que le commerce a merveilleusement appliqués, quitte à laisser croire qu'il faille traiter les hommes en enfants. Je sais que cette thèse en sens inverse a mené droit au paradoxe l'un de nos plus spirituels critiques; et je ne lui en veux pas pour ma part, toute terrible que puisse être sa colère sur un thème qui a fourni les plus heureuses variations à sa diatribe humoristique. Pourquoi ne pas l'avoir signée? Pourquoi rester discrètement *inconnu* ou prendre un nom d'emprunt dans une attaque de bon goût, qui suffirait à un nom propre bien et dûment appelé à toutes les gloires de l'aristarque et du poète! Ce n'est donc pas Pelletan qui vous arrête; Pelletan, nouveau Josué que la *Revue des deux Mondes* arme de ses trompettes pour faire tomber l'échafaudage pittoresque de l'*illustration;* faible rempart si la ville n'est forte par elle-même; fioritures de luxe qu'emporte le souffle du dédain au premier rayon du jour qui trahit la faiblesse des travaux avancés. Tout croule, et le château de cartes retourne au pilon avec les valets, les dames et les rois qui promettaient quelque chance de lucre à l'éditeur malencontreux.

Libre au vôtre d'habiller, de découper, de lancer à sa façon votre charmant ouvrage qui tient en suspens la ville et la province, et qui explique les mille et une nuits que la sultane Scheherazade arrache à son sultan blasé. Ne vous a-t-on pas réveillé parfois, comme ce bon M. Galland, pour vous demander :— Eugène Sue, vous qui contez si bien, contez-nous donc la fin de vos *Mystères!* Non, le respect a protégé votre porte; et si votre repos n'a pas été troublé, parlant à la personne, les lettres ont dû pleuvoir dans votre charmant ermitage de la rue de la Pépinière. J'en juge par celles que le *Journal des Débats* a reproduites; et je pense que vous en avez d'autres, tant pour l'éloge que pour la critique. Les femmes surtout, dont le cœur est en émoi depuis l'apparition de *Mathilde*, n'ont pu garder pour elles leurs impressions de voyages psychologiques à travers les voies peu frayées que vous leur avez fait parcourir. On formerait, j'en suis certain, un volume bien curieux de votre correspondance, y compris les injures qui gardent l'anonyme, comme toujours, et les vers, tribut modeste qu'il est, je crois, plus doux de payer que de recevoir, soit dit sans malice, à une époque où le sceptre poétique est tombé en quenouille, avec l'approbation de M. le secrétaire perpétuel de l'Académie, qui, plus heureux que le beau Pâris, a trois pommes à donner sans compter les prix de vertu.

Ce n'est pas vous qui pouvez prétendre à ces récompenses de la haute littérature et de la moralité officielle. Faites-en votre deuil, mon cher Sue; car les grammairiens puristes ne vous pardonneront pas certains mots qui ne se trouvent pas dans le dictionnaire, et l'argot mis à l'index laisse bien loin toutes les hardiesses criardes du romantisme à son berceau. Bon Dieu! ce n'est pas une langue, c'est une espèce de patois que les parias du crime ont inventé pour se reconnaître en dehors de la société; l'image et la métaphore y abondent, non sans une certaine énergie; et le savantisme pourrait y trouver quelques souvenirs de la Cour des Miracles, ou quelques traces de l'idiome bohémien, si la question était posée gravement, avec une prime de quelques mille francs, pour la plus grande béatitude du monde érudit. Ce ne serait pas plus absurde, à tout prendre, que de faire rétablir à grands frais, par l'Imprimerie royale, les jambages et l'écriture barbare de la société en bas âge; et j'avoue, dans mon ingénuité, que je ne serais pas curieux d'avoir un iôta d'Homère au maillot. Mais l'argot n'est qu'une peccadille, et, par le temps qui court, l'écho de la cour d'assises ne ménage pas la pudeur des oreilles qui se dressent complaisamment à tous les scandales de la *Gazette des Tribunaux*. En fait de langues, la recherche de la paternité devrait être interdite, d'autant plus qu'elles sont toutes bâtardes ; et l'on couperait court aux misérables discussions qui tiennent tant de place dans l'histoire des niaiseries sérieuses et privilégiées.

Votre crime n'est pas là, mon cher Sue, il est dans vos tendances à la réforme par la vérité. Quoi ! vous pouvez avoir toutes les jouissances de la vie, et vous troublez celles des autres par l'étalage de misères qui ne peuvent vous atteindre ; vous frappez à la porte des prisons, vous leur demandez leurs plus terribles secrets ; vous visitez le chenil du pauvre, vous entrez gaillardement dans les bouges de la Cité ; vous êtes bon prince, comme votre Rodolphe, et rien ne vous effraie dans cette étude du cœur que vous disséquez en plein amphithéâtre avec tout le sang-froid de feu Dupuytren ! Vos héros sont des voleurs, des assassins, des femmes perdues, et vous faites descendre à leur niveau les gens du monde qui, dans leur perversité, n'ont point l'excuse de la misère et de l'ignorance. De votre main nue vous serrez la main fiévreuse de l'artisan honnête miné par les veilles et par la faim ; vous donnez le bras à la grisette, et vous traversez fièrement Paris avec elle ! Où allez-vous, mon cher Sue ? Quoi, votre livre se permet d'être un enseignement ! Quoi, vous prenez Parent-Duchâtelet pour guide à travers toutes les infamies de la Babylone moderne, comme on dit en parlant d'une cité quelconque aux jours des déclamations bibliques.

Allez, allez toujours ; ne perdez pas de vue le bon larron et la Madeleine. Arrière au mauvais riche, place au bon Samaritain. Et, pour parler plus simplement, j'aime votre Goualeuse, ou plutôt Fleur-de-Marie, délicieuse créature dont l'âme n'a jamais suivi le corps dans ses transactions avec la nécessité de vivre quand même. Qu'elle est innocente, qu'elle est belle sous les oripeaux de l'ogresse ! Sa tige fléchit, déjà brûlée par l'*eau d'aff*; mais comme elle se relève au premier rayon du soleil, comme son cœur endormi se réveille au premier souffle de la vertu et de la religion ! J'aime votre Rigolette, fille du hasard que sa gaieté protège ; couturière modèle, qui, faisant œuvre pie de ses dix doigts, n'a pas le temps de penser à mal, et s'en va trotte-menu sur le pavé glissant de Paris sans crotter son bas blanc et bien tiré. Ce sont là vos enfants chéris, et je ne veux pas flatter le père dans son légitime orgueil ; je veux qu'il ait le courage de sa bonne œuvre, en dépit des hypocrites, des égoïstes ou des envieux ; car, ne vous y trompez pas, c'est dans ces trois catégories qu'il faut chercher vos ennemis. Nous avons encore celle des pudibonds qui mettent des feuilles de vigne partout, et rougissent de la créature au nom du Créateur ; caste fort curieuse dans ses susceptibilités, que je vous recommande à la première occasion. Malheur à ceux qui risquent devant elle une plaisanterie sans façon, ou se déshabillent pour sauver un homme qui se noie. Allez toujours, appelez un chat un chat et Rollet un fripon. Il ne vous manquerait plus que la crainte de vous mettre à dos la classe estimable des portiers, qu'un président sur son siége a déclarés le fléau des maisons de Paris. Laissez faire Cabrion ·

il ne sera peut-être jamais préfet, jamais non plus un grand peintre ; mais il est drôle, il est verveux, et sa gaieté épisodique ne gâte rien au dramatique du roman.

Si Ferrand est odieux, si sur sept péchés capitaux il en choisit deux, les plus ignobles, qui se combattent jusqu'à ce que mort s'ensuive, ce n'est pas votre faute, et ce type, pris sur nature, tout révoltant qu'il est, n'a pourtant rien qui doive nous étonner. Les duchesses de Lucenay, les marquises d'Harville ne sont pas rares, et je ne vois rien de plus moral que de leur conseiller la charité comme le plus noble des amours aux heures de désœuvrement et de déception.

Quant à Rodolphe, que ce soit Haroun-al-Raschid demandant à la nuit les secrets de Bagdad, ou tout autre prince de fantaisie, redresseur de torts, je ne m'informe pas d'où il vient, mais je le suis où il va dans ses pérégrinations aventureuses, et je ne lui conteste pas le droit de faire le bien à sa manière, ou de juger en dernier ressort à son tribunal exceptionnel.

Vous avez atteint votre but, mon cher Sue : votre livre a été pris au sérieux par l'éloge et par la critique ; il n'a rien exagéré, et Poulman n'est point resté au-dessous du *Squelette* dans ses projets de vengeance sur le pauvre Germain. Toutes ces atrocités, toutes ces misères dont vous vous êtes fait l'historien poète, ont frappé nos législateurs ; et si J.-J. Rousseau a mis en baisse le lait des nourrices, vous mettrez en hausse les lois les plus simples de la justice et de l'humanité. Les systèmes d'amélioration sociale restent long-temps à l'état de système, il faut passer à l'application. Donc je ne comprends pas vos scrupules à l'endroit de la réimpression des *Mystères* : elle me paraît d'un intérêt tout autre que celle du père André, jésuite ; livre qui ne peut profiter qu'à l'auteur de la préface, philosophe trépassé demandant aux morts la résurrection par l'annonce et la réclame. Ne vous préoccupez pas de ces prétendus hommes sérieux, de ces rhéteurs impuissants qui ne laisseront pas une idée, pas un souvenir, et qui, dédaigneux du présent, se cramponnent au passé dans le grand naufrage de leur réputation usurpée. Soyez vous-même par la tête et par le cœur, l'un et l'autre vous ont bien conseillé ; et si l'on crée des charges d'avocat du pauvre, à bon droit vous devez être bâtonnier.

Paris, 1er juillet 1843.

TH. BURETTE.

Mon cher Sue, je ne sais pourquoi vous avez montré ma lettre à Gosselin, et le voici qui me demande l'autorisation de l'imprimer en tête de votre livre. A lui permis, si bon lui semble ; mais qu'il en prenne la responsabilité.

Tout à vous,

TH. BURETTE.

20 juillet.

CHAPITRE PREMIER.

Vers la fin du mois d'octobre 1838, par une soirée pluvieuse et froide, un homme d'une taille athlétique, coiffé d'un vieux chapeau de paille à larges bords, et vêtu d'un mauvais *bourgeron* ¹ de toile bleue flottant sur un pantalon de pareille étoffe, traversa le Pont-au-Change et s'enfonça dans la Cité, dédale de rues obscures, étroites et tortueuses, qui s'étend depuis le Palais-de-Justice jusqu'à Notre-Dame.

Quoique très-circonscrit et très-surveillé, ce quartier sert pourtant d'asile ou de rendez-vous à un grand nombre de malfaiteurs de Paris, qui se rassemblent dans les *tapis-francs*. Un tapis-franc, en argot de vol et de meurtre, signifie un cabaret du plus bas étage. Un repris de justice qui dans cette langue immonde s'appelle un *ogre*, ou une femme de même dégradation qui s'appelle une *ogresse*, tiennent souvent ces tavernes, hantées par le rebut de la population parisienne ; forçats libérés, voleurs, assassins y abondent... Un crime a-t-il été commis, la police jette, si cela se peut dire, son filet dans ces cloaques, et presque toujours elle y prend les coupables.

Cette nuit-là donc, le vent s'engouffrait violemment dans les ruelles lugubres de la Cité ; la lueur blafarde, vacillante, des réverbères agités par la

¹ Sorte de blouse qui ne dépasse pas la ceinture.

bise, se reflétait dans le ruisseau d'eau noirâtre qui coulait au milieu des pavés fangeux.

Les maisons couleur de bouc, percées de quelques rares fenêtres aux châssis vermoulus, se touchaient presque par le faîte, tant les rues étaient étroites. De noires, d'infectes allées conduisaient à des escaliers plus noirs, plus infects encore, et tellement perpendiculaires que l'on pouvait à peine les gravir à l'aide d'une corde fixée aux murailles humides par des crampons de fer.

Des étalages de charbonniers, de fruitiers ou de revendeurs de mauvaises viandes occupaient le rez-de-chaussée de quelques-unes de ces demeures. Malgré le peu de valeur des denrées, la devanture de presque toutes ces boutiques était solidement grillagée de fer, tant les marchands redoutaient les audacieux voleurs de ce quartier.

L'homme dont nous avons parlé, en entrant dans la rue aux Fèves, située au centre de la Cité, ralentit sa marche : il se sentait *sur son terrain*.

La nuit était profonde, de fortes rafales de vent et de pluie fouettaient les murailles.

Dix heures sonnèrent dans le lointain à l'horloge du Palais-de-Justice.

Des femmes étaient embusquées sous des porches voûtés, obscurs, profonds comme des cavernes ; les unes chantaient à demi-voix quelques refrains populaires, d'autres devisaient entre elles, celles-là, muettes, immobiles, regardaient machinalement l'eau tomber à torrents. L'homme en bourgeron, s'arrêtant brusquement devant une de ces créatures, silencieuse et triste, la saisit par le bras et lui dit :

— Bonsoir, la *Goualeuse* [1].

Celle-ci recula en disant d'une voix craintive :

— Bonsoir, *Chourineur* [2]. Ne me faites pas de mal…

Cet homme, forçat libéré, avait été ainsi surnommé au bagne.

— Puisque te voilà — dit cet homme — tu vas me payer l'*eau d'aff* [3], ou je te fais danser sans violons ! — ajouta-t-il en riant d'un gros rire.

— Mon Dieu, je n'ai pas d'argent — répondit la Goualeuse en tremblant ; car cet homme inspirait une grande terreur dans le quartier.

— Si ta *filoche* est *à jeun* [4], l'*ogresse* du tapis-franc te fera crédit sur ta bonne mine.

— Elle ne voudra pas… je lui dois déjà le loyer des vêtements que je porte…

— Ah ! tu raisonnes ? — s'écria le Chourineur en s'élançant à la poursuite de la Goualeuse, qui se réfugia dans une allée noire comme la nuit.

— Bon ! je te tiens ! — ajouta le bandit au bout de quelques instants en saisissant dans l'une de ses mains énormes un poignet mince et frêle. — Tu vas la danser !…

— Non… c'est toi qui vas la danser ! — dit une voix mâle et ferme.

---

[1] La Chanteuse. — [2] Bonsoir, *donneur de coups de couteau*. (Nous n'abuserons pas long-temps de cet affreux langage d'*argot*, nous en donnerons seulement quelques spécimens caractéristiques.) — [3] L'eau-de-vie. — [4] Si ta bourse est vide.

— Un homme ! Est-ce toi, Bras-Rouge ? Réponds donc, voyons... et ne serre pas si fort... J'entre dans l'allée de ta maison... ça peut bien être toi...

— Ça n'est pas Bras-Rouge — dit la voix.

— Bon, puisque ça n'est pas un ami... il va y avoir du tremblement ! — s'écria le Chourineur. — Mais à qui donc la petite patte que je tiens là ? On dirait une main de femme.

— Cette patte est la pareille de celle-ci — répondit la voix.

Et, sous la peau délicate de cette main qui le saisit brusquement à la gorge, le Chourineur sentit se tendre des nerfs d'acier.

La Goualeuse, réfugiée au fond de l'allée, avait lestement grimpé plusieurs marches ; elle s'arrêta un moment, et s'écria, en s'adressant à son défenseur inconnu :

— Oh ! merci, monsieur, d'avoir pris mon parti. Le Chourineur disait qu'il allait me battre parce que je ne pouvais pas lui payer d'eau-de-vie. Peut-être il plaisantait. Mais, maintenant que je suis en sûreté, laissez-le ; prenez bien garde à vous... c'est le *Chourineur*.

— Si c'est le Chourineur, je suis un *ferlampier* qui n'est pas *frileux* [1] — dit l'inconnu.

Puis tout se tut.

On entendit pendant quelques secondes, au milieu des ténèbres, le bruit d'une lutte.

— Mais qu'est-ce donc que cet enragé-là ! — s'écria le bandit en faisant un violent effort pour se débarrasser de son adversaire, qu'il trouvait d'une vigueur extraordinaire. — Attends... attends, tu vas payer pour la Goualeuse et pour toi — ajouta-t-il en grinçant les dents.

— Payer ! en monnaie de coups de poing, oui... j'ai de quoi te rendre... — répondit l'inconnu.

— Si tu ne lâches pas ma cravate, je te mange le nez — murmura le Chourineur d'une voix étouffée.

— J'ai le nez trop petit, mon homme, et tu n'y verrais pas assez clair !

— Alors viens sous le *pendu glacé* [2].

— Viens — reprit l'inconnu — nous nous y regarderons le blanc des yeux.

Et, se précipitant sur le Chourineur, qu'il tenait toujours à la gorge, il le fit reculer jusqu'à la porte de l'allée, puis le poussa violemment dans la rue, à peine éclairée par la lueur du reverbère.

Le bandit trébucha ; mais, se raffermissant aussitôt, il s'élança avec furie contre l'inconnu, dont la taille svelte et mince ne semblait pas annoncer la force incroyable qu'il déployait. Après quelques minutes de combat, le Chourineur, quoique d'une constitution athlétique et de première habileté dans une sorte de pugilat appelé vulgairement la *savate*, trouva, comme on dit, *son maître*... L'inconnu lui *passa la jambe* (sorte de croc-en-jambe) avec une dextérité merveilleuse, et le renversa deux fois.

[1] Je suis un bandit qui n'est pas poltron. — [2] Sous le reverbère.

Ne voulant pas encore reconnaître la supériorité de son adversaire, le Chourineur revint à la charge en rugissant de colère. Alors le défenseur de la Goualeuse, changeant brusquement de méthode, fit pleuvoir sur la tête et sur le
visage du bandit une grêle de coups de poing aussi rudement assénés qu'avec
un gantelet de fer.

Ces coups de poing, dignes de l'envie et de l'admiration de Jack Turner,
l'un des plus fameux boxeurs de Londres, étaient d'ailleurs si en dehors des
règles de la *savate*, que le Chourineur, doublement étourdi, tomba comme un
bœuf sur le pavé en murmurant :

— *Mon linge est lavé* [1].

— Mon Dieu, mon Dieu ! ayez pitié de lui ! — dit la Goualeuse, qui pendant cette rixe s'était hasardée sur le seuil de l'allée. Puis elle ajouta avec
étonnement : — Mais qui êtes-vous donc ! Excepté le *Maître d'école* ou le
Squelette, il n'y a personne, depuis la rue Saint-Éloi jusqu'à Notre-Dame,
capable de lutter contre le Chourineur. Je vous remercie bien toujours, monsieur ; hélas !... sans vous il m'aurait peut-être battue.

L'inconnu, au lieu de répondre, écoutait attentivement la voix de cette
femme.

Jamais timbre plus doux, plus frais, plus argentin, ne s'était fait entendre

[1] Je m'avoue vaincu, j'en ai assez.

à son oreille. Il tâcha de distinguer les traits de la Goualeuse; mais la nuit était trop sombre, la clarté du réverbère trop pâle.

Après être resté quelques minutes sans mouvement, le Chourineur remua les jambes, les bras, et enfin se leva sur son séant.

— Prenez garde! — s'écria la Goualeuse en se réfugiant de nouveau dans l'allée et en tirant son protecteur par le bras — prenez garde! il va peut-être se revenger

— Sois tranquille, ma fille: s'il en veut encore, j'ai de quoi le servir.

Le brigand entendit ces mots.

— Merci... J'ai la coloquinte en bringues et un œil au beurre noir — dit-il à l'inconnu. — Pour aujourd'hui, ça me suffit. Une autre fois je ne dis pas... si je te retrouve...

— Est-ce que tu n'es pas content? Est-ce que tu te plains? — s'écria l'inconnu d'un ton menaçant.

— Non, non, je ne me plains pas, tu m'as donné la bonne mesure... tu es un cadet qui a de l'*atout* ¹ — dit le Chourineur d'un ton bourru, mais avec cette sorte de considération respectueuse que la force physique impose toujours aux gens de cette espèce. — Tu m'as rincé, c'est clair. Eh bien, à part le *Squelette*, qui a l'air d'avoir des os en fer, tant il est maigre et fort; à part le *Maître d'école*, qui mangerait trois Alcides à son déjeuner, personne jusqu'à cette heure, vois-tu, ne pouvait se vanter de m'avoir mis le pied sur la tête.

— Eh bien! après?

— Après... j'ai trouvé mon maître, voilà tout. Tu trouveras le tien un jour ou l'autre, tôt ou tard... tout le monde a le sien. Ce qui est sûr, c'est que maintenant que tu as eu le Chourineur sous tes pieds, tu peux faire les quatre cents coups dans la Cité... Toutes les femmes seront tes esclaves : *ogres* et *ogresses* te feront crédit... par peur des dégelées; tu seras un vrai roi, quoi! Ah çà! mais qui es-tu donc?... tu *dévides le jars* ² comme père et mère! Si tu es *grinche* ³, je ne suis pas ton homme. J'ai *chouriné* ⁴, c'est vrai; parce que, quand le sang me monte aux yeux, j'y vois rouge, et malgré moi il faut que je frappe..... mais j'ai payé mes chourinades en allant quinze ans au *pré* ⁵. Mon temps est fini, je suis libéré de ma surveillance, je peux habiter la *capitale*, je ne dois rien aux *curieux* ⁶, et je n'ai jamais *grinchi* ⁷; demande à la Goualeuse!

— C'est vrai, ce n'est pas un voleur — dit celle-ci.

— Alors viens boire un verre d'eau d'aff, et tu sauras qui je suis — dit l'inconnu; — allons, sans rancune.

— Ça y est, sans rancune! car tu es mon maître, je le reconnais, tu sais rudement jouer des poignets...; il y a eu surtout la giboulée de coups de poing de la fin... Tonnerre! quelle averse! comme ça me pleuvait sur la boule! Je n'ai jamais rien senti de pareil... C'est un nouveau jeu... faudra me l'apprendre...

— Je recommencerai quand tu voudras.

¹ Qui a du courage. — ² Tu parles argot. — ⁴ Voleur. — ⁴ Donné des coups de couteau à un homme. — ⁵ Aux galères. — ⁶ Aux juges. — ⁷ Volé.

— Pas sur moi, toujours, dis donc, eh! pas sur moi! — s'écria le Chourineur en riant. — Ça allait comme un marteau de forge..... J'en ai encore un éblouissement. Mais tu connais donc Bras-Rouge, que tu étais dans l'allée de la maison où il demeure?

— Bras-Rouge? — dit l'inconnu qui parut désagréablement surpris de cette question; puis il ajouta d'un air indifférent : — Je ne sais pas ce que c'est que Bras-Rouge; il n'y a pas que lui d'ailleurs qui habite cette maison? Il pleuvait, je suis entré un moment dans cette allée pour me mettre à l'abri : tu voulais battre cette pauvre fille, c'est moi qui t'ai battu... voilà tout.

— C'est juste; tes affaires ne me regardent pas; Bras-Rouge a une chambre ici, mais il n'y vient pas souvent. Il est toujours à son estaminet des Champs-Élysées. N'en parlons plus. — Puis, s'adressant à la Goualeuse : — Foi d'homme! tu es une bonne fille; je ne voulais pas te battre, tu sais bien que je ne ferais pas de mal à un enfant... c'était une farce; mais c'est égal, c'est gentil de ta part de n'avoir pas aguiché cet enragé-là contre moi... quand j'étais sous ses pieds et que je n'en voulais plus... Tu viendras boire avec nous! c'est monsieur qui paye! A propos de ça, mon brave — dit-il à l'inconnu — si au lieu d'aller *pitancher* [1] de l'*eau d'aff*, nous allions nous *refaire de sorgue* [2] chez l'ogresse du Lapin-Blanc? c'est un tapis-franc.

— Tope..., je paye à souper. Veux-tu venir, la Goualeuse? — dit l'inconnu.

— Merci, monsieur — répondit-elle; — d'avoir vu votre batterie, ça m'a écœurée, je n'ai pas faim.

— Bah! bah! l'appétit te viendra en mangeant — dit le Chourineur — la cuisine est fameuse au Lapin-Blanc.

Et les trois personnages, alors en parfaite intelligence, se dirigèrent vers la taverne.

Pendant la lutte du Chourineur et de l'inconnu, un charbonnier d'une taille colossale, embusqué dans une autre allée, avait observé avec anxiété les chances du combat, sans toutefois, ainsi qu'on l'a vu, prêter le moindre secours à l'un des deux adversaires.

Lorsque l'inconnu, le Chourineur et la Goualeuse se dirigèrent vers la taverne, le charbonnier les suivit.

Le bandit et la Goualeuse entrèrent les premiers dans le tapis-franc; l'inconnu les suivait lorsque le charbonnier s'approcha et lui dit tout bas, en allemand et d'un ton de respectueuse remontrance :

— Que *Votre Altesse* prenne bien garde!

L'inconnu haussa les épaules et rejoignit ses compagnons.

Le charbonnier ne s'éloigna pas de la porte du cabaret; prêtant l'oreille avec attention, il regardait de temps à autre au travers d'un petit espace pratiqué par hasard dans l'épaisse couche de blanc d'Espagne dont les vitres de ces repaires sont toujours enduites intérieurement.

---

[1] Boire. — [2] Souper.

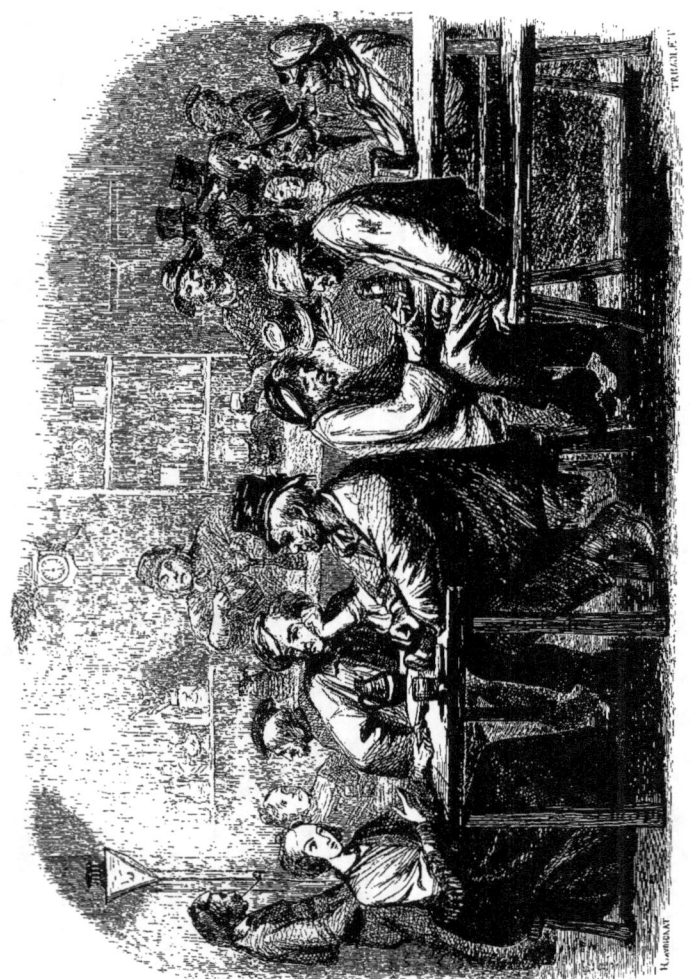

LE TAPIS-FRANC.

CHAPITRE II.

Le cabaret du *Lapin-Blanc* est situé vers le milieu de la rue *aux Fèves*. Cette taverne occupe le rez-de-chaussée d'une haute maison dont la façade se compose de deux fenêtres dites à *guillotine*.

Au-dessus de la porte d'une sombre allée voûtée, se balance une lanterne oblongue dont la vitre fêlée porte ces mots écrits en lettres rouges : *Ici on loge à la nuit.*

Le Chourineur, l'inconnu et la Goualeuse entrèrent dans la taverne.

Qu'on se figure une vaste salle basse, au plafond enfumé, rayé de solives noires, éclairée par la lumière incertaine d'un mauvais quinquet. Les murs lézardés, anciennement récrépis à la chaux, sont couverts çà et là de dessins grossiers ou de sentences en termes d'argot.

Le sol battu, salpêtré, est imprégné de boue; une brassée de paille est déposée, en guise de tapis, au pied du comptoir de l'ogresse, situé à droite de la porte et au-dessous du quinquet.

De chaque côté de cette salle il y a six tables ; d'un bout elles sont scellées au mur, ainsi que les bancs qui les accompagnent. Au fond une porte donne dans une cuisine; à droite, près du comptoir, existe une sortie sur l'allée qui conduit aux taudis où l'on couche à trois sous la nuit.

Maintenant quelques mots de l'ogresse et de ses hôtes.

L'ogresse s'appelle la mère *Ponisse*; sa triple profession consiste à loger en garni, à tenir un cabaret, et à louer des vêtements aux misérables créatures qui pullulent dans ces rues immondes.

L'ogresse a quarante ans environ. Elle est grande, robuste, corpulente, haute en couleur et quelque peu barbue. Sa voix rauque, virile, ses gros bras, ses larges mains, annoncent une force peu commune; elle porte sur son bonnet un vieux foulard rouge et jaune; un châle de poil de lapin se croise sur sa poitrine et se noue derrière son dos; sa robe de laine tombe sur ses sabots noirs souvent incendiés par sa chaufferette; enfin, le teint de cette femme est cuivré, enflammé par l'abus des liqueurs fortes.

Le comptoir, plaqué de plomb, est garni de brocs cerclés de fer et de différentes mesures d'étain; sur une tablette attachée au mur on voit plusieurs flacons de verre façonnés de manière à représenter la figure en pied de l'Empereur. Ces bouteilles renferment des breuvages frelatés de couleur rose et verte, connus sous le nom d'*esprit des braves*, de *ratafia de la Colonne*, etc., etc.

Un gros chat noir à prunelles jaunes, accroupi près de l'ogresse, semble le démon familier de ce lieu. Puis, par un contraste étrange, une sainte branche de buis de Pâques, achetée à l'église par l'ogresse, était placée derrière la boîte d'une ancienne pendule à coucou.

Deux hommes à figure sinistre, à barbe hérissée, vêtus presque de haillons, touchaient à peine au broc de vin qu'on leur avait servi, et parlaient à voix basse d'un air inquiet.

L'un d'eux surtout, très-pâle, très-livide, rabattait souvent jusque sur ses sourcils un mauvais bonnet grec dont il était coiffé; il tenait sa main gauche presque toujours cachée, ayant soin de la dissimuler, autant que possible, lorsqu'il était obligé de s'en servir.

Plus loin on voyait un jeune homme de seize ans à peine, à figure imberbe, hâve, creuse, plombée, au regard éteint; ses longs cheveux noirs flottaient autour de son cou; cet adolescent, type du vice précoce, fumait une courte pipe blanche. Le dos appuyé au mur, les deux mains dans les poches de sa blouse, les jambes étendues sur le banc, il ne quittait sa pipe que pour boire à même d'une canette d'eau-de-vie placée devant lui.

Les autres habitués du tapis-franc, hommes ou femmes, n'offraient rien de remarquable; ici des figures féroces ou abruties, là une gaieté grossière ou licencieuse, ailleurs un silence sombre ou stupide.

Tels étaient les hôtes du tapis-franc lorsque l'inconnu, le Chourineur et la Goualeuse y entrèrent.

Ces trois derniers personnages jouent un rôle trop important dans ce récit, pour que nous ne les mettions pas en relief.

Le Chourineur, homme de haute taille et de constitution athlétique, a des cheveux d'un blond pâle, tirant sur le blanc, des sourcils épais et d'énormes favoris d'un roux ardent. Le hâle, la misère, les rudes labeurs du bagne ont bronzé son teint de cette couleur sombre, olivâtre, pour ainsi dire, particulière

LE CHOURINEUR.

aux forçats. Malgré son terrible surnom, ses traits expriment non la férocité, mais une sorte de franchise brutale et d'indomptable audace.

Nous l'avons dit, le Chourineur est vêtu d'un pantalon et d'un bourgeron de mauvaise toile bleue, et il est coiffé d'un de ces larges chapeaux de paille que portent ordinairement les garçons de chantier et les débardeurs.

La Goualeuse est à peine âgée de seize ans et demi.

Le front le plus pur, le plus blanc, surmonte son visage d'un ovale parfait et d'un type angélique; une frange de cils, tellement longs qu'ils frisent un peu, voile à demi ses grands yeux bleus chargés de mélancolie. Le duvet de la première jeunesse veloute ses joues à peine nuancées d'un léger incarnat. Sa petite bouche purpurine qui ne sourit presque jamais, son nez fin et droit, son menton arrondi, ont une noblesse, une suavité de lignes raphaélesque. De chaque côté de ses tempes satinées, une natte de cheveux d'un blond-cendré magnifique descend en s'arrondissant jusqu'au milieu de la joue, remonte derrière l'oreille dont on aperçoit le lobe d'ivoire rosé, puis disparaît sous les plis serrés d'un grand mouchoir de cotonnade à carreaux bleus, noué, comme on dit vulgairement, en *marmotte*.

Son cou charmant, d'une blancheur éblouissante, est entouré d'un petit collier de grains de corail. Sa robe d'alépine brune, beaucoup trop large, laisse deviner une taille fine, souple et ronde comme un jonc; un mauvais petit châle orange, à franges vertes, se croise sur son sein.

Le charme de la voix de la Goualeuse avait justement frappé son défenseur inconnu. En effet, cette voix douce, vibrante, harmonieuse, avait un attrait si irrésistible, que la tourbe de scélérats et de femmes perdues au milieu desquels vivait cette infortunée la suppliaient souvent de chanter, et l'écoutaient avec ravissement.

La Goualeuse... avait reçu un autre surnom, dû sans doute à la candeur virginale de ses traits...

On l'appelait encore *Fleur-de-Marie*, mots qui, en argot, signifient la *Vierge*.

Pourrons-nous faire comprendre au lecteur notre singulière impression, lorsqu'au milieu de ce vocabulaire infâme, où les mots qui signifient le vol, le sang, le meurtre, sont encore plus hideux, plus effrayants que les hideuses et effrayantes choses qu'ils expriment, lorsque nous avons, disons-nous, surpris cette métaphore d'une poésie si douce, si tendrement pieuse : *Fleur-de-Marie!*

Ne dirait-on pas un beau lis élevant la neige odorante de son calice immaculé au milieu d'un champ de carnage?

Bizarre contraste, étrange hasard! les inventeurs de cette épouvantable langue se sont ainsi élevés jusqu'à une sainte poésie! ils ont prêté un charme de plus à la chaste pensée qu'ils voulaient exprimer dans leur hideux langage; car, chose effrayante et digne de l'attention des penseurs, ces hommes sont assez nombreux, assez unis, pour avoir un langage à eux, comme ils ont des mœurs à eux, un quartier à eux...

Le défenseur de la Goualeuse (nous nommerons cet inconnu Rodolphe) paraissait âgé de trente-six ans environ ; sa taille, moyenne, svelte, parfaitement proportionnée, ne semblait pas annoncer la vigueur surprenante qu'il venait de déployer dans sa lutte avec l'athlétique Chourineur.

Il eût été très-difficile d'assigner un caractère déterminé à la physionomie de Rodolphe. Certains plis de son front révélaient l'homme méditatif... et pourtant la fermeté des contours de sa bouche, son port de tête impérieux, hardi, décelaient aussi l'homme d'action, dont la force physique, dont l'audace exercent toujours sur la foule un irrésistible ascendant.

Dans sa lutte avec le Chourineur, Rodolphe n'avait témoigné ni colère ni haine. Confiant dans sa force, dans son adresse, dans son agilité, il n'avait ressenti qu'un mépris railleur pour l'espèce de bête brute qu'il terrassait.

Nous terminerons ce portrait physique de Rodolphe en disant que ses traits, régulièrement beaux, semblaient trop beaux pour un homme ; ses yeux étaient grands et d'un brun velouté, son nez aquilin, son menton un peu saillant, ses cheveux châtain-clair, de la même nuance que ses sourcils fièrement arqués et que sa petite moustache fine et soyeuse.

Du reste, grâce aux manières et au langage qu'il affectait avec une incroyable aisance, Rodolphe avait une complète ressemblance avec les hôtes de l'ogresse. Son cou svelte, aussi élégamment modelé que celui du Bacchus indien, était entouré d'une cravate noire nouée négligemment, dont les bouts retombaient sur le collet de sa blouse bleue. Une double rangée de clous armait ses gros souliers. Enfin, sauf ses mains d'une distinction rare, rien ne le distinguait matériellement des hôtes du tapis-franc ; tandis que moralement son air de résolution et, pour ainsi dire, d'audacieuse sérénité, mettait entre eux et lui une distance énorme.

En entrant dans le tapis-franc, le Chourineur, posant une de ses larges mains sur l'épaule de Rodolphe, s'écria :

— Salut au maître du Chourineur !... Oui, les amis, ce cadet-là vient de me rincer... Avis aux amateurs qui auraient l'idée de se faire casser les reins ou crever la *sorbonne* [1], en comptant le Maître d'école et le Squelette, qui, cette fois-ci, trouveraient leur maître... J'en réponds et je le parie !

A ces mots, depuis l'ogresse jusqu'au dernier des habitués du tapis-franc, tous regardèrent le vainqueur du Chourineur avec un respect craintif.

Les uns, reculant leurs verres et leurs brocs au bout de la table qu'ils occupaient, s'empressèrent d'offrir une place à Rodolphe, dans le cas où il aurait voulu se placer à côté d'eux ; d'autres s'approchèrent du Chourineur pour lui demander à voix basse quelques détails sur cet inconnu qui débutait si victorieusement dans le *monde*.

L'ogresse, enfin, adressant à Rodolphe l'un de ses plus gracieux sourires, chose inouïe, exorbitante, fabuleuse dans les fastes du *Lapin-Blanc*, se leva de son comptoir pour venir prendre les ordres de son hôte, afin de

[1] La tête.

savoir de lui ce qu'il fallait servir à sa *société*; attention que l'ogresse n'avait jamais eue pour le Maître d'école ou le Squelette, terribles scélérats qui faisaient trembler le Chourineur lui-même.

Un des deux hommes à figure sinistre que nous avons signalés (celui qui, très-pâle, cachait sa main gauche et rabattait toujours son bonnet grec sur son front) se pencha vers l'ogresse, qui essuyait soigneusement la table de Rodolphe, et lui dit d'une voix enrouée :

— Le *Gros-Boiteux* n'est pas venu aujourd'hui?

— Non — dit la mère Ponisse.

— Et hier?

— Il est venu.

— Est-ce qu'il était avec Calebasse, la fille de Martial le guillotiné? Tu sais bien... les Martial de l'île du Ravageur?

— Ah çà! est-ce que tu me prends pour un *raille*[1], avec tes questions? Est-ce que tu crois que j'espionne mes pratiques? — dit l'ogresse d'une voix brutale.

— J'ai rendez-vous ce soir avec le Gros-Boiteux et le Maître d'école — répéta le brigand — nous avons des affaires ensemble.

— Ça doit être du propre, vos affaires, tas d'*escarpes*[2] que vous êtes !

— Escarpes! — répéta le bandit d'un air irrité — c'est les escarpes qui te font vivre !

— Ah çà! vas-tu me donner la paix ! — s'écria l'ogresse d'un air menaçant, en levant sur le questionneur le broc qu'elle tenait à la main.

L'homme se remit à sa place en grommelant.

— Le Gros-Boiteux est peut-être resté pour donner son compte à ce petit jeune homme nommé Germain qui demeure rue du Temple... — dit-il à son compagnon.

— Est-ce qu'ils veulent le *butter*[3] !

— Non, le faire saigner seulement; il paraît qu'il a *mangé*[4] des gens de Nantes. On a su ça par Bras-Rouge.

— Ça regarde le Gros-Boiteux ; c'est égal, à peine sorti de prison, il a déjà joliment de *suif*[5] !

Fleur-de-Marie était entrée dans la taverne de l'ogresse sur les pas du Chourineur; celui-ci, répondant par un signe de tête au salut amical de l'adolescent à figure flétrie, lui dit :

— Eh bien! Barbillon, tu *pitanches* donc toujours de l'*eau d'aff*[6] !

— Toujours! J'aime mieux faire la *tortue* et avoir des *philosophes* aux *arpions* que d'être sans *eau d'aff* dans l'*avaloir* et sans *tréfoin* dans ma *chiffarde*[7] — dit le jeune homme d'une voix sourde, rauque et épuisée, sans changer de position et en lançant d'énormes bouffées de tabac.

---

[1] Mouchard. — [2] Assassins. — [3] Le tuer. — [4] Dénoncé. — [5] D'occupations. — [6] Tu bois donc toujours de l'eau-de-vie! — [7] J'aime mieux jeûner et avoir des savates (des philosophes) aux pieds que d'être sans eau-de-vie dans le gosier et sans tabac dans ma pipe.

— Bonsoir, Fleur-de-Marie — dit l'ogresse en s'approchant de la Goualeuse et en inspectant d'un œil jaloux les vêtements de la jeune fille, vêtements qu'elle lui avait loués. Après cet examen, elle lui dit avec une sorte de satisfaction bourrue :

—, C'est un plaisir de te louer des effets, à toi... tu es propre comme une petite chatte... aussi je n'aurais pas confié ce joli châle orange à des canailles comme la *Tourneuse* ou la *Boulotte*. Mais aussi c'est moi qui t'ai *éduquée* depuis six semaines que tu es entrée dans ma maison... et, il faut être juste, il n'y a pas un meilleur sujet que toi dans toute la Cité, quoique tu sois trop triste, trop rechigneuse et trop honteuse, mademoiselle Glaçon... Mais tu es encore si jeunette que c'est pas étonnant ; faudra te voir dans trois ou quatre ans... quand tu auras pris le pli comme les autres, il n'y en aura pas une plus flambante que toi dans la rue aux Fèves...

La Goualeuse soupira et baissa la tête sans répondre.

— Tiens ! — dit Rodolphe à l'ogresse — vous avez du buis bénit sur votre coucou, la mère.

Et il montra du doigt le saint rameau placé derrière la vieille horloge.

— Eh bien, païen, faut-il pas vivre comme des chiens ! — répondit naïvement l'horrible femme.

Puis, s'adressant à Fleur-de-Marie, elle ajouta :

— Dis donc, la Goualeuse, est-ce que tu ne vas pas nous *goualer* une de tes *goualantes* [1] ?

— Nous allons d'abord souper, mère Ponisse — dit le Chourineur.

— Qu'est-ce que je vas vous servir, mon brave ? — dit l'ogresse à Rodolphe, dont elle voulait se faire bienvenir et peut-être au besoin acheter le soutien.

— Demandez au Chourineur, il régale ; moi, je paye.

— Eh bien ! — dit l'ogresse en se tournant vers le bandit — qu'est-ce que tu veux à souper, mauvais gueux ?

— Deux doubles *cholettes* de *tortu* à douze, un *arlequin* et trois croûtons de *lartif* bien tendre (deux litres de vin à douze sous, trois croûtons de pain très-tendre et un *arlequin* [2]) — dit le Chourineur, après avoir un moment médité sur la composition de ce *menu*.

— Je vois que tu es toujours un fameux *licheur*, et que tu gardes ta passion pour les arlequins.

— Eh bien ! maintenant, la Goualeuse — dit le Chourineur — as-tu faim ?

— Non, Chourineur.

— Veux-tu autre chose qu'un *arlequin*, ma fille ? — dit Rodolphe.

— Oh ! non, merci... je n'ai pas faim...

— Mais regarde donc *mon maître*... ma fille — lui dit le Chourineur en riant d'un gros rire. — Est-ce que tu n'oses pas le *reluquer* ?

[1] Est-ce que tu ne vas pas chanter une de tes chansons ! — [2] Un *arlequin* est un ramassis de viande, de poisson et de toutes sortes de restes provenant de la desserte de la table des domestiques des grandes maisons. Nous sommes honteux de détails, mais ils concourent à l'ensemble de ces mœurs étranges.

La Goualeuse rougit et baissa les yeux sans regarder Rodolphe.

Au bout de quelques moments, l'ogresse vint elle-même placer sur la table un broc de vin, un pain et l'*arlequin*, dont nous n'essaierons pas de donner une idée au lecteur, mais que le Chourineur sembla trouver parfaitement de son goût, car il s'écria :

— Quel plat! Dieu de Dieu!... quel plat! c'est comme un omnibus. Il y en a pour tous les goûts, pour ceux qui font gras et pour ceux qui font maigre, pour ceux qui aiment le sucre et ceux qui aiment le poivre... Des pilons de volaille, du biscuit, des queues de poisson, des os de côtelette, des croûtes de pâté, de la friture, des légumes, des têtes de bécasse, du fromage et de la salade. Mais mange donc, la Goualeuse... c'est du soigné... Est-ce que par extrà tu aurais nocé aujourd'hui?

— Pas plus aujourd'hui que les autres jours. J'ai mangé ce matin, comme à l'ordinaire, mon sou de lait et mon sou de pain...

L'entrée d'un nouveau personnage dans le cabaret interrompit toutes les conversations et fit lever toutes les têtes.

C'était un homme entre les deux âges, alerte et robuste, portant veste et casquette; parfaitement au fait des usages du tapis-franc, il employa le langage familier à ses hôtes pour demander à souper.

Ce nouvel arrivant s'était placé de façon à pouvoir observer les deux individus à figure sinistre dont l'un avait demandé le *Gros-Boiteux* et le *Maître d'école*. Il ne les quittait pas du regard; mais, par leur position, ceux-ci ne pouvaient s'apercevoir de la surveillance dont ils étaient l'objet.

Les conversations, un moment interrompues, reprirent leur cours. Malgré son audace, le Chourineur témoignait une sorte de déférence à Rodolphe; il n'osait pas le tutoyer.

— Foi d'homme! — dit-il à Rodolphe — quoique j'aie eu ma danse, je suis tout de même flatté de vous avoir rencontré.

Parce que tu trouves l'*arlequin* de ton goût?...

— D'abord... et puis parce que je grille de vous voir vous crocher avec le Maître d'école, celui qui m'a toujours rincé... le voir rincé à son tour... ça me flattera...

— Ah çà, est-ce que tu crois que pour t'amuser je vais sauter comme un bouledogue sur le Maître d'école?

— Non, mais il sautera sur vous dès qu'il entendra dire que vous êtes plus fort que lui — répondit le Chourineur en se frottant les mains.

— J'ai encore assez de monnaie pour lui donner sa paye! — dit nonchalamment Rodolphe; puis il reprit : — Ah çà, il fait un temps de chien... si nous demandions un pot d'*eau-de-vie* avec du sucre?

— Ça me va — dit le Chourineur.

— Et pour faire connaissance nous nous dirons qui nous sommes — ajouta Rodolphe.

— L'Albinos, dit Chourineur, *fagot affranchi* (forçat libéré), débardeur de bois flotté au quai Saint-Paul, gelé pendant l'hiver, rôti pendant l'été, douze à quinze heures par jour dans l'eau, moitié homme, moitié crapaud, voilà mon caractère — dit le convive de Rodolphe en faisant le salut militaire avec sa main gauche. — Ah çà! — ajouta-t-il — et vous, mon maître, c'est la première fois qu'on vous voit dans la Cité... C'est pas pour vous le reprocher, mais vous y êtes entré crânement sur mon crâne et tambour battant sur ma peau. Nom d'un nom, quel roulement!... surtout les coups de poing de la fin... J'en reviens toujours là; comme c'était festonné!... quelle giboulée! Mais vous avez un autre métier que de rincer le Chourineur?

— Je suis peintre en éventails, et je m'appelle Rodolphe.

— Peintre en éventails! c'est donc ça que vous avez les mains si blanches — dit le Chourineur. — C'est égal, si tous vos camarades sont comme vous, il paraît qu'il faut être pas mal fort pour faire cet état-là... Mais puisque vous êtes ouvrier, pourquoi venez-vous dans un tapis-franc de la Cité, où il n'y a que des *grinches*, des *escarpes* ou des *fagots affranchis* comme moi, parce que nous ne pouvons pas aller ailleurs? C'est pas votre place ici; les honnêtes ouvriers ont leurs guinguettes, et ils ne parlent pas argot.

— Je viens ici, parce que j'aime la bonne société.

— Hum!... hum!... — dit le Chourineur en secouant la tête d'un air de doute. — Je vous ai trouvé dans l'allée de Bras-Rouge; enfin... suffit... Vous dites que vous ne le connaissez pas?

— Est-ce que tu vas m'ennuyer encore long-temps avec ton Bras-Rouge, que l'enfer confonde...

— Tenez, mon maître, vous vous défiez peut-être de moi, vous avez tort; si vous voulez, je vous raconterai mon histoire... à condition que vous m'apprendrez à donner les coups de poing qui ont été le bouquet de ma raclée..... j'y tiens...

— J'y consens, Chourineur, tu me diras ton histoire... et la Goualeuse nous dira aussi la sienne.

— Ça va — reprit le Chourineur... — il fait un temps à ne pas mettre un sergent de ville dehors... ça nous amusera... Veux-tu, la Goualeuse?

— Je veux bien; mais je n'en aurai pas long à raconter — dit Fleur-de-Marie...

— Et vous nous direz aussi votre histoire, camarade Rodolphe! — ajouta le Chourineur.

— Oui, je commencerai...

— Peintre d'éventails — dit la Goualeuse — c'est un bien joli métier.

— Et combien gagnez-vous à vous éreinter à ça? — dit le Chourineur.

— Je suis à ma tâche — répondit Rodolphe; — mes bonnes journées vont à trois francs, quelquefois à quatre, mais dans l'été, parce que les jours sont longs.

— Et vous flânez souvent, gueusard?

— Oui, tant que j'ai de l'argent, et j'en dépense pas mal; d'abord dix sous pour ma nuit dans mon garni.

— Excusez, monseigneur... vous couchez à dix, vous ! — dit le Chourineur en portant la main à son bonnet...

Ce mot *monseigneur*, dit ironiquement par le Chourineur, fit sourire imperceptiblement Rodolphe, qui reprit :

— Oh ! je tiens à mes aises et à la propreté.

— En voilà un pair de France ! un banquezingue ! un riche ! — s'écria le Chourineur — il couche à dix.

— Avec ça — continua Rodolphe — quatre sous de tabac, ça fait quatorze ; quatre sous à déjeuner, dix-huit ; quinze sous à dîner ; un ou deux sous d'eau-de-vie, ça me fait dans les environs de trente-quatre à trente-cinq sous par jour. Je n'ai pas besoin de travailler toute la semaine ; le reste du temps je fais la noce.

— Et votre famille ? — dit la Goualeuse.

— Le choléra l'a mangée — répondit Rodolphe.

— Et qu'est-ce qu'ils étaient, vos parents ? — demanda la Goualeuse.

— Fripiers sous les piliers des Halles, négociants en vieux chiffons.

— Et combien que vous avez vendu leur fonds ? — dit le Chourineur...

— J'étais trop jeune, c'est mon tuteur qui l'a vendu ; quand j'ai été majeur je lui ai redu trente francs... Voilà mon héritage.

— Et votre bourgeois, à cette heure ? — demanda le Chourineur.

— Il s'appelle M. Gauthier, rue des Bourdonnais, bête... mais brutal... voleur... mais avare ; il aime autant se faire crever un œil que de faire la paye aux ouvriers. Voilà son signalement ; s'il s'égare, laissez-le se perdre, ne le ramenez pas. J'ai appris mon métier chez lui depuis l'âge de quinze ans ; j'ai eu un bon numéro à la conscription ; je m'appelle Rodolphe Durand... Voilà mon histoire.

— Maintenant, à ton tour, la Goualeuse — dit le Chourineur ; — je garde mon histoire pour la bonne bouche.

CHAPITRE III.

HISTOIRE DE LA GOUALEUSE.

— Commençons d'abord par le commencement — dit le Chourineur.

— Oui..., tes parents! — reprit Rodolphe.

— Je ne les connais pas — dit Fleur-de-Marie.

— Ah! bah! — fit le Chourineur. — Tiens, c'est drôle, la Goualeuse!... nous sommes de la même famille...

— Vous aussi, Chourineur?

— Orphelin du pavé de Paris... tout comme toi, ma fille.

— Et qui est-ce qui t'a élevée, la Goualeuse? — demanda Rodolphe.

— Je ne sais pas, monsieur... Du plus loin qu'il m'en souvient, j'avais bien, je crois, six ou sept ans, j'étais avec une vieille borgnesse qu'on appelait la *Chouette*... parce qu'elle avait un nez crochu, un œil vert tout rond, et qu'elle ressemblait à une chouette qui aurait un œil crevé.

— Ah!... ah!... ah!... Je la vois d'ici, la Chouette! — s'écria le Chourineur en riant.

— La borgnesse — reprit Fleur-de-Marie — me faisait vendre le soir du sucre d'orge sur le Pont-Neuf; c'était une manière de me faire demander l'aumône... Quand je n'apportais pas au moins dix sous en rentrant, la Chouette me battait au lieu de me donner à souper.

— Et tu es sûre que cette femme n'était pas ta mère ! — demanda Rodolphe.

— J'en suis bien sûre, la Chouette me l'a assez reproché, d'être sans père ni mère; elle me disait toujours qu'elle m'avait ramassée dans la rue.

— Ainsi — reprit le Chourineur — tu avais une danse pour fricot, quand tu ne faisais pas une recette de dix sous?

— Et puis après j'allais me coucher sur une paillasse étendue par terre, où j'avais souvent bien froid, bien froid.

— Je le crois bien, la *plume de Beauce* [1], c'est une vraie gelée — s'écria le Chourineur; — le fumier vaudrait cent fois mieux! mais on fait le dégoûté, on dit : C'est canaille... ç'a été porté!

Cette plaisanterie fit sourire Rodolphe. Fleur-de-Marie continua :

— Le lendemain matin la borgnesse me donnait la même ration pour déjeuner que pour souper, et elle m'envoyait à Montfaucon chercher des vers pour amorcer le poisson; car dans le jour la Chouette tenait sa boutique de lignes à pêcher près du pont Notre-Dame... Pour un enfant de sept ans qui meurt de faim et de froid, il y a loin, allez... de la rue de la Mortellerie à Montfaucon.

— L'exercice t'a fait pousser droite comme un jonc, ma fille; faut pas te plaindre de ça — dit le Chourineur, battant le briquet pour allumer sa pipe.

— Enfin — reprit la Goualeuse — je revenais bien fatiguée. Alors, sur le midi, la Chouette me donnait un petit morceau de pain.

— De ne pas manger, ça t'a rendu la taille fine comme une guêpe, ma fille; faut pas te plaindre de ça — dit le Chourineur en aspirant bruyamment quelques bouffées de tabac. — Mais qu'est-ce que vous avez donc, camarade? non! je veux dire maître Rodolphe; vous avez l'air tout chose... Est-ce parce que c'te jeunesse a eu de la misère! Tiens... nous en avons tous eu, de la misère.

— Oh! je vous défie bien d'avoir été aussi malheureux que moi, Chourineur — dit Fleur-de-Marie.

— Moi, la Goualeuse!... Mais figure-toi donc, ma fille, que t'étais comme une reine auprès de moi! Au moins, quand tu étais petite, tu couchais sur de la paille et tu mangeais du pain... Moi, je passais mes bonnes nuits dans les fours à plâtre de Clichy, en vrai *gouêpeur* [2], et je me restaurais avec des trognons de choux et autres légumes de rencontre, que je ramassais au coin des bornes; mais le plus souvent, comme il y avait trop loin pour aller aux fours à plâtre de Clichy, vu que la fringale me cassait les jambes, je me couchais sous les grosses pierres du Louvre.... et l'hiver j'avais des draps blancs..... quand il tombait de la neige.

— Un homme, c'est bien plus dur; mais une pauvre petite fille — dit Fleur-de-Marie; — avec ça j'étais grosse comme une mauviette.

— Tu te rappelles ça, toi?

— Je crois bien; quand la Chouette me battait, je tombais toujours du premier coup; alors elle se mettait à trépigner sur moi en criant : « Cette petite

---

[1] La paille. — [2] Vagabond.

bête-là, elle n'a pas pour deux liards de force; ça ne peut pas seulement supporter deux coups de poing. » Et puis elle m'appelait la *Pégriotte*; j'ai pas eu
d'autre nom, ç'a été mon nom de baptême.

— C'est comme moi, j'ai eu le baptême des chiens perdus; on m'appelait
chose... machin... ou l'*Albinos*. C'est étonnant comme nous nous ressem-
blons, ma fille! — dit le Chourineur.

— C'est vrai... pour la misère... — dit Fleur-de-Marie, qui s'adressait
presque toujours à cet homme; ressentant malgré elle une sorte de honte en
présence de Rodolphe, osant à peine lever les yeux sur lui, quoiqu'il parût
appartenir à l'espèce de gens avec lesquels elle vivait habituellement.

— Et quand tu avais été chercher des vers pour la Chouette, qu'est-ce que
tu faisais? — demanda le Chourineur.

— La borgnesse m'envoyait mendier autour d'elle jusqu'à la nuit; car le soir
elle allait faire de la friture sur le Pont-Neuf. Dame! à cette heure-là, mon morceau de pain était bien loin; mais si j'avais le malheur de demander à manger à la
Chouette, elle me disait en me battant : « Fais dix sous d'aumône, Pégriotte,
et tu auras à souper! » — Alors moi, comme j'avais faim et qu'elle me faisait
bien du mal, je pleurais toutes les larmes de mon corps. La borgnesse me passait mon petit éventaire de sucre d'orge au cou, et elle me plantait sur le
Pont-Neuf, où dans l'hiver je grelottais de froid. Et pourtant quelquefois,
malgré moi, je m'endormais tout debout, mais pas long-temps, car la Chouette
me réveillait à coups de pied. Enfin, je restais sur le Pont-Neuf jusqu'à onze
heures du soir, ma boutique de sucre d'orge au cou et souvent pleurant bien
fort. De me voir pleurer... ça touchait les passants, et ces fois-là on me donnait jusqu'à dix, jusqu'à quinze sous, que je rendais à la Chouette; car pour
voir si je ne gardais rien pour moi, elle me fouillait partout, et me regardait
jusque dans la bouche.

— Le fait est que quinze sous c'était une fameuse soirée pour une mauviette
comme toi!

— Je crois bien; aussi la borgnesse, voyant ça...

— D'un œil — dit le Chourineur en riant.

— Bien sûr, puisqu'elle n'en avait qu'un. Voilà que la borgnesse prend
l'habitude de me donner toujours des coups avant de me mener sur le Pont-
Neuf, afin de me faire pleurer devant les passants et d'augmenter ainsi ma
recette.

— C'était méchant, mais pas bête!

— Eh bien! pourtant, à la fin je me suis endurcie aux coups; comme la
Chouette enrageait quand je ne pleurais pas, moi, pour me venger d'elle,
plus elle me faisait de mal, plus je tâchais de rire, tout en ayant des larmes
plein les yeux.

— Dis donc... des sucres d'orge..... c'est ça qui devait te faire envie, ma
pauvre Goualeuse!

— Oh! je crois bien, Chourineur; mais je n'en avais jamais goûté; c'était mon ambition... et cette ambition-là m'a perdue. Un jour, en revenant de Montfaucon, des petits garçons m'avaient battue et volé mon panier. Je rentre, je savais bien ce qui m'attendait; je reçois des coups et pas de pain. Le soir, avant d'aller au pont, la Chouette, furieuse de ce que je n'avais pas étrenné la veille, au lieu de me battre comme d'habitude pour me mettre en train de pleurer, me martyrise jusqu'au sang en m'arrachant des cheveux du côté des tempes, où c'est le plus sensible.

— Tonnerre! ça, c'est trop fort! — s'écria le bandit en frappant du poing sur la table et en fronçant les sourcils. — Battre un enfant, ça ne me va déjà pas trop... mais le martyriser... Tonnerre!!

Rodolphe avait attentivement écouté le récit de Fleur-de-Marie; il regarda le Chourineur avec étonnement. Cet éclair de sensibilité le surprenait.

— Qu'as-tu donc, Chourineur? — lui dit-il.

— Ce que j'ai? ce que j'ai? comment! ça ne vous fait rien de rien, à vous? Ce monstre de Chouette qui martyrise cette enfant! Vous êtes donc aussi dur que vos poings?

— Continue, ma fille — dit Rodolphe à Fleur-de-Marie, sans répondre à l'interpellation du Chourineur.

— Je vous disais donc que la Chouette m'avait martyrisée pour me faire pleurer; je m'en vas au pont avec mes sucres d'orge. La borgnesse était à sa poêle... De temps en temps elle me montrait le poing. Alors, comme je n'avais pas mangé depuis la veille et que j'avais grand faim, au risque de mettre la Chouette en colère, je prends un sucre d'orge, et je le mange.

— Bravo, ma fille!

— J'en mange deux.

— Bravo! vive la Charte!!!

— Dame! je trouvais ça bien bon, pas par gourmandise, j'avais si faim! Mais voilà qu'une marchande d'oranges se met à crier à la borgnesse: « Dis donc, la Chouette..., Pégriotte mange ton fonds! »

— Oh! tonnerre! ça va chauffer... ça va chauffer — dit le Chourineur singulièrement intéressé. — Pauvre petit rat! quel tremblement quand la Chouette s'est aperçue de ça, hein!

— Comment t'es-tu tirée de là, pauvre Goualeuse? — dit Rodolphe aussi intéressé que le Chourineur.

— Ah! ç'a été dur pour moi, mais plus tard, car la borgnesse, tout en enrageant de me voir manger ses sucres d'orge, ne pouvait pas quitter sa poêle, sa friture était bouillante.

— Ah!... ah!... ah!... c'est vrai. En voilà une... de... position difficile! — s'écria le Chourineur en riant aux éclats.

— De loin la Chouette me menaçait avec sa grande fourchette de fer... Sa friture finie, elle vient à moi... On m'avait donné trois sous d'aumône, et j'avais mangé pour six... Sans me rien dire, elle me prend par la main pour m'emmener. Je ne sais pas comment à ce moment-là je ne suis pas morte de peur. Je me rappelle ça comme si j'y étais..., car justement c'était dans le temps du jour de l'an. Il y avait je ne sais combien de boutiques de joujoux sur le Pont-Neuf : toute la soirée j'en avais eu des éblouissements..., rien qu'à regarder toutes ces belles poupées, tous ces beaux petits ménages... vous pensez, pour un enfant c'est si amusant à voir !

— Et tu n'avais jamais eu de joujoux, toi, la Goualeuse? — dit le Chourineur.

— Moi! mon Dieu? Qui est-ce qui m'en aurait donné? — dit tristement la jeune fille. — Enfin, la soirée finit; quoiqu'en plein hiver, je n'avais qu'une mauvaise petite robe de toile, ni bas, ni chemise, et des sabots aux pieds! il n'y avait pas de quoi étouffer, n'est-ce pas! Eh bien, quand la borgnesse m'a pris la main,

C.J. TRAVIÈS   H. ANDIGNAT

je suis devenue toute en nage. Ce qui m'effrayait le plus, c'est qu'au lieu de jurer, de tempêter comme à l'ordinaire, la Chouette ne faisait que gronder tout le long du chemin entre ses dents... Seulement, elle ne me lâchait pas, et me faisait marcher si vite, si vite, que j'étais obligée de courir pour la suivre. En courant j'avais perdu un de mes sabots ; et, comme je n'osais pas le lui dire, je la suivais tout de même avec un pied nu sur le pavé... En arrivant je l'avais tout en sang.

— La mauvaise chienne de borgnesse ! — s'écria le Chourineur en frappant de nouveau sur la table avec colère ; — ça me retourne le cœur de penser à cette enfant qui trotte après cette vieille voleuse, avec son pauvre petit pied tout saignant...

— Nous demeurions dans un grenier de la rue de la Mortellerie ; à côté de la porte de l'allée il y avait un rogomiste : la Chouette y entra en me tenant toujours par la main. Là elle but une demi-chopine d'eau-de-vie sur le comptoir.

— Tonnerre ! je ne la boirais pas, moi, sans être rond comme une pomme.

— C'était la ration de la borgnesse. C'est peut-être pour cela que le soir elle me battait tant. Enfin, nous montons dans notre grenier : la Chouette ferme la porte à double tour ; je me jette à ses genoux en lui demandant bien pardon d'avoir mangé ses sucres d'orge. Elle ne répond pas, et je l'entends marmotter en marchant dans la chambre : « Qu'est-ce donc que je vas lui faire ce soir, à cette Pégriotte, à cette petite voleuse de sucre d'orge ?... Voyons, qu'est-ce donc que je vas lui faire ? » Et elle s'arrêtait pour me regarder en roulant son œil vert... Moi, j'étais toujours à genoux. Tout d'un coup la borgnesse va à une planche et y prend une paire de tenailles.

— Des tenailles ! — s'écria le Chourineur.

— Oui, des tenailles !

— Eh ! pourquoi faire ?

— Pour te frapper ? — dit Rodolphe.

— Pour te pincer ? — dit le Chourineur.

— Non, non — dit la Goualeuse tremblant encore à ce souvenir.

— Pour t'arracher les cheveux ?

— C'était... pour m'arracher une dent [1].

Le Chourineur poussa un tel blasphème, et l'accompagna d'imprécations si furieuses, que tous les hôtes du tapis-franc se retournèrent avec étonnement.

— Eh bien ! qu'est-ce que tu as donc ? — dit Rodolphe.

— Ce que j'ai !... mais je l'*escarperais* [2], si je la tenais, la borgnesse !... Où est-elle ? dis-le-moi ; où est-elle ? que je la trouve, et je la *refroidis* [3] !

— Et elle te l'a arrachée, ta dent, ma pauvre petite, cette vieille misérable ? — demanda Rodolphe pendant que le Chourineur se livrait à l'explosion de sa bruyante colère.

— Oui, monsieur, mais pas du premier coup ! Mon Dieu, ai-je souffert ! elle me tenait la tête entre ses genoux comme dans un étau. Enfin, moitié avec les tenailles, moitié avec ses doigts, elle m'a tiré cette dent ; et puis elle m'a dit : « Maintenant je t'en arracherai une comme ça tous les jours, Pégriotte ; et

---

[1] Nous prions les lecteurs qui trouveraient ces cruautés exagérées de se rappeler les condamnations presque quotidiennes rendues contre des êtres féroces qui battent et blessent des enfants ; des pères, des mères n'ont pas été étrangers à ces abominables traitements. — [2] Je l'assassinerais ! — [3] Je la tue !

quand tu n'auras plus de dents je te jetterai à l'eau, où tu seras mangée par les poissons. »

— Ah! la gueuse! casser, arracher les dents à une pauvre petite enfant! — s'écria le Chourineur avec un redoublement de fureur.

— Et comment as-tu fait pour échapper à la Chouette? — demanda Rodolphe à la Goualeuse.

— Le lendemain, au lieu d'aller à Montfaucon, je me suis sauvée du côté des Champs-Élysées, tant j'avais peur d'être noyée par la Chouette. J'aurais été au bout du monde plutôt que de retomber entre ses mains. A force de marcher... de marcher, je me suis trouvée dans des quartiers perdus; je n'avais rencontré personne à qui demander l'aumône, et puis je n'y pensais pas, tant j'étais effrayée. A la nuit, je me suis couchée dans un chantier, sous des piles de bois. Comme j'étais toute petite, j'avais pu me glisser sous une vieille porte et me cacher au milieu d'un tas d'écorces. J'avais si faim que j'ai essayé de mâcher un peu de pelure de bois, mais je n'ai pas pu, c'était trop dur; enfin, je me suis endormie. Au jour, entendant du bruit, je me suis encore plus enfoncée sous la pile de bois. Il y faisait presque chaud. Si j'avais eu à manger, je n'aurais jamais mieux été de l'hiver.

— Comme moi dans mon four à plâtre.

— Je n'osais pas sortir du chantier, me figurant que la Chouette me cherchait partout pour m'arracher les dents et me noyer, et qu'elle saurait bien me rattraper si je bougeais de là.

— Tiens, ne m'en parle plus de cette vieille gueuse-là, tu me fais monter le sang aux yeux!... Le fait est que tu as eu de la misère, et de la rude misère... pauvre petit rat; aussi je suis fâché de t'avoir fait peur tout à l'heure en te menaçant de te battre... ce que je n'aurais pas fait, foi d'homme.

— Pourquoi ne m'auriez-vous pas battue? je n'ai personne pour me défendre...

— C'est justement parce que tu n'es pas comme les autres et que tu n'as personne pour te défendre que je ne t'aurais pas battue. Après ça, quand je dis personne... c'est sans compter le camarade Rodolphe; mais c'est un hasard... aussi il m'a donné une dégelée de rencontre.

— Continue, ma fille...—dit Rodolphe. —Comment es-tu sortie du chantier?

— Le lendemain, vers le milieu de la journée, j'entends aboyer un gros chien sous la pile de bois. J'écoute... Le chien aboyait toujours en se rapprochant; tout à coup voilà une grosse voix qui se met à dire : « Mon chien aboie! il y a quelqu'un de caché dans le chantier. » — « C'est des voleurs, » reprend une autre voix... Et ces deux hommes se mettent à agacer leur chien en lui criant : « Pille! pille! »

Le chien accourt sur moi; de peur d'être mordue, je me mets à crier au secours de toutes mes forces. — « Tiens! dit la voix — on dirait les cris d'un enfant... » On rappelle le chien, je sors de dessous la pile de bois, et je me trouve en face d'un monsieur et d'un garçon en blouse. — « Qu'est-ce que tu fais dans mon chantier, petite voleuse? » me dit le monsieur d'un air mé-

chant. — Moi, je lui répondis en joignant les mains : — « Ne me faites pas de
mal, je vous en prie ; je n'ai pas mangé depuis deux jours ; je me suis sauvée
de chez la Chouette, qui m'a arraché une dent et qui voulait me jeter aux poissons ; ne sachant où coucher, j'ai passé par-dessous votre porte, j'ai dormi la
nuit dans vos écorces, sous vos piles de bois, ne croyant nuire à personne. »
— « Je ne suis pas dupe de ça, c'est une petite voleuse, elle vient voler mes
bûches : faut aller chercher la garde... » — dit le marchand de bois à son garçon.

— Ah! le vieux pané! le vieux plâtras! chercher la garde!! Pourquoi pas
de l'artillerie tout de suite? — s'écria le Chourineur. — Voler ses bûches ; et
t'avais huit ans... quelle bêtise !...

— C'est vrai, car son garçon lui répondit : — « Voler vos bûches, bourgeois? et comment ferait-elle? Elle n'est pas seulement si grosse que la plus
petite de vos bûches. » — « Tu as raison, lui répond le marchand de bois ; mais
si elle ne vient pas pour son compte, elle vient pour d'autres. Les voleurs ont
comme ça des enfants qu'ils envoient espionner et se cacher pour leur ouvrir
la porte des maisons. Il faut la mener chez le commissaire. Prends garde qu'elle
ne s'échappe... »

— Parole d'honneur! ce marchand de bois-là était plus bûche que ses bûches — dit le Chourineur.

— On me mène chez le commissaire — reprit la Goualeuse ; — je m'accuse d'être vagabonde ; on m'envoie en prison ; je suis citée au tribunal et condamnée, toujours comme vagabonde, à rester jusqu'à seize ans dans une maison de correction. Je remercie bien les juges de leur bonté... Au moins, dans la prison... j'avais à manger ; on ne me battait pas, c'était pour moi un paradis auprès du grenier de la Chouette. Et puis, en prison, j'ai appris à coudre. Mais voilà le malheur ! j'étais paresseuse, j'aimais mieux chanter que travailler, surtout quand je voyais le soleil... Oh ! quand il faisait bien beau dans la cour de la geôle, je ne pouvais pas me retenir de chanter... et alors... à force de chanter, il me semblait que je n'étais plus prisonnière. C'est depuis que j'ai tant chanté qu'on m'a appelée la *Goualeuse* au lieu de la *Pégriotte*. Enfin, quand j'ai eu seize ans, je suis sortie de prison... A la porte j'ai trouvé l'ogresse d'ici et deux ou trois vieilles femmes qui étaient quelquefois venues voir mes camarades prisonnières, et qui m'avaient toujours dit que, le jour de ma sortie, elles auraient de l'ouvrage à me donner.

— Ah ! bon ! bon ! j'y suis — dit le Chourineur.

— « Ma belle petite, me dirent l'ogresse et les vieilles... voulez-vous venir loger chez nous ? nous vous donnerons de belles robes, et vous n'aurez qu'à vous amuser. » Moi qui me défiais d'elles, je refuse et je me dis : « Je sais bien coudre, j'ai deux cents francs devant moi... Voilà huit ans que je suis en prison, je voudrais être un peu heureuse, ça ne fait de mal à personne ; l'ouvrage viendra quand l'argent me manquera... » Et je me mets à dépenser mes deux cents francs. Ç'a été à mon grand tort — ajouta Fleur-de-Marie avec un soupir — j'aurais dû, avant tout, m'assurer de l'ouvrage ;... mais je n'avais personne pour me conseiller. Dame ! à seize ans... jetée comme ça dans Paris... on est si seule... Enfin, ce qui est fait est fait... J'ai eu tort, j'en suis punie. Je me mets donc à dépenser mon argent. D'abord j'achète des fleurs pour mettre tout plein ma chambre ; j'aime tant les fleurs ! et puis j'achète une robe, un beau châle, et je vais me promener au bois de Boulogne, à Saint-Germain, à Vincennes, dans la campagne... Oh ! j'aime tant la campagne !

— Avec un amoureux, ma fille ? — demanda le Chourineur.

— Oh ! mon Dieu, non ! je voulais être ma maîtresse. Je faisais mes parties avec une de mes camarades de prison, une bien bonne petite fille ; on l'appelait *Rigolette*, parce qu'elle riait toujours.

— Rigolette, Rigolette ! je ne connais pas ça — dit le Chourineur, en ayant l'air d'interroger ses souvenirs.

— Je crois bien que tu ne la connais pas ! Je suis sûre qu'elle est bien honnête, Rigolette ; en prison... si elle était la plus gaie, elle était aussi la plus travailleuse, et elle a emporté à elle au moins quatre cents francs qu'elle avait gagnés... Et puis de l'ordre !... il fallait voir ! Quand je dis que je n'avais personne pour me conseiller... j'ai tort... j'aurais bien dû l'écouter... elle... Après nous être amusées pendant huit jours, elle m'a dit : « Maintenant que nous avons pris du bon temps, il faut chercher de l'ouvrage et ne pas dépenser notre argent à ne rien faire... » Moi qui me trouvais si heureuse d'aller dans les champs, dans les bois, c'était à la fin du printemps de cette année, je lui réponds : « Moi, je veux m'amuser encore un peu, plus tard je travaillerai. » Depuis ce temps-là je n'ai plus revu Rigolette. Mais, il y a quelques jours, j'ai su qu'elle demeurait dans le quartier du Temple, qu'elle était très-bonne ouvrière, qu'elle gagnait au moins vingt-cinq sous par jour, et qu'elle avait un petit ménage à elle… Aussi pour rien au monde maintenant je n'oserais la revoir ; il me semble que je mourrais de honte si je la rencontrais.

— Ainsi, pauvre enfant — lui dit Rodolphe — tu as dépensé tout ton argent à aller à la campagne… Tu aimes donc bien la campagne !

— Oh ! oui… ça aurait été mon ambition, d'y habiter… Rigolette, elle, au contraire, préférait Paris, se promener sur les boulevards… Mais elle était si gentille, si complaisante, que c'était pour me faire plaisir qu'elle venait avec moi dans les champs.

— Et tu n'avais pas seulement gardé quelques sous pour te donner le temps de trouver de l'ouvrage ? — demanda le Chourineur.

— Si… j'avais gardé une cinquantaine de francs…, mais le hasard a fait que j'avais pour blanchisseuse une femme appelée la Lorraine, la brebis du bon Dieu ; elle était alors grosse à pleine ceinture, avec ça toujours les pieds et les mains dans l'eau à son bateau ! Elle tombe malade. Ne pouvant plus travailler, elle demande à entrer à la Bourbe ; il n'y avait plus de place, elle ne gagnait plus rien. La voilà près d'accoucher, n'ayant pas seulement de quoi payer un lit dans un garni, dont on la chasse ! Heureusement elle rencontre un soir, au coin du pont Notre-Dame, la femme à Goubin, qui se cachait depuis quatre jours dans la cave d'une maison qu'on démolissait derrière l'Hôtel-Dieu…

— Eh ! pourquoi donc qu'elle se cachait dans le jour, la femme à Goubin ?

— Pour se sauver de son homme, qui voulait la tuer ! Elle ne sortait qu'à la nuit pour aller acheter son pain. C'est comme ça qu'elle avait rencontré la pauvre Lorraine, malade et pouvant à peine se traîner, car elle s'attendait à accoucher d'un moment à l'autre… Voyant ça, la femme à Goubin l'emmène dans la cave où elle se cachait. C'était toujours un asile. Là elle partage sa paille et son pain avec la pauvre Lorraine, qui accouche dans cette cave d'un pauvre petit enfant ; et pas seulement une couverture, rien que de la paille !… Voyant ça, la femme à Goubin n'y tient pas ; au risque de se faire assassiner par son homme qui la cherchait partout, elle sort en plein jour de sa cave et vient me trouver. Elle savait que j'avais encore un peu d'argent et que j'aimais à obliger comme je le pouvais ; aussi, quand Helmina m'a eu raconté le malheur de la Lorraine… qui était obligée de rester dans une cave sur de la paille, avec son enfant… je lui dis de l'amener tout de suite dans mon garni, que je louerais pour elle un cabinet à côté du mien. C'est ce que j'ai fait ; aussi il fallait voir comme elle était contente, la pauvre Lorraine ! quand elle a été couchée dans un lit, avec son enfant à côté d'elle dans un petit berceau d'osier que j'avais acheté… Nous l'avons veillée nous deux Helmina ; quand elle a pu

4

se lever, je l'ai aidée du reste de mon argent jusqu'à ce qu'elle ait pu se remettre à son bateau.

— Et quand tu as eu dépensé ce qui te restait d'argent pour cette pauvre
Lorraine et pour son enfant, qu'as-tu fait, ma fille? — dit Rodolphe.

— Alors j'ai cherché de l'ouvrage, mais il était trop tard. Je savais très-
bien coudre; j'avais bon courage, je croyais que je n'aurais qu'à vouloir travailler pour qu'on m'accueille... Ah! comme je me trompais... J'entre dans
une boutique de lingère pour demander de l'ouvrage, et ne voulant pas mentir,
je dis que je sors de prison; on me montre la porte sans me répondre... Je
supplie qu'on me donne du travail à l'essai; on me pousse dans la rue comme
une voleuse... A ce moment-là je me suis souvenue de ce que Rigolette m'a-
vait dit, mais il était trop tard... Petit à petit... j'ai vendu pour vivre le peu
de linge et de vêtements qui me restaient... et puis enfin... quand je n'ai plus
eu rien... on m'a chassée de mon garni... Je n'avais pas mangé depuis deux
jours... je ne savais où coucher... C'est alors que j'ai rencontré l'ogresse et une
des vieilles; sachant où je logeais, elles avaient toujours rôdé autour de moi
depuis ma sortie de prison... Elles m'ont dit qu'elles me procureraient de l'ouvrage... je les ai crues... Elles m'ont emmenée... j'étais exténuée de besoin...
je n'avais plus la tête à moi... Elles m'ont fait boire de l'eau-de-vie!... et...
et... voilà!... — dit la malheureuse créature en cachant sa tête dans ses mains.

— Et y a-t-il long-temps... que tu es la pensionnaire de l'ogresse, ma
pauvre enfant? — lui demanda Rodolphe avec un douloureux intérêt.

— Six semaines, monsieur — répondit la Goualeuse en tressaillant.

— Je comprends — dit le Chourineur; — je te connais maintenant comme
si j'étais tes père et mère et que tu n'aurais jamais quitté mon giron. Eh bien!
voilà, j'espère, une confession.

— On dirait que tu es chagrine d'avoir raconté ta vie, ma fille? — dit Rodolphe.

— Hélas! monsieur — dit tristement Fleur-de-Marie — depuis mon enfance, c'est la première fois qu'il m'arrive de me rappeler toutes ces choses-là
à la fois..., et ça n'est pas gai...

— Bon — dit le Chourineur avec ironie — tu regrettes peut-être d'avoir pas
été fille de cuisine dans une gargotte, ou domestique chez de vieilles bêtes, à
soigner les leurs?

— C'est égal... on doit être bien heureux d'être honnête... — dit Fleur-
de-Marie avec un profond soupir.

— Oh!... c'te tête!!... — s'écria le Chourineur avec un bruyant éclat de
rire. — Et pourquoi pas rosière tout de suite, pour honorer tes père et mère
que tu ne connais pas?

— Mon père ou ma mère m'ont abandonnée dans la rue comme un petit
chien qu'on a de trop... peut-être aussi ils n'avaient pas de quoi se nourrir
eux-mêmes!... — dit la Goualeuse avec amertume. — Je ne leur en veux pas,
je ne me plains pas. Mais il y a des sorts plus heureux que le mien.

— Toi? mais qu'est-ce donc qu'il te faut? T'es flambante comme une Vénus ; t'as pas seulement seize ans et demi ; tu chantes comme un rossignol ; tu as l'air d'une vierge, on t'appelle Fleur-de-Marie, et tu te plains ! Mais qu'est-ce que tu diras donc quand tu auras une chaufferette sous les *harpions* [1], et une teignasse en chinchilla, comme voilà l'ogresse?

— Oh! je ne viendrai jamais à cet âge-là.

— Peut-être que tu auras un brevet d'invention pour ne pas *bibarder* [2]!

— Non, mais je n'aurai pas la vie si dure! j'ai déjà une mauvaise toux!

— Ah! bon! je te vois d'ici dans le *mannequin du trimballeur des refroidis* [3]. Es-tu bête... va!!!

— Est-ce que ça te prend souvent, ces idées-là, Goualeuse? — dit Rodolphe.

— Quelquefois... Tenez, monsieur Rodolphe, vous comprendrez peut-être ça, vous : le matin, quand je vais acheter avec le sou que me donne l'ogresse un peu de lait à la laitière au coin de la rue de la Vieille-Draperie, et que je la vois s'en retourner dans sa petite charrette avec son âne, elle me fait bien souvent envie, allez... Je me dis : Elle s'en va dans la campagne, au bon air, dans sa maison, dans sa famille ;... et moi je remonte toute seule dans le grenier de l'ogresse, où on ne voit pas clair en plein midi.

— Eh bien! sois honnête, ma fille, fais-en la farce... sois honnête! — dit le Chourineur.

— Honnête! mon Dieu! et avec quoi donc voulez-vous que je sois honnête? Les habits que je porte appartiennent à l'ogresse ; je lui dois pour mon garni et pour ma nourriture ;... je ne puis pas bouger d'ici... elle me ferait arrêter comme voleuse... Je lui appartiens... Il faut que je m'acquitte...

En prononçant ces dernières et horribles paroles, la malheureuse ne put s'empêcher de frissonner, une larme vint trembler au bout de ses longs cils.

— Alors reste comme tu es, et ne te compare plus à une campagnarde — dit le Chourineur. — Est-ce que tu deviens folle! Mais songe donc que, toi, tu brilles dans la capitale, tandis que la laitière s'en va faire la bouillie à ses moutards, traire ses vaches, chercher de l'herbe pour ses lapins, et recevoir une raclée de son mari quand il sort du cabaret. En voilà une destinée qui peut se vanter d'être drôle!

La Goualeuse ne répondit pas, son regard était fixe, son sein oppressé, l'expression de sa physionomie péniblement accablée...

Rodolphe avait écouté ce récit d'une terrible naïveté avec un intérêt croissant. La misère, l'abandon, l'ignorance de la vie, avaient perdu cette misérable jeune fille jetée seule... seule... à seize ans, dans l'immensité de Paris!

Involontairement, Rodolphe vint à songer à un enfant adoré qu'il avait perdu... à une petite fille morte à six ans... qui aurait eu alors, comme Fleur-de-Marie, seize ans et demi... Ce souvenir rendait encore plus vive sa sollicitude pour l'infortunée dont il venait d'entendre la douloureuse histoire.

---

[1] Pieds. — [2] Vieillir. — [3] Dans le corbillard du cocher des morts.

DAURIGNY.

CHAPITRE IV.

HISTOIRE DU CHOURINEUR.

Le lecteur n'a pas oublié que deux des hôtes du tapis-franc étaient attentivement observés par un troisième personnage récemment arrivé dans le cabaret.

L'un de ces deux hommes, on l'a dit, coiffé d'un bonnet grec, cachait toujours sa main gauche, et avait instamment demandé à l'ogresse si le Maître
d'école et le Gros-Boiteux n'étaient pas encore venus.

Pendant le récit de la Goualeuse, qu'ils ne pouvaient entendre, ces deux
hommes s'étaient plusieurs fois parlé à voix basse, en regardant du côté de la
porte avec anxiété.

Celui qui portait un bonnet grec dit à son camarade :

— Le Gros-Boiteux n'*aboule* pas.[1], ni le Maître d'école non plus.

— Pourvu que le Squelette ne l'ait pas *escarpé à la capahut* [2] !

— Ça serait flambant pour nous qui avons *nourri le poupard*[3], et qui devons en avoir notre morceau ! — reprit l'autre.

Le nouveau venu qui observait ces deux hommes était placé trop loin d'eux
pour que leurs paroles arrivassent jusqu'à lui; après avoir plusieurs fois très-

[1] Ne vient pas. — [2] Ne l'ait pas assassiné pour lui voler sa part du butin. — [3] Qui avons préparé, ménagé
le vol.

adroitement consulté un petit papier caché dans le fond de sa casquette, il parut satisfait de ses remarques, se leva de table, et dit à l'ogresse, qui sommeillait dans son comptoir, les pieds sur sa chaufferette, son gros chat noir sur ses genoux :

— Dis donc, mère Ponisse, je vais rentrer tout de suite; veille à mon broc et à mon assiette... car il faut se défier des francs licheurs.

— Sois tranquille, mon garçon — dit la mère Ponisse — si ton assiette est vide et ton broc aussi, on n'y touchera pas.

Le nouveau venu rit beaucoup de la plaisanterie de l'ogresse, et disparut sans que son départ fût remarqué.

Au moment où cet homme sortit, et avant que la porte fût refermée, Rodolphe aperçut dans la rue le charbonnier à figure noire et à taille colossale dont nous avons parlé : il eut le temps de lui manifester par un geste d'impatience combien sa surveillance protectrice lui était importune; mais le charbonnier, ne tenant compte de la contrariété de Rodolphe, ne quitta pas les abords du tapis-franc.

La physionomie de la Goualeuse devenait de plus en plus triste · le dos appuyé au mur, la tête baissée sur sa poitrine, ses grands yeux bleus errant machinalement autour d'elle, la malheureuse créature semblait accablée des plus sombres pensées.

Deux ou trois fois, rencontrant le regard fixe de Rodolphe, elle avait détourné la vue, ne se rendant pas compte de l'impression singulière que lui causait cet inconnu. Gênée, oppressée par sa présence, elle regrettait presque d'avoir si sincèrement raconté devant lui sa misérable vie.

Le Chourineur, au contraire, se trouvait fort en gaieté; à lui seul il avait dévoré l'*arlequin;* le vin et l'eau-de-vie le rendaient très-communicatif; la honte d'avoir *trouvé son maître,* comme il disait, s'était effacée devant les généreux procédés de Rodolphe, et il lui reconnaissait d'ailleurs une si grande supériorité physique, que son humiliation avait fait place à un sentiment qui tenait de l'admiration, de la crainte et du respect.

Cette absence de rancune, l'orgueil sauvage avec lequel il se vantait de n'avoir jamais volé, prouvaient au moins que le Chourineur n'était pas un être complétement endurci.

Cette nuance n'avait pas échappé à la sagacité de Rodolphe; il attendait curieusement le récit de cet homme.

— Allons.., mon garçon — lui dit-il — nous t'écoutons.

Le Chourineur vida son verre et commença ainsi :

— Toi, ma pauvre Goualeuse, t'as au moins été recueillie par la Chouette, que l'enfer confonde! tu as eu un gîte jusqu'au moment où l'on t'a emprisonnée comme vagabonde... Moi, je ne me rappelle pas d'avoir couché dans ce qui s'appelle un lit avant dix-neuf ans,... bel âge, où je me suis fait troupier.

— Tu as servi, Chourineur? — dit Rodolphe.

— Trois ans; mais ça viendra tout à l'heure. Les pierres du Louvre, les fours à plâtre de Clichy et les carrières de Montrouge, voilà les hôtels de ma jeunesse. Vous voyez, j'avais maison à Paris et à la campagne, rien que ça.

— Et quel métier faisais-tu ?

— Ma foi, mon maître... j'ai comme un brouillard de souvenir d'avoir *gouêpé* [1] dans mon enfance avec un vieux chiffonnier qui m'assommait de coups de croc. Faut que ça soit vrai, car je n'ai jamais pu rencontrer un de ces Cupidons à carquois d'osier sans avoir envie de tomber dessus : preuve qu'ils avaient dû me battre dans mon enfance. Mon premier métier a été d'aider les équarrisseurs à égorger les chevaux à Montfaucon... J'avais dix ou douze ans. Quand j'ai commencé à *chouriner* ces pauvres vieilles bêtes, ça me faisait une espèce d'effet; au bout d'un mois, je n'y pensais plus; au contraire, je prenais goût à mon état. Il n'y avait personne pour avoir des couteaux affilés et aiguisés comme les miens... Ça donnait envie de s'en servir, quoi !... Quand j'avais égorgé mes bêtes, on me jetait pour ma peine un morceau de la culotte d'un cheval crevé de maladie; car ceux qu'on abattait en vie se vendaient aux fricoteurs du quartier de l'École de-Médecine, qui en faisaient du bœuf, du mouton, du veau ou du gibier, au goût des personnes... Ah ! mais c'est que, lorsque j'avais attrapé mon lopin de chair de cheval, le roi n'était pas mon maître, au moins ! Je m'ensauvais avec ça dans mon four à plâtre, comme un loup dans sa tanière; et là, avec la permission des chaufourniers, je faisais sur les charbons une grillade soignée. Quand les chaufourniers ne travaillaient pas, j'allais ramasser du bois sec à Romainville, je battais le briquet, et je faisais mon rôti au coin d'un des murs du charnier. Dame ! ces fois-là... c'était saignant et presque cru : mais de cette manière-là, je ne mangeais pas toujours la même chose.

— Et ton nom ? comment t'appelait-on ? — dit Rodolphe.

— J'avais les cheveux encore plus couleur de filasse que maintenant, le sang me portait toujours aux yeux; eu égard à ça, on m'appelait l'*Albinos*. Les Albinos sont les lapins blancs des hommes, et ils ont les yeux rouges — ajouta gravement le Chourineur, en manière de parenthèse physiologique.

— Et tes parents, ta famille ?

— Mes parents ? logés au même numéro que ceux de la Goualeuse... Lieu de ma naissance ? le premier coin de n'importe quelle rue, la borne à gauche ou à droite, en descendant ou en remontant le ruisseau.

— Tu as maudit ton père et ta mère de t'avoir abandonné !

— Ça m'aurait fait une belle jambe !... Mais c'est égal... au vrai... ils m'ont joué une mauvaise farce en me mettant au monde... Je ne m'en plaindrais pas, si encore ils m'avaient fait comme le *Meg des megs* [2] devrait faire les gueux, c'est-à-dire sans froid, ni faim, ni soif; ça ne lui coûterait rien, et les gueux qui n'aiment pas voler s'en trouveraient mieux.

— Tu as eu faim, tu as eu froid, et tu n'as pas volé, Chourineur ?

---

[1] Vagabondé. — [2] Dieu. N'est-il pas étrange et significatif que le nom de Dieu se trouve jusque dans cette langue corrompue !

— Non ! et pourtant j'ai eu crânement de la misère, allez... J'ai *fait la tortue* ¹ quelquefois pendant deux jours, et ça... plus souvent qu'à mon tour... Eh bien ! je n'ai pas volé.

— Par peur de la prison ?

— Oh ! c'te farce ! — dit le Chourineur en haussant les épaules et riant aux éclats. — J'aurais donc pas volé du pain *par peur d'avoir du pain ?*... Honnête, je crevais de faim ; voleur, on m'aurait nourri en prison... et fièrement bien, encore !... Mais non, je n'ai pas volé parce que... parce que... enfin parce que ça n'est pas dans mon idée de voler, quoi donc ! !...

Cette réponse véritablement belle, et dont le Chourineur ne comprit pas la portée, étonna profondément Rodolphe.

Il sentit que le pauvre qui restait honnête au milieu des plus cruelles privations était doublement respectable, puisque la punition du crime pouvait devenir pour lui une ressource assurée.

Rodolphe tendit la main à ce malheureux sauvage de la civilisation, que la misère n'avait pas absolument dépravé.

Le Chourineur regarda son amphitryon avec étonnement, presque avec respect ; à peine il osa toucher la main qu'on lui offrait. Il pressentait vaguement qu'entre lui et Rodolphe il y avait un abîme.

— Bien ! — lui dit Rodolphe — tu as toujours du cœur et de l'honneur !...

— Du cœur ?... de l'honneur ?... moi ?... Ah çà, vous blaguez ? — répondit-il avec surprise.

— Souffrir la misère et la faim plutôt que de voler... c'est avoir du cœur et de l'honneur — dit gravement Rodolphe.

— Tiens... au fait... — dit le Chourineur en réfléchissant — ça pourrait bien être...

— Cela t'étonne ?

— Crânement... car on ne me dit pas ordinairement de ces choses-là, vu qu'on me traite toujours dans les prix d'un chien galeux... Mais c'est drôle, l'effet que ça me fait, ce que vous me dites... Du cœur !... de l'honneur !... — répéta-t-il encore d'un air pensif.

— Eh bien !... qu'as-tu ?

— Ma foi ! je n'en sais rien — reprit le Chourineur tout ému ; — mais ces mots-là, voyez-vous... ça me remue à fond... et ça me flatte plus que si on me disait que je suis plus fort que le Squelette et le Maître d'école... jamais je n'avais rien senti de pareil... Ce qu'il y a de sûr, c'est que ces mots-là... et les coups de poing de la fin de ma raclée... qui étaient si bien festonnés... sans compter que vous me payez à souper... et que vous me dites des choses que... Enfin suffit — s'écria-t-il brusquement, comme s'il lui eût été impossible d'exprimer sa pensée — ce qui est sûr, c'est qu'à la vie et à la mort vous pouvez compter sur le Chourineur.

¹ J'ai jeûné.

Rodolphe reprit plus froidement, ne voulant pas laisser deviner l'émotion qu'il ressentait :

— Es-tu resté long-temps aide-équarrisseur ?

— Je crois bien... D'abord ça avait commencé par m'écœurer d'égorger ces pauvres vieilles rosses qui ne pouvaient pas seulement m'allonger une ruade ; mais quand j'ai eu dans les environs de seize ans et que ma voix a mué, c'est devenu pour moi un goût, une passion, un besoin, une rage... que de *chouriner !* J'en perdais le boire et le manger... je ne pensais qu'à ça !... Il fallait me voir au milieu de l'*ouvrage :* à part un vieux pantalon de toile, j'étais tout nu. Quand, mon grand couteau bien aiguisé à la main, j'avais autour de moi jusqu'à quinze et vingt chevaux qui faisaient queue pour attendre leur tour, tonnerre !! quand je me mettais à les égorger, je ne sais pas ce qui me prenait... c'était comme une furie ; les oreilles me bourdonnaient ! je voyais rouge, tout rouge, et je chourinais... et je chourinais... et je chourinais jusqu'à ce que le couteau m'en tombe des mains ! Tonnerre !! quelle jouissance ! J'aurais été millionnaire que j'aurais payé pour faire ce métier-là.

— C'est ce qui t'aura donné l'habitude de chouriner — dit Rodolphe.

— Ça se peut bien ; mais quand j'ai eu seize ans passés, cette rage-là est devenue si forte, qu'une fois en train de chouriner, je devenais comme fou, je gâtais l'ouvrage... Oui, j'abîmais les peaux à force d'y donner des coups de couteau à tort et à travers, car j'étais si acharné que je n'y voyais pas clair. Finalement, on m'a mis à la porte du charnier. J'ai voulu m'employer chez les bouchers : j'ai toujours eu du goût pour cet état-là... Ah ! bien, oui ! ils ont fait les fiers ! ils m'ont méprisé comme des bottiers mépriseraient des savetiers. Alors j'ai cherché mon pain ailleurs... et je ne l'ai pas trouvé tout de suite ; c'est dans ce temps-là que j'ai souvent *fait la tortue.* Enfin, j'ai eu à travailler dans les carrières de Montrouge. Mais au bout de deux ans ça m'a scié de faire toujours l'écureuil dans les grandes roues pour tirer la pierre moyennant vingt sous par jour. J'étais grand et fort, je me suis engagé dans un régiment. On m'a demandé mon nom, mon âge et mes papiers. Mon nom? l'*Albinos ;* mon âge? voyez ma barbe ; mes papiers? voilà le certificat de mon maître carrier. Je pouvais faire un grenadier soigné, on m'a enrôlé.

— Avec ta force, ton courage et ta manie de chouriner, s'il y avait eu la guerre dans ce temps-là, tu serais peut-être devenu officier.

— Tonnerre ! à qui le dites-vous ! Chouriner des Anglais ou des Prussiens, ça m'aurait bien autrement flatté que de chouriner des rosses... Mais, voilà le malheur, il n'y avait pas de guerre, et il y avait la discipline... Un apprenti essaie de communiquer une raclée à son bourgeois, c'est bien : s'il est le plus faible, il la reçoit ; s'il est le plus fort, il la donne ; on le met à la porte, quelquefois au violon, il n'en est que ça. Dans le militaire, c'est autre chose. Un jour mon sergent me bouscule pour me faire obéir plus vite ; il avait raison, car je faisais le clampin ; ça m'embête, je regimbe ; il me pousse, je le pousse ; il me prend au collet, je lui envoie un coup de poing. On tombe sur moi ; alors la rage me prend, le sang me monte aux yeux, j'y vois rouge... j'avais mon couteau à la main, j'étais de cuisine, et allez donc!... Je me mets à chouriner... à chouriner... comme à l'abattoir... Je *refroidis* [1] le sergent, je blesse deux soldats!... une vraie boucherie!... onze coups de couteau à eux trois... oui, onze!... du sang partout... du sang... comme dans un charnier!... j'en ruisselais...

Le brigand baissa la tête d'un air sombre, hagard, et resta silencieux.

— A quoi penses-tu, Chourineur? — dit Rodolphe, l'observant avec intérêt.

— A rien... — répondit-il brusquement. Puis il reprit avec sa brutale insouciance :

— Enfin on m'empoigne, on me *met sur la planche au pain*, et *j'ai une fièvre cérébrale* [2].

— Tu t'es donc sauvé?

— Non; mais *j'ai été quinze ans au pré* au lieu d'*être fauché* [3]. J'ai oublié de vous dire qu'au régiment j'avais repêché deux camarades qui se noyaient

[1] Je tue. — [2] On me met en jugement et je suis condamné à mort. — [3] Aux galères au lieu d'avoir été exécuté.

dans la Marne; nous étions en garnison à Melun. Une autre fois... vous allez
rire et dire que je suis un amphibie de feu et d'eau, sauveur pour hommes et
pour femmes! une autre fois, étant en garnison à Rouen, toutes maisons de
bois, de vraies cassines, le feu prend à un quartier; ça brûlait comme des al-
lumettes; je suis de corvée pour l'incendie; nous arrivons au feu; on me crie
qu'il y a une vieille femme qui ne peut pas descendre de sa chambre qui commençait à chauffer : j'y cours. Tonnerre! oui, ça chauffait... car ça me rappelait mes fours à plâtre dans les bons jours; finalement je sauve la vieille...
même que j'en ai eu la plante des pieds rissolée. Enfin, grâce à mes sauve-
tages, mon *rat de prison* [1] s'est tant tortillé des quatre pattes et de la langue,
qu'il a fait changer ma peine; au lieu d'aller à l'*abbaye de Monte-à-regret* [2],
j'en ai eu pour quinze années de *pré*... Quand j'ai vu que je ne serais pas tué
et que j'irais aux galères, j'ai voulu sauter sur mon *bavard* pour l'étrangler...
au moment où il est venu à moi en faisant le gentil, me dire qu'il m'avait
sauvé la vie... tonnerre!... si on ne m'avait pas retenu!...

— Tu regrettais donc de voir ta peine commuée?

— Oui..... à ceux qui jouent du couteau..... le couteau de *Charlot* [3], c'est
juste; à ceux qui volent, des fers aux pattes!! chacun son lot... Mais vous
forcer à vivre avec des galériens quand on a le droit d'être guilloliné tout de
suite, c'est une infamie; sans compter qu'elle était drôle, ma vie, dans les
premiers temps que j'étais au bagne... On ne tue pas un homme sans s'en souvenir... voyez-vous...

— Tu as donc eu des remords... Chourineur?

— Des remords? Eh! non, puisque j'ai fait mon temps — dit le sauvage; —
mais dans mes premiers temps de bagne il ne se passait pas de nuit où je ne
voie, en manière de cauchemar, le sergent et les soldats que j'ai *chourinés*,
c'est-à-dire... ils n'étaient pas seuls — ajouta le brigand avec une sorte de
terreur, — ils étaient des dizaines, des centaines, des milliers à attendre leur
tour dans une espèce d'abattoir... comme les chevaux que j'égorgeais à Montfaucon attendaient leur tour aussi... Alors je voyais rouge, et je commençais
à chouriner... à chouriner... sur ces hommes, comme autrefois sur les chevaux... Mais plus je chourinais de soldats, plus il en revenait... Et en mourant ils me regardaient d'un air si doux... si doux... que je me maudissais de
les tuer... mais je ne pouvais pas m'en empêcher... Ce n'était pas tout... je
n'ai jamais eu de frère... et il se faisait que tous ces gens que j'égorgeais
étaient mes frères... et que je les aimais... A la fin, quand je n'en pouvais
plus, je m'éveillais tout trempé d'une sueur aussi froide que la neige fondue...

— C'était un vilain rêve, Chourineur!

— Oh! oui, allez... Ce rêve-là... voyez-vous... c'était à en devenir fou ou
enragé... Aussi deux fois j'ai essayé de me tuer, une fois en avalant du vert-
de-gris, l'autre fois en voulant m'étrangler avec une chaîne; mais, tonnerre!
je suis fort comme un taureau. Le vert-de-gris m'a donné soif, voilà tout...

[1] Avocat. — [2] A l'échafaud. — [3] Le bourreau.

Quant au tour de chaîne que je m'étais passé au cou, ça m'a fait une cravate bleue naturelle. Plus tard l'habitude de vivre a pris le dessus, mes cauchemars sont devenus plus rares, et j'ai fait comme les autres.

— Au bagne, tu étais à bonne école pour apprendre à voler.

— Oui, mais le goût n'y était pas... Les autres *fagots* [1] me blaguaient là-dessus, mais je les assommais à coups de chaîne. C'est comme ça que j'ai connu le Maître d'école... Mais pour celui-là... respect aux poignets! il m'a donné ma payç comme vous me l'avez donnée tout à l'heure.

— C'est donc un forçat libéré?

— C'est-à-dire, il était *fagot à perte de vue* [2], mais il s'est libéré lui-même.

— Il est évadé? On ne le dénonce pas?

— Ça n'est pas moi qui le dénoncerai, toujours; j'aurais l'air de le craindre.

— Comment la police ne le découvre-t-elle pas? Est-ce qu'on n'a pas son signalement?

— Son signalement?... Ah bien, oui! Il y a long-temps qu'il a effacé de sa frimousse celui que le *Meg des megs* [3] y avait mis. Maintenant il n'y a que *le boulanger qui met les damnés au four* [4] qui pourrait le reconnaître, le Maître d'école.

— De quelle manière s'y est-il pris?

— Il a commencé par se rogner le nez qu'il avait long d'une aune; par là-dessus, il s'est débarbouillé avec du vitriol.

— Tu plaisantes?

— S'il vient ce soir, vous le verrez; il avait un grand nez de perroquet, maintenant il est aussi camard... que la *carline* [5], sans compter qu'il a des lèvres aussi grosses que le poing, et un visage aussi couturé que la veste d'un chiffonnier.

— Il est à ce point méconnaissable?

— Depuis six mois qu'il s'est échappé de Rochefort, les *railles* [6] l'ont cent fois rencontré sans le reconnaître.

— Pourquoi était-il au bagne?

— Pour avoir été faussaire, voleur et assassin. On l'appelle le Maître d'é-cole, parce qu'il a une écriture superbe et qu'il est très-savant.

— Et il est redouté?

— Il ne le sera plus quand vous l'aurez rincé comme vous m'avez rincé. Et, tonnerre!!! je serais curieux de voir ça.

— Que fait-il pour vivre?

— Il s'est associé à une vieille femme, mauvaise comme lui, et fine comme l'ambre, mais on ne la voit jamais; pourtant il a dit à l'ogresse qu'il amène-rait ici un jour ou l'autre sa *largue* [7].

— Et cette femme l'aide dans ses vols?

— Et dans ses assassinats aussi. On dit qu'il se vante d'avoir déjà *escarpé* [8]

---

[1] Forçats. — [2] Forçat à perpétuité. — [3] Dieu. — [4] Le diable. — [5] La mort. — [6] Mouchards. — [7] Sa femme. — [8] Assassiné.

avec elle deux ou trois personnes, et entre autres, il y a trois semaines, un marchand de bœufs sur la route de Poissy, qu'ils ont dévalisé.

— On l'arrêtera tôt ou tard.

— Il faudra qu'on soit malin et vigoureux pour ça, car il porte toujours sous sa blouse deux pistolets chargés et un poignard; il dit que Charlot l'attend, qu'il ne sera *fauché* qu'une fois, et qu'il tuera tout ce qu'il pourra tuer pour s'échapper. Oh! il ne s'en cache pas; et comme il est deux fois fort comme vous et moi, on aura du mal à l'abattre.

— Et en sortant du bagne, qu'as-tu fait, toi, Chourineur?

— J'ai été me proposer au maître débardeur du quai Saint-Paul, et j'y gagne ma vie.

— Mais, puisque après tout tu n'es pas *grinche* [1], pourquoi vis-tu dans la Cité?

— Et où voulez-vous que je vive? Qui est-ce qui voudrait fréquenter un repris de justice? Et puis je m'ennuie tout seul, moi; j'aime la société, et ici je vis avec mes pareils. Je me cogne quelquefois... On me craint comme le feu dans la Cité, et le *quart-d'œil* [2] n'a rien à me dire, sauf pour les batteries, qui me valent quelquefois vingt-quatre heures de violon.

— Et qu'est-ce que tu gagnes par jour?

— Trente-cinq sous, pour prendre dans la rivière des bains de pieds jusqu'au ventre pendant douze ou quinze heures par jour, été comme hiver..... Mais faut être juste, si à force d'avoir les pattes dans l'eau j'attrape *la grenouille* [3], j'ai la permission de m'échiner les bras pour *déchirer* les bateaux et décharger les trains sur mon dos... Je commence en bête de somme et je finis en queue de poisson... Quand je n'aurai plus de force, je prendrai un crochet et un carquois d'osier, comme le vieux chiffonnier que je vois dans les brouillards de mon enfance.

— Avec tout ça tu n'es pas malheureux?

— Il y en a de pires que moi, bien sûr; sans mes rêves du sergent et des soldats égorgés, rêves que j'ai encore quelquefois, j'attendrais tranquillement le moment de crever au coin d'une borne, comme j'y suis né; mais ce rêve... Tenez... tonnerre!... je n'aime pas à penser à ça — dit le Chourineur.

Et il vida sur un coin de la table le fourneau de sa pipe.

La Goualeuse avait écouté le Chourineur avec distraction, elle semblait absorbée dans une rêverie douloureuse.

Rodolphe, lui-même, restait pensif.

Un incident tragique vint rappeler à ces trois personnages dans quel lieu ils se trouvaient.

---

[1] Voleur. — [2] Le commissaire. — [3] Maladie de la peau dont sont atteints presque tous les ravageurs, débardeurs et déchireurs de bateaux.

CHAPITRE V.

L'homme qui était sorti un moment, après avoir recommandé à l'ogresse son broc et son assiette, revint bientôt accompagné d'un autre personnage à larges épaules, à figure énergique, et lui dit : — Voilà un hasard de se rencontrer comme ça, mon vieux! Entre donc, nous boirons un verre de vin.

Le Chourineur dit tout bas à Rodolphe et à la Goualeuse, en leur montrant le nouveau venu.

— Il va y avoir de la *grêle*... c'est un *raille*[1]. Attention!

Les deux bandits, dont l'un, coiffé d'un bonnet grec enfoncé jusque sur ses sourcils, avait demandé plusieurs fois le Maître d'école et le Gros-Boiteux, échangèrent un coup d'œil rapide, se levèrent simultanément de table et se dirigèrent vers la porte; mais les deux agents se jetèrent sur eux en poussant un cri particulier.

Une lutte terrible s'engagea.

La porte de la taverne s'ouvrit; d'autres agents se précipitèrent dans la salle, et l'on vit briller au dehors les fusils des gendarmes.

Profitant du tumulte, le charbonnier dont nous avons parlé s'avança jusqu'au seuil du tapis-franc, et, rencontrant par hasard le regard de Rodolphe, il porta à ses lèvres l'index de la main droite.

[1] Agent de sûreté.

Rodolphe, d'un geste aussi rapide qu'impérieux, lui ordonna de s'éloigner ; puis il continua d'observer ce qui se passait dans la taverne.

L'homme au bonnet grec poussait des hurlements de rage ; à demi étendu sur la table, il faisait des soubresauts si désespérés que trois hommes le contenaient à peine.

Anéanti, morne, la figure livide, les lèvres blanches, la mâchoire inférieure tombante et convulsivement agitée, son compagnon ne fit aucune résistance, il tendit de lui-même ses mains aux menottes.

L'ogresse, assise dans son comptoir et habituée à de pareilles scènes, restait impassible, les mains dans les poches de son tablier.

— Qu'est-ce qu'ils ont donc fait, ces deux hommes, mon bon monsieur Narcisse Borel ? — demanda-t-elle à un des agents, qu'elle connaissait.

— Ils ont assassiné hier une vieille femme dans la rue Saint-Christophe, pour dévaliser sa chambre. Avant de mourir, la malheureuse a dit qu'elle avait mordu l'un des meurtriers à la main. On avait l'œil sur ces deux scélérats ; mon camarade est venu tout à l'heure s'assurer de leur identité, et les voilà pincés.

— Heureusement qu'ils m'ont payé leur chopine d'avance — dit l'ogresse.

— Vous ne voulez rien prendre, monsieur Narcisse ? un verre de *ratafia de la Colonne* ?

— Merci, mère Ponisse ; il faut que j'enfourne ces brigands-là. En voilà un qui regimbe encore !...

En effet, l'assassin au bonnet grec se débattait avec rage. Lorsqu'il s'agit de le mettre dans un fiacre qui attendait dans la rue, il se défendit tellement qu'il fallut le porter.

Son complice, saisi d'un tremblement nerveux, pouvait à peine se soutenir, ses lèvres violettes remuaient comme s'il eût parlé... On jeta cette masse inerte dans la voiture.

Avant de quitter le tapis-franc, l'agent regarda attentivement les autres buveurs, et il dit au Chourineur d'un ton presque affectueux :

— Te voilà, mauvais sujet ! il y a long-temps qu'on n'a entendu parler de toi ! Tu n'as pas eu de batteries ? Tu deviens donc sage ?

— Sage comme une image ; vous savez que je ne casse guère la tête qu'à ceux qui me le demandent.

— Il ne te manquerait plus que cela, de provoquer les autres, fort comme tu es !

— Voilà pourtant mon maître — dit le Chourineur en mettant la main sur l'épaule de Rodolphe.

— Tiens ! je ne le connais pas, celui-là — dit l'agent en examinant Rodolphe.

— Et je ne crois pas que nous fassions connaissance — répondit celui-ci.

— Je le désire pour vous, mon garçon — dit l'agent. Puis s'adressant à l'ogresse : — Bonsoir, mère Ponisse : c'est une vraie souricière que votre tapis-franc, voilà le troisième assassin que j'y prends.

LE MAITRE D'ÉCOLE.

— Et j'espère bien que ce ne sera pas le dernier, monsieur Narcisse ; c'est bien à votre service... — dit gracieusement l'ogresse en s'inclinant avec déférence.

Après le départ de l'agent de police, le jeune homme à figure plombée, qui fumait en buvant de l'eau-de-vie, rechargea sa pipe et dit, d'une voix enrouée, au Chourineur :

— Est-ce que tu n'as pas reconnu le bonnet grec ! C'est l'homme à la Boulotte. Quand j'ai vu entrer les agents, j'ai dit : — Il y a quelque chose ; avec ça que l'autre cachait toujours sa main gauche sous la table.

— C'est tout de même heureux pour le Maître d'école et le *Gros-Boiteux* qu'ils ne se soient pas trouvés là — reprit l'ogresse. — Le bonnet grec les a demandés deux fois pour des affaires qu'ils ont ensemble... Mais je ne *mangerai*[1] jamais mes pratiques. Qu'on les arrête, bon... chacun son métier... mais je ne les vends pas... Tiens ! quand on parle du loup on en voit la queue — ajouta l'ogresse au moment où un homme et une femme entraient dans le cabaret ; — voilà justement le Maître d'école et sa *largue*[2]. Ah bien... il avait raison de ne pas la montrer... quel vilain vieux museau elle a !.. Faut qu'elle se *rabiboche* joliment par le cœur pour qu'il l'ait choisie.

Au nom du Maître d'école, une sorte de frémissement de terreur circula parmi les hôtes du tapis-franc.

Rodolphe lui-même, malgré son intrépidité naturelle, ne put vaincre une légère émotion à la vue de ce redoutable brigand, qu'il contempla pendant quelques instants avec une curiosité mêlée d'horreur.

Le Chourineur avait dit vrai, le Maître d'école s'était affreusement mutilé.

On ne pouvait voir quelque chose de plus épouvantable que le visage de cet homme. Sa figure était sillonnée en tous sens de cicatrices profondes, livides ; l'action corrosive du vitriol avait boursouflé ses lèvres ; les cartilages du nez ayant été coupés, deux trous difformes remplaçaient les narines. Ses yeux gris, très-clairs, très-petits, très-ronds, étincelaient de férocité ; son front, aplati comme celui d'un tigre, disparaissait à demi sous une casquette de fourrure à longs poils fauves...; on eût dit la crinière du monstre.

Le Maître d'école n'avait guère plus de cinq pieds deux ou trois pouces ; sa tête, démesurément grosse, s'enfonçait entre ses deux épaules larges, puissantes, charnues, qui se dessinaient même sous les plis flottants de sa blouse de toile écrue ; il avait les bras longs, musculeux ; les mains courtes, grosses et velues jusqu'à l'extrémité des doigts ; ses jambes étaient un peu arquées ; leurs mollets énormes annonçaient une force athlétique. Cet homme offrait, en un mot, l'exagération de ce qu'il y a de court, de trapu, de ramassé dans le type de l'Hercule Farnèse. Quant à l'expression de férocité qui éclatait sur ce masque affreux, quant à ce regard inquiet, mobile, ardent comme celui d'une bête sauvage, il faut renoncer à les peindre.

La femme qui accompagnait le Maître d'école était vieille, assez proprement

[1] Dénoncerai. — [2] Sa femme.

vêtue d'une robe brune, d'un tartan à carreaux rouges à fond noir, et d'un bonnet blanc.

Rodolphe la voyait de profil; son œil vert, son nez crochu, ses lèvres minces, son menton saillant, sa physionomie à la fois méchante et rusée, lui rappelèrent involontairement la Chouette, cette horrible vieille dont Fleur-de-Marie avait été victime.

Il allait faire part à la jeune fille de cette observation, lorsqu'il la vit tout à coup pâlir en regardant avec une terreur muette la hideuse compagne du Maître d'école; enfin, saisissant le bras de Rodolphe d'une main tremblante, la Goualeuse lui dit à voix basse :

— Oh! la Chouette!... la Chouette... la borgnesse !

A ce moment le Maître d'école, après avoir échangé quelques paroles à voix basse avec Barbillon, s'avança lentement vers la table où s'attablaient Rodolphe, la Goualeuse et le Chourineur. Alors, s'adressant à Fleur-de-Marie, d'une voix rauque le brigand lui dit :

— Eh! dis donc, la belle blonde, tu vas quitter ces deux *mufles* et t'en venir avec moi...

La Goualeuse ne répondit rien, se serra contre Rodolphe; ses dents se choquaient d'effroi.

— Et moi... je ne serai pas jalouse de mon homme, de mon petit fourline — dit la Chouette en riant aux éclats.

Elle ne reconnaissait pas encore dans la Goualeuse... la Pégriotte, son ancienne victime.

— Ah çà, blondinette, m'entends-tu ? — dit le monstre en s'avançant. — Si tu ne viens pas, je t'éborgne pour faire le pendant de la Chouette. Et toi, l'homme à moustaches... (il s'adressait à Rodolphe), si tu ne me jettes pas la petite *gironde*¹ par-dessus la table... je te crève...

— Mon Dieu, mon Dieu! défendez-moi ! — s'écria la Goualeuse à Rodolphe, en joignant les mains. Puis, réfléchissant qu'elle allait l'exposer peut-être à un grand danger, elle reprit à voix basse : — Non, non, ne bougez pas, monsieur Rodolphe; s'il approche, je crierai au secours, et, de peur d'un esclandre qui attirerait la police, l'ogresse prendra mon parti.

— Sois tranquille, ma fille — dit Rodolphe en regardant froidement le Maître d'école. — Tu es à côté de moi, tu n'en bougeras pas; et comme ce hideux gredin te fait mal au cœur et à moi aussi, je vais le jeter dehors...

— Toi ?... — dit le Maître d'école.

— Moi!... — reprit Rodolphe.

Et, malgré les efforts de la Goualeuse, il se leva de table.

Malgré son audace, le Maître d'école recula d'un pas, tant la physionomie de Rodolphe était menaçante, tant son regard était surtout saisissant... Car certains coups d'œil ont une puissance magnétique irrésistible; quelques duel-

¹ Jolie fille.

LA CHOUETTE.

listes célèbres doivent, dit-on, leurs sanglants triomphes à cette action fasci-
natrice qui démoralise, qui domine, qui atterre leurs adversaires.

Le Maître d'école tressaillit, recula encore d'un pas, et, ne se fiant plus à
sa force prodigieuse, il chercha sous sa blouse un long couteau-poignard.

Un meurtre eût peut-être ensanglanté le tapis-franc, si la Chouette, saisissant le Maître d'école par le bras, ne se fût écriée :

— Minute... minute... *fourline*[1], laisse-moi dire un mot... tu mangeras ces
deux mufles tout à l'heure, ils ne t'échapperont pas...

Le Maître d'école regarda la borgnesse avec étonnement.

Depuis quelques minutes elle observait Fleur-de-Marie avec une attention
croissante, cherchant à rassembler ses souvenirs. Enfin elle ne conserva plus
le moindre doute : elle reconnut la Goualeuse.

— Est-il bien possible ! — s'écria donc la borgnesse en joignant les mains
avec étonnement — c'est la Pégriotte, la voleuse de sucre d'orge. Mais d'où
donc que tu sors ? c'est donc le *boulanger*[2] qui t'envoie ? — ajouta-t-elle en montrant le poing à la jeune fille. — Tu retomberas donc toujours sous ma griffe ?
Sois tranquille, si je ne t'arrache plus de dents, je t'arracherai toutes les larmes
de ton corps. Ah ! vas-tu *rager !* Tu ne sais donc pas ? je connais les gens qui
t'ont élevée avant qu'on ne t'ait livrée à moi... Le Maître d'école a vu au *pré*[3]
l'homme qui t'avait amenée dans mon chenil quand tu étais toute petite. Il a
des preuves que c'est des *daims huppés*[4], les gens qui t'ont élevée...

— Mes parents ! vous les connaissez ? — s'écria Fleur-de-Marie.

— Que je les connaisse ou non, tu n'en sauras rien, ce secret-là est à nous
deux fourline, et je lui arracherais plutôt la langue que de lui laisser te le dire...
Hein ! ça va te faire pleurer, ça, la Pégriotte ?..

— Mon Dieu, non — dit la Goualeuse avec une amertume profonde —
maintenant... j'aime autant ne pas les connaître, mes parents...

Pendant que la Chouette parlait, le Maître d'école avait repris un peu d'assurance en regardant Rodolphe à la dérobée ; il ne pouvait croire que ce jeune
homme de taille moyenne et svelte fût en état de se mesurer avec lui ; sûr de
sa force herculéenne, il se rapprocha du défenseur de la Goualeuse, et dit à la
Chouette avec autorité :

— Assez causé. Je veux défoncer ce beau mufle-là... pour que la belle blonde
me trouve plus gentil que lui.

D'un bond Rodolphe sauta par-dessus la table.

— Prenez garde à mes assiettes ! — cria l'ogresse.

Le Maître d'école se mit en défense, les deux mains en avant, le haut du
corps en arrière, bien campé sur ses robustes reins, et pour ainsi dire arc-
bouté sur une de ses jambes énormes... qui ressemblait à un balustre de pierre.

Au moment où Rodolphe s'élançait sur lui, la porte du tapis-franc s'ouvrit
violemment ; le charbonnier dont nous avons parlé, et qui avait presque six

---

[1] Diminution de *fourloureur*, assassin. — [2] Le diable. — [3] Aux galères. — [4] Des gens riches.

pieds de haut, se précipita dans la salle, écarta rudement le Maître d'école, s'approcha de Rodolphe et lui dit à l'oreille, en allemand :

— Monseigneur, la comtesse et son frère... Ils sont au bout de la rue.

A ces mots, Rodolphe fit un mouvement d'impatience et de colère, jeta un louis sur le comptoir de l'ogresse et courut vers la porte.

Le Maître d'école tenta de s'opposer au passage de Rodolphe ; mais celui-ci se retournant lui détacha au milieu du visage deux ou trois coups de poing si rudement assénés, que le taureau chancela tout étourdi et tomba pesamment à demi renversé sur une table.

— Vive la Charte !!! je reconnais là *mes* coups de poing de la fin — s'écria le Chourineur. — Encore quelques leçons comme ça, et je les saurai...

Revenu à lui au bout de quelques secondes, le Maître d'école s'élança à la poursuite de Rodolphe ; mais ce dernier avait disparu avec le charbonnier dans le sombre dédale des rues de la Cité ; il fut impossible au brigand de les rejoindre.

Au moment où le Maître d'école rentrait écumant de rage, deux personnes, accourant du côté opposé à celui par lequel Rodolphe avait disparu, se précipitèrent dans le tapis-franc, essoufflées, comme si elles eussent fait rapidement une longue course.

Leur premier mouvement fut de jeter les yeux de côté et d'autre dans la taverne.

— Malheur ! — dit l'un — il est parti... cette occasion est encore perdue.

Ces deux nouveaux venus s'exprimaient en anglais.

La Goualeuse, épouvantée de sa rencontre avec la Chouette, et redoutant les menaces du Maître d'école, profita du tumulte et de l'étonnement causés par l'arrivée des deux nouveaux hôtes du tapis-franc, se glissa par la porte entr'ouverte, et sortit du cabaret.

CHAPITRE VI.

THOMAS SEYTON ET LA COMTESSE SARAH.

Les deux personnages qui venaient d'entrer dans le tapis-franc appartenaient à une tout autre classe que celle des habitués de cette taverne. L'un, grand, élancé, avait des cheveux presque blancs, les sourcils et les favoris noirs, une figure osseuse et brune, l'air dur, sévère; sa longue redingote se boutonnait militairement jusqu'au cou. Nous appellerons ce personnage Thomas Seyton.

Son compagnon était jeune, pâle et beau; il paraissait âgé de trente-trois ou trente-quatre ans. Ses cheveux, ses sourcils et ses yeux d'un noir foncé faisaient ressortir la blancheur mate de son visage. A sa démarche, à la petitesse de sa taille, à la délicatesse de ses traits, il était facile de reconnaître dans ce personnage une femme déguisée en homme.

Cette femme était la comtesse Sarah Mac-Gregor. Nous dirons plus tard au lecteur par suite de quels événements la comtesse et son frère se trouvaient ainsi dans ce cabaret de la Cité.

— Thomas, demandez à boire, et interrogez ces gens-là sur *lui* : peut-être apprendrons-nous quelque chose — dit Sarah, parlant toujours anglais.

L'homme à cheveux blancs et à sourcils noirs s'assit à une table pendant que Sarah s'essuyait le front, et dit à l'ogresse en très-bon français et presque sans aucun accent :

— Madame, faites-nous donner quelque chose à boire, s'il vous plaît.

L'entrée de ces deux personnes dans le tapis-franc avait vivement excité l'attention ; leur costume, leurs manières, annonçaient qu'ils ne fréquentaient jamais ces ignobles cabarets ; à leur physionomie inquiète, affairée, on devinait que des motifs importants les amenaient dans ce quartier.

Le Chourineur, le Maître d'école et la Chouette les considéraient avec une avide curiosité.

Surprise de l'apparition d'hôtes si nouveaux, l'ogresse partageait l'attention générale. Thomas Seyton lui dit une seconde fois avec impatience :

— Nous avons demandé quelque chose à boire, madame ; ayez donc la bonté de nous servir.

La mère Ponisse, flattée de cette courtoisie, se leva de son comptoir, vint gracieusement s'appuyer à la table des nouveaux *consommateurs,* et dit :

— Voulez-vous un litre de vin ou une bouteille cachetée !

— Donnez-nous une bouteille de vin, des verres et de l'eau.

L'ogresse servit ; Thomas Seyton lui jeta cent sous, et, refusant la monnaie qu'elle voulait lui rendre :

— Gardez cela pour vous, notre hôtesse, et acceptez un verre de vin avec nous.

— Vous êtes bien honnête, monsieur — dit la mère Ponisse en regardant le frère de la comtesse avec autant d'étonnement que de reconnaissance.

— Mais, dites-moi — reprit celui-ci — nous avions donné rendez-vous à un de nos camarades dans un cabaret de cette rue ; nous nous sommes peut-être trompés.

— C'est ici le *Lapin-Blanc,* pour vous servir, monsieur.

— C'est bien cela — dit Thomas en faisant un signe d'intelligence à Sarah. — Oui, c'est bien au Lapin-Blanc qu'il devait nous attendre...

— Et il n'y a pas deux Lapins-Blancs dans la rue — dit orgueilleusement l'ogresse. — Mais comment était-il, votre camarade ?

— Grand et mince, cheveux et moustaches châtain-clair — dit Seyton.

— Attendez donc, attendez donc, c'est mon homme de tout à l'heure... un charbonnier d'une très-grande taille est venu le chercher, et ils sont partis ensemble.

— Justement ce sont eux que nous cherchions — dit Tom.

— Et ils étaient seuls ici ! — demanda Sarah.

— C'est-à-dire, le charbonnier n'est venu qu'un moment; votre autre camarade a soupé ici avec la Goualeuse et le Chourineur; — et du regard l'ogresse désigna celui des convives de Rodolphe qui était resté dans le cabaret.

Thomas et Sarah se retournèrent vers le Chourineur.

Après quelques minutes d'examen, Sarah dit en anglais à son compagnon :
— Connaissez-vous cet homme?

— Non. Karl avait perdu les traces de Rodolphe à l'entrée de ces rues obscures. Voyant Murph, déguisé en charbonnier, rôder autour de ce cabaret et venir sans cesse regarder au travers des vitres, il s'est douté de quelque chose et il est venu nous avertir... Mais Murph l'aura sans doute reconnu.

Pendant cette conversation tenue à voix basse et en langue étrangère, le Maître d'école dit à la Chouette en regardant Tom et Sarah :
— Le *messière* [1] a dégaîné une *roue de derrière* [2] à l'ogresse. Il est bientôt minuit, il pleut, il vente; quand ils vont *décarrer* [3] nous les *empaumerons* [4]; je *grinchirai* [5] le *sinve*. Il est avec une *largue* [6], il ne *criblera* [7] pas.

Lors même que Tom et Sarah eussent entendu ce hideux langage, ils ne l'eussent pas compris, ignorant ainsi le complot qui se tramait contre eux.

— Sois tranquille, fourline — reprit la Chouette — si le *messière criblait à la grive* [8], j'ai mon vitriol dans ma poche, je lui casserais la fiole dans la *gargoine* [9]... faut toujours donner à boire aux enfants pour les empêcher de crier. — Puis elle ajouta : — Dis donc, fourline, la première fois que nous trouverons la Pégriotte, faudra l'emmener *d'autor* [10]. Une fois que nous la tiendrons chez nous, nous lui frotterons le museau avec mon vitriol, ça fait qu'elle ne fera plus tant la fière avec sa jolie frimousse...

— Tiens, la Chouette, je finirai par t'épouser — dit le Maître d'école ; — tu n'as pas ta pareille pour l'adresse et le courage... La nuit du marchand de bœufs... je t'ai jugée; j'ai dit : Voilà ma femme, elle travaillera mieux qu'un homme.

— Et t'as bien dit, fourline; si le Squelette avait eu tantôt une femme comme moi pour *allumer* [11]... il n'aurait pas été *mouché* [12] le *surin* [13] dans l'*avaloir* [14] du *sinve* [15].

— Son compte est bon, il ne sortira maintenant de la *Lorcefé* [16] que pour être *fauché* [17]; ça fera une *tronche* [18] de moins.

— Quel singulier langage parlent ces gens-là — dit Sarah, qui avait involontairement écouté les derniers mots de l'entretien du Maître d'école et de la Chouette. Puis elle ajouta, en montrant le Chourineur :
— Si nous interrogions cet homme sur Rodolphe, peut-être saurions-nous quelque chose.

— Essayons — dit Thomas. Et, s'adressant au Chourineur : — Camarade, nous devions retrouver dans ce cabaret un de nos amis; il y a soupé avec

[1] La dupe. — [2] Cent sous. — [3] Sortir. — [4] Nous les suivrons. — [5] Volerai. — [6] Femme. — [7] Crier. — [8] Il criait à la garde. — [9] Bouche. — [10] D'autorité. — [11] Veiller. — [12] Pris. — [13] Le couteau. — [14] Dans la gorge. — [15] De la victime. — [16] De la Force. — [17] Guillotiné. — [18] Tête.

vous : puisque vous le connaissez, dites-nous si vous savez où il est allé ?

— Je le connais parce qu'il m'a rincé il y a deux heures en défendant la Goualeuse.

— Et vous ne l'aviez jamais vu ?

— Jamais..... Nous nous sommes rencontrés dans l'allée de la maison où demeure Bras-Rouge.

— L'hôtesse ! encore une bouteille cachetée, et du meilleur — dit Thomas Seyton.

Sarah et lui avaient à peine trempé leurs lèvres dans leurs verres encore pleins ; la mère Ponisse, pour faire honneur sans doute à sa propre cave, avait plusieurs fois vidé le sien.

— Et vous nous servirez sur la table de monsieur, s'il veut bien le permettre — ajouta Thomas en allant se mettre avec Sarah à côté du Chourineur, aussi étonné que flatté de cette politesse.

Le Maître d'école et la Chouette causaient toujours à voix basse et en argot de leurs sinistres projets.

La bouteille servie, Sarah et son frère attablés avec le Chourineur et l'ogresse, qui avait regardé une seconde invitation comme superflue, l'entretien continua.

— Vous nous disiez donc, mon brave, que vous aviez rencontré notre camarade Rodolphe dans la maison où demeure Bras-Rouge ? — dit Thomas Seyton en trinquant avec le Chourineur.

— Oui, mon brave — répondit celui-ci ; et il vida lestement son verre.

— Voilà un singulier nom... Bras-Rouge ! Qu'est-ce que c'est que ce Bras-Rouge ?

— Il *pastique la maltouze* — dit négligemment le Chourineur ; et il ajouta : — Voilà de fameux vin, mère Ponisse !

— C'est pour ça qu'il ne faut pas laisser votre verre vide, mon brave — reprit Thomas Seyton en versant de nouveau à boire au Chourineur.

— A votre santé — dit celui-ci — et à celle de votre petit ami qui... enfin suffit... Si ma tante était un homme, ça serait mon oncle, comme dit le proverbe... Allez donc, farceur !. . je m'entends.

Sarah rougit imperceptiblement. Son frère continua :

— Je n'ai pas bien compris ce que vous m'avez dit sur ce Bras-Rouge. Rodolphe sortait de chez lui, sans doute ?

— Je vous ai dit que Bras-Rouge *pastiquait la maltouze.*

Thomas regarda le Chourineur avec surprise.

— Qu'est-ce que ça veut dire, *pastiquer la mal*..... Comment dites-vous cela ?...

— *Pastiquer la maltouze ?* faire la contrebande, donc. Il paraît que vous ne *dévidez* pas *le jars* [1] ?

— Mon brave, je ne vous comprends plus.

[1] Que vous ne parlez pas argot.

— Je vous dis : Vous ne parlez donc pas argot comme M. Rodolphe ?

— Argot ? — dit Thomas Seyton en regardant Sarah d'un air surpris.

— Allons, vous êtes des *pantes* [1]... Mais le camarade Rodolphe est un fameux *zig* [2], lui ; tout peintre en éventails qu'il est, il m'en remontrerait à moi-même pour l'argot... Eh bien, puisque vous ne parlez pas ce beau langage-là, je vous dis en bon français que Bras-Rouge est contrebandier ; sans compter qu'il tient un estaminet aux Champs-Élysées. Je dis sans traîtrise qu'il est contrebandier... car il ne s'en cache pas, il s'en vante au nez des gabelous ; mais cherche, et attrape si tu peux... car Bras-Rouge est malin.

— Et qu'est-ce que Rodolphe allait faire chez cet homme ? — demanda Sarah.

— Ma foi, monsieur... ou madame... à votre choix, je n'en sais rien de rien, aussi vrai que je bois ce verre de vin. Ce soir, je riais avec la Goualeuse, qui croyait que je voulais la battre : elle s'enfonce dans l'allée de la maison de Bras-Rouge, je la poursuis... c'était noir comme chez le diable ; au lieu d'empoigner la Goualeuse, je tombe sur maître Rodolphe... qui me donne ma paye, et d'une fière force... oh ! oui... il y avait surtout les coups de poing de la fin... tonnerre ! c'était-il bien festonné ! Il m'a promis de me montrer ce coup-là...

— Et Bras-Rouge, quel homme est-ce ? — demanda Tom. — Quelle espèce de marchandises vend-il ?

— Bras-Rouge ? dame ! il vend tout ce qu'il est défendu de vendre, il fait tout ce qu'il est défendu de faire. Voilà sa partie. N'est-ce pas, mère Ponisse ?

— Oh ! c'est un cadet qui a plus d'une corde à son arc — dit l'ogresse.

— Il est par là-dessus principal locataire d'une certaine maison rue du Temple... drôle de maison encore... Mais suffit... — ajouta l'ogresse, craignant d'en avoir trop dit.

— Et quelle est l'adresse de Bras-Rouge dans cette rue ? — demanda Thomas Seyton au Chourineur.

— Numéro 13, monsieur.

— Peut-être apprendrons-nous là quelque chose — dit tout bas Seyton à sa sœur ; — demain j'y enverrai Karl.

— Puisque vous connaissez M. Rodolphe — reprit le Chourineur — vous pouvez vous vanter d'avoir un ami solide..... et bon enfant..... Sans le charbonnier, il allait se donner un coup de peigne avec le Maître d'école, qui est là-bas dans son coin avec la Chouette..... Tonnerre ! faut que je me tienne à quatre pour ne pas l'exterminer, cette vieille sorcière, quand je pense à ce qu'elle a fait à la Goualeuse... Mais patience... un coup de poing n'est jamais perdu, comme dit c't autre.

Minuit sonna à l'Hôtel-de-Ville.

Le quinquet de la taverne ne jetait plus qu'une lumière douteuse.

[1] Hommes simples. — [2] Camarade.

A l'exception du Chourineur et de ses deux convives, du Maître d'école et de la Chouette, tous les habitués du tapis-franc s'étaient peu à peu retirés.

Le Maître d'école dit tout bas à la Chouette :

— Nous allons nous cacher dans l'allée en face, nous verrons *décarrer* [1] les *messières* [2]. S'ils vont à gauche, nous les attendrons dans le recoin de la rue Saint-Éloi; s'ils vont à droite, nous les attendrons dans les démolitions, du côté de la triperie; il y a là un grand trou; j'ai mon idée.

Et le Maître d'école et la Chouette se dirigèrent vers la porte.

— Vous ne *pitanchez* donc rien ce soir? — leur dit l'ogresse.

— Non, mère Ponisse..... Nous étions entrés pour nous mettre à l'abri — dit le Maître d'école; et il sortit avec la Chouette.

[1] Sortir. — [2] Les victimes.

H.VALENTIN   C.J.TRAVIES

CHAPITRE VII.

LA BOURSE OU LA VIE.

Au bruit que fit la porte en se fermant, Tom et Sarah sortirent de leur rêverie; ils se levèrent et remercièrent le Chourineur des renseignements qu'il
leur avait donnés. Ce dernier sortit; le vent redoublait de violence, la pluie
tombait à torrents.

Le Maître d'école et la Chouette, embusqués dans une allée faisant face au
tapis-franc, virent le Chourineur s'éloigner du côté de la rue où se trouvait
une maison en démolition. Bientôt ses pas, un peu alourdis par ses fréquentes
libations de la soirée, se perdirent au milieu des sifflements de la bise et des
rafales de pluie qui fouettaient les murailles.

Tom et Sarah quittèrent la taverne malgré la tourmente, et prirent une
direction opposée à celle du Chourineur.

7

— Ils sont *enflaqués* [1] — dit tout bas le Maître d'école à la Chouette; — débouche ton vitriol : attention !

— Otons nos souliers, ils ne nous entendront pas marcher derrière eux — répondit la Chouette.

— Tu as raison, toujours raison ; faisons patte de velours, ma vieille.

Le hideux couple ôta ses chaussures et se glissa dans l'ombre en rasant les maisons...

Grâce à ce stratagème, le bruit des pas de la borgnesse et du Maître d'école fut tellement amorti, qu'ils suivirent Tom et Sarah presque à les toucher sans que ceux-ci les entendissent.

— Heureusement notre fiacre est au coin de la rue — dit Thomas Seyton; — car la pluie va nous traverser. N'avez-vous pas froid, Sarah !

— Peut-être apprendrons-nous quelque chose par le contrebandier, par ce Bras-Rouge — dit Sarah pensive sans répondre à la question de son frère.

Tout à coup celui-ci s'arrêta et dit :

— Je me suis trompé de rue, il fallait prendre à gauche en sortant du cabaret; nous devons passer devant une maison en démolition pour retrouver notre fiacre. Retournons sur nos pas.

Le Maître d'école et la Chouette, qui suivaient leurs victimes de près, se jetèrent dans l'embrasure d'une porte pour n'être pas aperçus de Tom et de Sarah, qui les coudoyèrent presque.

— Au fait, j'aime mieux qu'ils aillent du côté des décombres — dit tout bas le Maître d'école; — si le *messière* [2] regimbe..., j'ai mon idée.

Sarah et son frère, après avoir de nouveau passé devant le tapis-franc, arrivèrent près d'une maison en ruines. Cette masure étant à moitié démolie, ses caves découvertes formaient une espèce de gouffre le long duquel la rue se prolongeait en cet endroit.

Tout à coup le Maître d'école bondit avec la vigueur et la souplesse d'un tigre; d'une de ses larges mains il saisit Seyton à la gorge et lui dit :

— Ton argent, ou je te jette dans ce trou !

Puis le brigand, repoussant Seyton en arrière, lui fit perdre l'équilibre, et d'une main le retint pour ainsi dire suspendu au-dessus de la profonde excavation, tandis que de l'autre main il saisit le bras de Sarah comme dans un étau.

Avant que Tom eût fait un mouvement, la Chouette l'avait dévalisé avec une dextérité merveilleuse.

Sarah ne cria pas, ne chercha pas à se débattre; elle dit d'une voix calme :

— Donnez-leur votre bourse, mon frère. — Et s'adressant au brigand : — Nous ne crierons pas, ne nous faites pas de mal.

La Chouette, après avoir scrupuleusement fouillé les poches des deux victimes de ce guet-apens, dit à Sarah :

---

[1] Perdus. — [2] Le volé.

— Voyons tes mains, s'il y a des bagues. Non — dit la vieille femme en grommelant. — Tiens, pas d'anneaux ?... quelle misère !

Le sang-froid de Thomas Seyton ne se démentit pas pendant cette scène aussi rapide qu'imprévue.

— Voulez-vous faire un marché ? Mon portefeuille contient des papiers qui vous seront inutiles ; rapportez-le-moi, et demain je vous donne vingt-cinq louis — dit Thomas au Maître d'école, dont la main l'étreignait moins rudement.

— Oui, pour nous tendre une souricière ! — répondit le brigand. — Allons, file sans regarder derrière toi. Tu as du bonheur d'en être quitte pour si peu.

— Un moment — dit la Chouette — s'il est gentil, il aura son portefeuille ; il y a moyen. — Puis s'adressant à Thomas Seyton : — Vous connaissez la plaine Saint-Denis ?

— Oui.

— Savez-vous où est Saint-Ouen ?

— Oui.

— En face de Saint-Ouen, au bout du chemin de la Révolte, la plaine est plate ; à travers champs, on y voit de loin ; venez-y demain matin tout seul, aboulez l'argent, vous m'y trouverez avec le portefeuille ; donnant, donnant, je vous le rendrai.

— Mais il te fera pincer, la Chouette !

— Pas si bête ! il n'y a pas mèche... on voit de trop loin. Je n'ai qu'un œil... mais il est bon ; si le *messière* vient avec quelqu'un, il ne trouvera plus personne, j'aurai décanillé.

Sarah parut frappée d'une idée subite ; elle dit au brigand :

— Voulez-vous gagner de l'argent ?

— Oui.

— Avez-vous vu dans le cabaret d'où nous sortons, car maintenant je vous reconnais, avez-vous vu l'homme que le charbonnier est venu chercher ?

— Un mince à moustaches ? Oui, j'allais manger un morceau de ce mufle-là ; mais il ne m'a pas donné le temps... Il m'a étourdi de deux coups de poing et m'a renversé sur une table... c'est la première fois que ça m'arrive... Oh ! je m'en vengerai !

— Eh bien ! il s'agit de lui — dit Sarah.

— De lui ? — s'écria le Maître d'école. — 1,000 francs, et je vous le tue...

— Misérable ! il ne s'agit pas de le tuer... — dit Sarah au Maître d'école.

— De quoi donc, alors ?

— Venez demain à la plaine Saint-Denis ; vous y trouverez mon compagnon — reprit-elle — vous verrez bien qu'il est seul ; il vous dira ce qu'il faut faire. Ce n'est pas 1,000 francs, mais 2,000 francs que je vous donnerai... si vous réussissez.

— Fourline — dit tout bas la Chouette au Maître d'école — il y a de l'ar-

gent à gagner ; *c'est des daims huppés*[1] qui veulent monter un coup à un ennemi ; cet ennemi, c'est ce gueux que tu voulais crever.... Faut y aller ; j'irai,
moi, à ta place... Deux mille balles ! mon vieux, ça en vaut la peine.

— Eh bien ! ma femme ira — dit le Maître d'école ; — vous lui direz ce qu'il
y a à faire, et je verrai...

— Soit, demain à une heure.

— A une heure.

— Dans la plaine Saint-Denis.

— Dans la plaine Saint-Denis.

— Entre Saint-Ouen et le chemin de la Révolte, au bout de la route.

— C'est dit.

— Et je vous rapporterai votre portefeuille.

— Et vous aurez les 500 francs promis, et un à-compte sur l'autre affaire
si vous êtes raisonnable.

— Maintenant allez à droite, nous à gauche ; ne nous suivez pas ; sinon...

Et le Maître d'école et la Chouette s'éloignèrent rapidement, pendant que
Thomas Seyton et sa sœur se dirigeaient à grands pas vers le parvis Notre-
Dame.

Un témoin invisible avait assisté à cette scène... c'était le Chourineur, qui
s'était tapi dans les décombres de la maison en démolition pour se mettre à
l'abri de la pluie. La proposition que fit Sarah au brigand, relativement à
Rodolphe, intéressa vivement le Chourineur ; effrayé des périls qui semblaient
menacer son nouvel *ami*, il regretta de ne pouvoir l'en garantir. Sa haine contre
le Maître d'école et contre la Chouette fut peut-être pour quelque chose dans
ce bon sentiment.

Le Chourineur résolut d'avertir Rodolphe du danger qu'il courait ; mais
comment y parvenir ? il avait oublié l'adresse du soi-disant peintre en éventails.
Peut-être Rodolphe ne reviendrait-il pas au tapis-franc ; comment le trouver ?
En faisant ces réflexions, le Chourineur avait machinalement suivi Tom et
Sarah ; il les vit monter dans un fiacre qui les attendait devant le parvis Notre-
Dame.

Le fiacre partit.

Le Chourineur monta derrière cette voiture. A une heure du matin le fiacre
s'arrêta sur le boulevard de l'Observatoire, et Thomas et Sarah disparurent
dans une ruelle qui aboutit à cet endroit. La nuit était très-noire ; le Chourineur, afin de reconnaître, le lendemain, les lieux où il se trouvait, tira son couteau de sa poche et fit une large entaille à l'un des arbres situés à l'angle de la
ruelle. Puis il regagna son gîte, dont il s'était considérablement éloigné.

Pour la première fois depuis long-temps le Chourineur goûta dans son taudis
un sommeil profond, qui ne fut pas interrompu par l'horrible vision de l'*abattoir
aux sergents*, comme il disait dans son rude langage.

---

[1] Des gens riches.

CHAPITRE VIII.

Le lendemain de la soirée où s'étaient passés les différents événements que nous venons de raconter, un radieux soleil d'automne brillait au milieu d'un ciel pur ; la tourmente de la nuit avait cessé. Quoique toujours obscurci par la hauteur des maisons, le hideux quartier où le lecteur nous a suivi semblait moins horrible, vu à la clarté d'un beau jour.

Soit que Rodolphe ne craignît plus la rencontre des deux personnes qu'il avait évitées la veille, soit qu'il la bravât, vers les onze heures du matin il entra dans la rue aux Fèves et se dirigea vers la taverne de l'ogresse.

Rodolphe était toujours habillé en ouvrier, mais on remarquait dans ses vêtements une certaine recherche ; sa blouse neuve, ouverte sur la poitrine, laissait voir sa chemise de laine rouge, fermée par plusieurs boutons d'argent ; le col d'une autre chemise de toile blanche se rabattait sur sa cravate de soie noire, négligemment nouée autour de son cou ; de sa casquette de velours bleu-de-ciel, à visière vernie, s'échappaient quelques boucles de cheveux châtains ; des bottes parfaitement cirées, remplaçant les gros souliers ferrés qu'il portait la veille, mettaient en valeur un pied charmant, qui paraissait d'autant plus petit qu'il sortait d'un large pantalon de velours olive.

Ce costume ne nuisait en rien à l'élégance de la tournure de Rodolphe, rare mélange de grâce, de souplesse et de force.

L'ogresse se prélassait sur le seuil du tapis-franc lorsque Rodolphe s'y présenta.

— Votre servante, jeune homme! Vous venez sans doute chercher la monnaie de vos 20 francs? — dit-elle avec une sorte de déférence, n'osant pas oublier que la veille le vainqueur du Chourineur lui avait jeté un louis sur son comptoir — il vous revient 17 livres 10 sous... Ce n'est pas tout... On est venu vous demander hier : un grand monsieur, bien couvert; il avait au bras une petite femme déguisée en homme. Ils ont bu du *cacheté* avec le Chourineur.

— Ah! ils ont bu avec le Chourineur! Et que lui ont-ils dit?

— Quand je dis qu'ils ont bu. je me trompe, ils n'ont fait que tremper leurs lèvres dans leurs verres, et...

— Je te demande ce qu'ils ont dit au Chourineur?

— Ils lui ont parlé de choses et d'autres, quoi! de Bras-Rouge, de la pluie et du beau temps.

— Ils connaissent Bras-Rouge?

— Au contraire, le Chourineur leur a expliqué qui c'était... et comme quoi vous...

— C'est bon, il ne s'agit pas de ça.

— Vous demandez votre monnaie?

— Oui... et j'emmènerai la Goualeuse passer la journée à la campagne.

— Oh! impossible, ça, mon garçon.

— Pourquoi?

— Elle n'a qu'à ne pas revenir! Ses nippes sont à moi, sans compter qu'elle me doit encore quatre-vingt-dix francs pour finir de s'acquitter de sa nourriture et de son logement, depuis six semaines qu'elle loge chez moi; si elle n'était pas honnête comme elle l'est, je ne la laisserais pas aller plus loin que le coin de la rue, au moins...

— La Goualeuse te doit quatre-vingt-dix francs?

— Quatre-vingt-dix francs dix sous... Mais qu'est-ce que ça vous fait, mon garçon? Ne dirait-on pas que vous allez les payer? Faites donc le milord!

— Tiens — dit Rodolphe en jetant cinq louis sur l'étain du comptoir de l'ogresse. — Maintenant, combien vaut la défroque que tu lui loues!

La vieille, ébahie, examinait les louis l'un après l'autre d'un air de doute et de méfiance.

— Ah çà, crois-tu que je te donne de la fausse monnaie? Envoie changer cet or, et finissons .. Combien vaut la défroque que tu loues à cette malheureuse!

L'ogresse, partagée entre le désir de faire une bonne affaire, l'étonnement de voir un ouvrier posséder autant d'argent, la crainte d'être dupée, et l'espoir de gagner davantage encore, l'ogresse garda un moment le silence, puis elle reprit :

— Ses hardes valent au moins... cent francs.

— De pareilles guenilles! allons donc!! tu garderas la monnaie d'hier et je te donnerai encore un louis, rien de plus. Se laisser rançonner par toi... c'est voler les pauvres qui ont droit à des aumônes.

— Eh bien! mon garçon, je garde mes hardes : la Goualeuse ne sortira pas d'ici; je suis libre de vendre mes effets ce que je veux.

— Que Lucifer te brûle un jour selon tes mérites! Voilà ton argent, va me chercher la Goualeuse.

L'ogresse empocha l'or, pensant que l'ouvrier avait commis un vol ou fait un héritage, et lui dit, avec un ignoble sourire :

— Dites donc, pourquoi ne monteriez-vous pas chercher vous-même la Goualeuse?... cela lui ferait plaisir... car, foi de mère Ponisse, hier elle vous reluquait joliment!

— Va la chercher et dis-lui que je l'emmènerai à la campagne..... rien de plus. Surtout qu'elle ne sache pas que je t'ai payé sa dette...

— Pourquoi donc?

— Que t'importe?

— Au fait, ça m'est égal, j'aime mieux qu'elle se croie encore sous ma coupe...

— Te tairas-tu! monteras-tu!...

— Oh! quel air méchant! Je plains ceux à qui vous en voulez..... Allons, j'y vais... j'y vais...

Et l'ogresse monta.

Quelques minutes après, elle redescendit.

— La Goualeuse ne voulait pas me croire; elle est devenue cramoisie quand elle a su que vous étiez là... Mais quand je lui ai dit que je lui permettais de passer la journée à la campagne, j'ai cru qu'elle devenait folle; pour la première fois de sa vie elle a eu envie de me sauter au cou.

— C'était la joie... de te quitter.

Fleur-de-Marie entra dans ce moment, vêtue comme la veille : robe d'alépine brune, châle orange noué derrière le dos, marmotte à carreaux rouges laissant voir seulement deux grosses nattes de cheveux blonds.

Elle rougit en reconnaissant Rodolphe, et baissa les yeux d'un air confus.

— Voulez-vous venir passer la journée à la campagne avec moi, mon enfant? — dit Rodolphe.

— Bien volontiers, monsieur Rodolphe — dit la Goualeuse — puisque madame le permet.

— Je t'y autorise, ma petite chatte, par rapport à ta bonne conduite..... dont tu fais l'ornement... Allons, viens m'embrasser.

Et la mégère tendit à Fleur-de-Marie son ignoble visage couperosé.

La malheureuse, surmontant sa répugnance, approcha son front des lèvres de l'ogresse; mais d'un violent coup de coude Rodolphe repoussa la vieille dans son comptoir, prit le bras de Fleur-de-Marie et sortit du tapis-franc au bruit des malédictions de la mère Ponisse.

— Prenez garde, monsieur Rodolphe — dit la Goualeuse — l'ogresse va peut-être vous jeter quelque chose à la tête, elle est si méchante !

— Rassurez-vous, mon enfant. Mais qu'avez-vous ? vous semblez embarrassée... triste !... Êtes-vous fâchée de venir avec moi ?

— Au contraire... mais... mais... vous me donnez le bras.

— Eh bien !

— Vous êtes ouvrier... quelqu'un peut dire à votre bourgeois qu'on vous a rencontré avec moi... ça vous fera du tort. Les maîtres n'aiment pas que leurs ouvriers se dérangent.

Et la Goualeuse dégagea doucement son bras de celui de Rodolphe, en ajoutant :

— Allez tout seul... je vous suivrai jusqu'à la barrière... Une fois dans les champs, je reviendrai auprès de vous.

— Ne craignez rien — dit Rodolphe, touché de cette délicatesse, et, reprenant le bras de Fleur-de-Marie : — Mon bourgeois ne demeure pas dans le quartier, et puis d'ailleurs nous allons trouver un fiacre sur le quai aux Fleurs.

— Comme vous voudrez, monsieur Rodolphe ; je vous disais cela pour ne pas vous faire arriver de peine...

— Je le crois, et je vous en remercie. Mais, franchement, vous est-il égal d'aller à la campagne dans un endroit ou dans un autre ?

— Ça m'est égal, monsieur Rodolphe, pourvu que ce soit à la campagne... Il fait si beau... le grand air est si bon à respirer ! Savez-vous que voilà six semaines que je n'ai pas été plus loin que le marché aux Fleurs ? Et encore, si l'ogresse me permettait de sortir de la Cité, c'est qu'elle avait bien confiance en moi.

— Et quand vous veniez à ce marché, c'était pour acheter des fleurs ?

— Oh ! non, je n'avais pas d'argent ; je venais seulement les voir, respirer leur bonne odeur... Pendant la demi-heure que l'ogresse me laissait passer sur le quai les jours de marché, j'étais si contente que j'oubliais tout

— Et en rentrant chez l'ogresse... dans ces vilaines rues ?...

— Dame... je revenais plus triste que je n'étais partie... et je renfonçais mes larmes pour ne pas être battue. Tenez .. au marché... ce qui me faisait envie, oh ! bien envie, c'était de voir de petites ouvrières bien proprettes, qui s'en allaient toutes gaies, avec un beau pot de fleurs dans leurs bras.

— Je suis sûr que si vous aviez eu seulement quelques fleurs sur votre fenêtre, cela vous aurait tenu compagnie !

— C'est bien vrai ce que vous dites là, monsieur Rodolphe ! Figurez-vous qu'un jour l'ogresse, à sa fête, sachant mon goût, m'avait donné un petit rosier. Si vous saviez comme j'étais heureuse ! je ne m'ennuyais plus, allez ! Je ne faisais que regarder mon rosier... je m'amusais à compter ses feuilles, ses fleurs... Mais l'air est si mauvais dans la Cité, qu'au bout de deux jours il a commencé à jaunir... Alors... Mais vous allez vous moquer de moi, monsieur Rodolphe.

-- Non, non, continuez.

— Eh bien ! alors, j'ai demandé à l'ogresse la permission de sortir et d'aller promener mon rosier... comme j'aurais promené un enfant.. Oui, je l'emportais au quai, me figurant que d'être avec les autres fleurs, dans ce bon air frais et embaumé, ça lui faisait du bien ; je trempais ses pauvres feuilles flétries dans la belle eau de la fontaine, et puis, pour le ressuyer, je le mettais un bon quart d'heure au soleil... Cher petit rosier, il n'en voyait jamais, de soleil, dans la Cité... pas plus que moi... car dans notre rue il ne descend pas plus bas que le toit... Enfin je rentrais... Eh bien ! je vous assure, monsieur Rodolphe, que, grâce à ces promenades, mon rosier a peut-être vécu dix jours de plus qu'il n'aurait vécu sans cela.

— Je vous crois ; mais quand il est mort, ç'a été une grande perte pour vous ?

— Je l'ai pleuré, ç'a été un vrai chagrin... Et puis, tenez, monsieur Rodolphe, puisque vous comprenez qu'on aime les fleurs quoiqu'on n'en ait pas, je peux bien vous dire ça. Eh bien ! je lui avais aussi comme de la reconnaissance, à ce pauvre rosier, de fleurir si gentiment pour moi... quoique... enfin... malgré ce que j'étais...

Et la Goualeuse baissant la tête devint pourpre de honte...

— Malheureuse enfant ! avec cette conscience de votre horrible position, vous avez dû souvent...

— Avoir envie d'en finir, n'est-ce pas, monsieur Rodolphe ? — dit la Goualeuse en interrompant son compagnon — oh ! oui, allez, plus d'une fois, depuis un mois, j'ai regardé la Seine par-dessus le parapet... mais après je regardais les fleurs, le soleil... Alors je me disais : La rivière sera toujours là ; je n'ai que seize ans et demi... qui sait ?

—– Quand vous disiez *Qui sait ?*... vous espériez ?

— Oui...

— Et qu'espériez-vous ?

— Trouver une bonne âme qui me procurerait de l'ouvrage afin de pouvoir sortir de chez l'ogresse... et cela me consolait d'espérer... Et puis je me disais : J'ai bien de la misère, mais au moins je n'ai jamais fait de mal à personne... si j'avais eu quelqu'un pour me conseiller, je ne serais pas où j'en suis !... Alors ça chassait un peu ma tristesse... qui avait bien augmenté à la suite de la perte de mon rosier — ajouta la Goualeuse avec un soupir.

—.Toujours ce grand chagrin...

— Oui... tenez, le voilà.

Et la Goualeuse tira de sa poche un petit paquet de bois soigneusement coupé et attaché avec une faveur rose.

— Vous l'avez conservé ?

— Je le crois bien... c'est tout ce que je possède au monde.

8

— Comment ! vous n'avez rien à vous ?

— Rien...

— Mais ce collier de corail ?

— C'est à l'ogresse.

— Vous ne possédez pas un chiffon, un bonnet, un mouchoir ?

— Non, rien... rien... que les branches sèches de mon pauvre rosier. C'est pour cela que j'y tiens tant...

Rodolphe et la Goualeuse arrivèrent au quai aux Fleurs : un fiacre les attendait, Rodolphe y fit monter la Goualeuse ; il monta après elle et dit au cocher :

— A Saint-Denis ; je te dirai plus tard le chemin qu'il faudra prendre.

La voiture partit ; le soleil était radieux, le ciel sans nuages ; l'air circulait vif et frais à travers l'ouverture des glaces baissées.

— Tiens ! un manteau de femme ! — dit la Goualeuse en remarquant qu'elle s'était assise sur ce vêtement qu'elle n'avait pas aperçu.

— Oui, c'est pour vous, mon enfant ; je l'ai pris dans la crainte que vous n'ayez froid.

Peu habituée à ces prévenances, la pauvre fille regarda Rodolphe avec surprise.

— Mon Dieu, monsieur Rodolphe, comme vous êtes bon ! ça me rend honteuse...

— Parce que je suis bon ?

— Non ; mais... vous ne parlez plus maintenant comme hier, que vous êtes tout autre..

— Voyons, Fleur-de-Marie, qu'aimez-vous mieux, que je sois le Rodolphe d'hier... ou le Rodolphe d'aujourd'hui ?

— Je vous aime bien mieux comme maintenant... Pourtant, hier il me semblait que j'étais plus votre égale... — Puis, se reprenant aussitôt, craignant d'avoir humilié Rodolphe, elle lui dit — Quand je dis votre égale... monsieur Rodolphe, je sais bien que cela ne peut pas être...

— Il y a une chose qui m'étonne en vous, Fleur-de-Marie.

— Quoi donc, monsieur Rodolphe ?

— Vous paraissez oublier ce que la Chouette vous a dit hier..., qu'elle connaissait les personnes qui vous avaient élevée.

— Oh ! je n'ai pas oublié cela... j'y ai pensé cette nuit... et j'ai beaucoup pleuré... mais je suis sûre que cela n'est pas vrai... la borgnesse aura inventé cette histoire pour me faire de la peine...

— Il se peut que la Chouette soit mieux instruite que vous ne le croyez ; si cela était, ne seriez-vous pas heureuse de retrouver vos parents ?

— Hélas ! monsieur Rodolphe ! si mes parents ne m'ont jamais aimée... à quoi bon les retrouver ?... Ils ne voudraient pas seulement me voir... S'ils m'ont aimée... quelle honte je leur ferais !... Ils en mourraient peut-être...

— Si vos parents vous ont aimée, Fleur-de-Marie, ils vous plaindront, ils

FLEUR-DE-MARIE.

vous pardonneront, ils vous aimeront... S'ils vous ont délaissée... en voyant à quel sort affreux leur abandon vous a réduite... leur honte, leurs remords vous vengeront.

— A quoi bon se venger?

— Vous avez raison... n'en parlons plus...

A ce moment, la voiture arrivait près de Saint-Ouen, à l'embranchement de la route de Saint-Denis et du chemin de la Révolte.

Malgré la monotonie du paysage, Fleur-de-Marie fut si transportée de voir des *champs*, comme elle disait, qu'oubliant les tristes pensées que le souvenir de la Chouette venait d'éveiller en elle, son charmant visage s'épanouit. Elle se pencha à la portière en battant des mains et s'écria :

— Monsieur Rodolphe, quel bonheur!... de l'herbe! des champs! Si vous vouliez me permettre de descendre... il fait si beau!... J'aimerais tant à courir dans ces prairies...

— Courons, mon enfant... Cocher, arrête!

— Comment! vous aussi, vous voulez courir, monsieur Rodolphe?

— Je m'en fais une fête.

— Quel bonheur!! monsieur Rodolphe!!

Et Rodolphe et la Goualeuse de se prendre par la main et de courir à perdre haleine dans une vaste pièce de regain tardif récemment fauché.

Dire les bonds, les petits cris joyeux, le ravissement de Fleur-de-Marie, serait impossible. Pauvre gazelle si long-temps prisonnière, elle aspirait le grand air avec ivresse... Elle allait, venait, s'arrêtait, repartait avec de nouveaux transports. A la vue de plusieurs touffes de paquerettes et de boutons d'or, la Goualeuse ne put retenir de nouvelles exclamations de plaisir; elle ne laissa pas une de ces petites fleurs. Après avoir ainsi couru quelque temps, et s'être lassée vite, car elle avait perdu l'habitude de l'exercice, elle s'arrêta pour reprendre haleine, et s'assit sur un tronc d'arbre renversé au bord d'un fossé profond.

Le teint transparent et blanc de Fleur-de-Marie, ordinairement un peu pâle, se nuança des plus vives couleurs. Ses grands yeux bleus brillaient doucement; sa bouche vermeille, haletante, laissait voir deux rangées de perles humides, son sein battait sous son vieux petit châle orange; elle appuyait une de ses mains sur son cœur pour en comprimer les pulsations, tandis que, de l'autre main, elle tendait à Rodolphe le bouquet de fleurs des champs qu'elle avait cueilli.

Rien de plus charmant que l'expression de joie innocente et pure qui rayonnait sur cette physionomie candide.

Lorsque Fleur-de-Marie put parler, elle dit à Rodolphe, avec un accent de félicité profonde, de reconnaissance presque religieuse :

— Que le bon Dieu est bon de nous donner un si beau jour!!

Une larme vint aux yeux de Rodolphe en entendant cette pauvre créature abandonnée, méprisée, perdue, jeter un cri de bonheur, de gratitude inef-

fable envers le Créateur, parce qu'elle jouissait d'un rayon de soleil et de la
vue d'une prairie.

. . . .

Rodolphe fut tiré de sa contemplation par un incident imprévu.

CHAPITRE IX.

LA SURPRISE.

Nous l'avons dit, la Goualeuse s'était assise sur un tronc d'arbre renversé au bord d'un fossé profond.

Tout à coup un homme, se dressant du fond de cette excavation, secoua la litière sous laquelle il s'était tapi, et poussa un éclat de rire formidable.

La Goualeuse se retourna en jetant un cri d'effroi.

C'était le Chourineur.

— N'aie pas peur, ma fille — reprit le Chourineur en voyant la frayeur de la jeune fille, qui se réfugia auprès de son compagnon. — Dites donc, monsieur Rodolphe, voilà une fameuse rencontre, hein! vous ne vous attendiez pas à ça, ni moi non plus... — Puis il ajouta d'un ton sérieux : — Tenez, maître... voyez-vous, on dira ce qu'on voudra... mais il y a quelque chose en l'air... là-haut... au-dessus de nos têtes... Le *Meg des megs* ¹ est un malin, il me fait l'effet de dire à l'homme : Va comme je te pousse... vu qu'il vous a poussés ici tous les deux, ce qui est diablement étonnant!

— Que fais-tu là? — dit Rodolphe très-surpris.

— Je veille au grain pour vous, mon maître... Mais, tonnerre! quelle bonne farce que vous veniez justement dans les environs de ma maison de campagne... Tenez, il y a quelque chose... décidément, il y a quelque chose.

— Mais, encore une fois, que fais-tu là?

— Tout à l'heure vous le saurez, donnez-moi seulement le temps de me percher sur votre observatoire à un cheval.

Et le Chourineur courut vers le fiacre arrêté à peu de distance, jeta çà et là sur la plaine un coup d'œil perçant, et revint prestement rejoindre Rodolphe.

— M'expliqueras-tu ce que tout cela signifie?

¹ Dieu.

— Patience! patience! maître... Encore un mot... Quelle heure est-il?

— Midi et demi — dit Rodolphe en consultant sa montre.

— Bon..., nous avons le temps..... La Chouette ne sera ici que dans une demi-heure.

— La Chouette! — s'écrièrent à la fois Rodolphe et la jeune fille.

— Oui... la Chouette. En deux mots, maître... voilà l'histoire : hier, quand vous avez eu quitté le tapis-franc, il est venu...

— Un homme d'une grande taille avec une femme habillée en homme; ils m'ont demandé, je sais cela. Ensuite?

— Ensuite ils m'ont payé à boire et ont voulu me faire *jaspiner* [1] sur votre compte... Moi, je n'ai rien pu leur dire... vu que vous ne m'avez pas communiqué autre chose que la raclée dont vous m'avez fait la politesse..., je ne savais de vos secrets que celui des coups de poing de la fin... Après ça j'aurais su quelque chose, ça aurait été tout de même... C'est entre nous à la vie à la mort..., maître Rodolphe... Que le diable me brûle si je sais pourquoi je me sens pour vous comme qui dirait l'attachement d'un bouledogue pour son maître... depuis que vous m'avez dit que j'avais du cœur et de l'honneur..... Mais c'est égal... ça y est... C'est plus fort que moi, je ne m'en mêle plus... ça vous regarde... arrangez-vous ..

— Je te remercie, mon garçon, mais continue...

— Le grand monsieur et la petite femme habillée en homme, voyant qu'ils ne tiraient rien de moi, sont sortis de chez l'ogresse, et moi aussi... eux du côté du Palais-de-Justice, moi du côté de Notre-Dame. Arrivé au bout de la rue, je commence à m'apercevoir qu'il tombait par trop de hallebardes..., une pluie de déluge! Il y avait tout proche une maison en démolition. Je me dis : — Si l'averse dure long-temps, je dormirai aussi bien là que dans mon chenil. — Je me laisse couler dans une espèce de cave où j'étais à couvert; je fais mon lit d'une vieille poutre, mon oreiller d'un plâtras, et me voilà couché comme un roi.

— Après... après?...

— Nous avions bu ensemble, maître Rodolphe. J'avais encore bu avec le grand et la petite habillée en homme : c'est pour vous dire que j'avais la tête lourde... avec ça il n'y a rien qui me berce comme le bruit de la pluie qui tombe. Je commence donc à roupiller; il n'y avait pas, je crois, long-temps que je *pionçais*, quand un bruit m'éveille en sursaut; c'était le Maître d'école qui causait comme qui dirait *amicablement* avec un autre... J'écoute... tonnerre!... qu'est-ce que je reconnais!... la voix du grand... qui était venu au tapis-franc avec la petite habillée en homme!

— Ils causaient avec le Maître d'école et la Chouette? — dit Rodolphe stupéfait.

— Avec le Maître d'école et la Chouette... Ils convenaient de se retrouver le lendemain...

[1] Jaser.

— C'est aujourd'hui!... — dit Rodolphe.

— A une heure.

— C'est dans un instant !

— A l'embranchement de la route de Saint-Denis et de la Révolte...

— C'est ici !

— Comme vous dites, maître Rodolphe, c'est ici !

— Le Maître d'école!... prenez garde, monsieur Rodolphe — s'écria Fleur-de-Marie.

— Calme-toi, ma fille... lui ne doit pas venir... mais seulement la Chouette...

— Comment l'homme qui est venu me chercher au cabaret avec une femme déguisée a-t-il pu se mettre en rapport avec ces deux misérables?... — dit Rodolphe.

— Je n'en sais, ma foi, rien. Après ça, maître, peut-être que je ne me serai éveillé qu'à la fin de la chose; car le grand parlait de ravoir son porte-feuille que la Chouette doit lui rapporter ici... en échange de cinq cents francs; faut croire que le Maître d'école avait commencé par les voler... et que c'est après qu'ils se seront mis à causer de *bonne amitié.*

— Cela est étrange. .

— Mon Dieu, ça m'effraie pour vous, monsieur Rodolphe — dit Fleur-de-Marie.

— Maître Rodolphe n'est pas un enfant, ma fille; mais, comme tu dis... ça pourrait chauffer pour lui... et me voilà.

— Continue, mon garçon.

— Le grand et la petite ont promis deux mille francs au Maître d'école... pour vous faire... je ne sais pas quoi; c'est la Chouette qui doit venir ici tout à l'heure rapporter le portefeuille et savoir de quoi il retourne, pour aller le redire au Maître d'école, qui se charge du reste.

Fleur-de-Marie tressaillit.

Rodolphe sourit dédaigneusement.

— Deux mille francs pour vous faire quelque chose ! maître Rodolphe... ça me fait penser (sans comparaison) que lorsque je vois afficher cent francs de récompense pour un chien perdu, je me dis modestement à moi-même : Animal, tu te perdrais qu'on ne donnerait pas seulement cent liards pour te ravoir... Deux mille francs pour vous faire quelque chose!... Qui êtes-vous donc?

— Je te l'apprendrai tout à l'heure.

— Suffit, maître... Quand j'ai eu entendu cette proposition je me dis : Il faut que je sache où perchent ces richards qui veulent lâcher le Maître d'école aux trousses de M. Rodolphe; ça peut servir. Quand ils s'éloignent, je sors de mes décombres, je les suis à pas de loup; le grand et la petite rejoi-gnent un fiacre au parvis Notre-Dame, ils montent dedans, moi derrière, nous arrivons boulevard de l'Observatoire. Il faisait noir comme dans un four, je ne pouvais rien voir; j'entaille un arbre pour m'y reconnaître le len-demain.

— Très-bien, mon garçon.

— Ce matin j'y suis retourné. A dix pas de mon arbre... j'ai vu une ruelle fermée par une barrière... dans la boue de la ruelle des petits pas et des grands pas... au bout de la ruelle une petite porte de jardin où les pas cessaient... le nid du grand et de la petite doit être là.

— Merci, mon brave; tu me rends, sans t'en douter, un grand service.

— Pardon! excuse! maître Rodolphe, je m'en doutais... c'est pour cela que je l'ai fait.

— Je le sais, mon garçon, et je voudrais pouvoir récompenser ton service autrement que par un remercîment... Malheureusement je ne suis qu'un pauvre diable d'ouvrier... quoiqu'on donne, comme tu dis, deux mille francs pour me faire quelque chose... Je vais t'expliquer cela...

— Bon, si ça vous amuse, sinon ça m'est égal... on vous monte un coup, je m'y oppose... le reste ne me regarde pas...

— Je devine ce qu'ils veulent... Écoute-moi bien, j'ai un secret pour tailler l'ivoire des éventails à la mécanique; mais ce secret ne m'appartient pas à moi seul; j'attends mon associé pour mettre ce procédé en pratique, et c'est sûrement du modèle de la machine que j'ai chez moi dont on veut s'emparer à tout prix; car il y a beaucoup d'argent à gagner avec cette découverte.

— Le grand et la petite... sont donc?...

— Des fabricants chez qui j'ai travaillé... et à qui je n'ai pas voulu donner mon secret...

Cette explication parut satisfaisante au Chourineur, dont l'intelligence n'était pas singulièrement développée, et il reprit :

— Je comprends maintenant... Voyez-vous, les gueusards!... et ils n'ont pas seulement le courage de faire leurs mauvais coups eux-mêmes... Mais, pour en finir, voilà ce que je me suis dit ce matin : Je sais le rendez-vous de la Chouette et du grand, je vais aller les attendre, j'ai de bonnes jambes; mon maître débardeur m'attendra, tant pis... J'arrive ici... je vois ce trou, je vas prendre une brassée de fumier là-bas, je me cache jusqu'au bout du nez, et j'attends la Chouette... Mais voilà-t-il pas que vous déboulez dans la plaine et que cette pauvre Goualeuse vient justement s'asseoir au bord de mon parc; alors, ma foi, j'ai voulu faire une farce, et j'ai crié comme un brûlé en sortant de ma litière...

— Maintenant, quel est ton dessein?...

— Attendre la Chouette qui, bien sûr, arrivera la première, tâcher d'entendre ce qu'elle dira au grand, parce que cela peut vous servir. Il n'y a que ce tronc d'arbre-là renversé dans ce champ; de cet endroit on voit partout dans la plaine, c'est comme fait exprès pour s'y asseoir... Le rendez-vous de la Chouette est à quatre pas, à l'embranchement de la route; il y a à parier qu'ils viendront s'asseoir ici; s'ils n'y viennent pas... si je ne puis rien entendre... quand ils seront séparés, je tombe sur la Chouette, ça sera toujours ça, je lui paye ce que je lui dois pour la dent de la Goualeuse, et je lui tords le cou jusqu'à ce qu'elle me dise le nom des parents de la pauvre fille, puisqu'elle dit qu'elle les connaît... Qu'est-ce que vous dites de mon idée, maître Rodolphe ?

— Il y a du bon, mon garçon ; mais il faut corriger quelque chose à ton plan.

— Oh ! d'abord, Chourineur, ne vous faites pas de mauvaise querelle pour moi... Si vous battez la Chouette, le Maître d'école...

— Assez, ma fille... La Chouette me passera par les mains... Tonnerre ! c'est justement parce qu'elle a le Maître d'école pour la défendre que je doublerai la dose.

— Écoute, mon garçon, j'ai un meilleur moyen de venger la Goualeuse des méchancetés de la Chouette. Je te dirai cela plus tard. Quant à présent — dit Rodolphe en s'éloignant de quelques pas de la Goualeuse, et en baissant la voix — quant à présent, veux-tu me rendre un vrai service...

— Parlez, maître Rodolphe.

— La Chouette ne te connaît pas ?

— Je l'ai vue hier pour la première fois au tapis-franc...

— Voilà ce qu'il faudra que tu fasses... Tu te cacheras d'abord ; mais lorsque tu la verras près d'ici, tu sortiras de ton trou.

— Pour lui tordre le cou ?...

— Non... plus tard !... aujourd'hui il faut seulement l'empêcher de parler avec le grand... Voyant quelqu'un avec elle, il n'osera pas approcher... S'il approche, ne la quitte pas d'une minute... il ne pourra pas lui faire ses propositions devant toi...

— Si l'homme me trouve curieux... j'en fais mon affaire... ça n'est ni un Maître d'école, ni un maître Rodolphe. Je suis la Chouette comme son ombre. L'homme ne dit pas un mot que je ne l'entende, il finit par filer... et après je donne une tournée à la Chouette ? Je tiens à ça... c'est mon petit-verre.

— Pas encore... La borgnesse ne sait pas si tu es voleur ou non ?

— Non, à moins que le Maître d'école lui ait parlé de moi d'avance et lui ait dit que c'était pas dans mon idée...

— S'il lui a dit, tu auras l'air d'avoir changé de principes.

— Moi ?

— Toi !...

— Tonnerre ! monsieur Rodolphe... Mais dites donc... hum ! hum... ça ne me va guère, cette farce-là...

— Tu ne feras que ce que tu voudras... tu verras bien si je te propose une infamie... Une fois l'homme éloigné, tu tâcheras d'amadouer la Chouette. Comme elle sera furieuse de la bonne aubaine qu'elle aura manquée, tu tâcheras de la calmer en lui disant que tu sais un bon coup à faire, que tu es là pour attendre ton complice, et que, si le Maître d'école veut en être... il y a beaucoup d'or à gagner...

— Tiens... tiens... tiens.

— Au bout d'une heure d'attente tu lui diras : « Mon camarade ne vient pas...

9

c'est remis, » et tu prendras rendez-vous avec la Chouette et le Maître d'école…
pour demain… de bonne heure. Tu comprends ?

— Je comprends…

— Et ce soir tu te trouveras, à dix heures, au coin des Champs-Élysées et
de l'allée des Veuves ; je t'y joindrai et je te dirai le reste…

— Si c'est un piége, prenez garde ! le Maître d'école est malin… ; vous
l'avez battu… au moindre doute il est capable de vous tuer.

— Sois tranquille…

— Tonnerre ! c'est farce… mais vous faites de moi ce que vous voulez…
C'est pas l'embarras, quelque chose me dit qu'il y a un bouillon à boire pour
le Maître d'école et pour la Chouette… Pourtant… un mot encore, monsieur
Rodolphe.

— Parle.

— Ce n'est pas que je vous croie susceptible de tendre une souricière au
Maître d'école pour le faire pincer par la police… C'est un gueux fini, qui
mérite cent fois la mort… mais le faire arrêter… c'est pas ma partie.

— Ni la mienne, mon garçon ; mais j'ai un compte à régler avec lui et avec
la Chouette, puisqu'ils complotent avec les gens qui m'en veulent… et à nous
deux nous en viendrons à bout, si tu m'aides.

— Oh bien ! alors, comme le mâle ne vaut pas mieux que la femelle… j'en
suis… Mais vite, vite — s'écria le Chourineur — j'aperçois là-bas, là-bas, un
point blanc ; ça doit être le béguin de la Chouette… Partez, je me remets dans
mon trou.

— Et ce soir, à dix heures…

— Au coin de l'allée des Veuves et des Champs-Élysées ; c'est dit…

Fleur-de-Marie n'avait pas entendu cette dernière partie de l'entretien du
Chourineur et de Rodolphe. Elle remonta en fiacre avec son compagnon de
voyage.

RODOLPHE

dans la plaine Saint-Denis

Après son départ....

Chommeur peut être

CHAPITRE X.

Après son entretien avec le Chourineur, Rodolphe resta quelques moments préoccupé, pensif. Fleur-de-Marie, n'osant interrompre le silence de son compagnon, le regardait tristement.

Rodolphe, relevant la tête, lui dit en souriant avec bonté :

— A quoi pensez-vous, mon enfant? La rencontre du Chourineur vous a été désagréable, n'est-ce pas? Nous étions si gais!

— C'est au contraire un bien pour nous, monsieur Rodolphe, puisque le Chourineur pourra vous être utile.

— Cet homme ne passait-il pas, parmi les habitués du tapis-franc, pour avoir encore quelques bons sentiments?

— Je l'ignore, monsieur Rodolphe... Avant la scène d'hier je l'avais vu souvent, je lui avais à peine parlé... je le croyais aussi méchant que les autres...

— Ne pensons plus à tout cela, ma petite Fleur-de-Marie. J'aurais du malheur si je vous attristais, moi qui justement voulais vous faire passer une bonne journée.

— Oh! je suis bien heureuse! Il y a si long-temps que je ne suis sortie de Paris!

— Depuis vos parties en mylord avec Rigolette?

— Mon Dieu, oui, monsieur Rodolphe... C'était au printemps... mais,

quoique nous soyons en automne, ça me fait tout autant de plaisir. Quel beau
soleil il fait!... voyez donc ces petits nuages roses là-bas... là-bas... et cette
colline!... avec ces jolies maisons blanches au milieu des arbres... Comme les
feuilles sont encore vertes! c'est étonnant au mois d'octobre, n'est-ce pas,
monsieur Rodolphe? Mais à Paris les feuilles se fanent si vite... Et là-bas...
cette volée de pigeons... les voilà qui s'abattent sur le toit d'un moulin... Dans
les champs on ne se lasse pas de regarder, tout est amusant.

— C'est un plaisir de voir combien vous êtes sensible à ces riens qui font
le charme de l'aspect de la campagne, Fleur-de-Marie.

En effet, à mesure que la jeune fille contemplait le tableau calme et riant
qui se déroulait autour d'elle, sa physionomie s'épanouissait de nouveau.

— Et là-bas, ce feu de chaume dans les terres labourées, la belle fumée
blanche qui monte au ciel... et cette charrue avec ses deux bons gros chevaux
gris... Si j'étais homme, comme j'aimerais l'état de laboureur!... Être au milieu d'une plaine à suivre sa charrue... en voyant bien loin des grands bois,
par un beau temps comme aujourd'hui, par exemple!... c'est pour le coup que
ça vous donnerait envie de chanter de ces chansons un peu tristes, qui vous
font venir les larmes aux yeux... comme *Geneviève de Brabant*. Est-ce que
vous connaissez la chanson de *Geneviève de Brabant,* monsieur Rodolphe?

— Non, mon enfant; mais, si vous êtes gentille, vous me la chanterez
tantôt, nous avons toute notre journée à nous...

A ces mots, par un brusque revirement de pensée, songeant qu'après ces
heures de liberté passées à la campagne elle rentrerait dans son bouge infect,
la pauvre Goualeuse cacha sa tête dans ses mains et fondit en larmes.

Rodolphe, surpris, dit à la Goualeuse :

— Qu'avez-vous, Fleur-de-Marie, qui vous chagrine?

— Rien... rien, monsieur Rodolphe — et elle essuya ses yeux en tâchant de
sourire. — Pardon si je m'attriste... n'y faites pas attention... je n'ai rien, je
vous jure... c'est une idée... je vais être gaie.

— Mais vous étiez si joyeuse tout à l'heure!

— C'est pour ça... — répondit naïvement Fleur-de-Marie en levant sur Rodolphe ses yeux encore humides de larmes.

Ces mots éclairèrent Rodolphe; il devina tout. Voulant chasser l'humeur
sombre de la jeune fille, il lui dit en souriant :

— Je parie que vous pensiez à votre rosier! vous regrettez, j'en suis sûr, de
ne pouvoir lui faire partager notre promenade.

La Goualeuse prit le prétexte de cette plaisanterie pour sourire; peu à peu
ce léger nuage de tristesse s'effaça de son esprit; elle ne pensa qu'à jouir du
présent et à s'étourdir sur l'avenir... La voiture arrivait près de Saint-Denis,
la haute flèche de l'église se voyait au loin.

— Oh! le beau clocher! — s'écria la Goualeuse.

— C'est le clocher de Saint-Denis, une église superbe..... Voulez-vous la
voir? nous ferons arrêter le fiacre.

La Goualeuse baissa les yeux.

— Depuis que je suis chez l'ogresse, je ne suis point entrée dans une église; je n'ai pas osé. A la prison, au contraire, j'aimais tant à chanter à la messe; et, à la Fête-Dieu, nous faisions de si beaux bouquets d'autel!

— Mais Dieu est bon et clément : pourquoi craindre de le prier, d'entrer dans une église?

— Oh! non, non... monsieur Rodolphe... ce serait comme une impiété... C'est bien assez d'offenser le bon Dieu autrement.

Après un moment de silence Rodolphe dit à la Goualeuse :

— Jusqu'à présent avez-vous aimé quelqu'un?

— Jamais, monsieur Rodolphe!

— Pourquoi cela?

— Vous avez vu les gens qui fréquentaient le tapis-franc... Et puis, pour aimer, il faut être honnête.

— Comment cela?

— Ne dépendre que de soi... pouvoir... Mais, tenez, si ça vous est égal, monsieur Rodolphe, je vous en prie, ne parlons pas de ça...

— Soit, Fleur-de-Marie, parlons d'autre chose... Mais qu'avez-vous à me regarder ainsi? voilà encore vos beaux yeux pleins de larmes..... Vous ai-je chagrinée?

— Oh! au contraire; mais vous êtes si bon pour moi que cela me donne envie de pleurer... et puis vous ne me tutoyez pas... et puis, enfin, on dirait que vous ne m'avez emmenée que pour mon plaisir, à moi, tant vous avez l'air satisfait de me voir heureuse. Non content de m'avoir défendue hier..., vous me faites passer aujourd'hui une pareille journée avec vous...

— Vraiment, vous êtes heureuse?

— D'ici à bien long-temps je n'oublierai ce bonheur-là.

— C'est si rare, le bonheur!...

— Oui, bien rare...

— Ma foi, moi, à défaut de ce que je n'ai pas, je m'amuse quelquefois à rêver ce que je voudrais avoir, à me dire : Voilà ce que je désirerais être... voilà la fortune que j'ambitionnerais... Et vous, Fleur-de-Marie, quelquefois ne faites-vous pas aussi de ces rêves-là, de beaux châteaux en Espagne?

— Autrefois, oui, en prison; avant d'entrer chez l'ogresse, je passais ma vie à ça et à chanter; mais depuis c'est plus rare..... Et vous, monsieur Rodolphe, qu'est-ce que vous ambitionneriez donc?

— Moi, je voudrais être riche, très-riche... avoir des domestiques, des équipages, un hôtel, aller dans un beau monde, tous les jours au spectacle. Et vous, Fleur-de-Marie?

— Moi, je ne serais pas si difficile : de quoi payer l'ogresse, quelque argent d'avance pour avoir le temps de trouver de l'ouvrage, une gentille petite chambre bien propre d'où je verrais des arbres en travaillant.

— Beaucoup de fleurs sur votre fenêtre?.,.

— Oh! bien sûr... Habiter la campagne si ça se pouvait, et voilà tout ....

— Une petite chambre, de l'ouvrage, c'est le nécessaire; mais quand on n'a qu'à désirer, on peut bien se permettre le superflu... Est-ce que vous ne voudriez pas avoir des voitures, des diamants, de belles toilettes?

— Je n'en voudrais pas tant... Ma liberté, vivre à la campagne, et être sûre de ne pas mourir à l'hôpital... Oh! cela surtout... ne pas mourir là!..... Tenez, monsieur Rodolphe, souvent cette pensée me vient... Elle est affreuse!

— Hélas! nous autres pauvres gens...

— Ce n'est pas pour la misère... que je dis cela... Mais après... quand on est morte...

— Eh bien?

— Vous ne savez donc pas ce que l'on fait de vous après, monsieur Rodolphe!

— Non...

— Il y a une jeune fille que j'avais connue en prison... elle est morte à l'hôpital... On a abandonné son corps aux chirurgiens... — murmura la malheureuse en frissonnant.

— Ah! c'est horrible!!! Comment, malheureuse enfant, vous avez souvent de ces sinistres pensées?...

— Cela vous étonne, n'est-ce pas, monsieur Rodolphe, que j'aie de la honte... pour après ma mort... *Hélas! mon Dieu... on ne m'a laissé que celle-là...*

Ces douloureuses et amères paroles attristèrent profondément Rodolphe.

La Goualeuse, voyant l'air sombre de son compagnon, lui dit timidement :

— Pardon, monsieur Rodolphe, je ne devrais pas avoir de ces idées-là... Vous m'emmenez avec vous pour être joyeuse, et je vous dis toujours des choses si tristes... si tristes! mon Dieu, je ne sais pas comment cela se fait, c'est malgré moi... Je n'ai jamais été plus heureuse qu'aujourd'hui; et pourtant à chaque instant les larmes me viennent aux yeux... Vous ne m'en voulez pas, dites, monsieur Rodolphe? D'ailleurs... vous voyez... cette tristesse s'en va... comme elle est venue... bien vite... Maintenant... je n'y songe déjà plus... Je serai raisonnable... Tenez, monsieur Rodolphe... regardez mes yeux...

Et Fleur-de-Marie, après avoir deux ou trois fois fermé ses yeux pour en chasser une larme rebelle, les ouvrit tout grands... bien grands, et regarda Rodolphe avec une naïveté charmante.

— Fleur-de-Marie, je vous en prie, ne vous contraignez pas... Soyez gaie, si vous avez envie d'être gaie... triste, s'il vous plaît d'être triste..... Mon Dieu, moi qui vous parle, quelquefois j'ai comme vous des idées sombres... Je serais très-malheureux de feindre une joie que je ne ressentirais pas.

— Vraiment, monsieur Rodolphe, vous êtes triste aussi quelquefois!

— Sans doute; mon avenir n'est guère plus beau que le vôtre... Je suis sans père ni mère... que demain je tombe malade, comment vivre! Je dépense ce que je gagne au jour le jour.

— Ça, c'est un tort, voyez-vous... un grand tort, monsieur Rodolphe, —

lui dit la Goualeuse d'un ton de grave remontrance qui le fit sourire ; — vous devriez mettre à la caisse d'épargne... Moi, tout mon mauvais sort est venu de ce que je n'ai pas économisé mon argent... Avec cent francs devant lui, un ouvrier n'est jamais aux crochets de personne, jamais embarrassé... et c'est bien souvent l'embarras qui vous conseille mal.

— Cela est très-sage, très-sensé, ma bonne petite ménagère. Mais cent francs... comment amasser cent francs ?

— Mais, monsieur Rodolphe, c'est bien simple : faisons un peu votre compte ; vous allez voir... Vous gagnez, n'est-ce pas, quelquefois jusqu'à cinq francs par jour ?

— Oui, quand je travaille.

— Il faut travailler tous les jours. Êtes-vous donc si à plaindre ? Un joli état comme le vôtre... peintre en éventails... mais ça devrait être pour vous un plaisir... Tenez, vous n'êtes pas raisonnable, monsieur Rodolphe !... — ajouta la Goualeuse d'un ton sévère. — Un ouvrier peut vivre, mais très-bien vivre avec trois francs ; il vous reste donc quarante sous, au bout d'un mois soixante francs d'économie... Soixante francs par mois... mais c'est une somme !

— Oui ; mais c'est si bon de flâner, de ne rien faire !

— Monsieur Rodolphe, encore une fois vous n'avez pas plus de raison qu'un enfant...

— Eh bien ! je serai raisonnable, petite grondeuse ; vous me donnez de bonnes idées... Je n'avais pas songé à cela...

— Vraiment ? — dit la jeune fille en frappant dans ses mains avec joie. — Si vous saviez combien vous me rendez contente !... Vous économiserez quarante sous par jour ! bien vrai ?

— Allons... j'économiserai quarante sous par jour — dit Rodolphe en souriant malgré lui.

— Bien vrai, bien vrai ?

— Je vous le promets...

— Vous verrez comme vous serez fier des premières économies que vous aurez faites... Et puis, ce n'est pas tout... si vous voulez me promettre de ne pas vous fâcher...

— Est-ce que j'ai l'air bien méchant ?

— Non, certainement... mais je ne sais pas si je dois...

— Vous devez tout me dire, Fleur-de-Marie...

— Eh bien ! enfin, vous qui... on voit ça, êtes au-dessus de votre état, comment est-ce que vous fréquentez des cabarets comme celui de l'ogresse ?

— Si je n'étais pas venu dans le tapis-franc, je n'aurais pas le plaisir d'aller à la campagne aujourd'hui avec vous, Fleur-de-Marie.

— C'est bien vrai, mais c'est égal, monsieur Rodolphe... Je suis aussi heureuse que possible de ma journée, eh bien ! je renoncerais de bon cœur à en passer une pareille si cela pouvait vous faire du tort.

— Au contraire, puisque vous m'avez donné d'excellents conseils de ménage.

— Et vous les suivrez?

— Je vous l'ai promis, parole d'honneur. J'économiserai au moins quarante sous par jour...

A ce moment Rodolphe dit au cocher, qui avait dépassé le village de Sarcelles . — Prends le premier chemin à droite, tu traverseras Villiers-le-Bel, ensuite tu tourneras à gauche, puis tu iras toujours tout droit.

— Maintenant que vous êtes contente de moi, Fleur-de-Marie — reprit Rodolphe — nous pouvons nous amuser, comme nous le disions tout à l'heure, à faire des châteaux en Espagne. Ça ne coûte pas cher, vous ne me reprocherez pas ces dépenses-là ?

— Oh! celles-là, non... Voyons, faisons votre château en Espagne.

— D'abord... le vôtre, Fleur-de-Marie.

— Voyons si vous devinerez mon goût, monsieur Rodolphe.

— Essayons... Je suppose que cette route-ci... Je dis celle-ci parce que nous y sommes...

— C'est juste, il ne faut pas aller chercher si loin.

— Je suppose donc que cette route-ci nous mène à un charmant village, très-éloigné de la grande route.

— Oui, c'est bien plus tranquille.

— Il est bâti à mi-côte, et entremêlé de beaucoup d'arbres.

— Il y a tout auprès une petite rivière...

— Justement..., une petite rivière. A l'extrémité du village on voit une jolie ferme; d'un côté de la maison il y a un verger, de l'autre un beau jardin rempli de fleurs.

— Cette ferme serait censée ma ferme où nous allons?

— Sans doute.

— Et où nous pourrions avoir du lait?

— Fi donc! du lait! de l'excellente crème, et des œufs tout frais.

— Que nous irions dénicher nous-mêmes?

— Nous-mêmes.

— Et nous irions voir les vaches dans l'étable ?

— Je crois bien.

— Et nous irions aussi dans la laiterie?

— Aussi dans la laiterie.

— Et au pigeonnier?

— Et au pigeonnier.

— Quel bonheur !

— Mais laissez-moi finir de vous faire la description de la ferme.

— C'est juste.

— Au rez-de-chaussée une vaste cuisine pour les gens de la ferme, et une salle à manger pour la fermière.

— La maison a des persiennes vertes... c'est si gai, n'est-ce pas, monsieur Rodolphe?

— Va pour les persiennes vertes... je suis de votre avis... rien de plus gai que des persiennes vertes .. Naturellement la fermière serait votre tante.

— Naturellement... et ce serait une bien bonne femme.

— Excellente : elle vous aimerait comme une mère...

— Bonne tante ! ça doit être si bon d'être aimé par quelqu'un !

— Et vous l'aimeriez bien aussi ?

— Oh ! — s'écria Fleur-de-Marie en joignant les mains et en levant les yeux au ciel avec une expression de bonheur impossible à rendre — oh ! oui, je l'aimerais ; et puis je l'aiderais à travailler, à coudre, à ranger le linge, à blanchir, à serrer les fruits pour l'hiver, à tout le ménage, enfin... Elle ne se plaindrait pas de ma paresse, je vous en réponds !... D'abord le matin...

— Attendez donc, Fleur-de-Marie... êtes-vous impatiente !... que je finisse de vous peindre la maison.

— Allez, allez, monsieur le peintre, on voit que vous avez l'habitude de faire de jolis paysages sur vos éventails — dit la Goualeuse en riant.

— Petite babillarde... laissez-moi donc achever ma maison...

— C'est vrai, je babille ; mais c'est si amusant !... Allons, monsieur Rodolphe, je vous écoute ; finissez la maison de la fermière.

— Votre chambre est au premier.

— Ma chambre ! quel bonheur ! Voyons ma chambre, voyons ! Et la jeune fille se pressa contre Rodolphe, ses grands yeux bien ouverts, bien curieux.

— Votre chambre a deux fenêtres qui donnent sur le jardin de fleurs et sur une prairie arrosée par la petite rivière. De l'autre côté de la petite rivière s'élève un coteau tout planté de vieux châtaigniers, au milieu desquels on aperçoit le clocher de l'église.

— Que c'est donc joli !... que c'est donc joli, monsieur Rodolphe ! Ça donne envie d'y être !

— Trois ou quatre belles vaches paissent dans la prairie, qui est séparée du jardin par une haie d'aubépine.

— Et de ma fenêtre je vois les vaches ?

— Parfaitement.

— Il y en a une qui serait ma favorite, n'est-ce pas, monsieur Rodolphe ? je lui ferais un beau collier avec une clochette, et je l'habituerais à venir manger dans ma main.

— Elle n'y manquera pas. Elle est toute blanche, toute jeune, et s'appelle *Musette*.

— Ah ! le joli nom ! pauvre Musette, comme je l'aimerais !

— Finissons votre chambre, Fleur-de-Marie ; elle est tendue d'une jolie toile perse, avec les rideaux pareils ; un grand rosier et un énorme chèvrefeuille couvrent les murs de la ferme de ce côté-là, et entourent vos croisées, de façon que tous les matins vous n'avez qu'à allonger la main pour cueillir un beau bouquet de roses et de chèvrefeuille tout trempé de rosée.

— Ah ! monsieur Rodolphe, quel bon peintre vous êtes !

10

— Maintenant, voici comme vous passez votre journée.

— Voyons ma journée.

— Votre bonne tante vient d'abord vous éveiller en vous baisant tendrement au front ; elle vous apporte un bol de lait chaud , parce que votre poitrine est faible , pauvre enfant ! Vous vous levez ; vous allez faire un tour dans la ferme, voir Musette , les poulets , vos amis les pigeons, les fleurs du jardin... A neuf heures , arrive votre maître d'écriture...

— Mon maître !

— Vous sentez bien qu'il faut apprendre à lire, à écrire, à compter, pour pouvoir aider votre tante à tenir ses livres de fermage.

— C'est vrai, monsieur Rodolphe, je ne pense à rien... il faut bien que j'apprenne à écrire pour aider ma tante — dit sérieusement la pauvre fille, tellement absorbée par la riante peinture de cette vie paisible qu'elle croyait à sa réalité.

— Après votre leçon , vous vous occupez du linge de la maison, ou vous vous brodez un joli bonnet à la paysanne... Sur les deux heures vous travaillez à votre écriture , et puis vous allez avec votre tante faire une bonne promenade, voir les moissonneurs dans l'été, les laboureurs dans l'automne ; vous vous fatiguez bien , et vous rapportez une belle poignée d'herbe des champs, choisies par vous pour votre chère *Musette.*

— Car nous revenons par la prairie , n'est-ce pas , monsieur Rodolphe ?

— Sans doute ; il y a justement un pont de bois sur la rivière. Au retour, il est, ma foi, six ou sept heures : dans ce temps-ci, comme les soirées sont déjà fraîches , un bon feu flambe gaiement dans la grande cuisine de la ferme ; vous allez vous y réchauffer et causer un moment avec les braves gens qui soupent en rentrant du labour. Ensuite vous dînez avec votre tante. Quelquefois le curé ou un fermier voisin se met à table avec vous. Après cela , vous lisez ou vous travaillez pendant que votre tante fait sa partie de cartes. A dix heures , elle vous baise au front, vous remontez chez vous ; et le lendemain matin , c'est à recommencer.

— On vivrait cent ans comme cela , monsieur Rodolphe , sans penser à s'ennuyer un moment...

— Mais cela n'est rien. Et les dimanches, donc ! et les jours de fête !

— Qu'est-ce qu'on fait donc ces jours-là, monsieur Rodolphe ?

— Vous vous faites belle, vous mettez une jolie robe à la paysanne, avec ça de charmants bonnets ronds qui vous vont à ravir ; vous montez en cabriolet avec votre tante et Jacques, le garçon de ferme , pour aller à la grand'-messe du village ; après, dans l'été, vous ne manquez pas d'assister, avec votre tante , à toutes les fêtes des paroisses voisines. Vous êtes si gentille , si douce, si bonne petite ménagère , votre tante vous aime tant, le curé rend de vous un si favorable témoignage , que tous les jeunes fermiers des environs veulent vous faire danser, parce que c'est comme cela que commencent toujours les mariages... Aussi peu à peu vous remarquez un de ces jeunes garçons... et...

Rodolphe, étonné du silence de la Goualeuse, la regarda.

La malheureuse fille étouffait à grand'peine ses sanglots... Un moment, abusée par les paroles de Rodolphe, elle avait oublié le présent, auquel sa pensée venait de la ramener malgré elle ; aussi le contraste de ce présent avec ce rêve d'une existence douce et riante lui rappelait l'horreur de sa position.

— Fleur-de-Marie, qu'avez-vous !

— Ah ! monsieur Rodolphe, sans le vouloir vous m'avez fait bien du chagrin... j'ai cru un instant à ce paradis...

— Mais, pauvre enfant, ce paradis existe... Cocher, arrête... Tenez, regardez...

La voiture s'arrêta.

La Goualeuse releva machinalement la tête. Elle se trouvait au sommet d'une petite colline. Quel fut son étonnement, sa stupeur !... Le joli village bâti à mi-côte, la ferme, la prairie, les belles vaches, la petite rivière, la châtaigneraie, l'église dans le lointain, le tableau était sous ses yeux... rien n'y manquait, jusqu'à *Musette*, belle génisse blanche, future favorite de la Goualeuse... Ce charmant paysage était éclairé par un beau soleil d'octobre... Les feuilles jaunes et pourpres des châtaigniers se découpaient sur l'azur du ciel.

— Eh bien ! Fleur-de-Marie, que dites-vous ! Suis-je bon peintre ! dit Rodolphe en souriant.

La Goualeuse le regardait avec une surprise mêlée d'inquiétude. Ce qu'elle voyait lui semblait presque surnaturel.

— Comment se fait-il, monsieur Rodolphe ?... Mais, mon Dieu ! est-ce un rêve ?... J'ai presque peur... Comment ! ce que vous m'avez dit...

— Rien de plus simple, mon enfant... La fermière est ma nourrice, j'ai été élevé ici... Je lui ai écrit ce matin de très-bonne heure que je viendrais la voir ; je peignais d'après nature.

— Vous avez raison, monsieur Rodolphe ! il n'y a rien là d'extraordinaire — dit la Goualeuse avec un profond soupir.

La ferme où Rodolphe conduisait Fleur-de-Marie était située en dehors et à l'extrémité du village de *Bouqueval*, petite paroisse solitaire, ignorée, enfoncée dans les terres, et éloignée d'Écouen d'environ deux lieues. Le fiacre, suivant les indications de Rodolphe, descendit un chemin rapide, et entra dans une longue avenue bordée de cerisiers et de pommiers. La voiture roulait sans bruit sur un tapis de ce gazon fin et ras dont la plupart des routes vicinales sont ordinairement couvertes.

Fleur-de-Marie, silencieuse, triste, restait, malgré ses efforts, sous une impression douloureuse, que Rodolphe se reprochait presque d'avoir causée.

Au bout de quelques minutes la voiture passa devant la grande porte de la cour de la ferme, continua son chemin le long d'une épaisse charmille, et s'arrêta en face d'un petit porche de bois rustique à demi caché sous un vigoureux cep de vigne aux feuilles rougies par l'automne.

— Nous voici arrivés, Fleur-de-Marie — dit Rodolphe — êtes-vous contente !

— Oui, monsieur Rodolphe... pourtant il me semble à présent que je vais avoir honte devant la fermière ; je n'oserai jamais la regarder...

— Pourquoi cela, mon enfant !

— Vous avez raison, monsieur Rodolphe.. elle ne me connaît pas.

Et la Goualeuse étouffa un soupir.

On avait sans doute guetté l'arrivée du fiacre de Rodolphe. Le cocher ouvrait la portière, lorsqu'une femme de cinquante ans environ, vêtue comme le sont les riches fermières des environs de Paris, ayant une physionomie à la fois triste, douce et prévenante, parut sous le porche, et s'avança au-devant de Rodolphe avec un respectueux empressement.

La Goualeuse devint pourpre, et descendit de voiture après un moment d'hésitation...

— Bonjour, ma bonne madame Georges... — dit Rodolphe à la fermière — vous le voyez, je suis exact...

Puis, se retournant vers le cocher et lui mettant de l'argent dans la main :

— Tu peux t'en retourner à Paris.

Le cocher, petit homme trapu, avait son chapeau enfoncé sur les yeux et la

figure presque entièrement cachée par le collet fourré de son karrik; il empocha l'argent, ne répondit rien, remonta sur son siége, fouetta son cheval,
et disparut rapidement dans l'allée verte.

Fleur-de-Marie s'approcha de Rodolphe, l'air inquiet, troublé, presque
alarmé, et lui dit tout bas, de manière à n'être pas entendue de madame
Georges :

— Mon Dieu! monsieur Rodolphe, pardon... Vous renvoyez la voiture?...

— Sans doute...

— Mais l'ogresse?

— Comment?

— Hélas!... il faut que je retourne chez elle ce soir... Oh! il le faut absolument... sinon... elle me regardera comme une voleuse... Mes habits lui appartiennent... et je lui dois...

— Rassurez-vous, mon enfant, c'est à moi de vous demander pardon...

— Pardon!... et de quoi?

— De ne pas vous avoir dit plus tôt que vous ne deviez plus rien à l'ogresse..,
que vous pouviez rester ici si vous vouliez, et quitter ces vêtements pour
d'autres que ma bonne madame Georges va vous donner. Elle est à peu près
de votre taille, elle voudra bien vous prêter de quoi vous habiller... Vous le
voyez, elle commence déjà son rôle de tante.

Fleur-de-Marie croyait rêver; elle regardait tour à tour la fermière et Rodolphe, ne pouvant croire à ce qu'elle entendait.

— Comment — dit-elle, la voix palpitante d'émotion — je ne retournerai plus à Paris?... je pourrai rester ici? madame... me le permettra?... ce serait possible!... ce château en Espagne de tantôt?

— Le voilà réalisé.

— Non, oh! non, ce serait trop beau... trop de bonheur,

— On n'a jamais trop de bonheur, Fleur-de-Marie...

— Ah! par pitié, monsieur Rodolphe... ne me trompez pas, cela me ferait bien mal.

— Ma chère enfant, croyez-moi — dit Rodolphe d'une voix toujours affectueuse, mais avec un accent de dignité que Fleur-de-Marie ne lui connaissait pas encore; — je vous le répète... vous pouvez, si cela vous convient, mener dès aujourd'hui, auprès de madame Georges, cette vie paisible dont tout à l'heure le tableau vous enchantait... Quoique madame Georges ne soit pas votre tante, elle aura pour vous le plus tendre intérêt; vous passerez même pour sa nièce aux yeux des gens de la ferme, ce petit mensonge rendra votre position plus convenable... Encore une fois... si cela vous plaît, Fleur-de-Marie, vous pourrez réaliser votre rêve de tantôt. Dès que vous serez habillée en petite fermière — ajouta Rodolphe en souriant — nous vous mènerons voir votre future favorite, *Musette*, jolie génisse blanche, qui n'attend plus que le collier que vous lui avez promis... Nous irons aussi faire connaissance avec vos amis les pigeons, et puis à la laiterie; nous parcourrons enfin toute la ferme; je tiens à remplir ma promesse.

Fleur-de-Marie joignit les mains avec force. La surprise, la joie, la reconnaissance, le respect se peignirent sur sa ravissante figure; ses yeux se noyèrent de larmes, elle s'écria

— Monsieur Rodolphe... vous êtes donc un des anges de Dieu, que vous faites tant de bien aux malheureux sans les connaître, et que vous les délivrez de la honte et de la misère!!!

— Ma pauvre enfant — répondit Rodolphe avec un sourire de mélancolie profonde et d'ineffable bonté — quoique jeune encore, j'ai déjà beaucoup souffert, j'ai perdu une enfant qui aurait à présent votre âge... cela vous explique ma compassion pour ceux qui souffrent... et pour vous en particulier. Fleur-de-Marie, ou plutôt *Marie*, allez avec madame Georges... Oui, *Marie*, gardez désormais ce nom, doux et joli comme vous! Avant mon départ nous causerons ensemble, et je vous quitterai bien heureux... de vous savoir heureuse.

Fleur-de-Marie ne répondit rien, fléchit à demi les genoux, prit la main de Rodolphe, et, avant qu'il eût pu l'en empêcher, elle la porta respectueusement à ses lèvres par un mouvement rempli de grâce et de modestie, puis suivit madame Georges, qui la contemplait avec un intérêt profond.

SIR WALTER MURPH.

CHAPITRE XI.

MURPH ET RODOLPHE.

Rodolphe se dirigea vers la cour de la ferme, et y trouva l'homme de grande taille qui, la veille, déguisé en charbonnier, était venu l'avertir de l'arrivée de Tom et de Sarah. Murph, tel est le nom de ce personnage, avait cinquante ans environ ; quelques mèches blanches argentaient deux petites touffes de cheveux d'un blond vif qui frisaient de chaque côté de son crâne presque entièrement chauve ; son visage large, coloré, était complétement rasé, sauf des favoris très-courts, d'un blond ardent, qui ne dépassaient pas le niveau de l'oreille, et s'arrondissaient en forme de croissant sur ses joues rebondies. Malgré son âge et son embonpoint, Murph était alerte et robuste. Sa physionomie, quoique flegmatique, paraissait à la fois bienveillante et résolue ; il portait une cravate blanche, un grand gilet et un long habit noir à larges basques ; sa culotte, d'un gris verdâtre, était de même étoffe que ses guêtres, qui ne rejoignaient pas tout à fait ses jarretières. L'habillement et la mâle tournure de Murph rappelaient le type parfait de ce que les Anglais appellent le gentilhomme fermier. Hâtons-nous d'ajouter qu'il était Anglais et gentilhomme (*squire*), mais non fermier. Au moment où Rodolphe entra dans la cour, Murph remettait dans la poche d'une petite calèche de voyage une paire de pistolets qu'il venait de soigneusement essuyer.

— A qui diable en as-tu avec tes pistolets ? — lui dit Rodolphe.

— Cela me regarde, monseigneur — dit Murph en descendant du marche-pied. — Faites vos affaires, je fais les miennes.

— Pour quelle heure as-tu commandé les chevaux ?

— Selon vos ordres, à la nuit tombante.

— Tu es arrivé ce matin ?

— A huit heures. Madame Georges a eu le loisir de tout préparer.

— Tu as de l'humeur... Est-ce que tu n'es pas content de moi?

— Ne pouvez-vous pas, monseigneur, accomplir la tâche que vous vous êtes imposée sans braver tant de périls?

— Pour n'inspirer aucune défiance à ces gens que je veux connaître, apprécier et juger, ne faut-il pas que je prenne leurs vêtements, leurs habitudes et leur langage?

— Ce qui n'empêche pas, monseigneur, qu'hier soir, dans cette abominable rue de la Cité, en allant pour déterrer avec vous ce *Bras-Rouge*, afin de tâcher d'avoir quelques renseignements sur le malheureux fils de madame Georges, il m'a fallu la crainte de vous irriter, de vous désobéir, pour m'empêcher d'aller vous secourir dans votre lutte contre le bandit que vous avez trouvé dans l'allée de ce bouge.

— C'est-à-dire, monsieur Murph, que vous doutez de ma force et de mon courage?

— Malheureusement vous m'avez cent fois mis à même de ne douter ni de l'une ni de l'autre. Grâce à Dieu, Flatman, le Bertrand de l'Allemagne, vous a appris l'escrime; Crabb de Ramsgate vous a appris à boxer; Lacour de Paris [1] vous a enseigné la *canne*, le *chausson* et l'*argot*, puisque cela vous était nécessaire pour vos excursions aventureuses. Vous êtes intrépide, vous avez des muscles d'acier; quoique svelte et mince, vous me battriez aussi facilement qu'un cheval de course battrait un cheval de brasseur..... Cela est vrai...

— Alors, que crains-tu?

— Je maintiens, monseigneur, qu'il n'est pas convenable que vous prêtiez le collet au premier goujat venu. Je ne vous dis pas cela à cause de l'inconvénient qu'il y a pour un honorable gentilhomme de ma connaissance à se noircir la figure avec du charbon et à avoir l'air d'un diable... malgré mes cheveux gris, mon embonpoint et ma gravité; je me déguiserais en danseur de corde, si cela pouvait vous servir; mais j'en suis pour ce que j'ai dit...

— Oh! je le sais bien, vieux Murph; lorsqu'une idée est rivée sous ton crâne de fer, lorsque le dévouement est implanté dans ton ferme et vaillant cœur, le démon userait ses dents et ses ongles à les en retirer...

— Vous me flattez, monseigneur, vous méditez quelque...

— Ne te gêne pas...

— Quelque folie, monseigneur.

— Mon pauvre Murph, tu prends mal ton temps pour me sermonner.

— Pourquoi?

— Je suis dans un de mes moments d'orgueil et de bonheur... je suis ici...

— Dans un endroit où vous avez fait du bien? je le sais; la *ferme-modèle* que vous avez fondée ici, pour récompenser, instruire et encourager les honnêtes laboureurs, est un bienfait immense pour cette contrée. Ordinairement

[1] Célèbre professeur de savate.

on ne songe qu'à améliorer les bestiaux, vous vous occupez d'améliorer les hommes... cela est admirable... Vous avez mis madame Georges à la tête de cet établissement, c'est à merveille... Noble, courageuse femme !... Un ange de vertu... un ange... Je m'émeus rarement, et ses malheurs m'ont arraché des larmes... Mais votre nouvelle protégée... Tenez... ne parlons pas de cela, monseigneur...

— Pourquoi, Murph ?

— Monseigneur, vous faites ce que bon vous semble...

— Je fais ce qui est juste — dit Rodolphe avec une nuance d'impatience.

— Ce qui est juste... selon vous...

— Ce qui est juste devant Dieu et devant ma conscience — reprit sévèrement Rodolphe.

— Tenez, monseigneur, nous ne nous entendrons pas. Je vous le répète, ne parlons plus de cela.

— Et moi, je vous ordonne de parler ! — s'écria impérieusement Rodolphe.

— Je ne me suis jamais exposé à ce que V. A. R. m'ordonnât de me taire... j'espère qu'elle ne m'ordonnera pas de parler — répondit fièrement Murph.

— Monsieur Murph !!! — s'écria Rodolphe avec un accent d'irritation croissante.

— Monseigneur !

— Vous le savez, monsieur, je n'aime pas les réticences !

— Que V. A. R. m'excuse, mais il me convient d'avoir des réticences ! — dit brusquement Murph.

— Si je descends avec vous jusqu'à la familiarité, c'est à condition, monsieur, que vous vous élèverez jusqu'à la franchise.

Il est impossible de peindre la hauteur souveraine de la physionomie de Rodolphe en prononçant ces dernières paroles.

— J'ai cinquante ans, je suis gentilhomme ; V. A. R. ne doit pas me parler ainsi.

— Taisez-vous !...

— Monseigneur !...

— Taisez-vous !...

— V. A. R. a tort de forcer un homme de cœur à se souvenir des services qu'il a rendus... — dit froidement le squire.

— Tes services ? est-ce que je ne les paye pas de toutes les façons ?

Il faut le dire, Rodolphe n'avait pas attaché à ces mots cruels un sens humiliant qui plaçât Murph dans la position d'un mercenaire ; malheureusement celui-ci les interpréta de la sorte. Il devint pourpre de honte, porta ses deux poings crispés à son front avec une expression de douloureuse indignation ; puis tout à coup, par un revirement subit, jetant les yeux sur Rodolphe, dont la noble figure était alors contractée par la violence d'un dédain farouche, il lui dit d'une voix émue, en étouffant un soupir de tendre commisération :

11

— Monseigneur, revenez à vous!... vous n'êtes pas raisonnable!...

Ces mots mirent le comble à l'irritation de Rodolphe; son regard brilla d'un éclat sauvage; ses lèvres blanchirent, et, s'avançant vers Murph avec un geste de menace, il s'écria :

— Oses-tu bien!...

Murph se recula, et dit vivement, comme malgré lui :

— Monseigneur, monseigneur! souvenez-vous du 13 janvier !

Ces mots produisirent un effet magique sur Rodolphe. Son visage, crispé par la colère, se détendit. Il regarda fixement Murph, baissa la tête; puis, après un moment de silence, il murmura d'un voix altérée :

— Ah! monsieur, vous êtes cruel... je croyais pourtant que mon repentir... mes remords!... Et c'est vous encore!... vous!...

Rodolphe ne put achever, sa voix s'éteignit; il tomba assis sur un banc de pierre, et cacha sa tête dans ses deux mains.

— Monseigneur — s'écria Murph désolé — mon bon seigneur, pardonnez-moi, pardonnez à votre vieux et fidèle Murph. Ce n'est que poussé à bout, et craignant, hélas! non pour moi... mais pour vous... les suites de votre emportement, que j'ai dit cela... je l'ai dit sans colère, sans reproche, je l'ai dit malgré moi et avec compassion... Monseigneur, j'ai eu tort d'être susceptible... Mon Dieu! qui doit connaître votre caractère, si ce n'est moi, moi qui ne vous ai pas quitté depuis votre enfance!... De grâce, dites que vous me pardonnez de vous avoir rappelé ce jour funeste... hélas! que d'expiations n'avez-vous pas...

Rodolphe releva la tête; il était très-pâle. Il dit à son compagnon, d'une voix douce et triste :

— Assez, assez, mon vieil ami, je te remercie d'avoir éteint d'un mot ce fatal emportement; je ne te fais pas d'excuses, moi, des duretés que je t'ai dites; tu sais bien qu'*il y a loin du cœur aux lèvres*, comme disent les bonnes gens de chez nous. J'étais fou. ne parlons plus de cela!

— Hélas! maintenant vous voilà triste pour long-temps... Suis-je assez malheureux!... Je ne désire rien tant que de vous voir sortir de votre humeur sombre..., et je vous y replonge par ma sotte susceptibilité! Mort-Dieu! à quoi sert d'être honnête homme et d'avoir des cheveux gris, si ce n'est à endurer patiemment les reproches qu'on ne mérite pas!

— Eh bien! soit... nous avons eu tort tous deux, mon bon vieil ami — lui dit Rodolphe avec douceur — oublions cela... Revenons à notre conversation de tout à l'heure...; tu louais sans réserve la fondation de cette ferme, et le profond intérêt que j'ai toujours témoigné à madame Georges... Tu avoues, n'est-ce pas! qu'elle le mériterait par ses rares qualités, par ses malheurs, lors même qu'elle n'appartiendrait pas à la famille d'Harville... à la famille de celui à qui mon père avait voué une reconnaissance éternelle...

— J'ai toujours approuvé les bontés que vous avez eues pour madame Georges, monseigneur.

— Mais tu t'étonnes de mon intérêt pour cette pauvre fille perdue, n'est-ce pas?

— Monseigneur, de grâce... J'ai eu tort... j'ai eu tort...

— Non... Je le conçois, les apparences ont pu te tromper..... Seulement, comme tu connais ma vie... toute ma vie... comme tu m'aides avec autant de fidélité que de courage dans l'expiation que je me suis imposée... il est de mon devoir... ou, si tu l'aimes mieux, de ma reconnaissance, de te convaincre que je n'agis pas légèrement...

— Je le sais, monseigneur.

— Tu connais mes idées au sujet du bien que doit faire l'homme qui réunit *savoir*, *vouloir* et *pouvoir*... Secourir d'honorables infortunes qui se plaignent, c'est bien. S'enquérir de ceux qui luttent avec honneur, avec énergie, et leur venir en aide, quelquefois à leur insu,... prévenir à temps la misère ou la tentation, qui mènent au crime... c'est mieux. Réhabiliter à leurs propres yeux, ramener à l'honnêteté ceux qui ont conservé purs quelques généreux sentiments au milieu du mépris qui les flétrit, de la misère qui les ronge, de la corruption qui les entoure, et pour cela braver, soi, le contact de cette misère, de cette corruption, de cette fange... c'est mieux encore. Poursuivre d'une haine vigoureuse, d'une vengeance implacable, le vice, l'infamie, le crime, qu'ils rampent dans la boue ou qu'ils trônent sur la soie, c'est justice.... Mais secourir aveuglément une misère méritée, mais prostituer, dégrader l'aumône et la pitié, en secourant des êtres indignes, infâmes, cela serait horrible, impie, sacrilége. Cela ferait douter de Dieu; et celui qui donne doit y faire croire.

— Monseigneur, je n'ai pas voulu dire que vous aviez indignement placé vos bienfaits.

— Encore un mot, mon vieil ami... Tu le sais, l'enfant dont je pleure chaque jour la mort, l'enfant que j'aurais d'autant plus aimée que Sarah, son indigne mère, s'était montrée pour elle plus indifférente, aurait maintenant seize ans passés... comme cette malheureuse créature; tu le sais encore, je ne puis me défendre d'une profonde et presque douloureuse sympathie pour les jeunes filles de cet âge...

— Il est vrai, monseigneur... j'aurais dû ainsi m'expliquer l'intérêt que vous portiez à votre protégée... D'ailleurs, n'est-ce pas honorer Dieu que de secourir toutes les infortunes?

— Oui, mon ami... quand elles sont méritantes; ainsi rien n'est plus digne de compassion et de respect qu'une femme comme madame Georges, qui, élevée par une mère pieuse et bonne dans une intelligente observance de tous les devoirs, n'y a jamais failli... jamais!!! et a vaillamment traversé les plus effroyables épreuves..... Mais n'est-ce pas aussi honorer Dieu dans ce qu'il a de plus divin, que de retirer de la fange une de ces rares natures qu'il s'est complu à douer?... Ne mérite-t-elle pas aussi compassion, respect... oui, respect, la malheureuse enfant qui, abandonnée à son seul instinct; qui, torturée, emprisonnée, avilie, souillée, a saintement conservé, au fond de son cœur, les nobles germes que Dieu y avait semés? Si tu l'avais entendue, cette pauvre créature... au premier mot d'intérêt que je lui ai dit, à la première parole honnête et amie qu'elle ait entendue..... comme les plus charmants instincts, les goûts les plus purs, les pensées les plus délicates, les plus poétiques, se sont éveillés en foule dans son âme ingénue, de même qu'au printemps les mille fleurs sauvages des prairies éclosent au moindre rayon de soleil!... Dans cet entretien d'une heure avec Fleur-de-Marie, j'ai découvert en elle des trésors de bonté, de grâce, de sagesse : oui, de sagesse, mon vieux Murph. Un sourire m'est venu aux lèvres et une larme m'est venue aux yeux lorsque, dans son gentil babil rempli de raison, elle m'a prouvé que je devais économiser quarante sous par jour pour être au-dessus des besoins et des mauvaises tentations. Pauvre petite, elle disait cela d'un ton si sérieux, si pénétré! elle éprouvait une si douce satisfaction à me donner un sage conseil, une si douce joie à m'entendre promettre que je le suivrais!... J'étais ému... oh! ému jusqu'aux larmes... Mais toi-même tu es attendri, mon vieil ami.

— C'est vrai, monseigneur..... ce trait de vous faire économiser quarante sous par jour... vous croyant ouvrier... au lieu de vous engager à faire de la dépense pour elle... oui, ce trait-là me touche.

— Tais-toi, voici madame Georges et Marie..... Fais tout préparer pour notre départ; il faut être à Paris de bonne heure.

Grâce aux soins de madame Georges, Fleur-de-Marie n'était plus reconnaissable. Un joli bonnet rond à la paysanne et deux épais bandeaux de cheveux blonds encadraient sa figure virginale. Un ample fichu de mousseline blanche se croisait sur son sein et disparaissait à demi sous la haute bavette carrée d'un petit tablier de taffetas changeant, dont les reflets bleus et roses miroitaient sur le fond sombre d'une robe carmélite qui semblait avoir été faite pour elle. La physionomie de la jeune fille était profondément recueillie; certaines félicités jettent l'âme dans une ineffable tristesse, dans une sainte mélancolie. Rodolphe ne fut pas surpris de la gravité de Fleur-de-Marie, il s'y attendait. Joyeuse et babillarde, il aurait eu d'elle une idée moins élevée.

On voyait sur les traits sérieux et résignés de madame Georges la trace de longues souffrances; elle regardait Fleur-de-Marie avec une mansuétude, une compassion déjà presque maternelle, tant la grâce et la douceur de cette jeune fille étaient sympathiques.

— Voilà *mon enfant*... qui vient vous remercier de vos bontés, monsieur Rodolphe — dit madame Georges en présentant la Goualeuse à Rodolphe.

A ces mots de *mon enfant*, la Goualeuse tourna lentement ses grands yeux vers sa protectrice, et la contempla pendant quelques moments avec une expression de reconnaissance inexprimable.

— Merci pour Marie, ma chère madame Georges; elle est digne de ce tendre intérêt... et elle le méritera toujours.

— Monsieur Rodolphe — dit la Goualeuse d'une voix tremblante — vous comprenez... n'est-ce pas, que je ne trouve rien à vous dire?...

— Votre émotion me dit tout, mon enfant...

— Oh ! elle sent combien le bonheur qui lui arrive est providentiel — dit madame Georges attendrie. — Son premier mouvement, en entrant dans ma chambre, a été de se jeter à genoux devant mon crucifix.

— C'est que maintenant, grâce à vous, monsieur Rodolphe... j'ose prier... — dit la Goualeuse.

Murph se retourna brusquement : ses prétentions au flegme ne lui permettaient pas de laisser voir à quel point le touchaient les simples paroles de la Goualeuse.

Rodolphe dit à celle-ci :

— Mon enfant, j'aurais à causer avec madame Georges... Mon ami Murph vous conduira dans la ferme... et vous fera faire connaissance avec vos futurs protégés... nous vous rejoindrons tout à l'heure... Eh bien! Murph... Murph, tu ne m'entends pas?...

Le bon gentilhomme tournait alors le dos, et feignait de se moucher avec un bruit, un retentissement formidable; il remit son mouchoir dans sa poche, enfonça son chapeau sur ses yeux, et, se retournant à demi, il offrit son bras à Marie. Murph avait si habilement manœuvré que ni Rodolphe ni madame Georges ne purent apercevoir son visage. Prenant le bras de la jeune fille, il se dirigea rapidement vers les bâtiments de la ferme, en marchant si vite que, pour le suivre, la Goualeuse fut obligée de courir, comme elle courait dans son enfance après la Chouette.

— Eh bien, madame Georges, que pensez-vous de Marie? — dit Rodolphe.

— Monsieur Rodolphe, je vous l'ai dit : à peine entrée dans ma chambre... voyant mon Christ, elle a couru s'agenouiller... Il m'est impossible de vous exprimer tout ce qu'il y a eu de spontané, de naturellement religieux dans ce mouvement. J'ai compris à l'instant que son âme n'était pas dégradée. Et puis, monsieur Rodolphe, l'expression de sa reconnaissance pour vous n'a rien d'exagéré... d'emphatique; elle n'en est que plus sincère. Encore un mot qui vous prouvera combien l'instinct religieux est naturel et puissant en elle; je lui ai dit : — Vous avez dû être bien étonnée, bien heureuse, lorsque M. Rodolphe vous a annoncé que vous resteriez ici désormais?... Quelle profonde impression cela a dû vous causer!... « Oh! oui — m'a-t-elle répondu; — quand M. Rodolphe m'a dit cela, alors je ne sais ce qui s'est passé en moi tout à coup, mais j'ai éprouvé l'espèce de bonheur pieux que j'éprouvais lorsque j'entrais dans une église... quand je pouvais y entrer » — a-t-elle ajouté — « car vous savez, madame... » — Je ne l'ai pas laissée achever en voyant sa figure se couvrir de honte. — Je sais, mon enfant... car je vous appellerai toujours mon enfant... je sais que vous avez beaucoup souffert; mais Dieu bénit ceux qui l'aiment et ceux qui le craignent... ceux qui ont été malheureux et ceux qui se repentent...

— Allons, ma bonne madame Georges, je suis doublement content de ce que j'ai fait. Cette pauvre fille vous intéressera... vous avez deviné juste, ses instincts sont excellents.

— Ce qui m'a encore touchée, monsieur Rodolphe, c'est qu'elle ne s'est pas permis la moindre question sur vous, quoique sa curiosité dût être bien excitée. Frappée de cette réserve pleine de délicatesse, je voulus savoir si elle en avait la conscience. Je lui dis : — Vous devez être bien curieuse de savoir qui est votre mystérieux bienfaiteur? — *Je le sais...* — me répondit-elle avec une naïveté charmante; — *il s'appelle mon bienfaiteur.*

— Ainsi donc vous l'aimerez? Excellente femme, elle occupera du moins un peu votre cœur...

— Oui, je m'occuperai d'elle... comme je me serais occupée de... *lui* — dit madame Georges d'une voix déchirante.

Rodolphe lui prit la main.

— Allons, allons, ne vous découragez pas encore... Si nos recherches ont été vaines jusqu'ici, peut-être un jour...

Madame Georges secoua tristement la tête, et dit amèrement :

— Mon pauvre fils aurait vingt ans maintenant!...

— Dites qu'il a cet âge...

— Dieu vous entende et vous exauce, monsieur Rodolphe!

— Il m'exaucera... je l'espère bien... Hier j'étais allé (mais en vain) chercher un certain drôle surnommé *Bras-Rouge*, qui pouvait peut-être, m'avait-on dit, me renseigner sur votre fils. En descendant de chez Bras-Rouge, à la suite d'une rixe, j'ai rencontré cette malheureuse enfant...

— Hélas!... au moins votre bonne résolution pour moi vous a mis sur la voie d'une nouvelle infortune, monsieur Rodolphe.

— Vous n'avez aucune nouvelle de Rochefort?

— Aucune — dit madame Georges à voix basse en tressaillant.

— Tant mieux!... il n'y a plus à en douter, ce monstre aura trouvé la mort dans les bancs de vase en cherchant à s'évader du ba...

Rodolphe s'arrêta au moment de prononcer cet horrible mot.

— Du bagne! oh! dites-le... du bagne!... — s'écria la malheureuse femme avec horreur et d'une voix presque égarée. — Le père de mon fils!... Ah! si ce malheureux enfant vit encore... si, comme moi, il n'a pas changé de nom, quelle honte... quelle honte! Et cela n'est rien encore... Son père a peut-être tenu son horrible promesse... Qu'a-t-il fait de mon fils? pourquoi me l'avoir enlevé?

— Ce mystère est le tombeau de mon esprit — dit Rodolphe d'un air pensif; — dans quel intérêt ce misérable a-t-il emporté votre fils, lorsqu'il y a quinze ans, m'avez-vous dit, il a tenté de passer en pays étranger? Un enfant de cet âge ne pouvait qu'embarrasser sa fuite.

— Hélas! monsieur Rodolphe, lorsque mon *mari* (la malheureuse frissonna en prononçant ce mot), arrêté sur la frontière, a été ramené à Paris et jeté dans la prison où l'on m'a permis de pénétrer, ne m'a-t-il pas dit ces horribles paroles : « J'ai emporté ton enfant parce que tu l'aimes, et que c'est un moyen de te forcer de m'envoyer de l'argent, dont il profitera, ou dont il ne profitera pas... cela me regarde... Qu'il vive ou qu'il meure, peu t'importe... mais s'il vit, il sera entre bonnes mains : tu boiras la honte du fils comme tu as bu la honte du père. » Hélas! un mois après, mon mari était condamné aux galères pour la vie... Depuis, les instances, les prières dont mes lettres étaient remplies, tout a été vain; je n'ai rien pu savoir sur le sort de cet enfant... Ah! monsieur Rodolphe, mon fils, où est-il à présent? Ces épouvantables paroles me reviennent toujours à la pensée : « Tu boiras la honte du fils comme tu as bu celle du père! »

— Mais ce serait une atrocité inexplicable; pourquoi vicier, corrompre ce malheureux enfant? pourquoi surtout vous l'enlever?

— Je vous l'ai dit, monsieur Rodolphe, pour me forcer à lui envoyer de l'argent; quoiqu'il m'ait ruinée, il me restait quelques dernières ressources qui s'épuisèrent ainsi. Malgré sa scélératesse, je ne pouvais croire qu'il n'employât au moins une partie de cette somme à faire élever ce malheureux enfant...

— Et votre fils n'avait aucun signe, aucun indice qui pût servir à le faire reconnaître?

— Aucun autre que celui dont je vous ai parlé, monsieur Rodolphe : un petit saint-esprit sculpté en lapis-lazuli, attaché à son cou par une chaînette d'argent; cette relique avait été bénite par le Saint-Père.

— Allons, allons, courage. Dieu est tout-puissant.

— En effet, la Providence m'a placée sur votre chemin, monsieur Rodolphe.

— Trop tard, ma bonne madame Georges, trop tard. Je vous aurais épargné peut-être bien des années de chagrin...

— Ah! monsieur Rodolphe, ne m'avez-vous pas comblée!

— En quoi? J'ai acheté cette ferme. Au temps de votre prospérité, vous faisiez, par goût, valoir vos biens; vous avez consenti à me servir de régisseur; grâce à vos soins excellents, à votre intelligente activité, cette métairie me rapporte...

— Vous rapporte, monseigneur? — dit madame Georges interrompant Rodolphe — les revenus ne sont-ils pas presque employés non-seulement à améliorer le sort des laboureurs, qui regardent déjà leur entrée dans cette ferme-modèle comme une grande faveur... mais encore à soulager bien des infortunes dans ce canton... par l'intermédiaire de notre bon abbé Laporte...

— A propos de ce cher abbé — dit Rodolphe pour échapper aux louanges de madame Georges — avez-vous eu la bonté de le prévenir de mon arrivée? Je tiens à lui recommander ma protégée... Il a reçu ma lettre?

— M. Murph la lui a portée ce matin en arrivant.

— Dans cette lettre, je racontais en peu de mots, à notre bon curé, l'histoire de cette pauvre enfant; je n'étais pas certain de pouvoir venir aujourd'hui... Dans ce cas, Murph vous aurait amené Marie.

Un valet de ferme interrompit cet entretien, qui avait lieu dans le jardin.

— Madame, M. le curé vous attend.

— Les chevaux de poste sont-ils arrivés, mon garçon? — dit Rodolphe.

— Oui, monsieur Rodolphe; on attelle.

Et le valet quitta le jardin.

Madame Georges, le curé et les habitants de la ferme ne connaissaient le protecteur de Fleur-de-Marie que sous le nom de M. Rodolphe. La discrétion de Murph était impénétrable; autant il mettait de ponctualité à *monseigneuriser* Rodolphe dans le tête-à-tête, autant devant les étrangers il avait soin de ne jamais l'appeler autrement que *monsieur Rodolphe*.

— J'oubliais de vous prévenir, ma chère madame Georges — dit Rodolphe en regagnant la maison — que Marie a, je crois, la poitrine faible; les privations, la misère ont altéré sa santé. Ce matin, au grand jour, j'ai été frappé de sa pâleur, quoique ses joues fussent colorées d'un rose vif; ses yeux aussi m'ont paru briller d'un éclat un peu fébrile... Il lui faudra de grands soins.

— Comptez sur moi, monsieur Rodolphe. Mais, Dieu merci! il n'y a rien de grave... A cet âge... à la campagne, au bon air, avec du repos, du bonheur, elle se remettra vite.

— Je le crois ... mais il n'importe : je ne me fie pas à vos médecins de campagne... je dirai à Murph d'amener ici mon médecin, un nègre... docteur très-habile... il indiquera le meilleur régime à suivre. Vous me donnerez souvent des nouvelles de Marie... Dans quelque temps, lorsqu'elle sera bien reposée, bien calmée, nous songerons à son avenir... Peut-être vaudrait-il mieux pour elle de rester toujours auprès de vous... si elle vous contente.

— Ce serait mon désir, monsieur Rodolphe... Elle me tiendrait lieu de l'enfant que je regrette tous les jours.

— Enfin, espérons pour vous, espérons pour elle.

Au moment où Rodolphe et madame Georges approchaient de la ferme, Murph et Marie arrivaient de leur côté.

Le digne gentilhomme abandonna le bras de la Goualeuse et vint dire à l'oreille de Rodolphe, d'un air presque confus :

— Cette petite fille m'a ensorcelé; je ne sais pas maintenant qui m'intéresse le plus d'elle ou de madame Georges... J'étais une bête sauvage et féroce.

— J'étais sûr que tu rendrais justice à ma protégée, vieux Murph — dit Rodolphe en souriant et serrant la main du *squire*.

Madame Georges, s'appuyant sur le bras de Marie, entra avec elle dans le petit salon du rez-de-chaussée, où attendait l'abbé Laporte...

Murph alla veiller aux préparatifs du départ. Madame Georges, Marie, Rodolphe et le curé restèrent seuls.

Simple, mais très-confortable, ce petit salon était tendu et meublé de toile perse, comme le reste de la maison, d'ailleurs exactement dépeinte à la Goualeuse par Rodolphe. Un épais tapis couvrait le plancher, un bon feu flambait dans l'âtre, et deux énormes bouquets de reines-marguerites de toutes couleurs, placés dans deux vases de cristal, répandaient dans cette pièce leur légère odeur balsamique. A travers les persiennes vertes à demi ouvertes, on voyait la prairie, la petite rivière, et au delà le coteau planté de châtaigniers.

L'abbé Laporte, assis auprès de la cheminée, avait quatre-vingts ans passés; depuis les derniers jours de la révolution il desservait cette pauvre paroisse. On ne pouvait rien voir de plus vénérable que sa physionomie senile, amaigrie et un peu souffrante, encadrée de longs cheveux blancs qui tombaient sur le collet de sa soutane noire, rapiécée en plus d'un endroit; l'abbé aimant mieux, disait-il, habiller deux ou trois pauvres enfants d'un bon drap bien chaud, que de *faire le muguet*, c'est-à-dire garder ses soutanes moins de deux ou trois ans. Le bon abbé était si vieux, si vieux, que ses mains tremblaient toujours; et lorsque quelquefois il les élevait en parlant, on eût dit qu'il bénissait.

12

— Monsieur l'abbé — dit respectueusement Rodolphe — madame Georges
veut bien se charger de cette jeune fille... pour laquelle je vous demande vos
bontés.

— Elle y a droit, monsieur, comme tous ceux qui viennent à nous... La
clémence de Dieu est inépuisable, ma chère enfant... il vous l'a prouvé en ne
vous abandonnant pas... dans de bien douloureuses épreuves... Je sais tout...

— Et il prit la main de Marie dans ses mains tremblantes et vénérables. —
L'homme généreux qui vous a sauvée a réalisé cette parole de l'Écriture :
« Le Seigneur est près de ceux qui l'invoquent ; il accomplira les désirs de
ceux qui le redoutent ; il écoutera leurs cris, et il les sauvera. » Maintenant,
méritez ses bontés par votre conduite ; vous me trouverez toujours pour vous
encourager, pour vous soutenir... dans la bonne voie où vous entrez. Vous
aurez dans madame Georges un exemple de tous les jours... en moi un conseil
vigilant... Le Seigneur terminera son œuvre...

— Et je le prierai pour ceux qui ont eu pitié de moi, et qui m'ont ramenée à lui, mon père... — dit la Goualeuse en se jetant à genoux devant le prêtre. L'émotion était trop forte, les sanglots l'étouffaient.

Madame Georges, Rodolphe, l'abbé... étaient profondément touchés.

— Relevez-vous, ma chère enfant — dit le curé — vous mériterez bientôt... l'absolution des grandes fautes dont vous avez été plutôt victime que coupable; car, pour parler encore avec le prophète : « Le Seigneur soutient tous ceux qui sont près de tomber, et il relève ceux qu'on accable. »

Murph, à ce moment, ouvrit la porte du salon.

— Monsieur Rodolphe — dit-il — les chevaux sont prêts...

— Adieu, mon père... adieu, ma bonne madame Georges... Je vous recommande votre enfant... notre enfant, devrais-je dire. Allons, adieu, Marie; bientôt je viendrai vous revoir.

Le vénérable prêtre, appuyé sur le bras de madame Georges et de la Goualeuse, qui soutenaient ses pas chancelants, sortit du salon pour voir partir Rodolphe...

Les derniers rayons du soleil coloraient vivement ce groupe intéressant et triste :

Un vieux prêtre, symbole de charité, de pardon et d'espérance éternelle...

Une femme éprouvée par toutes les douleurs qui peuvent accabler une épouse, une mère...

Une jeune fille sortant à peine de l'enfance, naguère jetée dans l'abîme du vice par la misère et par l'infâme obsession du crime...

Rodolphe monta en voiture, Murph prit place à ses côtés... Les chevaux partirent au galop.

CHAPITRE XII.

LE RENDEZ-VOUS.

Le lendemain du jour où il avait confié la Goualeuse aux soins de madame Georges, Rodolphe, toujours vêtu en ouvrier, se trouvait à midi précis abrité sous la porte du cabaret le *Panier-Fleuri*, situé non loin de la barrière de Bercy.

La veille, à dix heures du soir, le Chourineur s'était exactement trouvé au rendez-vous que lui avait assigné Rodolphe. La suite de ce récit fera connaître le résultat de ce rendez-vous. Il était donc midi, il pleuvait à torrents ; la Seine, gonflée par des pluies presque continuelles, avait atteint une hauteur énorme et inondait une partie du quai. Rodolphe regardait de temps à autre avec impatience du côté de la barrière ; enfin, avisant au loin un homme et une femme qui s'avançaient abrités par un parapluie, il reconnut la Chouette et le Maître d'école.

Ces deux personnages étaient complétement métamorphosés : le brigand avait abandonné ses méchants habits et son air de brutalité féroce ; il portait une longue redingote de castorine verte et un chapeau rond ; sa cravate et sa chemise étaient d'une extrême blancheur. Sans l'épouvantable hideur de ses traits et le fauve éclat de son regard, toujours ardent et mobile, on eût pris cet homme, à sa démarche paisible, assurée, pour un honnête bourgeois.

La borgnesse, aussi endimanchée, portait un bonnet blanc, un grand châle en bourre de soie, façon cachemire, et tenait à la main un vaste cabas.

La pluie ayant un moment cessé, Rodolphe surmonta un mouvement de dégoût, et marcha droit au couple affreux. A l'argot du tapis-franc le Maître d'école avait substitué un langage presque recherché, qui annonçait un esprit cultivé, et contrastait étrangement avec ses forfanteries sanguinaires. Lorsque Rodolphe s'approcha de lui, le brigand le salua profondément ; la Chouette fit la révérence.

— Monsieur... votre très-humble serviteur... — dit le Maître d'école. — A vous rendre mes devoirs, enchanté de faire... ou plutôt de refaire votre connaissance... car avant-hier vous m'avez octroyé deux coups de poing à assommer un rhinocéros... Mais ne parlons pas de cela maintenant, c'était une plaisanterie de votre part... j'en suis sûr... une simple plaisanterie.. N'y pensons plus... de graves intérêts nous rassemblent. J'ai vu, hier soir à onze heures, le Chourineur au tapis-franc ; je lui ai donné rendez-vous ici ce matin, dans le cas où il voudrait être notre... collaborateur ; mais il paraît qu'il refuse décidément.

— Vous acceptez donc ?

— Si vous vouliez, monsieur... votre nom ?

— Rodolphe.

— Monsieur Rodolphe... nous entrerons au *Panier-Fleuri*... ni moi ni madame nous n'avons pas déjeuné... Nous parlerons de nos petites affaires en cassant une croûte.

— Volontiers.

— Nous pouvons toujours causer en marchant. Vous et le Chourineur devez, sans reproche, un dédommagement à ma femme et à moi... Vous nous avez fait perdre plus de 2,000 francs. La Chouette avait rendez-vous, près de Saint-Ouen, avec un grand monsieur en deuil qui était venu vous demander l'autre soir au tapis-franc ; il proposait 2,000 francs pour vous faire quelque chose... Le Chourineur m'a à peu près expliqué cela... Mais j'y pense, Finette — dit le brigand — va choisir un cabinet au *Panier-Fleuri*, et commander le déjeuner : des côtelettes, un morceau de veau, une salade et deux bouteilles de vin de Beaune-première ; nous te rejoignons.

La Chouette n'avait pas un instant quitté Rodolphe du regard ; elle partit après avoir échangé un coup d'œil avec le Maître d'école. Celui-ci reprit :

— Je vous disais donc, monsieur Rodolphe, que le Chourineur m'avait édifié sur cette proposition de deux mille francs.

— Qu'est-ce que ça signifie, *édifier* ?

— C'est juste... ce langage est un peu ambitieux pour vous ; je voulais dire que le Chourineur m'avait à peu près appris ce que voulait de vous le grand monsieur en deuil, avec ses deux mille francs.

— Bien, bien...

— Ça n'est pas déjà si bien, jeune homme ; car le Chourineur ayant rencontré hier matin la Chouette près de Saint-Ouen, il ne l'a pas quittée d'une semelle dès qu'il a vu arriver le grand monsieur en deuil ; de sorte que celui-ci n'a pas osé approcher. C'est donc deux mille francs qu'il faut que vous nous fassiez regagner.

— Rien de plus facile... Mais revenons à nos moutons : j'avais proposé une affaire superbe au Chourineur ; il avait d'abord accepté, puis il s'est dédit.

— Il a toujours eu des idées singulières...

— Mais en se dédisant il m'a observé...

— Il vous a fait observer...

— Diable... vous êtes à cheval sur la grammaire.

— Maître d'école, c'est mon état.

— Il m'a fait observer que s'il ne mangeait pas de *pain rouge* il ne fallait pas en dégoûter les autres, et que vous pourriez me donner un coup de main.

— Et pourrais-je savoir, sans indiscrétion, pourquoi vous aviez donné rendez-vous au Chourineur hier matin à Saint-Ouen, ce qui lui a procuré l'avantage de rencontrer la Chouette? Il a été embarrassé pour me répondre à ce sujet.

Rodolphe se mordit imperceptiblement les lèvres, et répondit en haussant les épaules :

— Je le crois bien, je ne lui avais dit mon projet qu'à moitié... vous comprenez... ne sachant pas s'il était tout à fait décidé.

— C'était plus prudent...

— D'autant plus prudent que j'avais deux cordes à mon arc...

— Vous êtes homme de précaution... Vous aviez donc donné rendez-vous au Chourineur à Saint-Ouen pour...

Rodolphe, après un moment d'hésitation, eut le bonheur de trouver une fable vraisemblable pour couvrir la maladresse du Chourineur ; il reprit :

— Voici l'affaire... Le coup que je propose est très-bon, parce que le maître de la maison en question est à la campagne... toute ma peur était qu'il revienne à Paris. Pour m'en assurer, je pars pour Pierrefitte, où est cette maison de campagne, et là j'apprends qu'il ne sera de retour ici qu'après-demain.

— Très-bien. Mais j'en reviens à ma question... Pourquoi donner rendez-vous au Chourineur à Saint-Ouen!

— Vous n'êtes guère intelligent... Combien y a-t-il de Pierrefitte à Saint-Ouen!

— Une lieue environ.

— Et de Saint-Ouen à Paris!

— Autant.

— Eh bien! si je n'avais trouvé personne à Pierrefitte. c'est-à-dire la maison déserte... il y avait là aussi un bon coup à faire... moins bon qu'à Paris... mais passable... Je revenais à Saint-Ouen rechercher le Chourineur qui m'attendait. Nous retournions à Pierrefitte par un chemin de traverse que je connais ; et ..

— Je comprends. Si, au contraire, le coup était pour Paris!

— Nous gagnions la barrière de l'Étoile par le chemin de la Révolte, et de là à l'allée des Veuves...

— Il n'y a qu'un pas... c'est tout simple. A Saint-Ouen vous étiez à cheval sur vos deux opérations... cela était fort adroit. Maintenant je m'explique la présence du Chourineur à Saint-Ouen... Nous disons donc que la maison de l'allée des Veuves sera inhabitée jusqu'à après-demain...

— Inhabitée... sauf le portier.

— Bien entendu... Et c'est une opération avantageuse?

— Soixante mille francs en or dans le cabinet de son maître.

— Et vous connaissez les êtres?

— Comme ma poche.

— Chut... nous voici arrivés, plus un mot devant les profanes. Je ne sais pas si vous êtes comme moi, mais l'air du matin m'a donné de l'appétit...

La Chouette était sur le seuil de la porte du cabaret.

— Par ici — dit-elle — par ici!... — j'ai commandé notre déjeuner.

Rodolphe voulut faire passer le brigand devant lui; il avait pour cela ses raisons... mais le Maître d'école mit tant d'instance à se défendre de cette politesse, que Rodolphe passa d'abord. Avant de se mettre à table, le Maître d'école frappa légèrement sur l'une et l'autre des cloisons, afin de s'assurer de leur épaisseur et de leur sonorité.

— Nous n'aurons pas besoin de parler trop bas — dit-il — la cloison n'est pas mince. On nous servira tout d'un coup, et nous ne serons pas dérangés dans notre conversation.

Une servante de cabaret apporta le déjeuner. Avant que la porte fût fermée, Rodolphe vit le charbonnier Murph gravement attablé dans un cabinet voisin. La chambre où se passait la scène que nous décrivons était longue, étroite, et éclairée par une fenêtre qui donnait sur la rue et faisait face à la porte. La Chouette tournait le dos à cette croisée, le Maître d'école était d'un côté de la table, Rodolphe de l'autre.

La servante sortie, le brigand se leva, prit son couvert et alla s'asseoir à côté de Rodolphe de façon à lui masquer la porte.

— Nous causerons mieux — dit-il — et nous n'aurons pas besoin de parler si haut...

— Et puis vous voulez vous mettre entre la porte et moi pour m'empêcher de sortir — répliqua froidement Rodolphe.

Le Maître d'école fit un signe affirmatif; puis, tirant à demi de la poche de côté de sa redingote un long stylet rond et gros comme une forte plume d'oie, emmanché dans une poignée de bois qui disparaissait sous ses doigts velus :

— Vous voyez ça?...

— Oui.

— Avis aux amateurs...

Et, fronçant ses sourcils par un mouvement qui rida son front large et plat comme celui d'un tigre, il fit un geste significatif.

— Et fiez-vous à moi. J'ai affilé le *surin* de mon homme — ajouta la Chouette.

Rodolphe, avec une merveilleuse aisance, mit la main sous sa blouse, et en tira un pistolet à deux coups, le fit voir au Maître d'école et le remit dans sa poche.

— Très-bien... Nous sommes faits pour nous comprendre — dit le brigand — mais vous ne m'entendez pas... Je vais supposer l'impossible... Si on venait m'arrêter, que vous m'ayez ou non tendu la souricière... je vous *refroidirais!*

Et il jeta un regard féroce sur Rodolphe.

— Tandis que moi je saute sur lui pour t'aider, fourline — s'écria la Chouette.

Rodolphe ne répondit rien, haussa les épaules, se versa un verre de vin et le but.

Ce sang-froid imposa au Maître d'école.

— Je vous prévenais seulement...

— Bien, bien! renfoncez votre lardoire dans votre poche, il n'y a pas ici de poulet à larder. Je suis un vieux coq, et j'ai de bons ergots — dit Rodolphe. — Maintenant parlons affaires...

— Parlons affaires... mais ne dites pas de mal de ma lardoire. Ça ne fait pas de bruit, ça ne dérange personne...

— Et ça fait de l'ouvrage bien propre, n'est-ce pas, fourline? — ajouta la Chouette.

— A propos — dit Rodolphe à la Chouette — est-ce que c'est vrai que vous connaissez les parents de la Goualeuse?

— Mon homme a sur lui deux lettres qui parlent de ça... Mais elle ne les verra pas, la petite *gironde*... Je lui arracherais plutôt les yeux de ma propre main... Oh! quand je la retrouverai au tapis-franc, son compte sera bon...

— Ah çà! Finette, nous parlons, nous parlons, et les affaires ne marchent pas.

— On peut *jaspiner* devant elle? — demanda Rodolphe.

— En toute confiance; elle est éprouvée et pourra nous être d'un grand secours pour faire le guet, prendre des informations et même des empreintes, recéler, vendre, etc.; elle possède toutes les qualités d'une excellente femme de ménage... Bonne Finette! — ajouta le brigand en tendant la main à l'horrible vieille — vous n'avez pas d'idée des services qu'elle m'a rendus... Mais si tu ôtais ton châle, Finette! tu pourrais avoir froid en sortant... mets-le sur la chaise avec ton cabas...

La Chouette se débarrassa de son châle.

Malgré sa présence d'esprit et l'empire qu'il avait sur lui-même, Rodolphe ne put retenir un mouvement de surprise en voyant, suspendu par un anneau d'argent à une grosse chaîne de similor que la vieille avait au cou, un petit saint-esprit en lapis-lazuli, en tout conforme à la description de celui que le fils de madame Georges portait à son cou lors de sa disparition.

A cette découverte, une idée subite vint à l'esprit de Rodolphe. Selon le Chourineur, le Maître d'école, évadé du bagne depuis six mois, avait mis en défaut toutes les recherches de la police en se défigurant... et depuis six mois

le mari de madame Georges avait disparu du bagne, sans qu'on sût ce qu'il était
devenu. Rodolphe songea que le Maître d'école pouvait bien être l'époux de
cette infortunée. Dans ce cas il connaissait le sort du fils qu'elle pleurait, il

possédait de plus quelques papiers relatifs à la naissance de la Goualeuse.
Rodolphe avait donc de nouveaux motifs de persévérer dans ses projets. Heureusement sa préoccupation échappa au brigand, fort occupé de servir la Chouette.

— Morbleu!... vous avez là une belle chaîne... — dit Rodolphe à la borgnesse :

— Belle... et pas chère... — répondit en riant la vieille. — C'est du faux
orient, en attendant que mon homme m'en donne une de vrai...

— Cela dépendra de monsieur, Finette... si nous faisons une bonne affaire,
sois tranquille...

— C'est étonnant comme c'est bien imité — poursuivit Rodolphe. — Et au
bout... qu'est-ce que c'est donc que cette petite chose bleue?

— C'est un cadeau de mon homme, en attendant qu'il me donne une *toquante* [1]... n'est-ce pas, fourline?

Rodolphe voyait ses soupçons à demi confirmés. Il attendait avec anxiété la
réponse du Maître d'école. Celui-ci reprit :

[1] Montre.

13

— Et il faudra garder ça, malgré la toquante, Finette... C'est un talisman... ça porte bonheur...

— Un talisman? — dit négligemment Rodolphe. — Vous croyez aux talismans, vous? Et où diable avez-vous trouvé celui-là?... Donnez-moi donc l'adresse de la fabrique.

— On n'en fait plus, mon cher monsieur, la boutique est fermée... Tel que vous le voyez, ce bijou-là remonte à une haute antiquité... à trois générations... J'y tiens beaucoup, c'est une tradition de famille — ajouta-t-il avec un hideux sourire. — C'est pour cela que je l'ai donné à Finette... pour lui porter bonheur dans les entreprises où elle me seconde avec beaucoup d'habileté... Vous la verrez à l'ouvrage, vous la verrez... si nous faisons ensemble quelque opération *commerciale*... Mais, pour en revenir à nos moutons... vous dites donc que dans l'allée des Veuves...

— Il y a, numéro 17, une maison habitée par un richard... il s'appelle... monsieur...

— Je ne commettrai pas l'indiscrétion de demander son nom... Il y a, dites-vous, soixante mille francs en or dans un cabinet?

— Soixante mille francs en or! — s'écria la Chouette.

Rodolphe fit un signe de tête affirmatif.

— Et vous connaissez les êtres de cette maison? — dit le Maître d'école.

— Très-bien.

— Et l'entrée est difficile?

— Un mur de sept pieds du côté de l'allée des Veuves, un jardin, les fenêtres de plain-pied, la maison n'a qu'un rez-de-chaussée.

— Et il n'y a qu'un portier pour garder ce trésor?

— Oui!

— Et quel serait votre plan de campagne, jeune homme?

— C'est tout simple... monter par-dessus le mur, crocheter la porte de la maison ou forcer le volet en dehors. Ça vous va-t-il?

— Je ne puis pas vous répondre avant d'avoir tout examiné par moi-même, c'est-à-dire avec l'aide de ma femme; mais si tout ce que vous me dites est exact, cela me semble bon à prendre tout chaud... ce soir.

Et le brigand regarda fixement Rodolphe.

— Ce soir... impossible — répondit celui-ci.

— Pourquoi, puisque le bourgeois ne revient qu'après-demain?

— Oui, mais, moi, je ne puis pas ce soir...

— Vraiment? Eh bien! moi, je ne puis pas demain.

— Pour quelle raison?

— Pour celle qui vous empêche d'agir ce soir... — dit le brigand en ricanant.

Après un moment de réflexion, Rodolphe reprit :

— Eh bien!... va pour ce soir. Où nous retrouverons-nous?

— Nous ne nous quitterons pas — dit le Maître d'école.

— Comment ?

— A quoi bon nous séparer ? le temps s'éclaircit, nous irons en nous promenant donner un coup d'œil jusqu'à l'allée des Veuves ; vous verrez comment ma femme sait travailler. Ceci fait, nous reviendrons faire un cent de piquet et manger un morceau dans une cave des Champs-Élysées... que je connais... tout près de la rivière ; et, comme l'allée des Veuves est déserte de bonne heure, nous nous y acheminerons vers les dix heures.

— Moi, à neuf heures, je vous rejoindrai.

— Voulez-vous ou non faire l'affaire ensemble ?

— Je le veux.

— Eh bien ! ne nous quittons pas avant ce soir... sinon...

— Sinon ?

— Je croirai que vous voulez me *donner un pont à faucher* [1], et que c'est pour ça que vous voulez vous en aller...

— Si je veux vous tendre un piége... qui m'empêche de vous le tendre ce soir ?...

— Tout... vous ne vous attendiez pas à ce que je vous proposerais l'affaire sitôt. Et en ne nous quittant pas, vous ne pourrez prévenir personne...

— Vous vous défiez de moi ?...

— Infiniment... mais, comme il peut y avoir du vrai dans ce que vous m'offrez, et que la moitié de 60,000 francs vaut la peine d'une démarche... je veux bien la tenter ; mais ce soir ou jamais... Si ce n'est jamais, je saurai à quoi m'en tenir sur vous... et je vous servirai à mon tour... un jour ou l'autre, un plat de mon métier...

— Et je vous rendrai votre politesse... comptez-y.

— Tout ça, c'est des bêtises ! — dit la Chouette. — Je pense comme fourline : ce soir, ou rien.

Rodolphe se trouvait dans une anxiété cruelle : s'il laissait échapper cette occasion de s'emparer du Maître d'école, il ne la retrouverait sans doute jamais ; ce brigand, désormais sur ses gardes, ou peut-être reconnu, arrêté et reconduit au bagne, emporterait avec lui les secrets que Rodolphe avait tant d'intérêt à savoir. Se confiant au hasard, à son adresse et à son courage, celui-ci dit au Maître d'école.

— J'y consens, nous ne nous quitterons pas d'ici à ce soir.

— Alors je suis votre homme... Mais voici bientôt deux heures... D'ici à l'allée des Veuves il y a loin ; il pleut à verse : payons l'écot, et prenons un fiacre.

— Si nous prenons un fiacre, je pourrai bien auparavant fumer un cigare.

— Sans doute — dit le Maître d'école — Finette ne craint pas l'odeur du tabac.

— Eh bien ! je vais aller chercher des cigares — dit Rodolphe se levant.

[1] Me tendre un piége.

— Ne vous donnez donc pas cette peine — dit le Maître d'école en l'arrêtant — Finette ira...

Rodolphe se rassit.

Le Maître d'école avait pénétré son dessein.

La Chouette sortit.

— Quelle bonne ménagère j'ai là, hein! — dit le brigand — et si complaisante! elle se jetterait dans le feu pour moi.

— A propos de feu, il ne fait mordieu pas chaud ici — reprit Rodolphe en cachant ses deux mains sous sa blouse.

Alors, tout en continuant la conversation avec le Maître d'école, il prit un crayon et un morceau de papier dans la poche de son gilet, puis, sans qu'on pût l'apercevoir, il traça quelques mots à la hâte, ayant soin d'écarter les lettres pour ne pas les confondre, car il écrivait sous sa blouse et sans y voir.

Ce billet soustrait à la pénétration du Maître d'école, il s'agissait de le faire parvenir à son adresse.

Rodolphe se leva, s'approcha machinalement de la fenêtre, et se mit à chantonner entre ses dents en s'accompagnant sur les vitres.

Le Maître d'école vint regarder par cette croisée, et dit à Rodolphe :

— Quel air jouez-vous donc là?

— Je joue... *Tu n'auras pas ma rose.*

— C'est un très-joli air... Je voulais seulement voir s'il ferait assez d'effet sur les passants pour les engager à se retourner.

— Je n'ai pas cette prétention-là...

— Vous avez tort, jeune homme; car vous tambourinez de première force sur les carreaux. Mais, j'y songe... le gardien de cette maison de l'allée des Veuves est peut-être un gaillard déterminé... S'il regimbe... vous n'avez qu'un pistolet... et c'est bien bruyant, tandis qu'un outil comme cela (et il fit voir à Rodolphe le manche de son poignard), ça ne fait pas de tapage... ça ne dérange personne.

— Est-ce que vous prétendriez l'assassiner? — s'écria Rodolphe. — Si vous êtes dans ces idées-là... n'y pensons plus... il n'y a rien de fait... ne comptez pas sur moi...

— Mais s'il s'éveille?

— Nous nous sauverons...

— A la bonne heure; il vaut mieux convenir de tout... avant... Ainsi il s'agira d'un simple vol avec escalade et effraction...

— Rien de plus...

— C'est bien mesquin, mais enfin va comme il est dit...

— Et comme je ne te quitterai pas d'une seconde — pensa Rodolphe — je t'empêcherai bien de répandre le sang.

CHAPITRE XIII.

PRÉPARATIFS.

La Chouette rentra dans le cabinet, apportant du tabac.

— Il me semble qu'il ne pleut plus — dit Rodolphe en allumant son cigare; — si nous allions chercher le fiacre nous-mêmes?... ça nous dégourdirait les jambes.

— Comment, il ne pleut plus? — reprit le Maître d'école — vous êtes donc aveugle?... Est-ce que vous croyez que je vais exposer Finette à s'enrhumer, risquer une vie si précieuse... et abîmer son beau châle neuf?...

— T'as raison, mon homme, il fait un temps de chien!

— Eh bien, la servante va venir... en la payant, nous lui dirons d'aller nous chercher une voiture — reprit Rodolphe.

— Voilà ce que vous avez dit de plus judicieux, jeune homme. Nous pourrons aller flâner du côté de l'allée des Veuves.

La servante entra. Rodolphe lui donna cent sous.

— Ah! monsieur... vous abusez... je ne souffrirai pas — s'écria le Maître d'école.

— Allons donc!... chacun son tour.

— Je me soumets donc... mais à la condition que je vous offrirai quelque chose tantôt, dans un petit cabaret des Champs-Élysées... que je connais... un excellent endroit.

— Bien... bien... j'accepte.

La servante payée, on descendit. Rodolphe voulut passer le dernier, *par politesse* pour la Chouette. Le Maître d'école ne le souffrit pas et le suivit de très-près, observant ses moindres mouvements. Le traiteur tenait aussi un débit de vin. Parmi plusieurs *consommateurs* un charbonnier, à la figure noircie, ayant son large chapeau enfoncé sur les yeux, soldait sa dépense au comptoir, lorsque nos trois personnages parurent. Malgré l'attentive surveillance du Maître d'école et de la borgnesse, Rodolphe, qui marchait devant le hideux couple, échangea un rapide et imperceptible regard avec Murph en montant dans le fiacre.

— Où faut-il aller, bourgeois? — demanda le cocher.

Rodolphe répondit à voix haute :

— Allée des...

— Des Acacias, au bois de Boulogne — s'écria le Maître d'école en l'interrompant; puis il ajouta : — Et on vous payera bien, cocher.

La portière se referma.

— Comment diable dites-vous où nous allons devant ces badauds? — reprit le Maître d'école. — Que demain tout soit découvert, un pareil indice peut nous perdre! Ah! jeune homme, jeune homme, vous êtes bien imprudent!

La voiture commençait de marcher, Rodolphe répondit :

— C'est vrai, je n'avais pas songé à cela. Mais avec mon cigare je vais vous enfumer comme des harengs; si nous ouvrions une des glaces?

Et Rodolphe, joignant l'action à la parole, laissa très-adroitement tomber en dehors de la voiture le petit papier ployé très-mince, sur lequel il avait eu le temps d'écrire à la hâte et sous sa blouse quelques mots au crayon... Le coup d'œil du Maître d'école était si perçant, que, malgré l'impassibilité de la physionomie de Rodolphe, le brigand y démêla sans doute une rapide expression de triomphe, car, passant la tête par la portière, il cria au cocher :

— Tapez... tapez! il y a quelqu'un derrière votre voiture.

La voiture s'arrêta. Le cocher monta sur son siège, regarda, et dit :

— Non, bourgeois, il n'y a personne.

— Parbleu! je veux m'en assurer — répondit le Maître d'école en sautant dans la rue.

Ne voyant personne, n'apercevant rien, car depuis que Rodolphe avait jeté son billet par la portière, le fiacre avait fait quelques pas, le Maître d'école crut s'être trompé.

— Vous allez rire — dit-il en remontant — je ne sais pourquoi je m'étais imaginé que quelqu'un nous suivait.

Le fiacre prit à ce moment une rue transversale. Murph, qui ne l'avait pas quitté des yeux, et qui s'était aperçu de la *manœuvre* de Rodolphe, accourut et ramassa le petit billet caché dans un creux formé par l'écartement de deux pavés.

Au bout d'un quart d'heure, le Maître d'école dit au cocher du fiacre :

Au fait, mon garçon, nous avons changé d'idée : place de la Madeleine !

Rodolphe le regarda avec étonnement.

— Sans doute, jeune homme ; de cette place on peut aller à mille endroits différents. Si l'on voulait nous inquiéter, la déposition du cocher ne serait d'aucune utilité.

Au moment où le fiacre approchait de la barrière, un homme de haute taille, vêtu d'une longue redingote blanchâtre, ayant son chapeau enfoncé sur ses yeux et paraissant fort brun de figure, passa rapidement sur la route, courbé sur l'encolure d'un grand et magnifique cheval de chasse d'une vitesse de trot extraordinaire.

A beau cheval bon cavalier ! — dit Rodolphe en se penchant à la portière et suivant Murph des yeux (car c'était lui). — Quel train va ce gros homme... Avez-vous vu ?

— Ma foi ! il a passé si vite — dit le Maître d'école   que je ne l'ai pas remarqué.

Rodolphe dissimula parfaitement sa joie : Murph avait sans doute déchiffré les signes presque hiéroglyphiques du billet soustrait à la vigilance du Maître d'école. Certain que le fiacre n'était pas suivi, ce dernier se rassura, et, voulant imiter la Chouette, qui sommeillait ou plutôt qui avait l'air de sommeiller, il dit à Rodolphe :

— Pardonnez-moi, jeune homme, mais le mouvement de la voiture me fait toujours un singulier effet : cela m'endort comme un enfant...

Le brigand, à l'abri de ce faux sommeil, se proposait d'examiner si la physionomie de son compagnon ne trahirait aucune émotion. Rodolphe éventa cette ruse, et répondit :

— Je me suis levé de bonne heure ; j'ai sommeil... je vais faire comme vous...

Et il ferma les yeux. Bientôt la respiration sonore du Maître d'école et de la Chouette, qui ronflaient à l'unisson, trompa si complétement Rodolphe, que, croyant ses compagnons profondément endormis, il entr'ouvrit les paupières.. Mais le Maître d'école et la Chouette, malgré leurs ronflements sonores, avaient les yeux ouverts, et échangeaient quelques signes mystérieux au moyen de leurs doigts bizarrement placés ou pliés sur la paume de leurs mains... Tout à coup ce langage symbolique cessa. Le brigand, s'apercevant sans doute à un signe presque imperceptible que Rodolphe ne dormait pas, s'écria en riant :

— Ah ! ah ! camarade... vous éprouvez donc les amis, vous ?

— Ça ne doit pas vous étonner, vous qui ronflez les yeux ouverts.

— Moi, c'est différent, jeune homme, je suis somnambule...

Le fiacre s'arrêta place de la Madeleine. La pluie avait un moment cessé ; mais les nuages chassés par la violence du vent étaient si noirs, si bas, qu'il faisait déjà presque nuit. Rodolphe, la Chouette et le Maître d'école se dirigèrent vers le Cours-la-Reine.

— Jeune homme, j'ai une idée... qui n'est pas mauvaise — dit le brigand.

— Laquelle?

— De m'assurer si tout ce que vous nous avez dit de l'intérieur de la maison de l'allée des Veuves est exact.

— Voudriez-vous y aller maintenant sous un prétexte quelconque? ça éveillerait les soupçons...

— Je ne suis pas assez innocent pour ça... jeune homme!... mais pourquoi a-t-on une femme qui s'appelle Finette?

La Chouette redressa la tête.

— La voyez-vous, jeune homme? on dirait un cheval de trompette qui entend sonner la charge.

— Vous voulez l'envoyer en éclaireuse?

— Comme vous dites.

— Numéro 17, allée des Veuves, n'est-ce pas, mon homme? — s'écria la Chouette dans son impatience. — Sois tranquille, je n'ai qu'un œil, mais il est bon.

— La voyez-vous, jeune homme? la voyez-vous? elle brûle déjà d'y être.

— Si elle s'y prend adroitement pour entrer, je ne trouve pas votre idée mauvaise.

— Garde le parapluie, fourline... Dans une demi-heure je suis ici, et tu verras ce que je sais faire — s'écria la Chouette.

— Un instant, Finette, nous allons descendre au *Cœur-Saignant*... c'est à deux pas d'ici. Si le petit *Tortillard* [1] est là, tu l'amèneras avec toi; il restera en dehors de la porte à faire le guet pendant que tu entreras.

— Tu as raison; il est fin comme un renard, ce petit Tortillard; il n'a pas dix ans, et c'est lui qui l'autre jour...

Un signe du Maître d'école interrompit la Chouette.

— Qu'est-ce que le *Cœur-Saignant?* Voilà une drôle d'enseigne pour un cabaret — demanda Rodolphe.

— Il faudra vous en plaindre au cabaretier.

— Comment s'appelle-t-il?

— Le cabaretier du *Cœur-Saignant?*

— Oui.

— Qu'est-ce que cela vous fait? il ne demande pas le nom de ses pratiques.

— Mais encore?..

— Appelez-le comme vous voudrez, Pierre, Thomas, Christophe ou Barnabé, il répondra toujours... Mais nous voici arrivés... et bien à temps, car l'averse recommence... et la rivière comme elle gronde! on dirait un torrent...

_____
[1] Boiteux

regardez donc! Encore deux jours de pluie, et l'eau dépassera les arches
du pont.

— Vous dites que nous voici arrivés... Où diable est donc le cabaret?... je
ne vois pas de maison ici!

— Si vous regardez autour de vous, bien sûr.

— Et où voulez-vous que je regarde?

— A vos pieds.

-- A mes pieds?

— Oui...

— Où cela?

— Tenez... là... Voyez-vous le toit? Prenez garde de marcher dessus.

Rodolphe n'avait pas, en effet, remarqué un de ces cabarets souterrains
que l'on voyait, il y a quelques années encore, dans certains endroits des
Champs-Élysées, et notamment près le Cours-la-Reine.

Un escalier, creusé dans la terre humide et grasse, conduisait au fond de
cette espèce de large fossé; à l'un de ses pans, coupés à pic, s'adossait une
masure basse, sordide, lézardée; son toit, recouvert de tuiles moussues, s'é-
levait à peine au niveau du sol où se trouvait Rodolphe; deux ou trois huttes
en planches vermoulues, servant de cellier, de hangar, de cabane à lapins,
faisaient suite à ce misérable bouge.

Une allée très-étroite, traversant le fossé dans sa longueur, conduisait de
l'escalier à la porte de la maison; le reste du terrain disparaissait sous un

14

berceau de treillage qui abritait deux rangées de tables grossières plantées dans le sol. Le vent faisait tristement grincer sur ses gonds une méchante plaque de tôle ; à travers la rouille qui la couvrait on distinguait encore un *cœur rouge percé d'un trait...* L'enseigne se balançait à un poteau dressé au-dessus de cet antre, véritable *terrier humain.*

Une brume épaisse, humide, se joignait à la pluie... la nuit approchait.

— Que dites-vous de cet hôtel... jeune homme ? — reprit le Maître d'école.

— Grâce aux averses qui tombent depuis quinze jours... ça doit être d'une jolie fraîcheur... Allons, passez...

— Un instant... il faut que je sache si l'hôte est là... Attention.

Et le brigand, frôlant avec force sa langue contre son palais, fit entendre un cri singulier, une espèce de roulement guttural, sonore et prolongé, que l'on pourrait accentuer ainsi :

— Prrrrrr !!!

Un cri pareil sortit des profondeurs de la masure...

— Il y est — dit le Maître d'école. — Pardon... jeune homme... Respect aux dames, laissez passer la Chouette... je vous suis... Prenez garde de tomber... c'est glissant...

BRAS-ROUGE.

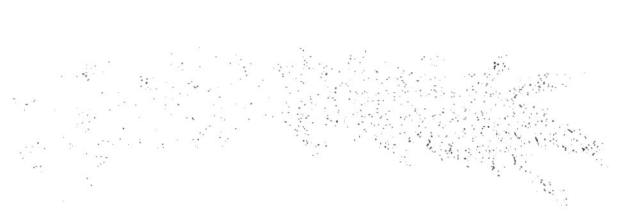

CHAPITRE XIV.

LE CŒUR-SAIGNANT.

L'hôte du *Cœur-Saignant*, après avoir répondu au signal du Maître d'école, avança civilement jusqu'au seuil de sa porte.

Ce personnage, que Rodolphe avait été chercher dans la Cité, et qu'il ne devait pas encore connaître sous son vrai nom, ou plutôt son surnom habituel, était *Bras-Rouge*.

Grêle, chétif et débile, cet homme pouvait avoir cinquante ans environ. Sa physionomie tenait à la fois de la fouine et du rat; son nez pointu, son menton fuyant, ses pommettes osseuses, ses petits yeux noirs, vifs, perçants, donnaient à ses traits une inimitable expression de ruse, de finesse et d'intelligence. Une vieille perruque blonde, ou plutôt jaune comme son teint bilieux, posée sur le sommet de son crâne, laissait voir sa nuque grisonnante. Il portait une veste ronde et un de ces longs tabliers noirâtres dont se servent les garçons marchands de vin.

Nos trois personnages avaient à peine descendu la dernière marche de l'escalier, qu'un enfant de dix ans au plus, rachitique, boiteux et un peu contrefait vint rejoindre Bras-Rouge, auquel il ressemblait d'une manière si frappante qu'on ne pouvait le méconnaître pour son fils.

C'était le même regard pénétrant et astucieux joint à cet air insolent, gouailleur et narquois, particulier au *voyou* de Paris, ce type alarmant de la dépravation précoce, véritable *graine de bagne*, ainsi qu'on le dit dans le terrible langage des prisons. Le front de l'enfant disparaissait à demi sous une forêt de cheveux jaunâtres, durs et roides comme des crins. Un pantalon marron et une blouse grise, sanglée d'une ceinture de cuir, complétaient le costume de Tortillard, ainsi nommé à cause de son infirmité; il se tenait à côté de son père, debout sur sa bonne jambe, comme un héron au bord d'un marais.

— Justement, voilà le *môme* — dit le Maître d'école. — Finette, le temps presse, la nuit vient... il faut profiter de ce qui reste de jour.

— T'as raison, mon homme... je vas demander le moutard à son père.

— Bonjour, vieux — dit Bras-Rouge en s'adressant au Maître d'école d'une petite voix de fausset, aigre et aiguë — qu'est-ce qu'il y a pour ton service?

— Il y a que tu vas prêter ton moutard à ma femme pendant un quart d'heure, elle a ici près perdu quelque chose... il l'aidera à chercher...

Bras-Rouge cligna de l'œil, fit un signe d'intelligence au Maître d'école, et dit à son fils :

— Tortillard... suis madame...

Le hideux enfant accourut en boitant prendre la main de la borgnesse.

— Amour de petit *momaque*, va!... Voilà un enfant! — dit Finette — comme ça vient tout de suite à vous... C'est pas comme la Pégriotte, qui avait toujours l'air d'avoir mal au cœur quand elle m'approchait, cette petite mendiante !

— Allons, dépêche-toi, Finette... ouvre l'œil et veille au grain... Je t'attends ici...

— Ce ne sera pas long... Passe devant, Tortillard !

Et la borgnesse et le petit boiteux gravirent le glissant escalier.

— Finette, prends donc le parapluie... — cria le brigand.

— Ça me gênerait, mon homme... — répondit la vieille, et elle disparut bientôt avec Tortillard au milieu des vapeurs amoncelées par le crépuscule, et des tristes murmures du vent qui agitait les branches noires et dépouillées des grands ormes des Champs-Élysées.

— Entrons — dit Rodolphe.

Il lui fallut se baisser pour passer sous la porte de ce cabaret, divisé en deux salles. Dans l'une on voit un comptoir et un billard en mauvais état; dans l'autre, des tables et des chaises de jardin autrefois peintes en vert. Deux croisées étroites, aux carreaux fêlés couverts de toiles d'araignées, éclairent à peine ces pièces aux murailles verdâtres, salpêtrées par l'humidité.

Rodolphe est resté seul une minute à peine; Bras-Rouge et le Maître d'école ont eu le temps d'échanger rapidement quelques mots et quelques signes mystérieux.

— Vous boirez un verre de bière ou un verre d'eau-de-vie en attendant Finette... — dit le Maître d'école.

— Non... je n'ai pas soif.

— Chacun son goût... Moi, je boirai un verre d'eau-de-vie — reprit le brigand. Et il s'assit à une des petites tables vertes de la seconde pièce.

L'obscurité commençait à envahir tellement ce repaire, qu'il était impossible de voir, dans un des angles de la seconde chambre, l'entrée béante d'une de ces caves auxquelles on descend par une trappe à deux battants, dont l'un reste toujours ouvert pour la commodité du service... La table où s'assit le Maître d'école était tout proche de ce trou noir et profond, auquel il tournait le dos et qu'il cachait complétement aux yeux de Rodolphe.

Ce dernier regardait à travers les fenêtres, pour se donner une contenance et dissimuler sa préoccupation. La vue de Murph, se rendant en toute hâte à l'allée des Veuves, ne le rassurait pas complétement; il craignait que le digne *squire* n'eût pas compris toute la signification de son billet forcément si laconique, qui ne contenait que ces mots :

— *Ce soir, dix heures. Prends garde.*

Bien résolu de ne pas se rendre à l'allée des Veuves avant ce moment, et de ne pas quitter le Maître d'école jusque-là, il tremblait néanmoins de perdre cette unique occasion de posséder les secrets qu'il avait tant d'intérêt à connaître. Quoiqu'il fût très-vigoureux et bien armé, il devait lutter de ruse avec un meurtrier redoutable et capable de tout... Ne voulant pas néanmoins se laisser pénétrer, il vint s'asseoir à la table du Maître d'école, et demanda un verre par contenance.

Bras-Rouge, depuis quelques mots échangés à voix basse avec le brigand, considérait Rodolphe d'un air curieux, sardonique et méfiant.

— M'est avis, jeune homme — dit le Maître d'école — que si ma femme nous apprend que les personnes que nous voulons voir sont chez elles, nous pourrons aller leur faire notre visite sur les huit heures?

— Ce serait trop tôt de deux heures — dit Rodolphe; — ça les gênerait...

— Vous croyez?

— J'en suis sûr...

— Bah! entre amis... on ne fait pas de façons.

— Je les connais; je vous répète qu'il ne faut pas y aller avant dix heures.

— Êtes-vous entêté, jeune homme!

— C'est mon idée... et que le diable me brûle si je bouge d'ici avant dix heures.

— Ne vous gênez pas; je ne ferme jamais mon établissement avant minuit — dit Bras-Rouge de sa voix de fausset. — C'est le moment où arrivent mes meilleures pratiques... et mes voisins ne se plaignent pas du bruit que l'on fait chez moi.

— Il faut consentir à tout ce que vous voulez, jeune homme — reprit le Maître d'école. — Soit, nous ne partirons qu'à dix heures pour notre visite.

— Voilà la Chouette! — dit Bras-Rouge en entendant et en répondant à un cri d'appel semblable à celui que le Maître d'école avait poussé avant de descendre dans la maison souterraine.

Une minute après, la Chouette entra seule dans le billard.

— Ça y est, mon homme... c'est empaumé! — s'écria la borgnesse en entrant.

Bras-Rouge se retira discrètement, sans demander des nouvelles de Tortillard, qu'il ne s'attendait probablement pas à revoir encore. La vieille s'assit en face de Rodolphe et du brigand.

— Eh bien? — dit le Maître d'école.

— Ce garçon a dit vrai jusqu'ici.

— Voyez-vous! — s'écria Rodolphe.

— Laissez la Chouette s'expliquer, jeune homme. Voyons, va, Finette.

— Je suis arrivée au numéro 17, en laissant Tortillard blotti dans un trou et aux aguets... Il faisait encore jour. J'ai carillonné à une petite porte bâtarde, gonds en dehors, deux pouces de jour sous le seuil, enfin rien du tout. Je sonne, le gardien m'ouvre. Avant de sonner j'avais mis mon bonnet dans

ma poche, pour avoir l'air d'être une voisine. Dès que j'aperçois le gardien,
je me mets à pleurnicher de toutes mes forces, en criant que j'ai perdu ma
perruche, Cocotte, une petite bête que j'adore... Je dis que je demeure avenue
de Marbœuf, et que de jardin en jardin je poursuis Cocotte. Enfin je supplie
le monsieur de me laisser chercher ma bête.

— Hem! — dit le Maître d'école d'un air d'orgueilleuse satisfaction en
montrant Finette — quelle femme!

— C'est très-adroit! — dit Rodolphe — mais ensuite?...

— Le gardien me permet de chercher ma bête, et me voilà trottant dans le
jardin en appelant Cocotte! Cocotte! en regardant en l'air et de tous les côtés,
pour bien tout voir... En dedans des murs — reprit la vieille en continuant
de détailler le logis — en dedans des murs, partout du treillage, véritable
escalier: au coin du mur, à gauche, un pin fait comme une échelle, une femme
en couche y descendrait. La maison a six fenêtres au rez-de-chaussée, pas
d'autre étage, quatre soupiraux de cave sans barres. Les fenêtres du rez-de-
chaussée se ferment à volets, crochet par le bas, gâchette par le haut; peser
sur la plinthe, tirer le fil de fer...

— Un zest... — dit le Maître d'école — et c'est ouvert.

La Chouette continua :

— La porte d'entrée vitrée... deux persiennes en dehors.

— Pour mémoire — dit le brigand.

— C'est ça!... c'est absolument comme si on y était — dit Rodolphe.

— A gauche — reprit la Chouette — près de la cour, un puits; la corde
peut servir, parce que là il n'y a pas de treillage au mur, dans le cas où la
retraite serait bouchée du côté de la porte... En entrant dans la maison...

— Tu es entrée dans la maison? Elle y est entrée! jeune homme... — dit
le Maître d'école avec orgueil.

— Certainement, j'y suis entrée. Ne trouvant pas Cocotte, j'avais tant
gémi que j'ai fait comme si je m'étais époumonée; j'ai demandé au gardien la
permission de m'asseoir sur le pas de sa porte; le brave homme m'a dit d'entrer, m'a offert un verre d'eau et de vin. « Un simple verre d'eau, ai-je dit,
un simple verre d'eau, mon bon monsieur. » Alors il m'a fait entrer dans l'an-
tichambre... tapis partout; bonne précaution, on n'entend ni marcher ni les
éclats des vitres, s'il fallait *faire* un carreau; à droite et à gauche, portes et
serrures à bec de canne. Ça s'ouvre en soufflant dessus. Au fond, une forte
porte fermée à clef, une tournure de caisse... ça sentait l'argent!... j'avais
ma cire dans mon cabas ..

— Elle avait sa cire, jeune homme... elle ne marche jamais sans sa cire!...
— dit le brigand.

La Chouette continua :

— Il fallait m'approcher de la porte qui sentait l'argent. Alors, j'ai fait
comme s'il me prenait une quinte si forte, si forte, que j'étais obligée de m'appuyer sur le mur. En m'entendant tousser, le gardien a dit : « Je vas vous

mettre un morceau de sucre dans votre eau. » Il a probablement cherché une cuiller, car j'ai entendu *rire* de l'argenterie... argenterie dans la pièce à main droite... n'oublie pas ça, fourline. Enfin, tout en toussant, tout en geignant, je m'étais approchée de la porte du fond... j'avais ma cire dans la paume de ma main... je me suis appuyée sur la serrure, comme si de rien n'était. Voilà l'empreinte. Si ça ne sert pas aujourd'hui, ça servira un autre jour...

Et la Chouette donna au brigand un morceau de cire jaune où l'on voyait parfaitement l'empreinte.

— Ça fait que vous allez nous dire si c'est bien la porte de la caisse — dit la Chouette.

— Justement!... c'est là où est l'argent — reprit Rodolphe. Et il se dit tout bas : — Murph a-t-il donc été dupe de cette vieille misérable! Cela se peut; il ne s'attend à être attaqué qu'à dix heures... à cette heure-là toutes ses précautions seront prises...

— Mais tout l'argent n'est pas là! — reprit la Chouette, dont l'œil vert étincela. — En m'approchant des fenêtres, toujours pour chercher Cocotte, j'ai vu dans une des chambres, à gauche de la porte, des sacs d'écus sur un bureau... Je les ai vus comme je te vois, mon homme... Il y en avait au moins une douzaine.

— Où est Tortillard? — dit brusquement le Maître d'école.

— Il est toujours dans son trou... à deux pas de la porte du jardin... Il voit dans l'ombre comme les chats. Il n'y a que cette entrée-là au numéro 17; lorsque nous irons, il nous avertira si quelqu'un est venu.

— C'est bon...

A peine avait-il prononcé ces mots, que le Maître d'école se rua sur Rodolphe à l'improviste, le saisit à la gorge, et le précipita dans la cave qui était béante derrière la table...

Cette attaque fut si prompte, si inattendue, si vigoureuse, que Rodolphe n'avait pu ni la prévoir ni l'éviter. La Chouette effrayée poussa un cri perçant, car elle n'avait pas vu d'abord le résultat de cette lutte d'un instant. Lorsque le bruit du corps de Rodolphe roulant sur les degrés eut cessé, le Maître d'école, qui connaissait parfaitement les êtres *souterrains* de cette maison, descendit lentement dans la cave en prêtant l'oreille avec attention.

— Fourline... défie-toi!... — cria la borgnesse en se penchant à l'ouverture de la trappe. — Tire ton *surin* [1]!...

Le brigand ne répondit pas et disparut.

D'abord on n'entendit rien; mais au bout de quelques instants, le bruit lointain d'une porte rouillée qui criait sur ses gonds résonna sourdement dans les profondeurs de la cave, et il se fit un nouveau silence.

L'obscurité était complète.

La Chouette fouilla dans son cabas, fit pétiller une allumette chimique, et

[1] Poignard.

alluma une petite bougie dont la faible lueur se répandit dans cette lugubre salle.

A ce moment, la figure monstrueuse du Maître d'école apparut à l'ouverture de la trappe... La Chouette ne put retenir une exclamation d'effroi à la vue de cette tête pâle, couturée, mutilée, horrible, aux yeux presque phosphorescents, qui semblait ramper sur le sol au milieu des ténèbres... que la clarté de la bougie dissipait à peine... Remise de son émotion, la vieille s'écria avec une sorte d'épouvantable flatterie :

— Faut-il que tu sois affreux, fourline! tu m'as fait peur... à moi!!!

— Vite, vite... à l'allée des Veuves — dit le brigand en assujettissant les deux battants de la trappe avec une barre de fer; — dans une heure peut-être il sera trop tard! Si c'est une souricière, elle n'est pas encore tendue... si ça n'en est pas une, nous ferons le coup nous seuls.

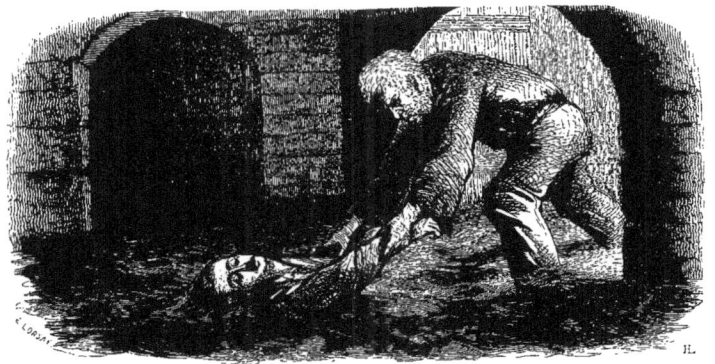

CHAPITRE XV.

Sous le coup de son horrible chute, Rodolphe était resté évanoui, sans mouvement, au bas de l'escalier de la cave. Le Maître d'école, le traînant jusqu'à l'entrée d'un second caveau beaucoup plus profond, l'y avait descendu et enfermé en poussant et verrouillant une porte épaisse garnie de ferrures ; puis il avait rejoint la Chouette, pour aller avec elle commettre un vol, peut-être un assassinat, dans l'allée des Veuves.

Au bout d'une heure environ, Rodolphe reprit peu à peu ses sens. Il était couché par terre au milieu d'épaisses ténèbres ; il étendit ses bras autour de lui, et toucha des degrés de pierre. Ressentant à ses pieds une vive impression de fraîcheur, il y porta la main... C'était une flaque d'eau.

D'un effort violent il parvint à s'asseoir sur la dernière marche de l'escalier ; son étourdissement se dissipait peu à peu, il fit quelques mouvements. Heureusement aucun de ses membres n'était fracturé. Il écouta... Il n'entendit rien... rien qu'une espèce de petit clapotement sourd, faible, mais continu.

D'abord il n'en soupçonna pas la cause...

A mesure que sa pensée s'éveillait plus lucide, les circonstances de la surprise dont il avait été victime se retraçaient à son esprit. Il était sur le point de rassembler tous ses souvenirs, lorsqu'il s'aperçut qu'il avait de nouveau les pieds mouillés : il se baissa ; l'eau était montée jusqu'à sa cheville.

Et au milieu du morne silence qui l'environnait, il entendit toujours le petit clapotement sourd, faible, continu... Cette fois il en comprit la cause : l'eau envahissait le caveau..... La crue de la Seine était formidable, et ce lieu souterrain se trouvait au-dessous du niveau du fleuve...

Ce danger rappela tout à fait Rodolphe à lui-même ; prompt comme l'éclair,

15

il gravit l'humide escalier. Arrivé au faîte, il se heurta contre une porte ; en vain il voulut l'ébranler, elle resta immobile sur ses gonds.

Dans cette position désespérée, son premier cri fut pour Murph.

— S'il n'est pas sur ses gardes, ce monstre va l'assassiner... et c'est moi — s'écria-t-il — moi qui aurai causé sa mort !... Pauvre Murph !...

Cette cruelle pensée exaspéra Rodolphe ; s'arcboutant sur ses pieds et courbant les épaules, il s'épuisa en efforts inouïs contre la porte... il ne lui imprima pas le plus léger ébranlement... Espérant trouver un levier dans le caveau, il redescendit : à l'avant-dernière marche, deux ou trois corps ronds, élastiques, roulèrent en fuyant sous ses pieds : c'étaient des rats que l'eau chassait de leurs retraites. Il parcourut la cave à tâtons, en tout sens, ayant de l'eau jusqu'à mi-jambe ; il ne trouva rien. Il remonta lentement l'escalier, dans un sombre désespoir.

Il compta les marches : il y en avait treize, trois étaient déjà submergées.

Treize ! nombre fatal !... Dans certaines positions les esprits les plus fermes ne sont pas à l'abri des idées superstitieuses ; dans ce nombre Rodolphe vit un mauvais présage. Le sort possible de Murph lui revint à la pensée. Il chercha en vain quelque ouverture entre le sol et la porte, l'humidité avait gonflé le bois, il joignait hermétiquement la terre humide.

Rodolphe poussa de grands cris, croyant qu'ils parviendraient peut-être jusqu'aux hôtes du cabaret ; et puis il écouta...

Il n'entendit rien, rien que le petit clapotement sourd, faible, continu, de l'eau qui toujours augmentait.

Rodolphe s'assit avec accablement, le dos appuyé contre la porte ; il pleura sur son ami, qui se débattait peut-être alors sous le couteau d'un assassin. Bien amèrement alors il regretta ses imprudents et audacieux projets, quoique leur motif fût généreux. Il se rappelait avec déchirement mille preuves de dévouement de Murph, qui, riche, honoré, avait quitté une femme, un enfant bien-aimés, pour aider Rodolphe dans la vaillante expiation que celui-ci s'imposait.

L'eau montait toujours... il n'y avait plus que cinq marches à sec. En se levant debout près de la porte, Rodolphe de son front touchait à la voûte de la cave. Il pouvait calculer le temps que durerait son agonie. Cette mort était lente, muette, affreuse. Il se souvint du pistolet qu'il avait sur lui. Au risque de se blesser en le tirant contre la porte à *brûle-bourre*, il espérait peut-être l'ébranler... Il chercha cette arme, il ne la trouva pas, elle avait glissé de sa poche lors de sa lutte avec le Maître d'école... Sans ses craintes pour Murph, Rodolphe eût attendu la mort avec sérénité..... S'il avait commis des actes reprochables... il avait fait du bien, il aurait voulu en faire davantage, Dieu le savait ! Ne murmurant pas contre l'arrêt qui le frappait, il vit dans cette destinée une juste punition d'une action criminelle non encore expiée. Un nouveau supplice vint éprouver sa résignation. Les rats chassés par l'eau s'étaient réfugiés de degré en degré, ne trouvant pas d'issue. Pouvant difficilement

gravir une porte ou un mur perpendiculaire, ils grimpèrent le long des vêtements de Rodolphe. Lorsqu'il sentit fourmiller sur lui leurs pattes glacées et
leurs corps velus, son dégoût fut indicible..... Il voulut les chasser; des morsures aiguës et froides ensanglantèrent ses mains. Il poussa de nouveaux cris,
on ne l'entendit pas... Dans peu d'instants il ne pourrait plus crier : l'eau avait
atteint la hauteur de son cou, bientôt elle arriverait jusqu'à sa bouche.

L'air refoulé commençait à manquer dans cet espace étroit, les premiers
symptômes de l'asphyxie accablèrent Rodolphe, les artères de ses tempes bat-
tirent avec violence, il eut des vertiges, il allait mourir... Déjà l'eau bouillon-
nait à ses oreillès, il croyait se sentir tournoyer sur lui-même; la dernière lueur
de sa raison allait s'éteindre, lorsque des pas précipités et un bruit de voix
retentirent auprès de la porte de la cave.

L'espérance ranima ses forces expirantes; par une suprême tension d'esprit,
il put saisir ces mots, les derniers qu'il entendit et qu'il comprit :

— Tu le vois bien, il n'y a personne.

— Tonnerre! c'est vrai... — répondit tristement la voix du Chourineur.

Et les pas s'éloignèrent.

Rodolphe, anéanti, n'eut pas la force de se soutenir davantage, il glissa le
long de l'escalier.

Tout à coup la porte du caveau s'ouvrit brusquement en dehors, l'eau con-
tenue dans le souterrain s'échappa comme par l'ouverture d'une écluse... et le
Chourineur, qui était revenu sur ses pas (nous dirons plus tard pourquoi), saisit
les deux bras de Rodolphe qui, à demi noyé, se cramponnait au seuil de la
porte par un mouvement convulsif.

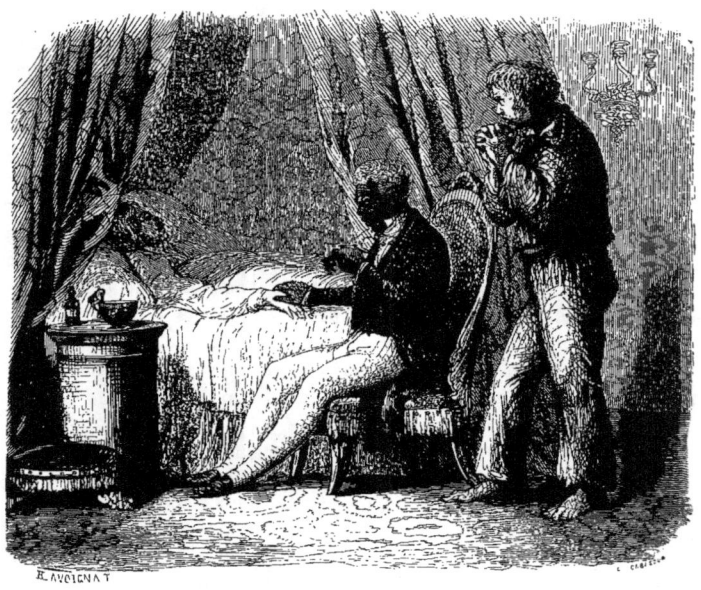

L. AVOIGNAT

CHAPITRE XVI.

LE GARDE-MALADE.

Arraché à une mort certaine par le Chourineur, et transporté dans la maison de l'allée des Veuves, explorée par la Chouette avant la tentative du Maître d'école, Rodolphe est couché dans une chambre confortablement meublée; un grand feu brille dans la cheminée, une lampe placée sur une commode répand une vive clarté dans l'appartement; le lit de Rodolphe, entouré d'épais rideaux de damas vert, reste dans l'obscurité.

Un nègre de moyenne taille, à cheveux et à sourcils blancs, portant un ruban orange et vert à la boutonnière de son habit bleu, tient à la main gauche une montre à secondes, qu'il semble consulter en comptant de sa main droite les pulsations du pouls de Rodolphe.

Ce nègre est triste, pensif; il regarde Rodolphe endormi avec l'expression de la plus tendre sollicitude.

Le Chourineur, vêtu de haillons, souillé de boue, immobile au pied du lit, tient ses bras pendants et les mains croisées; sa barbe rousse est longue; son épaisse chevelure couleur de filasse est en désordre et imbibée d'eau; ses traits bronzés expriment une profonde pitié pour le malade. Osant à peine respirer, il ne soulève qu'avec contrainte sa large poitrine; inquiet de l'attitude méditative du docteur nègre, redoutant un fâcheux pronostic, il se hasarde de faire à voix basse cette réflexion philosophique en contemplant Rodolphe :

— Qui est-ce qui dirait pourtant, à le voir aussi faible, que c'est lui qui m'a si crânement festonné les coups de poing de la fin !... Il ne sera pas longtemps à reprendre ses forces..... n'est-ce pas, monsieur le médecin ? Foi d'homme, je voudrais bien qu'il me tambourinât sa convalescence sur le dos... ça le secouerait... n'est-ce pas, monsieur le médecin ?

Le noir, sans répondre, fit un léger signe de la main.

Le Chourineur resta muet.

— La potion ? — dit le docteur.

Aussitôt le Chourineur, qui avait respectueusement laissé ses souliers ferrés à la porte, alla vers la commode en marchant sur le bout des orteils le plus légèrement possible ; mais avec des contorsions d'enjambements, des balancements de bras, des renflements de dos et d'épaules, qui eussent paru fort plaisants dans une autre circonstance. Le pauvre diable avait l'air de vouloir ramener toute sa pesanteur dans la partie de lui-même qui ne touchait pas le sol ; ce qui, malgré le tapis, n'empêchait pas le parquet de gémir sous la pesante stature du Chourineur. Malheureusement, dans son ardeur de bien faire, et de peur de laisser échapper la fiole diaphane qu'il apportait précieusement, il en serra tellement le goulot dans sa large main, que le flacon se brisa et la potion inonda le tapis.

A la vue de ce méfait, le Chourineur resta immobile, une de ses grosses jambes en l'air, les orteils nerveusement contractés et regardant alternativement, d'un air confus, et le docteur et le goulot qui lui restait à la main.

— Diable de maladroit ! — s'écria le nègre avec impatience.

— Tonnerre d'imbécile que je suis ! — ajouta le Chourineur en s'apostrophant lui-même.

— Ah ! — reprit l'Esculape en regardant la commode — heureusement vous vous êtes trompé, je voulais l'autre fiole...

— La petite rougeâtre ? — dit bien bas le malencontreux garde-malade.

— Sans doute... il n'y a que celle-là.

Le Chourineur, en tournant prestement sur ses talons par une vieille habitude militaire, écrasa les débris du flacon : des pieds plus délicats eussent été cruellement déchirés ; mais l'ex-débardeur avait une paire de sandales naturelles dures comme le sabot d'un cheval.

— Prenez donc garde, vous allez vous blesser ! — s'écria le médecin.

Le Chourineur ne fit aucune attention à cette recommandation. Profondément préoccupé de sa nouvelle mission, dont il voulait se tirer à sa gloire afin de faire oublier sa première maladresse, il fallut voir avec quelle délicatesse, avec quelle légèreté, avec quel scrupule, écartant ses deux gros doigts, il saisit cette fois le mince cristal... Un papillon n'eût pas laissé un atome de la poussière dorée de ses ailes entre le pouce et l'index du Chourineur.

Le docteur noir frémit d'un nouvel accident qui pouvait arriver par excès de précaution. Heureusement la potion fut sauvée. Le Chourineur, en s'approchant du lit, broya de nouveau sous ses pieds ce qui restait des débris de l'autre flacon.

— Mais, malheureux, vous voulez donc vous estropier? — dit le docteur à voix basse.

Le Chourineur le regarda tout surpris.

— M'extropier, monsieur le médecin!

— Voilà deux fois que vous marchez sur du verre.

— Si ce n'est que ça, ne faites pas attention. . J'ai le dessous des *arpions* doublé en *cuir de brouette* [1].

— Une petite cuiller! — dit le docteur.

Le Chourineur recommença ses évolutions *sylphidiques* et apporta ce que le médecin lui demandait... Après quelques cuillerées de cette potion, Rodolphe fit un mouvement et agita faiblement les mains.

— Bien! bien! il sort de sa torpeur — se dit le docteur — La saignée l'a soulagé, il est hors d'affaire.

— Sauvé! bravo! vive la Charte! — s'écria le Chourineur dans l'explosion de sa joie.

— Taisez-vous et tenez-vous tranquille! je vous en prie — lui dit le nègre.

— Oui, monsieur le médecin.

— Le pouls se règle... A merveille!... à merveille!...

— Et le pauvre ami de M. Rodolphe! monsieur le médecin! Tonnerre! quand il va savoir que... Heureusement que...

— Silence!

— Oui, monsieur le médecin.

— Asseyez-vous.

— Mais, monsieur le...

— Asseyez-vous donc; vous m'inquiétez en rôdant ainsi autour de moi, cela me distrait. Voyons, asseyez-vous!

— Monsieur le médecin, je suis aussi malpropre qu'une bûche de bois flottée qu'on va débarder de son train; je salirais les meubles.

— Alors asseyez-vous par terre.

— Je salirais le tapis.

— Faites comme vous voudrez; mais, au nom du ciel, restez en repos — dit le docteur avec impatience; et, se plongeant dans un fauteuil, il appuya son front sur ses mains.

Après un moment de cogitation profonde, le Chourineur, moins par besoin de se reposer que pour obéir au médecin, prit une chaise avec les plus grandes précautions, et la renversa, d'un air parfaitement satisfait, le dossier sur le tapis, dans l'honnête intention de s'asseoir proprement et modestement sur les bâtons antérieurs, afin de ne rien salir... ce à quoi il procéda avec toutes sortes de ménagements délicats... Malheureusement le Chourineur connaissait peu

[1] Le dessous des pieds doublé en bois.

LE DOCTEUR NÈGRE.

les lois du levier et de la pondération des corps : la chaise bascula ; le malheureux, par un mouvement involontaire, tendit les bras en avant, renversa un
guéridon chargé d'un plateau, d'une tasse et d'une théière.

A ce bruit formidable, le docteur nègre releva la tête en bondissant sur son
fauteuil. Pendant que Rodolphe, réveillé en sursaut, se dressa sur son séant,
regarda autour de lui avec anxiété, rassembla ses idées, et s'écria :

— Murph ! où est Murph ?

— Que V. A. R. se rassure — dit respectueusement le noir — il y a beaucoup d'espoir.

— Il est blessé ? — s'écria Rodolphe.

— Hélas ! oui, monseigneur.

— Où est-il ?... je veux le voir.

Et Rodolphe essaya de se lever ; mais il retomba vaincu par la douleur des
contusions dont il ressentait alors le contre-coup.

— Qu'on me porte à l'instant auprès de Murph, puisque je ne puis pas
marcher ! — s'écria-t-il.

— Monseigneur, il repose... Il serait dangereux à cette heure de lui causer
une vive émotion.

— Ah ! vous me trompez ! il est mort... Il est mort assassiné !... Et c'est
moi... c'est moi qui en suis cause !!! — s'écria Rodolphe d'une voix déchirante,
en levant les mains au ciel.

— Monseigneur sait que je suis incapable de mentir... Je lui affirme sur
l'honneur que Murph est vivant... assez grièvement blessé, il est vrai, mais
il a des chances de guérison presque certaines.

— Vous me dites cela pour me préparer à quelque affreuse nouvelle... Il est
sans doute dans un état désespéré !

— Monseigneur...

— J'en suis sûr... vous me trompez... Je veux à l'instant qu'on me porte
auprès de lui... La vue d'un ami est toujours salutaire...

— Encore une fois, monseigneur, j'affirme sur l'honneur à V. A. R. qu'à
moins d'accidents improbables Murph doit être bientôt convalescent.

— Vrai, bien vrai ! mon cher David ?

— Oui, monseigneur.

— Écoutez : vous savez ma considération pour vous ; depuis que vous ap-
partenez à ma maison, vous avez toujours eu ma confiance... jamais je n'ai
mis votre rare savoir en doute... mais, je vous en conjure, si une consultation
est nécessaire...

— Ç'a été ma première pensée, monseigneur. Quant à présent, une consultation serait absolument inutile, vous pouvez me croire... et puis d'ailleurs je
n'ai pas voulu introduire d'étrangers ici avant de savoir si vos ordres d'hier...

— Mais comment tout ceci est-il arrivé ! — dit Rodolphe en interrompant le
noir ; — qui m'a tiré de ce caveau où je me noyais ?... J'ai un souvenir confus
d'avoir entendu la voix du Chourineur ; me serais-je trompé ?

— Non ! non ! ce brave homme peut tout vous apprendre, monseigneur, car il a tout fait.

— Mais où est-il ? où est-il ?

Le docteur chercha des yeux le garde-malade improvisé, qui, confus de sa chute, s'était réfugié derrière le rideau du lit.

— Le voici — dit le médecin — il a l'air tout honteux.

— Voyons, avance donc, mon brave ! — dit Rodolphe en tendant la main à son sauveur.

La confusion du Chourineur était d'autant plus profonde qu'il venait d'entendre le médecin noir appeler Rodolphe *monseigneur* et S. A. R. à plusieurs reprises.

— Mais approche donc... donne-moi ta main ! — dit Rodolphe.

— Pardon, monsieur... non, je voulais dire monseigneur... altesse... mais...

— Appelle-moi monsieur Rodolphe, comme toujours... J'aime mieux cela.

— Et moi aussi, je serai moins gêné... Mais, pour ma main, excusez... j'ai fait tant d'ouvrage depuis tantôt...

— Ta main ! te dis-je.

Vaincu par cette instance, le Chourineur avança timidement sa main noire et calleuse... Rodolphe la serra cordialement.

— Voyons, assieds-toi et raconte-moi tout... comment as-tu découvert la cave ? Mais, j'y songe, le Maître d'école ?

— Il est ici en sûreté, dit le médecin noir.

— Ficelés comme deux carottes de tabac... lui et la Chouette... Vu la figure qu'ils doivent se faire s'ils se regardent, ils doivent joliment se répugner à l'heure qu'il est.

— Et mon pauvre Murph ! mon Dieu ! et j'y pense seulement maintenant !!! David, où a-t-il été blessé ?

— Au côté droit, monseigneur... heureusement vers la dernière fausse côte...

— Oh ! il me faudra une vengeance terrible !..... David ! je compte sur vous.

— Monseigneur le sait, je suis à lui âme et corps — répondit froidement le noir.

— Mais comment es-tu arrivé ici à temps, mon brave ? — dit Rodolphe au Chourineur.

— Si vous vouliez, monseign... non, monsieur... altesse... Rodolphe... je commencerais par le commencement.

— Tu as raison ; je t'écoute ; mais appelle-moi monsieur Rodolphe.

— Très-bien... Vous savez qu'hier soir vous m'avez dit, en revenant de la campagne, où vous étiez allé avec la pauvre Goualeuse : « Tâche de trouver le Maître d'école dans la Cité ; tu lui diras que tu sais un bon coup à faire, que tu ne veux pas en être ; mais que, s'il veut ta place, il n'a qu'à se trouver demain (c'était ce matin) à la barrière de Bercy, au *Panier fleuri*, et que là il verrait celui *qui a nourri le poupard*[1]. »

— Ensuite ?

— En vous quittant, je trotte à la Cité... Je vas chez l'ogresse; pas de Maître d'école; je monte la rue Saint-Éloi, la rue aux Fèves, la rue de la Vieille-Draperie... personne... Enfin je l'empaume avec cette limace de Chouette au parvis Notre-Dame, chez un petit tailleur, revendeur, recéleur et voleur; ils voulaient flamber avec l'argent volé du grand monsieur en deuil qui voulait vous faire quelque chose; ils achetaient des défroques d'hasard. La Chouette marchandait un châle rouge... Vieux monstre!... Je dévide *mon chapelet* au Maître d'école. Il me dit que ça lui va, et qu'il sera au rendez-vous. Bon! Ce matin, selon vos ordres d'hier, j'accours ici vous rendre la réponse... Vous me dites : « Mon garçon, reviens demain avant le jour, tu passeras la journée dans la maison, et le soir... tu verras quelque chose qui en vaut la peine... » Vous ne m'en jaspinez pas plus; mais j'en comprends davantage. Je me dis : C'est un coup monté pour faire une farce au Maître d'école demain, en l'amorçant par une affaire. C'est un vrai scélérat... Il a assassiné le marchand de bœufs... on dit même une autre personne dans la rue du Roule... J'en suis...

— Et mon tort a été de ne pas tout te dire, mon garçon... Cet affreux malheur ne serait peut-être pas arrivé.

— Ça vous regardait, monsieur Rodolphe; ce qui me regardait, moi, c'était de vous servir... parce qu'enfin... je ne sais pas comment ça se fait, je vous l'ai déjà dit, je me sens comme votre bouledogue; enfin... suffit... Je me dis donc : M. Rodolphe me paye mon temps, mon temps lui appartient; je vas l'employer pour lui... Ça me donne l'idée que voilà : Le Maître d'école est malin, il doit craindre une souricière... M. Rodolphe lui proposera la chose pour demain, c'est vrai; mais le gueux est capable de venir aujourd'hui flâner par ici pour reconnaître les alentours, et, s'il se défie de M. Rodolphe, d'amener un autre *grinche*, et de faire le coup pour son compte aujourd'hui. Pour empêcher ça, je me dis : Faut aller m'embosser quelque part d'où je puisse voir les murs, la porte du jardin; il n'y a que cette entrée-là... Si je trouve un bon coin... il pleut, j'y resterai toute la journée, toute la nuit surtout, et demain matin je serai tout porté pour aller chez M. Rodolphe. Je revins donc allée des Veuves pour me nicher. Qu'est-ce que je vois? Un petit bouchon à dix pas de votre porte... Je m'établis au rez-de-chaussée, près de la fenêtre; je demande un litre et un quarteron de noix, disant que j'attends des amis... un bossu et une grande femme; je choisis ça pour que ça ait l'air plus naturel. Je m'installe, et me voilà à dévisager votre porte... Il pleuvait le tremblement; personne ne passait, la nuit venait...

— Mais — dit Rodolphe en interrompant le Chourineur — pourquoi n'es-tu pas allé chez moi?

— Vous m'aviez dit de revenir le lendemain matin, monsieur Rodolphe...

[1] Qui a préparé le vol.
Éd. belge.   16

Je n'ai pas osé revenir avant. J'aurais eu l'air de faire le câlin, le *brosseur*, comme disent les troupiers... Vous comprenez ?... J'étais donc à la fenêtre du bouchon, cassant mes noix et buvant ma piquette, lorsqu'à travers le brouillard je vois débouler la Chouette avec le *môme* à Bras-Rouge, le petit Tortillard. Bon... que je me dis... ça va chauffer ! En effet, Tortillard se blottit dans un des fossés de l'allée, en face votre porte, comme s'il se mettait à l'abri de l'ondée, et il fait la taupe... La Chouette, elle, ôte son bonnet, le met dans sa poche, et sonne à la porte. Ce pauvre M. Murph, votre ami, vient ouvrir à la borgnesse ; et la voilà qui fait ses grands bras en courant dans le jardin. Je donnais en moi-même ma langue aux chiens de ne pouvoir deviner ce que venait faire la Chouette... Enfin elle ressort, remet son bonnet, dit deux mots à Tortillard, qui rentre dans son trou ; et elle détale... Je me continue : Minute !... ne nous embrouillons pas. Tortillard est venu avec la Chouette ; le Maître d'école et M. Rodolphe sont donc chez Bras-Rouge. La Chouette est venue *battre l'antif* [1] dans la maison ; ils vont sûrement faire le coup ce soir. S'ils font le coup ce soir, M. Rodolphe, qui croit qu'il ne se fera que demain, est enfoncé. Si M. Rodolphe est enfoncé, je dois aller chez Bras-Rouge voir de quoi il retourne ; oui, mais si pendant ce temps-là le Maître d'école arrive... c'est juste... Alors, tant pis, je vais entrer dans la maison et dire à M. Murph : Méfiez-vous... Oui, mais cette petite vermine de Tortillard est près de la porte : il m'entendra sonner, il me verra, il donnera l'éveil à la Chouette ; si elle revient... ça gâtera tout... d'autant plus que M. Rodolphe s'est peut-être arrangé autrement pour ce soir... Tonnerre ! ces oui et ces non me papillotaient dans la cervelle... J'étais abruti, je n'y voyais plus que du feu... je ne savais que faire. Je me dis : Je vais sortir, le grand air me conseillera peut-être. Je sors... le grand air me conseille : j'ôte ma blouse et ma cravate, je vas au fossé de Tortillard, je prends le moutard par la peau du dos ; il a beau gigotter, m'égratigner et piailler... je l'entortille dans ma blouse comme dans un sac, j'en noue un bout avec les manches, l'autre avec ma cravate, il pouvait respirer ; je prends le paquet sous mon bras, je vois près de là un jardin maraîcher entouré d'un petit mur ; je jette Tortillard au milieu d'un plant de choux ; il grognait comme un cochon de lait, mais à deux pas on ne l'entendait pas... Je file, il était temps ! Je grimpe sur un des grands arbres de l'allée, juste en face votre porte, au-dessus du fossé de Tortillard. Dix minutes après, j'entends marcher ; il pleuvait toujours. Il faisait noir... J'écoute, c'était la Chouette :
— « Tortillard !... Tortillard !... » — qu'elle dit tout bas. — « Il pleut, le *môme* se sera lassé d'attendre — dit le Maître d'école en jurant. — Si je l'attrape, je l'écorche !!! — Fourline, prends garde ! — reprit la Chouette — peut-être qu'il sera venu nous prévenir de quelque chose... Si c'était une souricière ?... l'autre ne voulait faire le coup qu'à dix heures... — C'est pour ça — répond le Maître d'école ; — il n'en est que sept. Tu as vu l'argent... Qui ne risque rien n'a rien ; donne-moi *monseigneur* et le ciseau froid. »

[1] Espionner.

— Ces instruments !... — demanda Rodolphe.

— Ils venaient de chez Bras-Rouge ; oh ! il a une maison bien montée... En un rien la porte est forcée. — « Reste là — dit le Maître d'école à la Chouette ; attention, et *crible à la grive* [1] si tu entends quelque chose. — Passe ton *surin* [2] dans une boutonnière de ton gilet, pour pouvoir le tirer tout de suite » — dit la borgnesse. Et le Maître d'école entre dans le jardin... Moi, voyant ça, je saute de mon arbre, je tombe sur la Chouette ; je l'étourdis de deux coups de poing... choisis... elle tombe sans souffler... Je cours au jardin... Tonnerre ! monsieur Rodolphe !!!... c'était trop tard...

— Pauvre Murph !!...

— Il se roulait avec le Maître d'école sur le petit perron ; déjà blessé, il tenait toujours ferme, sans crier au secours. Brave homme ! il est comme les bons chiens : des coups de dent, pas de coups de gueule, que je me dis... et je me jette à pile ou face sur tous les deux, en empoignant le Maître d'école par une gigue, c'était le seul morceau disponible pour le moment. — Vive la Charte ! c'est moi ! le Chourineur ! *Part à deux*, monsieur Murph ! — « Ah ! brigand ! mais d'où sors-tu donc ? » — me crie le Maître d'école, étourdi de ça. — « Curieux, va ! » — que je lui réponds en lui tenaillant une de ses jambes entre mes genoux, et en lui empoignant un aileron : celui du poignard, c'était le bon... — « Et... M. Rodolphe ? » me crie M. Murph, tout en m'aidant.

— Brave, excellent homme ! — murmura Rodolphe avec douleur.

— « Je n'en sais rien — que je réponds. — Ce gueux-là l'a peut-être tué... » Et je redouble sur le Maître d'école, qui tâchait de me larder avec son poignard ; mais j'étais couché la poitrine sur son bras, il n'avait que le poignet de libre. — « Vous êtes donc tout seul ? » — que je dis à M. Murph, en continuant de nous débattre avec le Maître d'école. — « Il y a du monde près d'ici, — me répond-il — mais on ne m'entendrait pas crier. — Est-ce loin ? — Il y en a pour dix minutes. — Crions au secours, s'il y a des passants ils viendront nous aider. — Non ; puisque nous le tenons, il faut le garder ici... Et puis je me sens faible... je suis blessé. » — « Tonnerre, alors !! courez chercher du secours, si vous en avez la force. Je tâcherai de le retenir. — M. Murph se dépêtre et je reste seul avec le Maître d'école. Tonnerre ! c'est pas pour me vanter... mais il y a eu un moment où je n'étais pas à la noce... Nous étions moitié par terre, moitié sur la dernière dalle du perron... J'avais mes bras autour du cou du brigand... ma joue contre sa joue... Il soufflait comme un bœuf. J'entendais ses dents grincer... Il faisait noir... Il pleuvait toujours... la lampe restée dans le vestibule nous éclairait un peu... J'avais passé une de ses jambes dans les miennes... Malgré ça, il avait les reins si forts qu'il nous soulevait tous les deux à un pied de terre. Il voulait me mordre, mais il ne pouvait pas. Jamais je ne m'étais senti si vigoureux... Tonnerre !... le cœur me battait... mais dans un bon endroit... Je me disais : « Je suis comme quelqu'un qui s'accrocherait à un chien enragé pour l'empêcher de se jeter sur

[1] Crie : Prends garde. — [2] Ton stylet.

le monde… — « Laisse-moi me sauver, et je ne te ferai rien » — me dit le
Maître d'école d'une voix époumonée. — « Ah! tu es lâche! » — que je lui
dis; — « ton courage n'est donc que ta force? Tu n'aurais pas osé assassiner
le marchand de bœufs de Poissy pour le voler s'il avait été seulement aussi
fort que moi, hein? — Non — me dit-il — mais je vais te tuer comme lui. »
— En disant ça il fait un haut-le-corps si violent en roidissant les jambes en
même temps, qu'il me retourne à demi… Si je n'avais pas tenu bon le bras
du poignard… j'étais fini… Dans ce moment-là mon poignet gauche a porté
à faux; j'ai été obligé de desserrer les doigts… Ça se gâtait… Je me dis : Je
suis dessous, il est dessus; il va me tuer. C'est égal, j'aime mieux ma place
que la sienne… M. Rodolphe m'a dit que j'avais du cœur et de l'honneur…

Je sens que c'est vrai… J'en étais là quand j'aperçois la Chouette tout debout
sur le perron… avec son œil rond et son châle rouge… Tonnerre! j'ai cru avoir
le cauchemar… — « Finette! — lui crie le Maître d'école — j'ai laissé tomber
le couteau; ramasse-le… là… sous lui… et frappe… dans le dos, entre les
deux épaules… — Attends, attends, fourline, que je m'y reconnaisse. » —
Et voilà la Chouette qui tourne… qui tourne autour de nous comme un vieil
oiseau de malheur qu'elle était. Enfin elle voit le poignard… veut sauter dessus… Mais comme j'étais à plat ventre, je lui communique un coup de talon
dans l'estomac, et je l'envoie les quatre fers en l'air; elle se relève et s'acharne.

Je n'en pouvais plus; je me cramponnais encore au Maître d'école; mais il me donnait en dessous des coups si forts dans la mâchoire, que j'allais tout lâcher, lorsque je vois trois ou quatre gaillards armés qui dégringolent le perron... et M. Murph, tout pâle, se soutenant à peine sur monsieur le médecin... On empoigne le Maître d'école et la Chouette, et ils sont ficelés... C'était pas tout, ça. Il me fallait M. Rodolphe... Je saute sur la Chouette, je me souviens de la dent de la pauvre Goualeuse; je lui empoigne le bras, et je le lui tords en lui disant : — « Où est M. Rodolphe? » Elle tient bon. Au second tour elle me crie : — « Chez Bras-Rouge, dans la cave, au *Cœur-Saignant*... » Bon... En passant, je veux prendre Tortillard dans son carré de choux; c'était mon chemin... Je regarde... il n'y avait plus rien que ma blouse... il l'avait rongée avec ses dents. J'arrive au *Cœur-Saignant*, je saute à la gorge de Bras-Rouge... « Où est le jeune homme qui est venu ici ce soir avec le Maître d'école? — Ne me serre pas si fort, je vais te le dire : on a voulu lui faire une farce, on l'a enfermé dans ma cave; nous allons lui ouvrir. » — Nous descendons... personne... — « Il sera sorti pendant que j'avais le dos tourné — dit Bras-Rouge — tu vois bien qu'il n'y est pas. » — Je m'en allais tout triste, lorsqu'à la lueur de la lanterne je vois au fond de la cave une autre porte. J'y cours, je tire à moi, je reçois comme qui dirait un seau d'eau sur la boule. Je vois vos deux pauvres bras en l'air... Je vous repêche et je vous apporte ici sur mon dos, vu qu'il n'y avait personne pour aller chercher un fiacre. Voilà, monsieur Rodolphe;... et je puis dire, sans me vanter, que je suis content de la chose...

— Mon garçon, je te dois la vie... c'est une dette... je l'acquitterai, sois-en sûr. David, voulez-vous aller savoir des nouvelles de Murph? — ajouta Rodolphe. — Vous reviendrez ensuite.

Le noir sortit.

— Sais-tu où est le Maître d'école, mon garçon?

— Dans une salle basse avec la Chouette. Vous allez envoyer chercher la garde, monsieur Rodolphe?

— Non...

— Est-ce que vous voudriez le lâcher?... Ah! monsieur Rodolphe, pas de ces générosités-là... J'en reviens à ce que j'ai dit, c'est un chien enragé... Prenez garde aux passants!

— Il ne mordra plus personne... rassure-toi!

— Vous allez donc le renfermer quelque part?

— Non! dans une demi-heure il sortira d'ici

— Le Maître d'école?

— Oui...

— Sans gendarmes?

— Oui...

— Il sortira d'ici... libre!

— Libre...

— Et tout seul ?

— Tout seul…

— Mais il ira ?…

— Où il voudra… — dit Rodolphe en interrompant le Chourineur avec un sourire sinistre.

Le noir rentra.

— Eh bien ! David… et Murph ?…

— Il sommeille… monseigneur — dit tristement le médecin. — La respiration est toujours oppressée…

— Toujours du danger ?…

— Sa position… est très-grave, monseigneur… Pourtant il faut espérer. .

— Oh ! Murph ! vengeance !… vengeance !… — s'écria Rodolphe avec une fureur concentrée. Puis il ajouta : — David… un mot…

Et il parla tout bas à l'oreille du noir.

Celui-ci tressaillit.

— Vous hésitez ? — lui dit Rodolphe. — Je vous ai pourtant souvent entretenu de cette idée… Le moment de l'appliquer est venu…

— Je n'hésite pas, monseigneur… Cette idée renferme toute une réforme pénale digne de l'examen des grands criminalistes, car cette peine serait à la fois… terrible… et féconde pour le repentir… Dans ce cas-ci, elle est applicable. Sans nombrer les crimes qui ont jeté ce brigand au bagne pour sa vie… il a commis trois meurtres… le marchand de bœufs… Murph… et vous… c'est justice…

— Et il aura encore devant lui l'horizon sans bornes de l'expiation… — ajouta Rodolphe. Après un moment de silence, il reprit : — Ensuite cinq mille francs lui suffiront-ils, David ?

— Parfaitement, monseigneur.

— Mon garçon — dit Rodolphe au Chourineur ébahi — j'ai deux mots à dire à monsieur. Pendant ce temps-là, va dans la chambre à côté… tu trouveras un grand portefeuille rouge sur un bureau ; tu y prendras cinq billets de mille francs que tu m'apporteras…

— Et pour qui ces cinq mille francs ? — s'écria involontairement le Chourineur.

— Pour le Maître d'école… et tu diras en même temps qu'on l'amène ici…

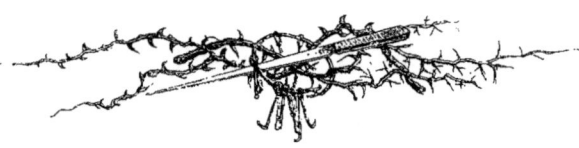

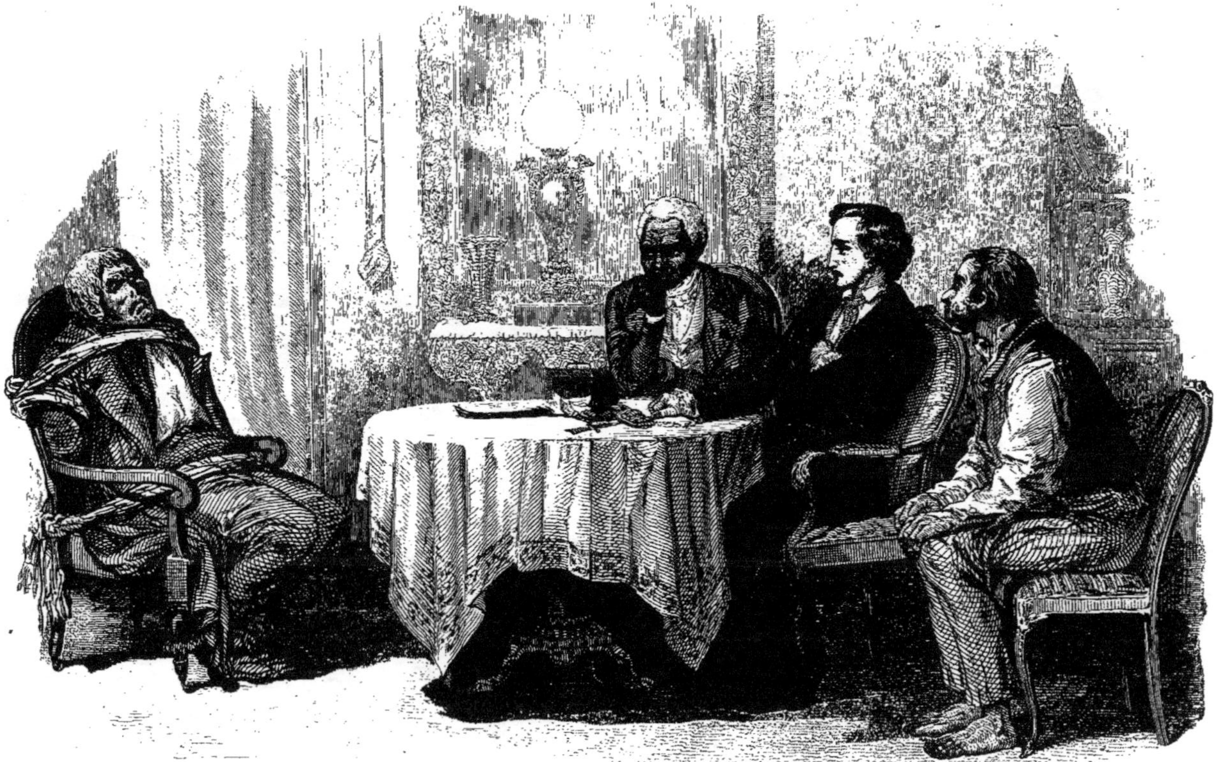

La Punition

CHAPITRE XVII.

LA PUNITION.

La scène se passe dans un salon tendu de rouge, brillamment éclairé.

Rodolphe, revêtu d'une longue robe de chambre de velours noir, qui augmente encore la pâleur de sa figure, est assis devant une grande table recouverte d'un tapis. Sur cette table on voit le portefeuille du Maître d'école, la chaîne de similor de la Chouette, à laquelle est suspendu le petit saint-esprit de lapis-lazuli, le stylet encore ensanglanté qui a frappé Murph, la pince de fer qui a servi à l'effraction de la porte, et enfin les cinq billets de mille francs que le Chourineur a été chercher dans une pièce voisine.

Le docteur nègre est assis d'un côté de la table, le Chourineur de l'autre. Le Maître d'école, étroitement garrotté, hors d'état de faire un mouvement, est placé dans un grand fauteuil à roulettes, au milieu du salon. Les gens qui ont apporté cet homme se sont retirés. Rodolphe, le docteur, le Chourineur et l'assassin restent seuls.

Rodolphe n'est plus irrité · il est calme, triste, recueilli ; il va accomplir une mission solennelle et formidable.

Le docteur est pensif.

Le Chourineur ressent une crainte vague ; il ne peut détacher son regard du regard de Rodolphe.

Le Maître d'école est livide… il a peur…

Le plus profond silence règne au dehors. Seulement l'on entend le bruit de la pluie qui tombe… tombe du toit sur le pavé.

Rodolphe s'adresse au Maître d'école :

— Échappé du bagne de Rochefort, où vous aviez été condamné à perpétuité… pour crime de faux, de vol et de meurtre… vous êtes Anselme Duresnel.

— Ce n'est pas vrai ! — dit le Maître d'école d'une voix altérée, en jetant autour de lui son regard fauve et inquiet.

— Vous êtes Anselme Duresnel… vous avez assassiné et volé un marchand de bestiaux sur la route de Poissy.

— C'est faux !

— Vous en conviendrez plus tard.

Le brigand regarda Rodolphe avec surprise.

— Cette nuit, vous vous êtes introduit ici pour voler ; vous avez poignardé le maître de cette maison...

— C'est vous qui m'avez proposé ce vol — dit le Maître d'école en reprenant un peu d'assurance ; — on m'a attaqué... je me suis défendu.

— L'homme que vous avez frappé ne vous a pas attaqué... il était sans armes ! Je vous ai proposé ce vol... c'est vrai... je vous dirai tout à l'heure dans quel but. La veille, après avoir dévalisé un homme et une femme dans la Cité, vous leur avez offert de me tuer pour mille francs !...

— Je l'ai entendu — dit le Chourineur.

Le Maître d'école lui lança un regard de haine féroce.

Rodolphe reprit :

— Vous le voyez, vous n'aviez pas besoin d'être tenté par moi pour faire le mal !...

— Vous n'êtes pas mon juge, je ne vous répondrai plus...

— Voici pourquoi je vous avais proposé ce vol : je vous savais évadé du bagne... vous connaissiez les parents d'une infortunée dont la Chouette, votre complice, a presque causé tous les malheurs... Je voulais vous attirer ici par l'appât d'un vol, seul appât capable de vous séduire. Une fois en mon pouvoir, je vous laissais le choix ou d'être remis entre les mains de la justice, qui vous faisait payer de votre tête l'assassinat du marchand de bestiaux...

— C'est faux ! je n'ai pas commis ce crime.

— Ou d'être conduit hors de France, par mes soins, dans un lieu de réclusion perpétuelle où votre sort eût été moins pénible qu'au bagne, mais je ne vous aurais accordé cet adoucissement de punition que si vous m'aviez donné les renseignements que je voulais avoir. Condamné à perpétuité, vous avez rompu votre ban : en m'emparant de vous, en vous mettant désormais dans l'impossibilité de nuire, je servais la société, et par vos aveux je trouvais moyen de rendre peut-être une famille à une pauvre créature plus malheureuse encore que coupable. Tel était d'abord mon projet : il n'était pas légal ; mais votre évasion, mais vos nouveaux crimes, vous mettent hors la loi... Hier une révélation providentielle m'a appris que vous étiez Anselme Duresnel.

— C'est faux ! je ne m'appelle pas Duresnel.

Rodolphe prit sur la table la chaîne de la Chouette, et montrant au Maître d'école le petit saint-esprit de lapis-lazuli :

— Sacrilége ! — s'écria Rodolphe d'une voix menaçante. — Vous avez prostitué à une créature infâme cette relique sainte... trois fois sainte !... car votre enfant tenait ce don pieux de sa mère et de son aïeule !

Le Maître d'école, stupéfait de cette découverte, baissa la tête sans répondre.

— Vous avez enlevé votre fils à sa mère il y a quinze ans, vous seul possédez le secret de son existence ; j'avais donc un motif de plus de m'assurer de vous lorsque j'ai su qui vous étiez. Je ne veux pas me venger de ce qui m'est personnel... Cette nuit vous avez encore une fois versé le sang sans provocation. L'homme que vous avez assassiné est venu à vous avec confiance, ne soupçonnant pas votre rage sanguinaire. Il vous a demandé ce que vous vouliez. — « Ton argent et ta vie!... » et vous l'avez frappé d'un coup de poignard.

— Tel a été le récit de M. Murph lorsque je lui ai donné les premiers secours — dit le docteur.

— C'est faux, il a menti.

— Murph ne ment jamais — dit froidement Rodolphe. — Vos crimes demandent une réparation éclatante. Vous vous êtes introduit dans ce jardin avec escalade, vous avez poignardé un homme pour le voler. Vous avez commis un autre meurtre... Vous allez mourir ici... Par pitié, par respect pour votre femme et pour votre fils, on vous sauvera la honte de l'échafaud... On dira que vous avez été tué dans une attaque à main armée... Préparez-vous... les armes sont chargées.

La physionomie de Rodolphe était implacable...

Le Maître d'école avait remarqué dans une pièce précédente deux hommes armés de carabines... Son nom était connu ; il pensa qu'on allait se débarrasser de lui pour ensevelir dans l'ombre ses derniers crimes et sauver ce nouvel opprobre à sa famille. Comme ses pareils, cet homme était aussi lâche que féroce. Croyant son heure arrivée, il trembla et cria :

— Grâce !

— Pas de grâce pour vous — dit Rodolphe. — Si l'on ne vous brûle pas la cervelle ici, l'échafaud vous attend...

— J'aime mieux l'échafaud... Je vivrai au moins deux ou trois mois encore... Qu'est-ce que cela vous fait, puisque je serai puni ensuite ?... Grâce !... grâce !...

— Mais votre femme... mais votre fils... ils portent votre nom...

— Mon nom est déjà déshonoré... Quand je ne devrais vivre que huit jours, grâce !...

— Pas même ce mépris de la vie qu'on trouve quelquefois chez les grands criminels ! — dit Rodolphe avec dégoût.

— D'ailleurs la loi défend de se faire justice soi-même — reprit le Maître d'école avec assurance.

— La loi ! — s'écria Rodolphe — la loi !... Vous osez invoquer la loi, vous qui avez toujours vécu en révolte ouverte et armée contre la société ?...

Le brigand baissa la tête sans répondre, puis il dit d'un ton plus humble :

— Au moins laissez-moi vivre, par pitié !

— Me direz-vous où est votre fils ?

— Oui... oui... Je vous dirai tout ce que j'en sais...

— Me direz-vous quels sont les parents de cette jeune fille dont l'enfance a été torturée par la Chouette ?

17

Il y a dans mon portefeuille des papiers qui vous mettront sur la trace des personnes qui l'ont livrée à la Chouette...

— Où est votre fils ?

— Vous me laisserez vivre ?

— Confessez tout d'abord...

— C'est que, quand vous saurez... — dit le Maître d'école avec hésitation.

— Tu l'as tué !

— Non... non... je l'ai confié à un de mes complices qui, lorsque j'ai été arrêté, a pu s'évader...

— Qu'en a-t-il fait ?...

— Il l'a élevé ; il lui a donné les connaissances nécessaires pour entrer dans une maison de banque à Nantes... afin qu'il pût nous renseigner, inspirer de la confiance au banquier, et faciliter ainsi nos projets Quoique à Rochefort, et en attendant mon évasion, je dirigeais le plan de cette entreprise; nous correspondions par chiffres avec mon ami.

— Oh! mon Dieu! son fils... son fils !!! Cet homme m'épouvante — s'écria Rodolphe avec horreur, en cachant sa tête dans ses mains.

— Mais il ne s'agissait que de faux! — s'écria le brigand; — et encore, quand on a révélé à mon fils ce qu'on attendait de lui, il s'est indigné... a tout dénoncé à son patron, et a disparu de Nantes... Vous verrez dans mon portefeuille l'indication des démarches tentées pour retrouver la trace de mon fils... La dernière maison qu'il a habitée était rue du Temple, on l'y connaissait sous le nom de François Germain; l'adresse est aussi dans mon portefeuille. Vous voyez... j'ai tout dit... tout... Tenez votre promesse, faites-moi seulement arrêter pour le vol de ce soir.

— Et le marchand de bestiaux de Poissy ?

— Il est impossible que cela se découvre, il n'y a pas de preuves. Je veux bien vous l'avouer, à vous, pour montrer ma bonne volonté; mais devant le juge je nierais...

— Tu l'avoues donc ?

— J'étais dans la misère, je ne savais comment vivre... c'est la Chouette qui m'a conseillé... Maintenant je me repens... vous voyez, puisque j'avoue... Ah! si vous étiez assez généreux pour ne pas me livrer à la justice, je vous donnerais ma parole d'honneur de ne pas recommencer.

— Tu vivras... et je ne te livrerai pas à la justice.

— Vous me pardonnez ? — s'écria le Maître d'école, ne croyant pas à ce qu'il entendait — vous me pardonnez ?

— Je te juge... et je te punis ! — s'écria Rodolphe d'une voix solennelle. — Je ne te livrerai pas à la justice, parce que tu irais au bagne ou à l'échafaud, et il ne faut pas cela... non, il ne le faut pas... Au bagne? pour dominer encore cette tourbe par ta force et ta scélératesse! pour satisfaire encore tes instincts d'oppression brutale!... pour être abhorré, redouté de tous; car le crime a son orgueil, et toi tu te réjouis dans ta monstruosité!... Au bagne!

non, non : ton corps de fer défie les labeurs de la chiourme et le bâton des argousins. Et puis les chaînes se brisent, les murs se percent, les remparts s'escaladent ; et quelque jour encore tu romprais ton ban pour te jeter de nouveau sur la société, comme une bête féroce enragée, marquant ton passage par la rapine et par le meurtre... car rien n'est à l'abri de ta force d'Hercule et de ton couteau ; et il ne faut pas que cela soit... non, il ne le faut pas ! Mais puisqu'au bagne tu briserais ta chaîne... que faire pour garantir la société de ta rage ? faut-il te livrer au bourreau ?

— C'est donc ma mort que vous voulez ! — s'écria le brigand — c'est donc ma mort ?

— Ne l'espère pas... car, dans ton acharnement à vivre, tu échapperais aux redoutables angoisses du supplice par quelque espérance d'évasion ! Espérance stupide, insensée !... il n'importe... elle te voilerait l'horreur de ta punition, tu ne croirais à la mort que sous l'ongle du bourreau ! Et alors, peut-être, abruti par la terreur, tu ne serais plus qu'une masse inerte qu'on offrirait en holocauste aux mânes de tes victimes... Cela ne se peut pas, te dis-je... tu espérais te sauver jusqu'à la dernière minute... Toi, monstre... espérer ? Non, non... Si tu ne te repens pas... je ne veux plus que tu aies d'espérances dans cette vie, moi...

— Mais qu'est-ce que j'ai fait à cet homme ?... qui est-il ? que veut-il de moi ? où suis-je ?... — s'écria le Maître d'école presque dans le délire.

Rodolphe continua :

— Si, au contraire, tu bravais effrontément la mort, il ne faudrait pas non plus te livrer au supplice... Pour toi l'échafaud serait un sanglant tréteau où, comme tant d'autres, tu ferais parade de ta férocité... où, insouciant d'une vie misérable, tu damnerais ton âme dans un dernier blasphème !... Il ne faut pas cela non plus... Il n'est pas bon au peuple de voir le condamné badiner avec le couperet, narguer le bourreau et souffler en ricanant sur la divine étincelle que le Créateur a mise en nous... C'est quelque chose de sacré que le salut d'une âme. Tout crime s'expie et se rachète, a dit le Sauveur ; mais, du tribunal à l'échafaud, le trajet est trop court, il faut le loisir de l'expiation et du repentir. Ce loisir... tu l'auras donc... Fasse le ciel que tu en profites.

Le Maître d'école était anéanti... Pour la première fois de sa vie il y eut quelque chose qu'il redouta plus que la mort... Cette crainte vague était horrible...

Rodolphe continua :

— Anselme Duresnel, tu n'iras pas au bagne... tu ne mourras pas...

— Mais que voulez-vous de moi ?... c'est donc l'enfer qui vous envoie ?

— Écoute... — dit Rodolphe en se levant et en donnant à son geste une autorité menaçante . — tu as criminellement abusé de ta force... je paralyserai ta force... Les plus vigoureux tremblaient devant toi... tu trembleras devant les plus faibles... Assassin... tu as plongé des créatures de Dieu dans la nuit éternelle... les ténèbres de l'éternité commenceront pour toi dans cette

vie... aujourd'hui... tout à l'heure... Ta punition enfin égalera tes crimes...
Mais — ajouta Rodolphe avec une sorte de pitié douloureuse — cette punition
épouvantable te laissera du moins l'avenir sans bornes de l'expiation... Je
serais aussi criminel que toi si, en te punissant, je ne satisfaisais qu'une
vengeance, si légitime qu'elle fût... Loin d'être stérile comme la mort... ta punition doit être féconde; loin de te damner... te racheter... Si, pour te mettre
hors d'état de nuire... je te dépossède à jamais des splendeurs de la création...
si je te plonge dans une nuit impénétrable... seul... avec le souvenir de tes
forfaits... c'est pour que tu contemples incessamment leur énormité... Oui...
pour toujours isolé du monde extérieur... tu seras forcé de toujours regarder
en toi... et alors, je l'espère, ton front bronzé par l'infamie rougira de honte...
ton âme corrodée par le crime... s'amollira par la commisération... Chacune
de tes paroles est un blasphème... chacune de tes paroles sera une prière...
Tu es audacieux et féroce parce que tu es fort... tu seras doux et humble parce
que tu seras faible... Ton cœur est fermé au repentir... un jour tu pleureras
tes victimes... Tu as dégradé l'intelligence que Dieu avait mise en toi, tu l'as
réduite à des instincts de rapine et de meurtre... d'homme tu t'es fait bête
sauvage... un jour ton intelligence se retrempera par le remords, se relèvera
par l'expiation... Tu n'as pas même respecté ce que respectent les bêtes sauvages... leurs femelles et leurs petits... Après une longue vie consacrée à la
rédemption de tes crimes, ta dernière prière sera pour supplier Dieu de t'accorder le bonheur inespéré de mourir entre ta femme et ton fils...,

En disant ces dernières paroles, la voix de Rodolphe s'était tristement
émue.

Le Maître d'école ne ressentait presque plus de terreur... il crut que son
juge avait voulu l'effrayer avant que d'arriver à cette *moralité*. Presque rassuré par la douceur de l'accent de Rodolphe, le brigand, d'autant plus insolent qu'il était moins effrayé, dit avec un rire grossier :

— Ah çà! devinons-nous des charades, ou sommes-nous au catéchisme
ici!...

Au lieu de répondre, Rodolphe dit au docteur :

— Faites, David... Que Dieu me punisse seul si je me trompe!...

Le nègre sonna.

Deux hommes entrèrent.

D'un signe David leur montra la porte d'un cabinet latéral.

Ils y roulèrent le fauteuil, où le Maître d'école était garrotté de façon à ne
pouvoir faire un mouvement.

— Vous voulez donc m'égorger maintenant?... grâce!... grâce!... — cria
le Maître d'école pendant qu'on l'entraînait.

— Bâillonnez-le — dit le noir en entrant dans le cabinet.

Le Chourineur et Rodolphe restèrent seuls.

— Monsieur Rodolphe — dit le Chourineur pâle et d'une voix tremblante;
— monsieur Rodolphe, parlez-moi donc... j'ai peur... est-ce que je rêve?...

Qu'est-ce donc qu'on lui fait, au Maître d'école? il ne crie plus, on n'entend rien... Ça me fait plus peur encore...

David sortit du cabinet; il était pâle comme le sont les nègres... ses lèvres étaient blanches.

Les deux hommes ramenèrent le Maître d'école toujours garrotté sur son fauteuil.

— Otez-lui son bâillon.. délivrez-le de ses liens — dit David.

Il y eut un moment de silence effrayant.

Les deux hommes firent tomber les liens du Maître d'école et lui ôtèrent son bâillon.

Il se leva brusquement; son abominable figure exprimait la rage, l'épouvante et l'horreur; il fit un pas en tendant ses mains devant lui; puis retombant dans le fauteuil, il s'écria avec un accent d'angoisse indicible et de fureur désespérée, en levant les bras au ciel :

— Aveugle!!!

— David, donnez-lui ce portefeuille — dit Rodolphe.

Le nègre mit dans les mains tremblantes du Maître d'école un petit portefeuille.

— Il y a dans ce portefeuille assez d'argent pour t'assurer un abri... et du pain... jusqu'à la fin de tes jours dans quelque solitude. Maintenant tu es libre... va-t'en... et repens-toi... le Seigneur est miséricordieux!

— Aveugle!... — répéta le Maître d'école en prenant machinalement le portefeuille.

— Ouvrez les portes... qu'il parte! — dit Rodolphe.

On ouvrit les portes avec fracas.

— Aveugle!... aveugle!!!... — répéta le brigand anéanti.

— Tu es libre... tu as de l'argent... va-t'en!

— M'en aller!... Mais?... je n'y vois plus, moi! — s'écria-t-il avec rage.
— Mais c'est un crime affreux que d'abuser ainsi de sa force... pour...

— C'est un crime d'abuser de sa force!... — répéta Rodolphe en l'interrompant d'une voix solennelle. — Et toi, qu'en as-tu fait, de ta force?

— Oh! la mort!... Oui, j'aurais préféré la mort! — s'écria le Maître d'école. — Être maintenant à la merci de tout le monde... avoir peur de tout!... Un enfant me battrait à cette heure!... Mon Dieu! mon Dieu! que devenir?...

— Tu as de l'argent...

— On me le volera! — dit le brigand.

— On te le volera!... Entends-tu ces mots... que tu dis avec crainte... toi qui as volé!... Va-t'en!...

— Pour l'amour de Dieu — dit le Maître d'école d'un air suppliant — que quelqu'un me conduise! Comment vais-je faire dans les rues?... Ah! tuez-moi!... je vous le demande, par pitié... tuez-moi!

— Non... un jour tu te repentiras...

— Jamais... jamais je ne me repentirai!... — s'écria le Maître d'école avec rage. — Oh! je me vengerai... allez... je me vengerai!...

Et il se précipita hors du fauteuil, les poings fermés et menaçants.

Au premier pas qu'il fit, il trébucha.

— Non... non... je ne pourrai pas!... et être si fort pourtant! Ah! je suis bien à plaindre... Personne n'a pitié de moi... personne!...

Il est impossible de peindre l'effroi, la stupeur du Chourineur pendant cette scène terrible : sa sauvage et rude figure exprimait la compassion. Il s'approcha de Rodolphe, et lui dit à voix basse :

— Monsieur Rodolphe, il n'a que ce qu'il mérite... c'était un fameux scélérat!... Il a voulu aussi me tuer tantôt; mais maintenant il est aveugle... il ne sait comment s'en aller... Il peut se faire écraser dans les rues... Voulez-vous que je le conduise quelque part où il pourra être tranquille au moins?

— Bien... — dit Rodolphe, ému de cette générosité, et, prenant la main du Chourineur : — Bien... va...

Le Chourineur s'approcha du Maître d'école et lui mit la main sur l'épaule.

Le brigand tressaillit.

— Qu'est-ce qui me touche? — dit-il d'une voix sourde.

— Moi...

— Qui, toi?

— Le Chourineur.

— Tu viens aussi te venger, n'est-ce pas?

— Tu ne sais pas comment sortir?... prends mon bras... je vais te conduire...

— Toi... toi!

— Oui, tu me fais de la peine... maintenant; viens!

— Tu veux me tendre un piége?

— Je ne suis pas lâche... je n'abuserai pas de ton malheur... Allons... partons, il fait jour.

— Il fait jour!!! ah! je ne verrai plus jamais quand il fera jour... moi! — s'écria le Maître d'école.

Rodolphe ne put supporter davantage cette scène... il rentra brusquement, suivi de David, en faisant signe aux deux domestiques de s'éloigner.

Le Chourineur et le Maître d'école restèrent seuls.

— Est-ce vrai qu'il y a de l'argent dans le portefeuille qu'on m'a donné? — dit le brigand après un long silence.

— Oui... j'y ai mis moi-même cinq mille francs... Avec cela tu peux te placer en pension quelque part... dans quelque coin, à la campagne, pour le restant de tes jours... ou bien veux-tu que je te mène chez l'ogresse?

— Elle me volerait.

— Chez Bras-Rouge?

— Il m'empoisonnerait pour me voler!

— Où veux-tu donc que je te conduise?

— Je ne sais pas... Heureusement tu n'es pas voleur, toi, Chourineur.

Tiens, cache bien mon portefeuille dans mon gilet, que la Chouette ne le voie pas, elle me dévaliserait.

— La Chouette ? on l'a portée à l'hôpital Beaujon... En me débattant contre vous deux cette nuit, je lui ai *déformé* une jambe.

— Mais que devenir, mon Dieu ? avec ce rideau noir là, là toujours devant moi !... Et sur ce rideau noir si je voyais paraître les figures pâles et mortes de ceux...

Il tressaillit et dit d'une voix sourde au Chourineur :

— Cet homme de cette nuit, est-il mort ?

— Non.

— Tant mieux !

Et le brigand resta quelque temps silencieux ; puis tout à coup il s'écria en bondissant de rage :

— C'est pourtant toi, Chourineur, qui me vaux cela !... Brigand !... sans toi je refroidissais l'homme et j'emportais l'argent... Si je suis aveugle... c'est ta faute !... oui, c'est ta faute !...

— Ne pense plus à cela... c'est malsain pour toi... Voyons, viens-tu, oui ou non ?... je suis fatigué, je veux dormir... C'est assez nocé comme ça... Demain je retourne à mon train de bois. Je vas te conduire où tu voudras, j'irai me coucher après.

— Mais je ne sais pas où aller, moi... Dans mon garni... je n'ose pas... il faudrait dire...

— Eh bien ! écoute : veux-tu, pour un jour ou deux, venir dans mon chenil !... Je te trouverai peut-être bien des braves gens qui, ne sachant pas qui tu es, te prendront en pension chez eux comme un infirme... Tiens... il y a justement un homme du port Saint-Nicolas, que je connais, dont la mère habite Saint-Mandé ; une digne femme... qui n'est pas heureuse... Peut-être bien qu'elle pourrait se charger de toi... Viens-tu, oui ou non ?

— On peut se fier à toi, Chourineur... Je n'ai pas peur d'aller chez toi, avec mon argent... Tu n'as jamais volé, toi, heureusement.

— Et quand tu me reprochais de n'être pas *grinche* ¹ comme toi ?

— Alors... qui pouvait prévoir...

— Si je t'avais écouté... à cette heure tu serais *nettoyé* de ton argent.

— C'est vrai, mais tu es sans haine et sans rancune, toi... — dit le brigand avec humilité ; — tu vaux bien mieux que moi.

— Tonnerre ! je le crois bien ; M. Rodolphe m'a dit que j'avais du cœur et de l'honneur.

— Mais quel est-il donc, cet homme ?... Ce n'est pas un homme ! — s'écria le Maître d'école avec un redoublement de fureur désespérée — c'est un monstre !...

Le Chourineur haussa les épaules et dit :

— Voilà encore que tu t'échauffes. Partons-nous ?

¹ Voleur

— Nous allons chez toi, n'est-ce pas, Chourineur?

— Oui.

— Tu n'as pas de rancune de cette nuit; tu me le jures, n'est-ce pas!

— Je te le jure.

— Et tu es sûr qu'il n'est pas mort... *l'homme?*

— J'en suis sûr...

— Ça sera toujours celui-là de moins — se dit le brigand. — Si l'on savait...
Et le petit vieillard de la rue du Roule... et la femme... du canal Saint-
Martin... Ah! maintenant je ne vais penser qu'à cela... Aveugle... mon Dieu,
aveugle — ajouta-t-il tout haut. Et, s'appuyant sur le bras du Chourineur, il
quitta la maison de l'allée des Veuves.

CHAPITRE XVIII.

L'ÎLE-ADAM.

Un mois s'était passé depuis les événements dont nous avons parlé. Nous conduirons le lecteur dans la petite ville de l'Ile-Adam, située dans une position ravissante, au bord de la rivière de l'Oise, au pied d'une forêt.

Les plus petits faits deviennent des événements en province. Aussi les oisifs de l'Ile-Adam, qui se promenaient ce matin-là sur la place de l'église, se préoccupaient-ils beaucoup de savoir quand arriverait le nouvel acquéreur du plus beau fonds de boucherie de la ville, situé sur la place en face de l'église.

L'un des oisifs, plus curieux que les autres, alla s'informer auprès du garçon boucher, qui, l'air joyeux et ouvert, s'occupait activement des derniers soins de l'étalage. Le garçon, interrogé, répondit qu'il ne connaissait pas encore le nouveau propriétaire qui avait fait acheter ce fonds par procuration.

Bientôt deux hommes arrivant de Paris descendirent de cabriolet à la porte de la boutique.

L'un était Murph, complétement guéri de sa blessure; l'autre était le Chourineur.

Au risque de répéter une vulgarité, nous dirons que le prestige de l'*habit* est si puissant, que l'hôte des tavernes de la Cité était presque méconnaissable sous les vêtements qu'il portait. Sa physionomie avait subi la même métamorphose : il avait dépouillé avec ses haillons son air sauvage, brutal et turbulent; à le voir marcher, ses deux mains dans les poches de sa longue et chaude redingote de castorine couleur noisette, on l'eût pris pour le bourgeois le plus inoffensif du monde.

— Ma foi, mon garçon, la route était longue et le froid piquant, n'est-ce pas?

— C'est tout au plus si je m'en suis aperçu, monsieur Murph... je suis trop

18

content... et la joie... ça réchauffe... Après ça... quand je dis content... peut-
être...

— Comment cela ?

— Hier vous venez me trouver sur le port Saint-Nicolas, où je débardais
crânement pour m'échauffer... Je ne vous avais pas vu depuis la nuit... où le
nègre à cheveux blancs avait aveuglé le Maître d'école... C'était la première
chose qu'il n'ait pas volée, le brigand... c'est vrai... mais enfin... tonnerre !
ça m'a remué... Et M. Rodolphe, quelle figure !... lui qui avait l'air si bon
enfant... Il m'a fait peur dans ce moment-là...

— Bien... bien... Après ?

— Vous m'avez donc dit : « Bonjour, Chourineur. — Bonjour, monsieur
Murph ?... Vous voilà donc debout ?... Tant mieux, tonnerre !... tant mieux. Et
M. Rodolphe ? — Il a été obligé de partir quelques jours après l'affaire de l'allée
des Veuves. Et il vous a oublié, mon garçon... — Eh bien, monsieur Murph !
que je vous réponds, si M. Rodolphe m'a oublié... vrai... ça me fait de la
peine... »

— Je voulais dire, mon brave, qu'il avait oublié de récompenser vos services... mais qu'il en gardera toujours le souvenir...

— Aussi, monsieur Murph, ces paroles-là m'ont ragaillardi tout de suite...
Tonnerre !... moi... je ne l'oublierai pas, allez !... Il m'a dit que j'avais du
cœur et de l'honneur... enfin, suffit...

— Malheureusement, mon garçon, monseigneur est parti sans laisser d'ordre
à votre sujet ; moi, je ne possède rien que ce que me donne monseigneur ; je
ne puis reconnaître, comme je le voudrais... tout ce que je vous dois pour ma
part.

— Allons donc ! monsieur Murph... vous plaisantez !

— Mais pourquoi diable aussi n'êtes-vous pas revenu à l'allée des Veuves
après cette nuit fatale ?... Monseigneur ne serait pas parti sans songer à vous.

— Dame... M. Rodolphe ne m'a pas fait demander... J'ai cru qu'il n'avait
plus besoin de moi...

— Mais vous deviez bien penser qu'il avait au moins besoin de vous témoigner sa reconnaissance...

— Puisque vous m'avez dit que M. Rodolphe ne m'avait pas oublié, monsieur Murph ?...

— Allons, bien, allons, n'en parlons plus... seulement j'ai eu beaucoup de
peine à vous trouver... Vous n'allez donc plus chez l'ogresse ?

— Non.

— Pourquoi cela ?

— C'est des idées à moi... des bêtises...

— A la bonne heure... Mais revenons à ce que vous me disiez...

— A quoi, monsieur Murph ?

— Vous me disiez : Je suis content de vous avoir rencontré... et encore
content, peut-être.

— M'y voilà, monsieur Murph. Hier, en venant à mon train de bois, vous m'avez dit : — " Mon garçon, je ne suis pas riche, mais je puis vous faire avoir une place où vous aurez moins de mal que sur le port, et où vous gagnerez quatre francs par jour. " — Quatre francs par jour... Vive la Charte !... je n'y pouvais pas croire... paye d'adjudant-sous-officier !!! Je vous réponds : " Ça me va, monsieur Murph. — Mais, que vous me dites, il ne faudra pas que vous soyez fait comme un gueux, car ça effraierait les bourgeois où je vous mène. " — Je vous réponds : " Je n'ai pas de quoi me faire autrement. " Vous me dites : — " Venez au Temple. " — Je vous suis. Je choisis ce qu'il

y a de plus flambant chez la mère Hubart, vous m'avancez de quoi payer, et en un quart d'heure je suis ficelé comme un propriétaire ou comme un dentiste. Vous me donnez rendez-vous pour ce matin à la Porte-Saint-Denis, au point du jour; je vous y trouve avec votre cabriolet, et nous voici.

— Eh bien, qu'y a-t-il à regretter pour vous dans tout cela?

— Il y a... que d'être bien mis, voyez-vous, monsieur Murph... ça gâte... et que, quand je reprendrai mon vieux bourgeron et mes guenilles, ça me fera un effet... Et puis... gagner quatre francs par jour, moi qui n'en gagnais que deux... et ça tout d'un coup... ça me fait l'effet d'être trop beau, et de ne pouvoir pas durer... et j'aimerais mieux coucher toute ma vie sur la méchante paillasse de mon garni que de coucher cinq ou six nuits dans un bon lit... Voilà mon caractère.

— Cela ne manque pas de raison... Mais il vaudrait mieux toujours coucher dans un bon lit.

— C'est clair, il vaut mieux avoir du pain tout son soûl que de crever de faim. — Ah çà! c'est donc une boucherie ici? — dit le Chourineur en prêtant l'oreille aux coups de couperet du garçon, et en entrevoyant des quartiers de bœuf à travers les rideaux.

— Oui, mon brave... elle appartient à un de mes amis... Pendant que mon cheval souffle, voulez-vous la visiter?..

— Ma foi, oui, ça me rappelle ma jeunesse, si ce n'est que j'avais Montfaucon pour abattoir et de vieilles rosses pour bétail. C'est drôle! si j'avais eu de quoi, c'est un état que j'aurais tout de même bien aimé que celui de boucher... S'en aller sur un bon bidet acheter des bestiaux dans les foires, revenir chez soi au coin de son feu, se chauffer si l'on a froid, se sécher si l'on est mouillé, trouver là sa ménagère, une bonne grosse maman, fraîche et réjouie, avec une tapée d'enfants qui vous fouillent dans vos sacoches pour voir si vous leur rapportez quelque chose... Et puis le matin... dans l'abattoir, empoigner un bœuf par les cornes, quand il est méchant surtout... : nom de nom!... il faut qu'il soit méchant... le mettre à l'anneau... l'abattre, le dépecer, le parer... Tonnerre! ça aurait été mon ambition, comme à la Goualeuse de manger du sucre d'orge quand elle était petite... A propos de cette pauvre fille, monsieur Murph... en ne la voyant plus revenir chez l'ogresse, je me suis bien douté que M. Rodolphe l'avait tirée de là. Tenez, ça, c'est une bonne action, monsieur Murph. Pauvre fille! ça ne demandait pas à mal faire... C'était si jeune!... Et plus tard... l'habitude... Enfin M. Rodolphe a bien fait.

— Je suis de votre avis. Mais voulez-vous venir visiter la boutique en attendant que notre cheval ait soufflé?

Le Chourineur et Murph entrèrent dans la boutique, et allèrent ensuite voir l'étable où étaient renfermés trois bœufs magnifiques et une vingtaine de moutons; puis ils visitèrent l'écurie, la remise, la tuerie, les greniers et les dépendances de cette maison, tenue avec un soin, une propreté qui annonçaient l'ordre et l'aisance.

Lorsqu'ils eurent tout vu, sauf l'étage supérieur :

— Avouez — dit Murph — que mon ami est un gaillard bien heureux. Cette maison et ce fonds sont à lui, sans compter un millier d'écus roulants pour son commerce; avec cela trente-huit ans, fort comme un taureau, d'une santé de fer, le goût de son état. Le brave et honnête garçon que vous avez vu en bas le remplace avec beaucoup d'intelligence quand il va en foire acheter des bestiaux... Encore une fois, n'est-il pas bien heureux, mon ami?...

— Ah! dame, oui, monsieur Murph; mais que voulez-vous! il y a des heureux et des malheureux; quand je pense que je vas gagner quatre francs par jour... et qu'il y en a qui n'en gagnent que moitié, ou moins...

— Voulez-vous monter voir le reste de la maison?

— Volontiers, monsieur Murph.

— Justement le bourgeois qui doit vous employer est là-haut.

— Le bourgeois qui doit m'employer?

— Oui.

— Tiens, pourquoi donc que vous ne me l'avez pas dit plus tôt?

— Je vous expliquerai cela...

— Un moment — dit le Chourineur d'un air triste et embarrassé, en arrêtant Murph par le bras; — écoutez, je dois vous dire une chose... que M. Rodolphe ne vous a peut-être pas dite, mais que je ne dois pas cacher au bourgeois qui veut m'employer... parce que, si cela le dégoûte, autant que ce soit tout de suite... qu'après.

— Que voulez-vous dire?

— Je veux dire...

— Eh bien?

— Que je suis repris de justice... que j'ai été au bagne... — dit le Chourineur d'une voix sourde.

— Ah! — fit Murph.

— Mais je n'ai jamais fait de tort à personne — s'écria le Chourineur — et je crèverais plutôt de faim que de voler... Mais j'ai fait pis que voler — ajouta le Chourineur en baissant la tête — j'ai tué... par colère... Enfin ce n'est pas tout ça — reprit-il après un moment de silence — je vais tout dégoiser au bourgeois... j'aime mieux être refusé tout de suite que découvert plus tard. Vous le connaissez; s'il doit me refuser, évitez-moi ça en me le disant, et je vais tourner mes talons.

— Venez toujours   dit Murph.

Le Chourineur suivit Murph, ils montèrent un escalier : une porte s'ouvrit, tous deux se trouvèrent en présence de Rodolphe.

— Mon bon Murph... laisse-nous — dit Rodolphe.

CHAPITRE XIX.

RÉCOMPENSE.

— Vive la Charte! je suis crânement content de vous retrouver, monsieur Rodolphe, ou plutôt monseigneur... — s'écria le Chourineur.

— Bonjour, mon garçon, je suis aussi ravi de vous voir.

— Farceur de M. Murph! qui disait que vous étiez parti .. mais, tenez, monseigneur...

— Appelez-moi monsieur Rodolphe, j'aime mieux ça.

— Eh bien! monsieur Rodolphe, pardon de n'avoir pas été vous revoir après la nuit du Maître d'école... Je sens maintenant que j'ai fait une impolitesse; mais enfin, vous ne m'en voudrez pas, n'est-ce pas?

— Je vous la pardonne — dit Rodolphe en souriant. Puis il ajouta .

·— Murph vous a fait voir cette maison?

— Oui, monsieur Rodolphe... belle habitation, belle boutique; c'est cossu, soigné... A propos de cossu, c'est moi qui va l'être, monsieur Rodolphe : quatre francs par jour que M. Murph me fait gagner... quatre francs!

— J'ai mieux que cela à vous proposer, mon garçon.

— Oh! mieux, sans vous commander, c'est difficile... quatre francs par jour!

— J'ai mieux à vous proposer, vous dis-je; car cette maison, ce qu'elle contient, cette boutique, et mille écus que voici dans ce portefeuille, tout cela vous appartient.

Le Chourineur sourit d'un air stupide, aplatit son castor à longs poils entre ses deux genoux, qu'il serrait convulsivement, et ne comprit pas ce que Rodolphe lui disait, quoique ses paroles fussent très-claires.

Celui-ci reprit avec bonté :

— Je conçois votre surprise ; mais je vous le répète, cette maison et cet argent sont à vous, sont votre propriété.

Le Chourineur devint pourpre, passa sa main calleuse sur son front baigné de sueur, et balbutia d'une voix altérée :

— Oh ! c'est-à-dire... c'est-à-dire... ma propriété...

— Oui... votre propriété... puisque je vous donne tout cela ; comprenez-vous ! je vous le donne, à vous...

Le Chourineur s'agita sur sa chaise, se gratta la tête, toussa, baissa les yeux et ne répondit pas... Il sentait le fil de ses idées lui échapper... il entendait parfaitement ce que lui disait Rodolphe, et c'est justement pour cela qu'il ne pouvait croire à ce qu'il entendait. Entre la misère profonde, la dégradation où il avait toujours vécu, et la position que lui assurait Rodolphe, il y avait un abîme que le service qu'il avait rendu à Rodolphe ne comblait même pas.

— Ce que je vous donne vous semble donc bien au delà de vos espérances ? — lui dit Rodolphe.

— Monseigneur ! — dit le Chourineur en se levant brusquement — vous me proposez cette maison et beaucoup d'argent... pour me tenter ; mais... je ne peux pas... D'ailleurs, je n'ai jamais volé de ma vie... C'est peut-être pour tuer... mais j'ai bien assez du rêve du sergent ! — ajouta le Chourineur d'une voix sombre.

— Ah ! les malheureux ! — s'écria Rodolphe avec amertume. — La compassion qu'on leur témoigne est-elle donc rare à ce point qu'ils ne peuvent s'expliquer la libéralité que par le crime ?...

Puis, s'adressant au Chourineur, il lui dit d'un ton plein de douceur :

— Vous me jugez mal... vous vous trompez... Je n'exigerai rien de vous que d'honorable. Ce que je vous donne, je vous le donne parce que vous le méritez.

— Moi ! — s'écria le Chourineur, dont les ébahissements recommencèrent — je le mérite, et comment !

— Je vais vous le dire : Abandonné dès votre enfance, sans notion du bien et du mal, livré à vos instincts sauvages, renfermé pendant quinze ans au bagne avec les plus affreux scélérats, pressé par la misère et par la faim ; forcé, par votre flétrissure et par la réprobation des honnêtes gens, à continuer à fréquenter la lie des malfaiteurs, non-seulement vous êtes resté probe, mais le remords de votre crime a survécu à l'expiation que la justice humaine vous avait imposée.

Ce langage simple et noble fut une nouvelle source d'étonnement pour le Chourineur. Il regardait Rodolphe avec un respect mêlé de crainte et de reconnaissance, ne pouvant cependant encore se rendre à l'évidence.

— Comment, monsieur Rodolphe... parce que vous m'avez battu, parce que, vous croyant ouvrier comme moi, puisque vous parliez argot comme père et mère... je vous ai raconté ma vie entre deux verres de vin... et qu'après ça je vous ai empêché de vous noyer... vous me donnez une maison... de l'argent... je serais comme un bourgeois... Tenez, monsieur Rodolphe, encore une fois, c'est pas possible...

— Me croyant un des vôtres, vous m'avez raconté votre vie naturellement et sans feinte, sans cacher ce qu'il y avait eu de coupable ou de généreux. Je vous ai jugé... bien jugé, et il me plaît de vous récompenser.

— Mais, monsieur Rodolphe, ça ne se peut pas... Non, enfin, il y a de pauvres ouvriers... qui toute leur vie ont été honnêtes et qui...

— Je le sais, et j'ai peut-être fait pour plusieurs de ceux-là plus que je ne fais pour vous. Mais si l'homme qui vit honnête au milieu de gens honnêtes, encouragé par leur estime, mérite intérêt et appui, celui qui malgré l'éloignement des gens de bien reste honnête au milieu des plus abominables scélérats de la terre, celui-là aussi mérite intérêt et appui. D'ailleurs ce n'est pas tout : vous m'avez sauvé la vie... vous l'avez aussi sauvée à Murph, mon ami le plus cher... Ce que je fais pour vous m'est donc autant dicté par la reconnaissance personnelle que par le désir de retirer de la fange une bonne et forte nature qui s'est égarée mais non perdue... Et ce n'est pas tout.

— Qu'est-ce donc que j'ai encore fait, monsieur Rodolphe ?

Rodolphe lui prit cordialement la main et lui dit :

— Rempli de commisération pour le malheur d'un homme qui auparavant avait voulu vous tuer, vous lui avez offert votre appui ; vous lui avez même donné asile dans votre pauvre demeure, impasse Notre-Dame, numéro 9.

— Vous saviez où je demeurais, monsieur Rodolphe !

— Parce que vous oubliez les services que vous m'avez rendus, je ne les oublie pas, moi. Lorsque vous avez quitté ma maison, on vous a suivi ; on vous a vu rentrer chez vous avec le Maître d'école.

— Mais M. Murph m'avait dit que vous ne saviez pas où je demeurais, monsieur Rodolphe.

— Je voulais tenter sur vous une dernière épreuve... je voulais savoir si vous aviez le désintéressement de la générosité... En effet, après votre courageuse action, vous êtes retourné à vos rudes labeurs de chaque jour, ne demandant rien, n'espérant rien, n'ayant pas même un mot d'amertume pour blâmer l'apparente ingratitude avec laquelle je méconnaissais vos services ; et quand hier Murph vous a proposé une occupation un peu mieux rétribuée que votre travail habituel, vous avez accepté avec joie, avec reconnaissance !

— Écoutez donc, monsieur Rodolphe, pour ce qui est de ça... quatre francs par jour sont toujours quatre francs par jour... Quant au service que je vous ai rendu... c'est plutôt moi qui vous remercie...

— Comment cela ?...

— Oui, oui, monsieur Rodolphe — ajouta-t-il d'un air triste. — Il m'est encore revenu des choses... car depuis que je vous connais et que vous m'avez dit ces deux mots : *Tu as encore du* cœur *et de l'*honneur, c'est étonnant comme je réfléchis... C'est tout de même drôle que deux mots, deux seuls mots, produisent ça. Mais, au fait, semez deux petits grains de blé de rien du tout dans la terre, et il poussera de grands épis.

Cette comparaison juste, presque poétique, frappa Rodolphe. En effet, deux mots... mais deux mots magiques pour les cœurs qui les comprennent, avaient presque subitement développé dans cette nature énergique les généreux instincts qui y existaient en germe.

— C'est vous qui avez placé le Maître d'école à Saint-Mandé? — reprit Rodolphe.

— Oui, monsieur Rodolphe... Il m'avait fait changer ses billets pour de l'or et acheter une ceinture que je lui ai cousue sur lui... Nous avons mis son *qui-bus* là-dedans, et bon voyage! Il est en pension pour trente sous par jour... chez de bonnes gens à qui ça fait une petite douceur. Quand j'aurai le temps de quitter mon train de bois, j'irai voir comme il va.

— Votre train de bois?... Mais vous oubliez votre boutique, et que vous êtes ici chez vous?

— Voyons, monsieur Rodolphe, ne vous moquez pas d'un pauvre diable. Vous vous êtes déjà assez amusé à m'*éprouver,* comme vous dites. Ma maison et ma boutique, c'est une chanson sur le même air... Vous vous êtes dit : Voyons donc si cet animal de Chourineur sera assez coq d'Inde pour se figurer que je lui fais un pareil cadeau... Assez, assez, monsieur Rodolphe. Vous êtes un jovial... fini!

Et il se mit à rire d'un gros rire bruyant et sincère.

— Mais, encore une fois... croyez...

— Si je vous croyais... c'est pour le coup, monseigneur, que vous diriez : Pauvre Chourineur, va! tu me fais de la peine... mais t'es donc malade?

Rodolphe commençait à être assez embarrassé de convaincre le Chourineur. Il lui dit d'un ton grave, imposant, presque sévère :

— Je ne plaisante jamais avec la reconnaissance et l'intérêt que m'inspire une noble conduite... Je vous l'ai dit : cette maison et cet établissement sont à vous... s'ils vous conviennent... car le marché est conditionnel. Je vous le jure sur l'honneur, tout ceci vous appartient, et je vous fais ce don, pour les raisons que je vous ai dites.

A cet accent ferme, digne, à l'expression sérieuse des traits de Rodolphe, le Chourineur ne douta plus de la vérité. Pendant quelques moments il regarda son protecteur en silence, puis il lui dit sans emphase et d'une voix profondément émue :

— Je vous crois, monseigneur, et je vous remercie bien... Un pauvre homme comme moi ne sait pas faire de phrases. Encore une fois, tenez... ma parole d'honneur, je vous remercie bien... Tout ce que je peux vous dire, voyez-vous... c'est que je ne refuserai jamais un secours aux malheureux... parce que la faim et la misère... c'est des ogresses dans le genre de celles qui ont embauché cette pauvre Goualeuse... et qu'une fois dans l'égout, tout le monde n'a pas la *poigne* assez forte pour s'en retirer.

— Vous ne pouviez mieux me prouver votre reconnaissance, mon garçon...
qu'en me parlant ainsi.

— Tant mieux, monseigneur, car je serais bien embarrassé de vous la
prouver autrement.

— Maintenant... allons visiter votre maison; mon vieux Murph s'est donné
ce plaisir, et je veux l'avoir aussi.

Rodolphe et le Chourineur descendirent. Au moment où ils entraient dans
la cour, le garçon, s'adressant au Chourineur, lui dit respectueusement :

— Puisque c'est vous qui allez être le bourgeois, monsieur, je viens vous
dire que la pratique donne. Il n'y a plus de côtelettes ni de gigots... et il faudrait saigner un ou deux moutons tout de suite.

— Parbleu! — dit Rodolphe au Chourineur — voici une belle occasion
d'exercer votre talent. Je veux en avoir l'étrenne... le grand air m'a donné de
l'appétit, et je goûterai de vos côtelettes.

— Vous êtes bien bon... monsieur Rodolphe — dit le Chourineur d'un air
joyeux; — vous me flattez; je vas faire de mon mieux...

— Faut-il mener deux moutons à la tuerie, bourgeois? — dit le garçon.

— Oui... et apporte un couteau bien aiguisé, pas trop fin de tranchant...
et fort de dos...

— J'ai votre affaire, bourgeois... soyez tranquille... c'est à se raser avec...
Tenez...

— Tonnerre!... monsieur Rodolphe!! — dit le Chourineur en ôtant sa redingote avec empressement et en relevant les manches de sa chemise qui laissaient voir ses bras d'athlète. — Ça me rappelle ma jeunesse et l'abattoir...
vous allez voir comme je taille là-dedans... Nom de nom... je voudrais déjà y
être!... Ton couteau, garçon... ton couteau... Ç'est ça... tu t'y entends...
Voilà une lame!... Qui est-ce qui en veut?... Tonnerre! avec un chourin
comme ça j'aborderais un taureau furieux...

Et le Chourineur brandit le couteau. Ses yeux commençaient à s'injecter de
sang; la bête reprenait le dessus; l'instinct, l'appétit sanguinaire reparais-
saient dans toute leur effrayante énergie.

La tuerie était dans la cour. C'était une pièce voûtée, sombre, dallée de
pierres et éclairée de haut par une étroite ouverture.

Le garçon conduisit un des moutons jusqu'à la porte.

— Faut-il le passer à l'anneau, bourgeois?

— L'attacher, tonnerre!... et ces genoux-là! Sois tranquille... je le serrerai
là-dedans comme dans un étau... Donne-moi la bête, et retourne à la boutique.

Le garçon rentra.

Rodolphe resta seul avec le Chourineur; il l'examinait avec attention, presque avec anxiété.

— Voyons, à l'ouvrage! — lui dit-il.

— Et ça ne sera pas long, tonnerre!... Vous allez voir si je manie le couteau... Les mains me brûlent... ça me bourdonne aux oreilles... Les tempes

me battent comme quand j'allais y *voir rouge*... Avance ici, toi... eh! *Madelon*, que je te chourine à mort!

Et, les yeux brillants d'un éclat sauvage, ne s'apercevant plus de la présence de Rodolphe, le Chourineur souleva le mouton sans efforts, d'un bond il l'emporta... On eût dit d'un loup se sauvant dans sa tanière avec sa proie.

Rodolphe le suivit, s'appuya sur un des ais de la porte qu'il ferma...

La tuerie était sombre; un vif rayon de lumière, tombant d'aplomb, éclairait à la Rembrandt la rude figure du Chourineur... ses cheveux blond-pâle et ses favoris roux... Courbé en deux, tenant aux dents un long couteau qui brillait dans le clair-obscur, il attirait le mouton entre ses genoux. Lorsqu'il l'y eut assujetti, il le prit par la tête, lui fit tendre le cou... et l'égorgea...

Au moment où le mouton sentit la lame, il poussa un petit bêlement doux, plaintif, leva son regard mourant vers le Chourineur!... et deux jets de sang frappèrent le tueur au visage.

Ce cri, ce regard, ce sang dont il dégouttait causèrent une épouvantable impression à cet homme. Son couteau lui tomba des mains: sa figure devint livide, contractée, effrayante sous le sang qui la couvrait; ses yeux s'arrondirent, ses cheveux se hérissèrent; puis, reculant tout à coup avec horreur, il s'écria d'une voix étouffée :

— Oh! le sergent! le sergent!...

Rodolphe courut à lui.

— Reviens à toi, mon garçon...

—Là... là... le sergent..... répéta le Chourineur en se reculant pas à pas... l'œil fixe, hagard, et montrant du doigt quelque fantôme invisible. Puis, poussant un cri effroyable, comme si le spectre l'eût touché, il se précipita au fond de la tuerie, dans l'endroit le plus noir, et là, se jetant la face, la poitrine, les bras contre le mur, comme s'il eût voulu le renverser pour échapper à une horrible vision, il répétait encore d'une voix sourde et convulsive :

— Oh! le sergent!... le sergent!... le sergent!..

H. LAVOIGNAT   DAUBIGNY

CHAPITRE XX.

LE DÉPART.

Grâce aux soins de Murph et de Rodolphe, qui calmèrent à grand'peine son agitation, le Chourineur était complétement revenu à lui. Il se trouvait seul avec le prince dans une des pièces du premier étage de la boucherie.

Monseigneur — dit-il avec abattement — vous avez été bien bon pour moi... mais, tenez, j'aimerais mieux être mille fois plus malheureux encore que je ne l'ai été... que de rester boucher...

— Réfléchissez... pourtant.

— Voyez-vous, monseigneur... quand j'ai entendu le cri de cette pauvre bête qui ne se défendait pas... quand j'ai senti son sang me sauter à la figure... un sang chaud... qui avait l'air d'être en vie... oh! vous ne savez pas ce que ça a été... alors, j'ai revu mon rêve... le sergent... et ces pauvres jeunes soldats que je chourinais... qui ne se défendaient pas, et qui en mourant me regardaient d'un air si doux... si doux... qu'ils avaient l'air de me plaindre!... Oh! monseigneur!... c'est à devenir fou!...

Et le malheureux cacha sa tête dans ses mains avec un mouvement convulsif.

— Allons, calmez-vous.

— Excusez-moi, monseigneur; mais maintenant, la vue du sang... d'un couteau... je ne pourrais la supporter... A chaque instant ça réveillerait mes rêves que je commençais à oublier... Avoir tous les jours les mains ou les pieds dans le sang... égorger de pauvres bêtes... qui ne regimbent pas... oh! non, non, je ne pourrais pas... J'aimerais mieux être aveugle, comme le Maître d'école, que d'être réduit à ce métier.

Il est impossible de peindre l'énergie du geste, de l'accent, de la physio-

nomie du Chourineur en s'exprimant ainsi. Rodolphe se sentit profondément
ému. Il était satisfait de l'horrible impression que la vue du sang avait causée
à son protégé.

Un moment, chez le Chourineur, la bête sauvage, l'instinct sanguinaire
avait vaincu l'homme ; mais le remords avait vaincu l'instinct. Cela était beau,
cela était un grand enseignement.

— Pardonnez-moi, monseigneur — dit timidement le Chourineur — je récompense bien mal vos bontés pour moi... mais...

— Nullement, mon garçon ; je vous l'ai dit, ce marché est conditionnel.
J'avais choisi pour vous cet état de boucher, parce que vos goûts, vos instincts
vous y portaient...

— Hélas ! monseigneur, c'est vrai... Sans ce que vous savez, ça aurait été
mon bonheur... je le disais encore tantôt à M. Murph.

— Comme après tout cette profession pouvait ne pas vous convenir, j'avais
songé en ce cas à autre chose. Une personne qui possède beaucoup de propriétés en Algérie peut me céder pour vous l'une des deux vastes fermes
qu'elle possède en ce pays. Les terres qui en dépendent sont très-fertiles et en
pleine exploitation ; mais, je ne vous le cache pas, ces biens sont situés sur
les limites de l'Atlas, c'est-à-dire aux avant-postes, et exposés à de fréquentes
attaques des Arabes... Il faut être là au moins autant soldat que cultivateur ;
c'est à la fois une redoute et une métairie. L'homme qui fait valoir cette habitation en l'absence du propriétaire vous mettrait au fait de tout ; il est, dit-on,
honnête et dévoué ; vous le garderiez auprès de vous tant qu'il vous serait nécessaire. Une fois établi là, non-seulement vous pourriez augmenter votre aisance par votre travail et votre intelligence, mais rendre de vrais services au
pays par votre courage. Les colons se forment en milice... L'étendue de votre
propriété, le nombre des tenanciers qui en dépendent vous rendraient le chef
d'une troupe assez considérable. Électrisée par votre bravoure, cette troupe
pourrait être d'une extrême utilité pour protéger les propriétés éparses dans
la plaine. Je vous le répète, cet avenir me plairait pour vous, malgré le
danger... ou plutôt à cause du danger, parce que vous seriez à même d'utiliser votre intrépidité naturelle ; parce que, tout en ayant expié, presque
racheté un grand crime, votre réhabilitation serait plus noble, plus entière,
plus héroïque, si elle s'achevait au milieu des périls d'un pays indompté,
qu'au milieu des paisibles habitudes d'une petite ville. Si je ne vous ai pas
d'abord offert cette position, c'est qu'il était probable que l'autre vous satisferait ; et celle-ci est si aventureuse, que je ne voulais pas vous y exposer
sans vous laisser de choix... Il en est temps encore... si cet établissement en
Algérie ne vous convient pas, dites-le-moi franchement, nous chercherons
autre chose... sinon, demain tout sera signé... et vous partirez pour Alger
avec une personne désignée par l'ancien propriétaire de la métairie pour vous
mettre en possession des biens... Il vous sera dû deux années de fermage ;
vous les toucherez en arrivant. La terre rapporte trois mille francs ; travaillez,

améliorez, soyez actif, vigilant, vous accroîtrez facilement votre bien-être et celui des colons que vous serez à même de secourir; car, je n'en doute pas, vous vous montrerez toujours charitable, généreux ; et vous vous rappellerez qu'*être riche... c'est donner beaucoup...* Quoique éloigné de vous, je ne vous perdrai pas de vue. Je n'oublierai jamais que moi et mon meilleur ami nous vous devons la vie. L'unique preuve d'attachement et de reconnaissance que je vous demande est d'apprendre assez vite à lire et à écrire pour pouvoir m'instruire régulièrement une fois par semaine de ce que vous faites, et vous adresser directement à moi si vous avez besoin de conseil ou d'appui.

. . . .

Il est inutile de peindre les transports de joie du Chourineur. Son caractère et ses instincts sont assez connus du lecteur pour que l'on comprenne qu'aucune proposition ne pouvait lui convenir davantage.

. . . .

Le lendemain, en effet, le Chourineur partit pour Alger.

HENRY EMY   H. AVRICNAT

CHAPITRE XXI.

RECHERCHES.

La maison que possédait Rodolphe dans l'allée des Veuves n'était pas le lieu de sa résidence ordinaire. Il habitait un des plus grands hôtels du faubourg Saint-Germain, situé à l'extrémité de la rue *Plumet* et du boulevard des Invalides.

Pour éviter les honneurs dus à son rang souverain, le prince avait gardé l'incognito depuis son arrivée à Paris, son chargé d'affaires près la cour de France ayant annoncé que son maître rendrait les visites officielles indispensables sous les nom et titre de *comte de Duren*. Grâce à cet usage fréquent dans les cours du Nord, un prince voyage avec autant de liberté que d'agrément, et échappe aux ennuis d'une représentation gênante. Malgré son transparent incognito, Rodolphe tenait, ainsi qu'il convenait, un très-grand état de maison. Nous introduirons le lecteur dans l'hôtel de la rue Plumet le lendemain du départ du Chourineur pour l'Algérie.

Dix heures du matin venaient de sonner.

Au milieu d'un vaste salon situé au rez-de-chaussée, et précédant le cabinet de travail de Rodolphe, Murph, assis devant un bureau, cachetait plusieurs dépêches.

Un huissier vêtu de noir, portant au cou une chaîne d'argent, ouvrit les deux battants de la porte, et annonça :

— Son Excellence M. le baron de Graün!

Murph, sans se déranger de son occupation, salua le baron d'un geste à la fois cordial et familier.

— Monsieur le chargé d'affaires... — dit-il en souriant — veuillez vous chauffer, je suis à vous dans l'instant...

— Monsieur le secrétaire intime... j'attendrai vos ordres — répondit gaiement M. de Graün, et il fit en plaisantant un profond et respectueux salut au digne squire.

Le baron avait cinquante ans environ, des cheveux gris, rares, légèrement poudrés et crêpés. Son menton, un peu saillant, disparaissait à demi dans une haute cravate de mousseline très-empesée et d'une blancheur éblouissante. Sa physionomie était remplie de finesse, sa tournure de distinction, et sous les verres de ses besicles d'or brillait un regard aussi malin que pénétrant. Quoiqu'il fût dix heures du matin, M. de Graün portait un habit noir : l'étiquette le voulait ainsi; un ruban rayé de plusieurs couleurs tranchantes était noué à sa boutonnière. Il posa son chapeau sur un fauteuil, et s'approcha de la cheminée pendant que Murph continuait son travail.

— S. A. R. a sans doute veillé une partie de la nuit, mon cher Murph, car votre correspondance me paraît considérable.

— Monseigneur s'est couché ce matin à six heures. Il a écrit entre autres une lettre de huit pages au grand-maréchal, et il m'en a dicté une non moins longue pour le chef du conseil suprême, le prince d'Herkaüsen-Oldenzaal, cousin de S. A. R.

— Vous savez que son fils, le prince Henry, est entré comme lieutenant des gardes au service de S. M. l'empereur d'Autriche?

— Oui, monseigneur l'avait très-vivement recommandé comme son parent; digne et brave enfant, une figure d'ange et un cœur d'or.

— Le fait est, mon cher Murph, que si le jeune prince Henry avait *ses entrées* dans l'abbaye grand'ducale de Sainte-Hermenegilde dont sa tante est abbesse... les pauvres nonnes...

— Eh bien, baron, baron...

— Que voulez-vous... l'air de Paris... Mais parlons sérieusement. Attendrai-je le lever de S. A. R. pour lui faire part des renseignements que j'apporte?

— Non, mon cher baron... Monseigneur a ordonné qu'on ne l'éveillât pas avant deux ou trois heures de l'après-midi; il désire que vous fassiez partir ce matin ces dépêches par un courrier spécial, au lieu d'attendre à lundi... Vous me confierez les renseignements que vous avez recueillis, et j'en rendrai compte à monseigneur à son réveil; tels sont ses ordres...

— A merveille! S. A. R. sera, je crois, satisfaite de ce que j'ai à lui apprendre... Mais, mon cher Murph, j'espère que l'envoi de ce courrier n'est pas d'un mauvais augure... Les dernières dépêches que j'ai eu l'honneur de transmettre à S. A. R...

— Annonçaient que tout allait au mieux *là-bas;* et c'est justement parce

LE BARON DE GRAÜN,

Chargé d'affaires du grand-duc de Gerolstein

que monseigneur tient à exprimer le plus tôt possible son contentement au prince d'Herkaüsen-Oldenzaal, chef du conseil suprême, qu'il désire que vous expédiiez ce courrier aujourd'hui même.

— Je reconnais là S. A.; s'il s'agissait d'une réprimande, elle ne se hâterait pas ainsi.

— Et ici, rien de nouveau, cher baron? rien n'a été ébruité?... Nos mystérieuses aventures...

— Sont complétement ignorées. Depuis l'arrivée de monseigneur à Paris, on s'est habitué à ne le voir que très-rarement chez le peu de personnes qu'il s'était fait présenter; on croit qu'il aime beaucoup la retraite, qu'il fait de fréquentes excursions dans les environs de Paris. Aussi, à l'exception de la comtesse Sarah Mac-Gregor et de son frère, personne n'est instruit des déguisements de S. A. R.; or, ni la comtesse, ni son frère, n'ont d'intérêt à trahir ce secret.

— Ah! mon cher baron — dit Murph en soupirant — quel malheur que cette maudite comtesse soit veuve maintenant!

— Ne s'était-elle pas mariée en 1827 ou en 1828?

— En 1827, peu de temps après la mort de cette malheureuse petite fille qui aurait maintenant seize ou dix-sept ans... et que monseigneur pleure encore chaque jour.

— Regrets d'autant plus concevables que S. A. R. n'a pas eu d'enfant de son mariage.

— Aussi, mon cher baron, l'intérêt que monseigneur porte à la pauvre Goualeuse vient surtout de ce que la fille qu'il regrette si amèrement aurait maintenant le même âge que cette malheureuse créature.

— Il est en effet réellement fatal que la comtesse Sarah, dont on devait se croire pour toujours délivré, se retrouve libre justement dix-huit mois après que S. A. a perdu le modèle des épouses ensuite de quelques années de mariage. La comtesse se croit, j'en suis certain, favorisée du sort par ce double veuvage...

— Et ses espérances insensées renaissent plus ardentes que jamais; pourtant elle sait que monseigneur a pour elle l'aversion la plus profonde, la plus méritée. N'a-t-elle pas causé la mort de sa fille par son indifférence? n'a-t-elle pas été cause de... Ah! baron — dit Murph sans achever sa phrase — cette femme est funeste... Dieu veuille qu'elle ne nous amène pas d'autres malheurs!

— Mais à cette heure les visées de la comtesse Sarah seraient absurdes, la mort de la pauvre petite fille dont vous parliez tout à l'heure a brisé le dernier lien qui pouvait encore attacher monseigneur à cette femme; elle est folle si elle persiste dans ses espérances...

— Oui! mais c'est une dangereuse folle... Son frère, vous le savez, partage ses ambitieuses et opiniâtres imaginations, quoique ce digne couple ait à cette heure autant de raisons de désespérer... qu'il en avait d'espérer... il y a dix-huit ans.

— Ah! que de malheurs a aussi causés dans ce temps-là l'infernal Polidori par sa criminelle complaisance !

— A propos de ce misérable, on m'a dit qu'il était ici depuis un an ou deux, plongé sans doute dans une profonde misère, ou se livrant à quelque ténébreuse industrie.

— Quelle chute pour un homme de tant de savoir, de tant d'esprit, de tant d'intelligence !

— Mais aussi d'une si abominable perversité !... Fasse le ciel qu'il ne rencontre pas la comtesse ! L'union de ces deux mauvais esprits serait bien dangereuse. Mais ces renseignements que vous savez, mon cher baron, les avez-vous ?

— Les voici — dit le baron en tirant un papier de sa poche. — Ils sont relatifs aux recherches faites sur la naissance de la jeune fille appelée *la Goualeuse* et sur le lieu de résidence actuelle de *François-Germain*, fils du *Maître d'école*.

— Voulez-vous me lire ces notes, mon cher de Graün ? Je connais les intentions de monseigneur... je verrai si ces informations suffisent..... Vous êtes toujours satisfait de votre agent ?

— C'est un homme précieux, plein d'intelligence, d'adresse et de discrétion... Je suis même parfois obligé de modérer son zèle. Car, vous le savez, S. A. R. se réserve certains éclaircissements...

— Et il ignore toujours la part que monseigneur a dans tout ceci ?

— Absolument... Ma position diplomatique sert d'excellent prétexte aux investigations dont je le charge. M. Badinot (notre homme s'appelle ainsi) a beaucoup d'entregent et des relations patentes ou occultes dans presque toutes les classes de la société ; jadis avoué, forcé de vendre sa charge pour de graves abus de confiance, il n'en a pas moins conservé des notions très-exactes sur la fortune et sur la position de ses anciens clients ; il sait maint secret dont il se glorifie effrontément d'avoir trafiqué ; deux ou trois fois enrichi et ruiné dans les affaires, trop connu pour tenter de nouvelles spéculations, réduit à vivre au jour le jour par une foule de moyens plus ou moins illicites, c'est une espèce de Figaro assez curieux à entendre ; tant que son intérêt le lui commande, il appartient corps et âme à qui le paye, il n'a aucune raison de nous tromper. Et je le fais d'ailleurs surveiller à son insu.

— Les renseignements qu'il nous a déjà donnés étaient, du reste, fort exacts.

— Il a de la probité à sa manière, et je vous assure, mon cher Murph, que M. Badinot est le type très-original d'une de ces existences mystérieuses que l'on ne rencontre et qui ne sont possibles qu'à Paris ; il amuserait fort S. A. R. s'il n'était pas nécessaire qu'il n'eût aucun rapport avec elle.

— On pourrait augmenter la paye de M. Badinot : jugez-vous cette gratification nécessaire ?

— Cinq cents francs par mois et les faux frais... montant à peu près à la même somme, me paraissent suffisants : il semble très-content ; nous verrons plus tard.

— Et il n'a pas honte du métier qu'il fait?

— Lui? il s'en honore beaucoup, au contraire; il ne manque jamais, en m'apportant ses rapports, de prendre un certain air important... je n'ose dire diplomatique; car le drôle fait semblant de croire qu'il s'agit d'affaires d'État et il s'émerveille des rapports occultes qui peuvent exister entre les

EUSTACHE LORSAY   H. AVOIGNAT.

intérêts les plus divers et les destinées des empires. Oui, il a l'impudence de me dire quelquefois : « Que de complications inconnues au vulgaire dans le gouvernement d'un État! Qui dirait pourtant que les notes que je vous remets, monsieur le baron, ont sans doute leur part d'action dans les affaires de l'Europe ! »

— Allons, les coquins cherchent à se faire illusion sur leur bassesse; c'est toujours flatteur pour les honnêtes gens. Mais ces notes, mon cher baron?

— Les voici presque entièrement rédigées d'après le rapport de M. Badinot.

— Je vous écoute.

M. de Graün lut ce qui suit :

Note relative à Fleur-de-Marie.

« Vers le commencement de l'année 1827, un homme appelé Pierre Tournemine, actuellement détenu au bagne de Rochefort pour crime de faux, a proposé à la femme Gervais, dite la *Chouette*, de se charger pour toujours d'une petite fille âgée de cinq ou six ans, et de recevoir pour salaire la somme de 1,000 francs une fois payée.

» Le marché conclu, l'enfant est resté avec cette femme pendant deux ans, au bout desquels, voulant échapper aux mauvais traitements dont elle l'accablait, la petite fille a disparu. La Chouette n'en avait pas entendu parler depuis plusieurs années, lorsqu'elle l'a revue pour la première fois dans un cabaret de la Cité, il y a environ six semaines. L'enfant, devenue jeune fille, portait alors le surnom de la *Goualeuse*.

» Peu de jours avant cette rencontre, le nommé Tournemine, que le Maître d'école a connu au bagne de Rochefort, avait fait remettre à Bras-Rouge (correspondant mystérieux et habituel des forçats détenus au bagne ou libérés) une lettre détaillée concernant l'enfant autrefois confié à la femme Gervais, dite la *Chouette*.

» De cette lettre et des déclarations de la Chouette il résulte qu'une madame Séraphin, gouvernante d'un notaire nommé Jacques Ferrand, avait, en 1827, chargé Tournemine de lui trouver une femme qui, pour la somme de 1,000 fr., consentît à se charger d'un enfant de cinq ou six ans, qu'on voulait abandonner, ainsi qu'il a été dit plus haut.

» La Chouette accepta cette proposition.

» Le but de Tournemine, en adressant ces renseignements à Bras-Rouge, était de mettre ce dernier à même de faire rançonner madame Séraphin par un tiers, en la menaçant d'ébruiter cette aventure depuis long-temps oubliée. Tournemine affirmait que cette madame Séraphin n'était que la mandataire de personnages inconnus.

» Bras-Rouge avait confié cette lettre à la Chouette, associée depuis quelque temps aux crimes du Maître d'école ; ce qui explique comment ce renseignement se trouvait en possession du brigand, et comment, lors de sa rencontre avec la Goualeuse au cabaret du *Lapin-Blanc*, la Chouette, pour tourmenter Fleur-de-Marie, lui dit : *On a retrouvé les parents, mais tu ne les connaîtras pas.*

» La question était de savoir si la lettre de Tournemine concernant l'enfant autrefois remis par lui à la Chouette contenait la vérité.

» On s'est informé de madame Séraphin et du notaire Jacques Ferrand. Tous deux existent. Le notaire demeure rue du Sentier, numéro 41 ; il passe pour austère et pieux, du moins il fréquente beaucoup les églises; il a dans la pratique des affaires une régularité excessive que l'on taxe de dureté; son étude est excellente; il vit avec une parcimonie qui approche de l'avarice; madame Séraphin est toujours sa gouvernante. M. Jacques Ferrand, qui était fort pauvre, a acheté sa charge 350,000 francs; une partie de ces fonds lui a été fournie par M. Charles Robert, officier supérieur de la garde nationale de Paris, très-beau jeune homme, fort à la mode dans un certain monde. Quelques médisants affirment que, par suite d'heureuses spéculations ou de coups de Bourse tentés de concert avec M. Charles Robert, le notaire serait à cette heure en mesure de rembourser le prix de sa charge; mais la réputation de M. Jacques Ferrand est si bien établie, que l'on s'accorde à regarder ces bruits comme d'horribles calomnies. Il paraît donc certain que madame Séraphin, gouvernante de ce saint homme, pourra fournir de précieux éclaircissements sur la naissance de la Goualeuse. »

— A merveille! cher baron — dit Murph; — il y a quelque apparence de réalité dans les déclarations de ce Tournemine. Peut-être trouverons-nous chez le notaire les moyens de découvrir les parents de cette malheureuse enfant. Maintenant avez-vous d'aussi bons renseignements sur le fils du Maître d'école?

— Peut-être moins précis... ils sont pourtant assez satisfaisants.

— Vraiment, votre M. Badinot est un trésor!

— Vous voyez que ce Bras-Rouge est la cheville ouvrière de tout ceci. M. Badinot, qui doit avoir quelques accointances avec la police, nous l'avait déjà signalé comme l'intermédiaire de plusieurs forçats, lors des premières démarches de monseigneur pour retrouver le fils de madame Georges Duresnel, femme infortunée de ce monstre de Maître d'école.

— Sans doute; et c'est en allant chercher Bras-Rouge dans son bouge de la Cité, rue aux Fèves, n° 13, que monseigneur a rencontré le Chourineur et la Goualeuse. S. A. R. avait voulu profiter de cette occasion pour visiter ces affreux repaires, pensant que peut-être elle trouverait là quelques malheureux à retirer de la fange... Ses pressentiments ne l'ont point trompée; mais au prix de quels dangers, mon Dieu!

— Dangers que vous avez bravement partagés, mon cher Murph...

— Ne suis-je pas pour cela *charbonnier ordinaire* de S. A. R.? — répondit le squire en souriant.

— Dites donc intrépide garde du corps, mon digne ami. Mais parler de votre courage et de votre dévouement, c'est une redite. Je continue donc mon rapport... — Voici la note concernant François-Germain, fils de madame Georges et du Maître d'école, autrement dit Duresnel.

« Il y a environ dix-huit mois, un jeune homme, nommé François Germain, arriva à Paris, venant de Nantes, où il était employé dans la maison de banque Noël et compagnie.

« Il résulte des aveux du Maître d'école et de plusieurs lettres trouvées sur lui, que le scélérat auquel il avait confié son fils pour le pervertir, afin de l'employer un jour à de criminelles actions, dévoila cette horrible trame à ce jeune homme en lui proposant de favoriser une tentative de vol et de faux que l'on voulait commettre au préjudice de la maison Noël et compagnie, où travaillait François-Germain.

» Ce dernier repoussa cette offre avec indignation ; mais, ne voulant pas dénoncer l'homme qui l'avait élevé, il écrivit une lettre anonyme à son patron, l'instruisit de la sorte de complot que l'on tramait, et quitta secrètement Nantes pour échapper à ceux qui avaient tenté de le rendre l'instrument et le complice de leurs crimes.

» Ces misérables, apprenant le départ de Germain, vinrent à Paris, s'abouchèrent avec Bras-Rouge et se mirent à la poursuite du fils du Maître d'école, sans doute dans de sinistres intentions, puisque ce jeune homme connaissait leurs projets. Après de longues et nombreuses recherches, ils parvinrent à découvrir son adresse : il était trop tard, Germain, ayant quelques jours auparavant rencontré celui qui avait essayé de le corrompre, changea brusquement de demeure, devinant le motif qui amenait cet homme à Paris. Le fils du Maître d'école échappa ainsi encore une fois à ses persécuteurs.

» Cependant, il y a six semaines environ, ceux-ci parvinrent à savoir qu'il demeurait rue du Temple, n° 17. Un soir, en rentrant chez lui, il manqua d'être victime d'un guet-apens (le Maître d'école avait caché cette circonstance à monseigneur).

» Germain devina d'où partait le coup, quitta la rue du Temple, et on ignora de nouveau le lieu de sa résidence. Les recherches en étaient à ce point lorsque le Maître d'école fut puni de ses crimes.

» C'est à ce point aussi que les recherches ont été reprises par l'ordre de monseigneur.

» En voici le résultat :

» François-Germain a habité environ trois mois la maison de la rue du Temple, n° 17; maison d'ailleurs extrêmement curieuse par les mœurs et par les industries étranges de la plupart des gens qui l'habitent. Germain y était fort aimé pour son caractère gai, serviable et ouvert. Quoiqu'il parût vivre de revenus ou d'appointements très-modestes, il avait prodigué les soins les plus touchants à une famille d'indigents qui habitent les mansardes de cette maison. On s'est en vain informé rue du Temple de la nouvelle demeure de François-Germain et de la profession qu'il exerçait; on suppose qu'il était employé dans quelque bureau ou maison de commerce, car il sortait le matin et rentrait le soir vers les dix heures. La seule personne qui sache certainement où habite actuellement ce jeune homme est une locataire de la maison de la rue du Temple; cette jeune fille, qui paraissait fort liée avec Germain, est une très-jolie grisette, nommée mademoiselle *Rigolette...* Elle occupe une chambre voisine de celle où logeait Germain. Cette chambre, vacante depuis le départ de ce dernier, est à louer maintenant. C'est sous le prétexte de sa location que l'on s'est procuré les renseignements ultérieurs... »

— Rigolette? — dit tout à coup Murph, qui depuis quelques moments semblait réfléchir — Rigolette? je connais ce nom-là!

— Comment, sir Walter Murph! — reprit le baron en riant — comment, digne et respectable père de famille, vous connaissez des grisettes?... Comment, le nom de mademoiselle Rigolette n'est pas nouveau pour vous? Ah! fi!... fi!...

— Pardieu! monseigneur m'a mis à même d'avoir de si bizarres *connaissances*, que vous n'auriez guère le droit de vous étonner de celle-là, baron. Mais attendez donc... Oui, maintenant... je me le rappelle parfaitement : monseigneur, en me racontant l'histoire de la Goualeuse, n'a pu s'empêcher de rire de ce nom singulier de *Rigolette*; autant qu'il m'en souvient, c'était celui d'une amie de prison de cette pauvre Fleur-de-Marie.

— Eh bien, à cette heure, mademoiselle Rigolette peut nous devenir d'une excessive utilité. Je termine mon rapport :

« Peut-être y aurait-il quelque avantage à louer la chambre vacante dans la maison de la rue du Temple. On n'avait pas l'ordre de pousser plus loin les investigations; mais, d'après quelques mots échappés à la portière, on a tout lieu de croire non-seulement qu'il serait possible de trouver dans cette maison des renseignements certains sur le fils du Maître d'école par l'intermédiaire de mademoiselle Rigolette, mais que monseigneur pourrait observer là des mœurs, des industries et surtout des misères dont il ne soupçonne pas l'existence. »

— Ainsi, vous le voyez, mon cher Murph — dit M. de Graün en finissant la lecture de ce rapport, qu'il remit au squire — d'après nos renseignements, c'est chez le notaire Jacques Ferrand qu'il faut chercher la trace des parents de la Goualeuse, et c'est à mademoiselle Rigolette qu'il faut demander où demeure maintenant François-Germain. C'est déjà beaucoup, ce me semble, de savoir où chercher... ce qu'on cherche.

— Sans doute, baron; de plus, monseigneur trouvera, j'en suis sûr, une ample moisson d'observations dans la maison dont on parle. Ce n'est pas tout encore : vous êtes-vous informé de ce qui concerne le marquis d'Harville?

— Oui; et du moins quant à la question d'argent les craintes de S. A. R. ne sont pas fondées. M. Badinot affirme, et je le crois bien instruit, que la fortune du marquis n'a jamais été plus solide, plus sagement administrée.

— Après avoir en vain cherché la cause du profond chagrin qui minait M. d'Harville, monseigneur s'était imaginé que peut-être le marquis éprouvait quelques embarras d'argent; il serait alors venu à son aide avec la mystérieuse délicatesse que vous lui connaissez;... mais puisqu'il s'est trompé dans ses conjectures, il lui faudra renoncer à trouver le mot de cette énigme, avec d'autant plus de regret qu'il aime beaucoup M. d'Harville.

— C'est tout simple, S. A. R. n'a jamais oublié tout ce que son père doit au père du marquis. Savez-vous, mon cher Murph, qu'en 1815, lors du remaniement des États de la Confédération germanique, le père de S. A. R. courait de grands risques d'élimination, à cause de son attachement connu, éprouvé, pour Napoléon! Feu le vieux marquis d'Harville rendit, dans cette occasion, d'immenses services au père de notre maître, grâce à l'amitié dont l'honorait l'empereur Alexandre; amitié qui datait de l'émigration du marquis en Russie, et qui, invoquée par lui, eut une toute-puissante influence dans les délibérations du Congrès, où se débattirent les intérêts des princes allemands. Du reste c'est, je crois, en 1815, pendant le séjour du vieux marquis d'Harville auprès du grand-duc alors régnant, que l'amitié de monseigneur et du jeune d'Harville a commencé, car ils étaient alors tous deux enfants!

— Oui, ils ont conservé les plus doux souvenirs de cet heureux temps de leur jeunesse. Ce n'est pas tout : monseigneur a une si profonde reconnaissance pour la mémoire de l'homme dont l'amitié a été si utile à son père, que tous ceux qui appartiennent à la famille d'Harville ont droit à la bienveillance du prince. Ainsi c'est non moins à ses malheurs et à ses vertus qu'à cette parenté que la pauvre madame Georges a dû les incessantes bontés de monseigneur.

— Madame Georges! la femme de Duresnel! le forçat surnommé le *Maître d'école?* — s'écria le baron.

— Oui..., la mère de ce François-Germain que nous cherchons, et que nous trouverons, je l'espère...

— Elle est parente de M. d'Harville?

— Elle était cousine de sa mère et son intime amie. Le vieux marquis avait pour madame Georges l'amitié la plus dévouée.

— Mais comment la famille d'Harville lui a-t-elle laissé épouser ce monstre de Duresnel, mon cher Murph?

— Le père de cette infortunée, M. de Lagny, intendant du Languedoc avant la révolution, possédait de grands biens; il échappa à la proscription. Aux premiers jours de calme qui suivirent cette terrible époque, il s'occupa de marier sa fille. Duresnel se présenta; il appartenait à une excellente famille parlementaire, il était riche, il cachait ses inclinations perverses sous des dehors hypocrites; il épousa mademoiselle de Lagny. Quelque temps dissimulés, les vices de cet homme se développèrent bientôt : dissipateur, joueur effréné, adonné à la plus basse crapule, il eut bientôt englouti sa fortune et celle de sa femme dans le jeu et dans la débauche; la propriété où s'était retirée madame Georges Duresnel fut vendue. Alors elle emmena son fils et alla rejoindre sa parente, la marquise d'Harville, qu'elle aimait comme sa sœur. Duresnel, ruiné, se trouva réduit aux expédients; il demanda au crime de nouvelles ressources, devint faussaire, voleur, assassin, fut condamné au bagne à perpétuité, et trouva le moyen d'enlever son fils à sa femme pour le confier à un misérable de sa trempe... Vous savez le reste. Après la condamnation de son mari, madame Georges, sans dire le motif de sa conduite, quitta la marquise douairière d'Harville, et vint cacher sa honte à Paris, où elle tomba bientôt dans la plus profonde misère. Il serait trop long de vous dire par suite de quelles circonstances monseigneur connut et le malheur de cette excellente femme et les liens qui l'attachaient à la famille d'Harville : toujours est-il qu'il lui vint généreusement en aide, lui fit quitter Paris et l'établit à la ferme de Bouqueval, où elle est à cette heure avec la Goualeuse. Elle a trouvé dans cette paisible retraite, sinon le bonheur, du moins la tranquillité, et peut se distraire de ses chagrins en gérant cette métairie... Autant pour ménager la douloureuse susceptibilité de madame Georges que parce qu'il n'aime pas à ébruiter ses bienfaits, monseigneur a laissé même ignorer à M. d'Harville qu'il avait retiré sa parente d'une affreuse détresse.

— Je comprends maintenant le double intérêt de monseigneur à découvrir les traces du fils de cette pauvre femme.

— Vous jugez aussi par là, mon cher baron, de l'affection que porte S. A. R. à toute cette famille, et combien vif est son chagrin de voir le jeune marquis si triste avec tant de raisons d'être heureux.

— En effet, que manque-t-il à M. d'Harville? Il réunit tout, naissance, fortune, esprit, jeunesse; sa femme est charmante, aussi sage que belle...

— Cela est vrai, et monseigneur n'a songé aux renseignements dont nous venons de parler qu'après avoir en vain tâché de pénétrer la cause de la noire mélancolie de M. d'Harville; celui-ci s'est montré profondément touché des bontés de S. A. R., mais il est toujours resté dans une complète réserve au sujet de sa tristesse. C'est peut-être une peine de cœur?

— On le dit pourtant fort amoureux de sa femme; elle ne lui donne aucun motif de jalousie. Je la rencontre souvent dans le monde : elle est fort entourée, comme l'est toujours une jeune et charmante femme, mais sa réputation n'a jamais souffert la moindre atteinte.

— Oui, le marquis se loue toujours beaucoup de sa femme..... Il n'a eu qu'une très-petite discussion avec elle au sujet de la comtesse Sarah Mac-Gregor.

Elle la voit donc?

— Par le plus malheureux hasard, le père du marquis d'Harville a connu, il y a dix-sept ou dix-huit ans, Sarah Seyton de Halsbury et son frère Tom, lors de leur séjour à Paris, où ils étaient patronés par madame l'ambassadrice d'Angleterre. Apprenant que le frère et la sœur se rendaient en Allemagne, le vieux marquis leur donna des lettres d'introduction pour le père de monseigneur, avec lequel il entretenait une correspondance suivie. Hélas! mon cher de Graün, peut-être sans cette recommandation bien des malheurs ne seraient pas arrivés, car monseigneur n'aurait sans doute pas connu cette femme. Enfin, lorsque la comtesse Sarah est revenue ici, sachant l'amitié de S. A. R. pour le marquis, elle s'est fait présenter à l'hôtel d'Harville, dans l'espoir d'y rencontrer monseigneur; car elle met autant d'acharnement à le poursuivre qu'il met de persistance à la fuir...

— Se déguiser en homme pour relancer S. A. R. jusque dans la Cité!... Il n'y a qu'elle pour avoir des idées semblables.

21

— Elle espérait peut-être par là toucher monseigneur, et le forcer à une entrevue qu'il a toujours refusée et évitée... Pour en revenir à madame d'Harville, son mari, à qui monseigneur avait parlé de Sarah comme il convenait, a conseillé à sa femme de la voir le moins possible; mais la jeune marquise, séduite par les flatteries hypocrites de la comtesse, s'est un peu révoltée contre les avis de M. d'Harville. De là quelques petits dissentiments, qui du reste ne peuvent certainement pas causer le morne abattement du marquis.

— Ah! les femmes... les femmes! mon cher Murph; je regrette beaucoup que madame d'Harville se trouve en rapport avec cette Sarah... Cette jeune charmante petite marquise ne peut que perdre au commerce d'une si diabolique créature.

— A propos de créatures diaboliques — dit Murph — voici une dépêche relative à Cecily, l'indigne épouse du digne David.

— Entre nous, mon cher Murph, cette audacieuse métisse [1] aurait bien mérité la terrible punition que son mari, le cher docteur nègre, a infligée au Maître d'école par ordre de monseigneur. Elle aussi a fait couler le sang, et sa corruption est épouvantable.

— Et malgré cela si belle, si séduisante! Une âme perverse sous de gracieux dehors me cause toujours une double horreur.

— Sous ce rapport Cecily est doublement odieuse; mais j'espère que cette dépêche annule les derniers ordres donnés par monseigneur au sujet de cette misérable.

— Au contraire... baron...

— Monseigneur veut toujours qu'on l'aide à s'évader de la forteresse où elle avait été enfermée pour sa vie?

— Oui.

— Et que son prétendu ravisseur l'emmène en France, à Paris?

— Oui, et bien plus... cette dépêche ordonne de hâter, autant que possible, l'évasion de Cecily et de la faire voyager assez rapidement pour qu'elle arrive ici au plus tard dans quinze jours.

— Je m'y perds... monseigneur avait toujours manifesté tant d'horreur pour elle!...

— Et il en manifeste encore davantage, si cela est possible.

— Et pourtant il la fait venir auprès de lui! Du reste, il sera toujours facile, comme l'a pensé S. A. R., d'obtenir l'extradition de Cecily, si elle n'accomplit pas ce qu'il attend d'elle. On ordonne au fils du geôlier de la forteresse de Gerolstein d'enlever cette femme en feignant d'être épris d'elle; on lui donne toutes les facilités nécessaires pour accomplir ce projet... Mille fois heureuse de cette occasion de fuir, la métisse suit son ravisseur supposé, arrive à Paris; soit, mais elle reste toujours sous le coup de sa condamnation, c'est toujours

---

[1] Créole issue d'un blanc et d'une quarteronne esclave. Les métisses ne diffèrent des blanches que par quelques signes imperceptibles.

une prisonnière évadée, et je suis parfaitement en mesure, dès qu'il plaira à monseigneur de réclamer son extradition et de l'obtenir.

— Du reste, mon cher baron, lorsque David a su par monseigneur la prochaine arrivée de Cecily, il en est resté pétrifié; puis s'est écrié : « J'espère que V. A. R. ne m'obligera pas à voir ce monstre? » — « Soyez tranquille — a répondu monseigneur — vous ne la verrez pas... mais je puis avoir besoin d'elle pour certains projets. » David s'est trouvé soulagé d'un poids énorme. Néanmoins, j'en suis sûr, de bien douloureux souvenirs s'éveillaient en lui.

— Pauvre nègre!... il est capable de l'aimer toujours. On la dit encore si jolie!...

— Charmante... trop charmante... Il faudrait l'œil impitoyable d'un créole pour découvrir le *sang mêlé* dans l'imperceptible nuance bistrée qui colore légèrement la couronne des ongles roses de cette métisse; nos fraîches beautés du Nord n'ont pas un teint plus transparent, une peau plus blanche.

— J'étais en France lorsque monseigneur est revenu d'Amérique, ramenant David et Cecily; je sais que cet excellent homme est depuis cette époque attaché à S. A. R. par la plus vive reconnaissance; mais j'ai toujours ignoré par suite de quelle aventure il s'était voué au service de notre maître, et comment il avait épousé Cecily, que j'ai vue pour la première fois environ un an après son mariage; et Dieu sait le scandale qu'elle soulevait déjà!...

— Je puis parfaitement vous instruire de ce que vous désirez savoir, mon cher baron; j'accompagnais monseigneur dans ce voyage d'Amérique, où il a arraché David et la métisse au sort le plus affreux.

— Vous êtes mille fois bon, mon cher Murph; je vous écoute — dit le baron.

CHAPITRE XXII.

HISTOIRE DE DAVID ET DE CECILY.

— M. Willis, riche planteur américain de la Floride — dit Murph — avait reconnu dans l'un de ses jeunes esclaves noirs, nommé David, attaché à l'infirmerie de son habitation, une intelligence très-remarquable, une commisération profonde et attentive pour les pauvres malades, auxquels il donnait avec amour les soins prescrits par les médecins, et enfin une vocation si singulière pour l'étude de la botanique appliquée à la médecine, que, sans aucune instruction, il avait composé et classé une sorte de *Flore* des plantes de l'habitation et de ses environs. L'exploitation de M. Willis, située sur le bord de la mer, était éloignée de quinze ou vingt lieues de la ville la plus prochaine; les médecins du pays, assez ignorants d'ailleurs, se dérangeaient difficilement, à cause des grandes distances et de l'incommodité des voies de communication. Voulant remédier à cet inconvénient si grave dans un pays sujet à de violentes épidémies, et avoir toujours à ses ordres un praticien habile, le colon eut l'idée d'envoyer David en France apprendre la chirurgie et la médecine... Enchanté de cette offre, le jeune noir partit pour Paris; le planteur paya les frais de ses études, et, au bout de huit années d'un travail prodigieux, David, reçu docteur-médecin avec la plus grande distinction, revint en Amérique mettre son savoir à la disposition de son maître.

— Mais David avait dû se regarder comme libre et émancipé de fait et de droit en mettant le pied en France.

— Mais David est d'une loyauté rare : il avait promis à M. Willis de revenir ; il revint... Puis il ne regardait pour ainsi dire pas comme sienne... une instruction acquise avec l'argent de son maître. Et puis enfin il espérait pouvoir adoucir moralement et physiquement les souffrances des esclaves, ses anciens compagnons... Il se promettait d'être non-seulement leur médecin, mais leur soutien, mais leur défenseur auprès du colon.

— Il faut, en effet, être doué d'une probité rare et d'un saint amour de ses semblables pour retourner auprès d'un maître, après un séjour de huit années à Paris... au milieu de la jeunesse la plus démocratique de l'Europe...

— Par ce trait... jugez de l'homme. Le voilà donc à la Floride, et, il faut le dire, traité par M. Willis avec considération et bonté, mangeant à sa table, logeant sous son toit ; du reste, ce colon stupide, méchant, sensuel, despote comme le sont quelques créoles, se crut très-généreux en donnant à David 600 francs de salaire. Au bout de quelques mois un typhus horrible se déclare sur l'habitation ; M. Willis en est atteint, mais promptement guéri par les excellents soins de David. Sur trente nègres gravement malades, deux seulement périssent. M. Willis, enchanté des services de David, porte ses gages à 1,200 francs ; le médecin noir se trouvait le plus heureux du monde, ses frères le regardaient comme leur providence ; il avait, très-difficilement il est vrai, obtenu du maître quelque amélioration à leur sort, il espérait mieux pour l'avenir ; en attendant, il moralisait, il consolait ces pauvres gens, il les exhortait à la résignation ; il leur parlait de Dieu, qui veille sur le nègre comme sur le blanc ; d'un autre monde, non plus peuplé de maîtres et d'esclaves, mais de justes et de méchants ; d'une autre vie... éternelle celle-là, où les uns n'étaient plus le bétail, la chose des autres, mais où les victimes d'ici-bas étaient si heureuses qu'elles priaient dans le ciel pour leurs bourreaux... Que vous dirai-je ! A ces malheureux qui, au contraire des autres hommes, comptent avec une joie amère les pas que chaque jour ils font vers la tombe... à ces malheureux qui n'espéraient que le néant, David fit espérer une liberté immortelle ; leurs chaînes leur parurent alors moins lourdes, leurs travaux moins pénibles. David était leur idole... Une année environ se passa de la sorte. Parmi les plus jolies esclaves de cette habitation, on remarquait une métisse de quinze ans, nommée Cecily. M. Willis eut une fantaisie de sultan pour cette jeune fille ; pour la première fois de sa vie peut-être il éprouva un refus, une résistance opiniâtre. Cecily aimait... elle aimait David, qui, pendant la dernière épidémie, l'avait soignée avec un dévouement admirable ; plus tard le plus chaste amour paya la dette de la reconnaissance. David avait des goûts trop délicats pour ébruiter son bonheur avant le jour où il pourrait épouser Cecily, il attendait qu'elle eût seize ans révolus. M. Willis, ignorant cette mutuelle affection, avait jeté superbement son mouchoir à la jolie métisse ; celle-ci, tout éplorée, vint raconter à David les tentatives brutales auxquelles elle avait à grand'peine

échappé. Le noir la rassura, et alla sur-le-champ la demander en mariage à
M. Willis.

— Diable ! mon cher Murph... j'ai bien peur de deviner la réponse du sultan
américain... Il refusa ?

— Il refusa. Il avait, disait-il, du goût pour cette jeune fille ; de sa vie il
n'avait supporté les dédains d'une esclave : il voulait celle-là, il l'aurait. David
choisirait une autre femme ou une autre maîtresse, à son goût. Il y avait sur
l'habitation dix capresses ou métisses aussi jolies que Cecily. David parla de
son amour, depuis long-temps partagé ; le planteur haussa les épaules. David
insista ; ce fut en vain. Le créole eut l'impudence de lui dire qu'il était d'un
mauvais exemple de voir un maître céder à une esclave, et que, cet exemple,
il ne le donnerait pas pour satisfaire à un *caprice* de David... Celui-ci supplia,
le maître s'impatienta ; David, rougissant de s'humilier davantage, parla d'un
ton ferme des services qu'il rendait et de son désintéressement ; car il se con-
tentait du plus mince salaire. M. Willis, irrité, lui répondit avec mépris qu'il
était mille fois trop bien traité pour un *esclave*. A ces mots, l'indignation de
David éclata... Pour la première fois il parla en homme éclairé sur ses droits
par un séjour de huit années en France. M. Willis, furieux, le traita d'esclave
révolté, le menaça de la chaîne. David proféra quelques paroles amères et violentes... Deux heures après, attaché à un poteau, on le déchirait de coups de
fouet, pendant qu'à sa vue on entraînait Cecily dans le sérail du planteur.

— La conduite de ce planteur était stupide et effroyable... C'est l'absurdité
dans la cruauté... Il avait besoin de cet homme, après tout...

— Tellement besoin, que ce jour-là même l'accès de fureur où il s'était mis,
joint à l'ivresse où cette brute se plongeait chaque soir, lui donna une maladie
inflammatoire des plus dangereuses, et dont les symptômes se déclarèrent avec
la rapidité particulière à ces affections : le planteur se met au lit avec une fièvre
horrible... Il envoie un exprès chercher un médecin ; mais le médecin ne peut
être arrivé à l'habitation avant trente-six heures...

— Vraiment cette péripétie semble providentielle... La fatale position de
cet homme était méritée...

— Le mal faisait d'effrayants progrès... David seul pouvait sauver le colon ;
mais Willis, méfiant comme tous les scélérats, ne doutait pas que le noir pour
se venger ne l'empoisonnât dans une potion... car, après l'avoir battu de verges,
on avait jeté David au cachot... Enfin, épouvanté de la marche de la maladie,
brisé par la souffrance, pensant que, mourir pour mourir, il avait au moins une
chance dans la générosité de son esclave, après de terribles hésitations Willis
fit déchaîner David...

— Et David sauva le planteur !

— Pendant cinq jours et cinq nuits il le veilla comme il aurait veillé son
père, combattant la maladie pas à pas avec un savoir, une habileté admira-
bles ; il finit par en triompher, à la profonde surprise du médecin qu'on avait
fait appeler, et qui n'arriva que le second jour.

— Et une fois rendu à la santé... le colon ?...

— Ne voulant pas rougir devant son esclave, qui l'écraserait à chaque instant de toute la hauteur de son admirable générosité, le colon, à l'aide d'un sacrifice énorme, parvint à attacher à son habitation le médecin qu'on avait été querir, et David fut remis au cachot.

— Cela est horrible ! mais cela ne m'étonne pas : David eût été pour cet homme un remords vivant...

— Cette conduite barbare n'était pas d'ailleurs seulement dictée par la vengeance et par la jalousie... Les noirs de M. Willis aimaient David avec toute l'ardeur de la reconnaissance ; il était pour eux le sauveur du corps et de l'âme. Ils savaient les soins qu'il avait prodigués au colon lors de la maladie de ce dernier... Aussi, sortant de l'abrutissante apathie où l'esclavage plonge ordinairement la créature, ces malheureux témoignèrent vivement de leur indignation, ou plutôt de leur douleur, lorsqu'ils virent David déchiré à coups de fouet. M. Willis, exaspéré, crut découvrir dans cette manifestation le germe d'une révolte... Songeant à l'influence que David avait acquise sur les esclaves, il le crut capable de se mettre plus tard par vengeance à la tête d'un soulèvement... Cette crainte absurde fut un nouveau motif pour le colon d'accabler David de mauvais traitements, et de le mettre hors d'état d'accomplir les sinistres desseins dont il le soupçonnait.

— A ce point de vue d'une terreur farouche... cette conduite semble moins stupide, quoique tout aussi féroce.

— Peu de temps après ces événements, nous arrivons en Amérique. Monseigneur avait affrété un brick danois à Saint-Thomas ; nous visitions incognito toutes les habitations du littoral américain que nous côtoyions... Nous fûmes magnifiquement reçus par M. Willis... Le lendemain de notre arrivée, le soir, après boire, autant par excitation du vin que par forfanterie cynique, M. Willis nous raconta, avec d'horribles plaisanteries, l'histoire de David et de Cecily ; car j'oubliais de vous dire que le colon, après avoir violenté cette malheureuse, l'avait fait jeter au cachot pour la punir de ses premiers dédains. A cet affreux récit, S. A. R. crut que Willis *se vantait* ou qu'il était ivre : cet homme était ivre, mais il ne se vantait pas. Pour dissiper son incrédulité, le colon se leva de table en commandant à un esclave de prendre une lanterne et de nous conduire au cachot de David.

— Eh bien ?

— De ma vie je n'ai vu un spectacle aussi déchirant. Hâves, décharnés, à moitié nus, couverts de plaies, David et cette malheureuse fille, enchaînés par le milieu du corps, l'un à un bout du cachot, l'autre du côté opposé, ressemblaient à des spectres... La lanterne qui nous éclairait jetait sur ce tableau une teinte plus lugubre encore... David, à notre aspect, ne prononça pas un mot ; son regard avait une effrayante fixité. Le colon lui dit avec une ironie cruelle :

— Eh bien, docteur, comment vas-tu ?... Toi qui es si savant !... sauve-toi donc !... — Le noir répondit par une parole et par un geste sublimes : il leva lentement la main droite, son index étendu vers le plafond ; et, sans regarder le colon, d'un ton solennel il dit : — Dieu ! — Et il se tut. — *Dieu?* reprit le planteur en éclatant de rire ; dis-lui donc, à Dieu, de venir t'arracher de mes mains ! Je l'en défie !... — Puis ce Willis, égaré par la fureur et par l'ivresse, montra le poing au ciel, et s'écria en blasphémant : — Oui, je défie Dieu de m'enlever mes esclaves avant leur mort !... S'il ne le fait pas, je nie son existence !...

— C'était un fou stupide !

— Cela nous souleva le cœur de dégoût... Monseigneur ne dit mot. Nous sortons du cachot... Cet antre était situé, ainsi que l'habitation, sur le bord de la mer. Nous retournons à bord de notre brick, mouillé à une très-petite distance. A une heure du matin, au moment où toute l'habitation était plongée dans le plus profond sommeil, monseigneur descend à terre avec huit hommes bien armés, va droit au cachot, le force, enlève David ainsi que Cecily. Les deux victimes sont transportées à bord sans qu'on se soit aperçu de notre expédition ; puis monseigneur et moi nous nous rendons à la maison du planteur. Bizarrerie étrange ! ces hommes torturent leurs esclaves, et ne prennent contre eux aucune précaution ; ils dorment fenêtres et portes ouvertes. Nous arrivons très-facilement à la chambre à coucher du planteur, intérieurement éclairée par une verrine. Monseigneur éveille cet homme. Celui-ci se dresse sur son séant, le cerveau encore alourdi par les fumées de l'ivresse. — Vous avez ce soir défié Dieu de vous enlever vos deux victimes... avant leur mort? Il vous les enlève... — dit monseigneur. — Puis, prenant un sac que je portais et qui renfermait 25,000 francs en or, il le jeta sur le lit de cet homme et ajouta : — Voici qui vous indemnisera de la perte de vos deux esclaves... A votre violence qui tue, j'oppose une violence qui sauve... Dieu jugera !... Et nous disparaissons, laissant M. Willis stupéfait, immobile, se croyant sous l'impression d'un songe. Quelques minutes après nous avions rejoint le brick et mis à la voile.

— Il me semble, mon cher Murph, que S. A. R. indemnisait bien largement ce misérable de la perte de ses esclaves ; car, à la rigueur, David ne lui appartenait plus.

— Nous avions à peu près calculé la dépense faite pour les études de ce dernier pendant huit ans, puis au moins triplé sa valeur et celle de Cecily comme simples esclaves. Notre conduite blessait le droit des gens, je le sais... mais si vous aviez vu dans quel horrible état se trouvaient ces malheureux presque agonisants, si vous aviez entendu ce défi sacrilége jeté à la face de Dieu par cet homme ivre de vin et de férocité, vous comprendriez que monseigneur ait voulu, comme il le dit dans cette occasion — *jouer un peu le rôle de la Providence.*

— Cela est tout aussi attaquable et aussi justifiable que la punition du Maître d'école, mon digne squire. Et cette aventure n'eut d'ailleurs pas de suites ?

— Elle n'en pouvait avoir aucune. Le brick était sous pavillon danois, l'incognito de S. A. R. sévèrement gardé ; nous passions pour de riches Anglais. A qui M. Willis, s'il eût osé se plaindre, eût-il adressé ses réclamations ? En fait, il nous avait dit lui-même, et le médecin de monseigneur le constata dans un procès-verbal, que les deux esclaves n'auraient pas vécu huit jours de plus dans cet affreux cachot. — Il fallut les plus grands soins pour arracher David et Cecily à une mort presque certaine. Enfin ils revinrent à la vie. Depuis ce temps David est resté attaché à monseigneur comme médecin, et il a pour lui le dévouement le plus profond.

— David épousa sans doute Cecily en arrivant en Europe ?

— Ce mariage, qui paraissait devoir être si heureux, se fit dans la chapelle du palais de monseigneur ; mais, par un revirement extraordinaire, à peine en jouissance d'une position inespérée, oubliant tout ce que David avait souffert pour elle et ce qu'elle-même avait souffert pour lui, rougissant dans ce monde nouveau d'être mariée à un nègre, Cecily, séduite par un homme d'ailleurs horriblement dépravé, commit une première faute ; on eût dit que la perversité naturelle de cette malheureuse, jusqu'alors endormie, n'attendait que ce dangereux ferment pour se développer avec une effroyable énergie. Vous savez le reste, le scandale de ses aventures. Après deux années de mariage, David, qui avait autant de confiance que d'amour, apprit toutes ces infamies. un coup de foudre l'arracha de sa profonde et aveugle sécurité.

— Il voulut, dit-on, tuer sa femme ?

— Oui ; mais, grâce aux instances de monseigneur, il consentit à ce qu'elle fût renfermée pour sa vie dans une forteresse... Et c'est cette prison que monseigneur vient d'ouvrir... à votre grand étonnement et au mien, je ne vous le cache pas, mon cher baron. Mais il se fait tard. S. A. R. désire que votre courrier parte le plus tôt possible pour Gerolstein...

— Avant deux heures il sera en route. Ainsi, mon cher Murph... à ce soir...

— A ce soir.

— Avez-vous donc oublié qu'il y a grand bal à l'ambassade de ***, et que S. A. R. doit y aller?...

— C'est juste... depuis l'absence du colonel Varner et du comte d'Harneim, j'oublie toujours que je remplis à la fois les fonctions de chambellan et d'aide-de-camp...

— Mais à propos du comte et du colonel, quand nous reviennent-ils? Leurs missions sont-elles bientôt achevées!

— Monseigneur, vous le savez, les tient éloignés le plus long-temps possible pour avoir plus de solitude et de liberté... Quant à la mission que S. A. R.

leur a donnée pour s'en débarrasser honnêtement... en les envoyant, l'un à Avignon, l'autre à Strasbourg... je vous la confierai... un jour que nous serons tous deux d'humeur sombre... car je défierais le plus noir hypocondriaque de ne pas éclater de rire, non-seulement à cette confidence, mais à certains passages des dépêches de ces dignes gentilshommes, qui prennent leurs prétendues missions avec un incroyable sérieux...

— Franchement, je n'ai jamais bien compris pourquoi S. A. R. avait placé le colonel et le comte dans son service particulier.

— Comment! le colonel Varner n'est-il pas le type admirable du militaire!

Y a-t-il dans toute la Confédération germanique une plus belle taille, de plus belles moustaches, une tournure plus martiale? Et lorsqu'il est sanglé, caparaçonné, bridé, empanaché, peut-on voir un plus triomphant, un plus glorieux, un plus fier, un plus bel... animal?

— C'est vrai... mais cette beauté-là l'empêche justement d'avoir l'air excessivement spirituel...

— Eh bien! monseigneur dit que, grâce au colonel, il s'est habitué à trouver tolérables les gens les plus pesants du monde... Avant certaines audiences mortelles il s'enferme une petite demi-heure avec le colonel... et il sort de là crâne et gaillard, tout prêt à défier l'ennui en personne...

— De même que le soldat romain, avant une marche forcée, se chaussait de sandales de plomb... afin de trouver toute fatigue légère en les quittant... J'apprécie maintenant l'utilité du colonel... Mais le comte d'Harneim?

— Est aussi d'une grande utilité pour monseigneur : en entendant sans cesse bruire à ses côtés ce vieux hochet creux, brillant et sonore; en voyant cette bulle de savon si gonflée... de néant, si magnifiquement diaprée, qui représente le côté théâtral et puéril du pouvoir souverain, monseigneur sent plus vivement encore la vanité de ces pompes stériles, et, par contraste, il a souvent dû à la contemplation de l'inutile et miroitant chambellan les idées les plus sérieuses et les plus fécondes.

— Du reste, il faut être juste, mon cher Murph, dans quelle cour trouverait-on, je vous prie, un plus parfait modèle du chambellan? Qui connaît mieux que cet excellent d'Harneim les innombrables règles et traditions de l'étiquette? Qui sait porter plus gravement une croix d'émail au col et plus majestueusement une clef d'or au dos?

— A propos, baron, monseigneur prétend que le dos d'un chambellan a une physionomie toute particulière : c'est, dit-il, une expression à la fois contrainte et révoltée, qui fait peine à voir; car, ô douleur! c'est au dos du chambellan que brille le signe symbolique de sa charge..., et, selon monseigneur, ce digne d'Harneim semble toujours tenté de se présenter à reculons, pour que l'on juge tout de suite de son importance...

— Le fait est que le sujet incessant des méditations du comte est la question de savoir par quelle fatale imagination on a placé la clef de chambellan derrière le dos... car, ainsi qu'il le dit très-sensément, avec une sorte de douleur courroucée — que diable!... on n'ouvre pas une porte avec le dos, pourtant!

— Baron, le courrier, le courrier! — dit Murph en montrant la pendule au baron.

— Maudit homme qui me fait causer!... c'est votre faute... Présentez mes respects à S. A. R. — dit M. de Graün en courant prendre son chapeau — et à ce soir, mon cher Murph.

— A ce soir, mon cher baron..., un peu tard, car je suis sûr que monseigneur voudra visiter aujourd'hui même la mystérieuse maison de la rue du Temple.

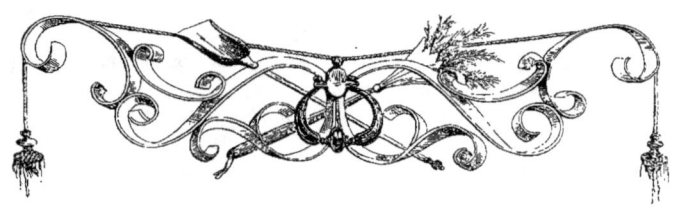

CHAPITRE XXIII.

Afin d'utiliser les renseignements que le baron de Graün avait recueillis sur la Goualeuse et sur Germain, fils du Maître d'école, Rodolphe devait se rendre à la maison de la rue du Temple, récemment habitée par Germain : le prince voulait ainsi tenter de découvrir la retraite de ce jeune homme par l'intermédiaire de mademoiselle Rigolette ; tâche assez difficile, cette grisette sachant peut-être que le fils du Maître d'école avait le plus grand intérêt à laisser complétement ignorer sa nouvelle demeure. En louant dans la maison de la rue du Temple la chambre naguère occupée par ce jeune homme, Rodolphe facilitait ses recherches, et se mettait surtout à même d'observer de près les différentes classes de gens qui occupaient cette demeure.

Le jour même de l'entretien du baron de Graün et de Murph, Rodolphe, très-modestement vêtu, se rendit donc, vers les trois heures, à la rue du Temple par une triste journée d'hiver. Située au centre d'un quartier marchand et populeux, cette maison n'offrait rien de particulier dans son aspect ; elle se composait d'un rez-de-chaussée occupé par un rogomiste, et de quatre étages surmontés de mansardes. Une allée sombre, étroite, conduisait à une petite cour, ou plutôt à une espèce de puits carré de cinq ou six pieds de large, complétement privé d'air, de lumière, et servant de réceptacle infect à toutes les immondices de la maison, qui y pleuvaient des étages supérieurs, car des lucarnes sans vitres s'ouvraient au-dessus du *plomb* de chaque palier.

Au pied d'un escalier humide et noir, une lueur rougeâtre annonçait la loge du portier ; loge enfumée par la combustion d'une lampe, nécessaire même en plein jour pour éclairer cet antre obscur, où Rodolphe entra pour demander à visiter la chambre alors vacante.

Un quinquet placé derrière un globe de verre rempli d'eau qui lui sert de réflecteur, éclaire la *loge ;* au fond, on aperçoit un lit recouvert d'une courte-pointe *arlequin*, formée d'une multitude de morceaux d'étoffes de toute espèce et de toute couleur ; à gauche, une commode de noyer, dont le marbre sup-

MADAME PIPELET.

porte pour ornements : 1° un petit saint Jean de cire, avec son mouton blanc et sa perruque blonde, le tout placé sous une cage de verre étoilée, dont les fêlures sont ingénieusement consolidées par des bandes de papier bleu; 2° deux flambeaux de vieux plaqué rougis par le temps, et portant, au lieu de bougies, des oranges pailletées, sans doute récemment offertes à la portière comme cadeau du jour de l'an; 3° deux boîtes, l'une en paille de couleurs variées, l'autre recouverte de petits coquillages. Ces deux *objets d'art* sentent leur maison de détention ou leur bagne d'une lieue ¹ (espérons, pour la moralité du portier de la rue du Temple, que ce présent n'est pas un *hommage de l'auteur*). Enfin, entre les deux boîtes, et sous un globe de pendule, on admire une petite paire de bottes à cœur en maroquin rouge, véritables bottes de poupée, mais soigneusement et savamment travaillées, ouvrées et piquées.

Ce *chef-d'œuvre*, comme disaient les anciens artisans des maîtrises, joint à de fantastiques arabesques dessinées le long des murs avec une innombrable quantité de bottes et de souliers, annonce suffisamment que le portier de cette maison se livre à la restauration des vieilles chaussures.

Lorsque Rodolphe s'aventura dans ce bouge, M. Pipelet, le portier, momentanément absent, était représenté par madame Pipelet. Celle-ci, placée près d'un poêle de fonte situé au milieu de la loge, semblait écouter gravement *chanter* sa marmite (c'est l'expression consacrée). L'Hogarth français, Henri Monnier, a si admirablement stéréotypé la *portière*, que nous nous contenterons de prier le lecteur, s'il veut se figurer madame Pipelet, d'évoquer dans son souvenir la plus laide, la plus ridée, la plus bourgeonnée, la plus sordide, la plus dépenaillée, la plus édentée, la plus hargneuse, la plus *venimeuse* des portières immortalisées par cet éminent artiste.

Le seul trait que nous nous permettrons d'ajouter à cet idéal sera une bizarre coiffure composée d'une perruque à la Titus; perruque originairement blonde, mais nuancée par le temps d'une foule de tons roux et jaunâtres, bruns et fauves, assez semblables à la feuillaison d'automne, qui émaillaient une confusion inextricable de mèches dures, roides, hérissées, emmêlées. Madame Pipelet n'abandonnait jamais cet unique et éternel ornement de son crâne sexagénaire.

A la vue de Rodolphe, la portière prononça d'un ton rogue ces mots sacramentels :

— Où allez-vous?

— Madame, il y a, je crois, une chambre et un cabinet à louer dans cette maison? — demanda Rodolphe en appuyant sur le mot *madame*, ce qui ne flatta pas médiocrement madame Pipelet. Elle répondit moins aigrement :

— Il y a une chambre à louer au quatrième, mais on ne peut pas la voir... Alfred est sorti...

— Votre fils, sans doute, madame? Rentrera-t-il bientôt?

— Ce n'est pas mon fils, c'est mon mari, monsieur! Pourquoi donc Pipelet ne s'appellerait-il pas Alfred?

¹ Les forçats et les détenus s'occupent presque exclusivement de la fabrication de ces boîtes.

— Il en a parfaitement le droit, madame; mais si vous le permettez, j'attendrai un moment son retour. Je tiendrais à louer cette chambre : le quartier et la rue me conviennent ; la maison me plaît, car elle me semble admirablement bien tenue. Pourtant, avant de visiter le logement que je désire occuper, je voudrais savoir si vous pouvez, madame, vous charger de mon ménage? J'ai l'habitude de ne jamais employer que les *concierges*, toutefois quand ils y consentent.

Cette proposition, exprimée en termes si flatteurs : *concierge!*... gagna complétement madame Pipelet; elle répondit :

— Mais certainement, monsieur... je ferai votre ménage... je m'en honore, et pour six francs par mois vous serez servi comme un prince.

— Va pour les six francs. Madame... votre nom ?

— Pomone-Fortunée-Anastasie Pipelet.

— Eh bien, madame Pipelet, je consens aux six francs par mois pour vos gages. Et si la chambre me convient... quel est son prix ?

— Avec le cabinet, 150 francs, monsieur ; pas un liard à rabattre..... Le principal locataire est un chien... qui tondrait un œuf.

— Et vous le nommez ?

— Monsieur Bras-Rouge.

Ce nom, et les souvenirs qu'il éveillait, firent tressaillir Rodolphe.

— Vous dites, madame Pipelet, que le principal locataire se nomme ?...

— M. Bras-Rouge.

— Et il demeure ?

— Rue aux Fèves, numéro 13 ; il tient aussi un estaminet dans les fossés des Champs-Élysées.

Il n'y avait plus à en douter, c'était le même homme..... Cette rencontre semblait étrange à Rodolphe.

— Si M. Bras-Rouge est le principal locataire — dit-il — quel est le propriétaire de la maison?

— M. Bourdon; mais je n'ai jamais eu affaire qu'à M. Bras-Rouge.

Voulant mettre la portière en confiance, Rodolphe reprit :

— Tenez, ma chère madame Pipelet, je suis un peu fatigué; le froid m'a gelé... rendez-moi le service d'aller chez le rogomiste qui demeure dans la maison, vous me rapporterez un flacon de cassis et deux verres... ou plutôt trois verres, puisque votre mari va rentrer.

Et il donna cent sous à cette femme.

— Ah çà, monsieur, vous voulez donc que du premier mot on vous adore ! — s'écria la portière dont le nez bourgeonné sembla s'illuminer de tous les feux d'une bachique convoitise. — Je cours chez le rogomiste ; mais je n'apporterai que deux verres, moi et Alfred nous buvons dans le même. Pauvre vieux chéri, il est si friand pour tout ce qui est des gentillesses de femmes!!!

— Allez, madame Pipelet, nous attendrons Alfred...

— Ah çà, si quelqu'un vient... vous garderez la loge !

— Soyez tranquille.

La vieille sortit.

Au bout de quelques moments un facteur frappa aux carreaux de la loge, y passa le bras, tendit deux lettres en disant : « Trois sous ! »

— Six sous, puisqu'il y a deux lettres — dit Rodolphe.

— Une d'affranchie — répondit le facteur.

Après avoir payé, Rodolphe regarda d'abord machinalement les deux lettres qu'on venait de lui remettre ; mais bientôt elles lui semblèrent dignes d'un curieux examen.

L'une, adressée à madame Pipelet, exhalait à travers son enveloppe de papier satiné une forte odeur de sachet de *peau d'Espagne*. Sur son cachet de cire rouge on voyait ces deux lettres, C. R., surmontées d'un casque et appuyées sur un support étoilé de la croix de la Légion-d'Honneur ; l'adresse était tracée d'une main ferme. La prétention héraldique de ce casque et de cette croix fit sourire Rodolphe et le confirma dans l'idée que cette lettre n'était pas écrite par une femme. Mais quel était le correspondant musqué, blasonné... de madame Pipelet ? L'autre lettre, d'un papier gris et commun, fermée avec un pain à cacheter picoté de coups d'épingle, était pour M. *César Bradamanti, dentiste opérateur*. Évidemment contrefaite, l'écriture de cette suscription se composait de lettres toutes majuscules. Fut-ce pressentiment, fantaisie de son imagination ou réalité, cette lettre parut à Rodolphe d'une triste apparence. Il remarqua quelques lettres de l'adresse à demi effacées dans un endroit où le papier fripait légèrement... Une larme était tombée là.

Madame Pipelet rentra, portant le flacon de cassis et deux verres.

J'ai lambiné, n'est-ce pas, monsieur ? mais une fois qu'on est dans la boutique du père Joseph, il n'y a pas moyen d'en sortir... Ah ! le vieux possédé !...

— Voici deux lettres que le facteur a apportées — dit Rodolphe.

— Ah ! mon Dieu... faites excuse, monsieur... Et vous avez payé ?

— Oui.

— Vous êtes bien bon. Alors je vas vous retenir ça sur la monnaie que je vous rapporte... Combien est-ce ?

— Trois sous — répondit Rodolphe en souriant du singulier mode de remboursement adopté par madame Pipelet. — Mais, sans être indiscret, je vous ferai observer qu'une de ces lettres vous est adressée et que vous avez là un correspondant dont les billets doux sentent furieusement bon.

— Voyons donc ? — dit la portière en prenant la lettre satinée. — C'est, ma foi, vrai... ça a l'air d'un billet doux ! Ah bien ! par exemple... quel est donc le polisson qui oserait !...

— Et si votre mari s'était trouvé là, madame Pipelet ?

— Ne dites pas ça, ou je m'évanouis dans vos bras. Mais que je suis bête !... m'y voilà — reprit la portière en haussant les épaules — je sais... je sais... c'est du *commandant*... Ah ! quelle souleur j'ai eue ! car Alfred est jaloux comme un Bédouin.

— Voici l'autre lettre : elle est adressée à *M. César Bradamanti*.

— Ah ! oui... le dentiste du troisième... Je vas la mettre dans la *botte* aux lettres.

Rodolphe crut avoir mal entendu, mais il vit madame Pipelet jeter gravement la lettre dans une vieille botte à revers accrochée au mur.

Rodolphe la regardait avec surprise.

— Comment ? — lui dit-il... — vous mettez cette lettre...

— Eh bien, monsieur, je la mets dans la *botte* aux lettres... Comme ça, rien ne s'égare ; quand les locataires rentrent, Alfred ou moi nous secouons la botte, on fait le triage, et chacun a son poulet.

Ce disant, la portière avait décacheté la lettre qui lui était adressée, elle la tournait en tous sens ; après quelque moment d'embarras, elle dit à Rodolphe :

— C'est toujours Alfred qui est chargé de lire mes lettres, parce que je ne le sais pas. Est-ce que vous voudriez bien... monsieur...

— Lire cette lettre ? volontiers — dit Rodolphe, très-curieux de connaître le correspondant de madame Pipelet. Il lut ce qui suit sur un papier satiné, dans l'angle duquel on retrouvait le casque, les lettres C. R., le support héraldique et la croix d'honneur :

« Demain vendredi, à onze heures, on fera bon feu dans les deux pièces, sans pour cela l'allumer trop tôt, et on nettoiera bien les glaces, et on ôtera les housses partout, en prenant surtout bien garde d'écailler la dorure des meubles en époussetant, et de salir ou brûler le tapis en allumant le feu. Si par hasard je n'étais pas arrivé lorsqu'une dame viendra en fiacre, sur les une heure, me demander sous le nom de *M. Charles*, on la fera monter à l'appartement, dont on lui ouvrira la porte et dont on descendra la clef, qu'on me remettra lorsque j'arriverai moi-même. »

Malgré la rédaction peu académique de ce billet, Rodolphe comprit parfaitement ce dont il s'agissait, et dit à la portière :

— Qui habite donc le premier étage ?

La vieille approcha son doigt jaune et ridé de sa lèvre pendante, et répondit avec un malicieux ricanement :

— *Motus*... c'est des intrigues de femme.

— Je vous demande cela, ma chère madame Pipelet... parce qu'avant de loger dans une maison... on désire savoir...

— C'est tout simple... je peux bien vous communiquer ce que je sais là-dessus, ça ne sera pas long... Il y a environ six semaines, un tapissier est venu ici, a examiné le premier, qui était à louer, a demandé le prix, et le lendemain il est revenu avec un beau jeune homme blond, petites moustaches, croix d'honneur, beau linge. Le tapissier l'appelait... *commandant*.

— C'est donc un militaire ?

— Militaire ! — reprit madame Pipelet en haussant les épaules — allons donc !.. c'est comme si Alfred s'intitulait concierge...

— Comment ?

— Il est tout bonnement commandant dans la garde nationale ; le tapissier l'appelait commandant pour le flatter... de même que ça flatte Alfred quand on l'appelle concierge. Enfin, quand le *commandant* (nous ne le connaissons que sous ce nom-là) a eu tout vu, il a dit au tapissier : « C'est bon, ça me convient, arrangez ça, voyez le propriétaire. — Oui, commandant, » qu'a dit l'autre... — Et le lendemain le tapissier a signé le bail en son nom, à lui tapissier, avec M. Bras-Rouge, lui a payé six mois d'avance, parce qu'il paraît que le jeune homme ne veut pas être connu. Tout de suite après, les ouvriers sont venus tout démolir au premier ; ils ont apporté des *essophas*, des rideaux en soie, des glaces dorées, des meubles superbes ; aussi c'est beau comme un café des boulevards ! Sans compter des tapis partout, et si épais et si doux qu'on dirait qu'on marche sur des bêtes... Quand ç'a été fini, le commandant est revenu pour voir tout ça ; il a dit à Alfred : — « Pouvez-vous vous charger d'entretenir cet appartement où je ne viendrai pas souvent, d'y faire du feu de temps en temps, et de tout préparer pour me recevoir quand je vous l'écrirai par la petite poste ? — Oui, commandant, lui dit ce flatteur d'Alfred. — Et combien me prendrez-vous pour ça ? — Vingt francs par mois, commandant. — Vingt francs ! Allons donc ! vous plaisantez, portier ? » — Et voilà ce beau fils à marchander comme un ladre, à carotter le pauvre monde. Voyez donc, pour une ou deux malheureuses pièces de cent sous, quand il fait des dépenses abominables pour un appartement qu'il n'habite pas ! Enfin, à force de batailler, nous avons obtenu douze francs. Douze francs ! Dites donc, si ça ne fait pas suer !.. Commandant de deux liards, va ! Quelle différence avec vous, monsieur ! — ajouta la portière en s'adressant à Rodolphe d'un air agréable — vous ne vous faites pas appeler commandant, vous n'avez l'air de rien du tout, vous êtes pauvre puisque vous perchez au quatrième, et vous êtes convenu avec moi de six francs du premier mot.

— Et depuis, le *commandant* est-il revenu ?

— Vous allez voir, c'est ça qui est le plus drôle ; il paraît qu'on le fait joliment droguer. Il a déjà écrit trois fois, comme aujourd'hui, d'allumer du feu, d'arranger tout, qu'il viendrait une_dame. Ah bien, oui ! va-t'en voir s'ils viennent !

— Personne n'a paru ?

— Écoutez donc... La première des trois fois, le commandant est arrivé tout flambant, chantonnant entre ses dents et faisant le gros dos ; il a attendu deux bonnes heures... personne ; quand il a repassé devant la loge, nous le guettions, nous deux Pipelet, pour voir sa mine et le vexer en lui parlant. — « Commandant, il n'est pas venu la moindre petite dame vous demander, que je lui dis. — C'est bon, c'est bon ! » — qu'il me repond, l'air honteux et furieux ; et il part dare-dare, en se rongeant les ongles de colère. La seconde fois, avant qu'il arrive, un commissionnaire apporte une petite lettre adressée à M. Charles ; je me doute bien que c'est encore flambé pour cette fois-là ;

nous en faisions des gorges chaudes avec Pipelet, quand le commandant arrive. « Commandant, que je dis en mettant le revers de ma main gauche à ma perruque, comme une vraie troupière, voilà une lettre ; il paraît qu'il y a encore une contre-marche aujourd'hui ! » Il me regarde, fier comme Artaban, ouvre la lettre, la lit, devient rouge comme une écrevisse, et il s'en va en tortillant et en chantant du bout des dents ; mais il était joliment vexé, allez... car il est rageur, il a le bout du nez blanc, c'est un signe certain ! mais tant mieux s'il rage... C'est bien fait ! c'est bien fait, commandant de deux liards ! ça t'apprendra à ne donner que douze francs par mois pour ton ménage.

— Et la troisième fois ?

— Ah ! la troisième fois j'ai bien cru que c'était pour de bon Le commandant arrive sur son trente-six ; les yeux lui sortaient de la tête, tant il paraissait content et sûr de son affaire... Beau jeune homme tout de même... faut être juste, et bien mis, flairant le musc comme une civette... il ne posait pas à terre, tant il était gonflé... Il prend la clef et nous dit, en montant chez lui, d'un air goguenard et rengorgé, comme pour se revenger des autres fois : — « Vous préviendrez cette dame que la porte est tout contre... » — Bon ! nous deux Pipelet, nous étions si curieux de voir la petite dame, quoique nous n'y comptions pas beaucoup, que nous sortons de notre loge pour nous mettre à l'affût sur le pas de la porte de l'allée... Cette fois-là, un petit fiacre bleu, à stores baissés, s'arrête devant chez nous. « Bon ! c'est elle — que je dis à Alfred. — Voilà sa margot. Retirons-nous un peu pour ne pas l'effaroucher. » Le cocher ouvre la portière. Alors nous voyons une petite dame avec un manchon sur ses genoux et un voile noir qui lui cachait la figure, sans compter son mouchoir qu'elle tenait sur sa bouche, car elle avait l'air de pleurer ; mais voilà-t-il pas qu'une fois le marchepied baissé, au lieu de descendre, la dame dit quelques mots au cocher, qui, tout étonné, referme la portière.

— Cette femme n'est pas descendue ?

— Non, monsieur ; elle s'est rejetée dans le fond de la voiture en mettant ses mains sur ses yeux. Moi, je me précipite, et, avant que le cocher ait remonté sur son siége, je lui dis : « Eh bien ! mon brave... vous vous en retournez donc ? — Oui, qu'il me dit. — Et où ça ? que je lui demande. — D'où je viens. — Et d'où venez-vous ? — De la rue Saint-Dominique, au coin de la rue Belle-Chasse. »

A ces mots, Rodolphe tressaillit.

Le marquis d'Harville, un de ses meilleurs amis, qu'une vive mélancolie accablait depuis quelque temps, ainsi que nous l'avons dit, demeurait rue Saint-Dominique, au coin de la rue Belle-Chasse. Était-ce la marquise d'Harville qui courait ainsi à sa perte ? Son mari avait-il des soupçons sur son inconduite ? son inconduite..... seule cause peut-être du chagrin dont il semblait dévoré. Ces doutes se pressaient en foule à la pensée de Rodolphe. Cependant il connaissait la société intime de la marquise, et il ne se rappelait pas y avoir jamais vu quelqu'un qui ressemblât au *commandant*. La jeune femme dont il s'agissait pouvait, après tout, avoir pris un fiacre en cet endroit, sans demeurer dans cette rue. Rien ne prouvait à Rodolphe que ce fût la marquise. Néanmoins il conserva de vagues et pénibles soupçons. Son air inquiet et absorbé n'avait pas échappé à la portière.

— Eh bien! monsieur, à quoi pensez-vous donc? — lui dit-elle.

— Je cherche pour quelle raison cette femme, qui était venue jusqu'à cette porte... a changé tout à coup d'avis...

— Que voulez-vous, monsieur... une idée, une frayeur, une superstition... Nous autres pauvres femmes, nous sommes si faibles... si poltronnes... — dit l'horrible portière d'un air timide et effarouché. — Il me semble que si j'avais été comme ça en catimini... faire des traits à Alfred... j'aurais été obligée de reprendre mon élan je ne sais pas combien de fois; mais jamais, au grand jamais! Pauvre vieux chéri... Il n'y a personne sous la calotte du ciel qui puisse se vanter de...

— Je vous crois, madame Pipelet... Mais cette jeune femme?...

— Je ne sais pas si elle était jeune; on ne voyait pas le bout de son nez... Toujours est-il qu'elle repart comme elle était venue, sans tambour ni trompette... On nous aurait donné dix francs, à nous deux Alfred, que nous n'aurions pas été plus contents.

— Pourquoi cela?

— En songeant à la mine qu'allait faire le commandant... il devait y avoir de quoi crever de rire... bien sûr... D'abord, au lieu d'aller lui dire tout de suite que sa *margot* était repartie... nous le laissons droguer et marronner une bonne heure... Alors je monte : je n'avais que mes chaussons de lisière à mes pauvres pieds; j'arrive à la porte, qui était tout contre... Je la pousse, elle crie; l'escalier est noir comme un four, l'entrée de l'appartement aussi très-sombre... Voilà qu'au moment où j'entre le commandant me prend dans ses bras en me disant d'un petit ton câlin : *Mon Dieu, mon ange, comme tu viens tard!...*

Malgré la gravité des pensées qui le dominaient, Rodolphe ne put s'empêcher de sourire, surtout en voyant la grotesque perruque et l'abominable figure ridée, bourgeonnée, de l'héroïne de ce quiproquo ridicule.

Madame Pipelet reprit, avec une hilarité grimaçante qui la rendait plus hideuse encore :

— Eh, eh, eh! alllllez donc!! en voilà une bonne! Mais vous allez voir... Moi, je ne réponds rien, je retiens mon haleine, je m'abandonne dans les bras du commandant... tout à coup le voilà qui s'écrie, en me repoussant, le grossier! d'un air aussi dégoûté que s'il avait touché une araignée : — « Mais qui diable est donc là? — C'est moi, commandant, madame Pipelet, la portière, et en cette qualité je vous prie de *taire* vos mains, et de ne pas me prendre la taille ni m'appeler votre ange, en me disant que je viens trop tard. Si Alfred avait été là pourtant? — Que voulez-vous? — me dit-il furieux. — Commandant, la petite dame vient de venir en fiacre. — Eh bien, faites-la donc monter; vous êtes stupide; ne vous ai-je pas dit de la faire monter? — Oui, commandant, c'est vrai, vous m'avez dit de la faire monter. — Eh bien! — C'est que la petite dame... — Mais parlez donc! — C'est que la petite dame est repartie. —

Allons, vous aurez dit ou fait quelque bêtise! — s'écria-t-il encore plus furieux. — Non, commandant, la petite dame n'a pas descendu de fiacre : quand le cocher a ouvert la portière, elle lui a dit de la remmener d'où elle était venue. — La voiture ne doit pas être loin! — s'écrie le commandant en se précipitant vers la porte. — Ah bien! oui, il y a plus d'une heure qu'elle est partie, que je lui réponds — Une heure! une heure... Et pourquoi avez-vous tant tardé à me prévenir? — s'écrie-t-il avec un redoublement de colère. — Dame... parce que nous craignons que ça vous contrarie trop de n'avoir pas encore fait vos frais cette fois-ci. » — Attrape! que je me dis, mirliflor, ça t'apprendra à avoir eu mal au cœur quand tu m'as touchée. — « Sortez d'ici, vous ne faites et ne dites que des sottises! » — s'écrie-t-il avec rage, en défaisant sa robe de chambre à la tartare et en jetant par terre son bonnet grec de velours brodé

d'or... Beau bonnet tout de même... Et la robe de chambre donc ! quelle étoffe !
ça crevait les yeux ; le commandant avait l'air d'un ver luisant...

— Mais vous vous exposiez à ce qu'il ne vous employât plus.

— Ah bien oui ! il n'oserait pas... Nous le tenons... Nous savons où demeure sa *margot ;* et s'il nous disait quelque chose, nous le menacerions d'é-
venter la mèche... Et puis, pour ses mauvais 12 francs, qui est-ce qui se
chargerait de son ménage ? Une femme du dehors ? nous lui rendrions la vie
trop dure, à celle-là. Mauvais ladre, va ! Enfin, monsieur, croiriez-vous qu'il
a eu la petitesse de regarder à son bois, et d'éplucher le nombre de bûches
qu'on a dû brûler en l'attendant ?... C'est quelque parvenu, bien sûr, quelque rien du tout enrichi... tête de seigneur et corps de gueux ; ça dépense
par ici, ça lésine par là. Je ne lui veux pas d'autre mal ; mais ça m'amuse
drôlement que sa particulière le fasse trimer... Je parie que demain ce sera
encore la même chose. Elle dit qu'elle viendra, elle ne viendra pas. En tout
cas, je vas prévenir l'écaillère d'à côté ; ça nous amusera. Si la petite dame
vient, nous verrons si c'est une brunette ou une blondinette, et si elle est gentille. Dites donc, monsieur... quand on songe qu'il y a un benêt de mari
là-dessous !... c'est joliment farce, n'est-ce pas ! Ça le regarde. Pauvre cher
homme, va, tu me fais de la peine !! Mais pardon, excuse... que je retire ma
marmite de dessus le feu ; elle a fini de chanter. C'est que le fricot demande
à être mangé. C'est du gras-double... ça va égayer tant soit peu Alfred ; car,
comme il le dit lui-même : — Pour du gras-double il trahirait la France... sa
belle France !... ce vieux chéri.

.   .   .   .

Pendant que madame Pipelet s'occupait de ce détail ménager, Rodolphe se
livrait à de tristes réflexions.

La femme dont il s'agissait (que ce fût ou non la marquise d'Harville) avait
sans doute long-temps hésité, long-temps combattu avant d'accorder un premier et un second rendez-vous ; puis, effrayée des suites de son imprudence,
un remords salutaire l'avait probablement empêchée d'accomplir cette dangereuse promesse.

En songeant que la marquise d'Harville pouvait être l'héroïne de cette
triste aventure, Rodolphe éprouvait un douloureux serrement de cœur. Ainsi
qu'on le verra plus tard, il avait ressenti un vif penchant pour cette jeune
femme ; mais chez lui cet amour était toujours resté muet et caché, car il
aimait le marquis d'Harville comme un frère. Rodolphe se demandait encore
par quelle aberration, par quelle fatalité M. d'Harville, jeune, spirituel, dévoué, généreux, et surtout tendrement épris de sa femme, pouvait être sacrifié à un être aussi ridicule, aussi niais que le commandant. La marquise
s'était-elle donc seulement éprise de la figure de cet homme, que l'on disait
très-beau ?

Rodolphe connaissait cependant madame d'Harville pour une femme de
cœur, d'esprit et de goût, d'un caractère plein d'élévation ; jamais le moindre

propos n'avait effleuré sa réputation. Après de mûres réflexions, il finit presque
par se persuader qu'il ne s'agissait pas de la femme de son ami.

Madame Pipelet, ayant accompli ses devoirs culinaires, reprit son entretien
avec Rodolphe.

— Qui habite le second? — demanda-t-il à la portière.

— C'est la mère Burette, une fière femme pour les cartes... Elle lit dans
votre main comme dans un livre. Il y a des personnes très comme il faut qui
viennent chez elle pour se faire dire leur bonne aventure... et elle gagne plus
d'argent qu'elle n'est grosse... Et pourtant ce n'est qu'un de ses métiers d'être
devineresse.

— Que fait-elle donc encore?

— Elle tient comme qui dirait un petit *mont-de-piété* bourgeois.

— Ah! je comprends... le locataire du second prête aussi sur gages?

— Certainement... et moins cher qu'au *grand mont*... et puis, c'est pas
embrouillé du tout... on n'est pas embarrassé d'un tas de paperasses, de re-
connaissances, de chiffres... du tout, du tout... Une supposition : on apporte à
la mère Burette une chemise qui vaut 3 francs : elle vous prête 10 sous; au
bout de huit jours, vous lui en rapportez 20... sinon elle garde la chemise...
Comme c'est simple, hein?... toujours des comptes ronds... un enfant comprendrait ça. Aussi c'est joliment drôle, allez, les *bazars* qu'on voit porter
chez elle... Vous ne croiriez pas sur quoi elle prête quelquefois? je l'ai vue

prêter sur un perroquet gris... qui jurait bien comme un possédé, le gredin...

— Sur un perroquet?... mais quelle valeur...

— Attendez donc... il était connu : c'était le perroquet de la veuve d'un facteur qui demeure ici près, rue Sainte-Avoie, madame Herbelot; on savait qu'elle tenait autant à son perroquet qu'à sa peau; la mère Burette lui a dit : Je vous prête 10 francs sur votre bête; mais si dans huit jours, à midi, je n'ai pas mes 20 francs... (avec les intérêts ça faisait 20 francs; toujours des comptes ronds...) si je n'ai pas mes 20 francs et les frais de nourriture, je donne à Jaquot une petite salade de persil assaisonné à l'arsenic. Elle connaissait bien sa pratique, allez... Avec cette peur-là, la mère Burette a eu ses 20 francs au bout de sept jours et madame d'Herbelot a remporté sa vilaine bête, qui *perforait* toute la journée des F., des S. et des B. que ça en faisait rougir Alfred, qui est très-bégueule... C'est tout simple, sa mère était nonne et son père curé... dans la Révolution, vous savez... il y a des curés qui ont épousé des religieuses...

— Et la mère Burette n'a pas d'autre métier, je suppose?

— Elle n'en a pas d'autre... si vous voulez. Pourtant, je ne sais pas trop ce que c'est qu'une espèce de manigance qu'elle tripote quelquefois dans une petite chambre où personne n'entre, excepté M. Bras-Rouge et une vieille borgnesse qu'on appelle la Chouette.

Rodolphe regarda la portière avec étonnement.

Celle-ci, en interprétant la surprise de son futur locataire, lui dit :

— C'est un drôle de nom, n'est-ce pas, la Chouette?

— Oui; et cette femme vient souvent ici?

— Elle n'avait pas paru depuis six semaines; mais avant-hier nous l'avons vue; elle boitait un peu.

— Et que vient-elle faire chez cette diseuse de bonne aventure?

— Voilà ce que je ne sais pas; du moins quant à la manigance de la petite chambre dont je vous parle, où la Chouette entre seule avec M. Bras-Rouge et la mère Burette. J'ai seulement remarqué que, ces jours-là, la borgnesse apporte toujours un paquet dans son cabas, et M. Bras-Rouge un paquet sous son manteau, mais qu'ils ne remportent jamais rien.

— Et ces paquets que contiennent-ils?

— Je n'en sais rien de rien, sinon qu'ils font avec ça une ratatouille du diable; car on sent comme une odeur de soufre, de charbon et d'étain fondu en passant sur l'escalier; et puis on les entend souffler, souffler, souffler... comme des forgerons. Bien sûr que la mère Burette manigance par rapport à la bonne aventure ou à la magie..... du moins, c'est ce que m'a dit M. César Brada-manti, le locataire du troisième. Voilà un particulier savant, que M. César! Quand je dis un particulier, c'est un Italien, quoiqu'il parle français aussi bien que vous et moi, sauf qu'il a beaucoup d'accent; mais c'est égal, voilà un savant! et qui connaît les simples... et qui vous arrache les dents, pas pour de l'argent, mais pour l'honneur... Oui, monsieur..... pour le pur honneur; vous

auriez six mauvaises dents, et il le dit lui-même à qui veut l'entendre, il vous
arracherait les cinq premières pour rien... il ne vous ferait jamais payer que
la sixième. Sans compter qu'il vend des remèdes pour toutes sortes de mala-
dies, fluxions de poitrine, catarrhes, tout ce qu'on peut avoir... quoi! Il tripote
ses drogues lui-même et il a pour apprenti le fils du principal locataire, le petit
Tortillard... Il dit que son maître va acheter un cheval et un habit rouge pour
aller débiter ses drogues sur les places publiques, et que lui, Tortillard, sera
habillé en troubadour, et qu'il battra du tambour pour attirer les pratiques.

EUSTACHE LORSAY.

— Il me semble que le fils de votre principal locataire remplit là un emploi
bien modeste.

— Son père dit qu'il veut lui faire manger de la vache enragée, à cet
enfant; que sans ça il finirait sur un échafaud... Au fait, c'est bien le plus
malin singe... et méchant... il a fait plus d'un tour à ce pauvre M. César
Bradamanti, qui est la crème des honnêtes gens. Vu qu'il a guéri Alfred d'un
rhumatisme, nous le portons dans notre cœur. Eh bien! monsieur, il y a des

gens assez dénaturés pour... mais non, ça fait dresser les cheveux sur la tête!
Alfred dit que si c'était vrai il y aurait cas de galères.

— Mais encore!...

— Ah! je n'ose pas, je n'oserai jamais...

— N'en parlons plus...

— C'est que, foi d'honnête femme... dire ça à un jeune homme...

— N'en parlons plus, madame Pipelet.

— Au fait, comme vous serez notre locataire, il vaut mieux que vous soyez
prévenu que c'est des mensonges. Vous êtes, n'est-ce pas, en position de faire
amitié et société avec M. Bradamanti; si vous croyiez à ces bruits-là, ça
vous dégoûterait peut-être de sa connaissance. Eh bien, on dit que...

Et la vieille murmura tout bas quelques mots à Rodolphe, qui fit un geste
de dégoût et d'horreur.

— Oh! ce serait affreux!...

— N'est-ce pas... si c'était vrai? mais c'est un tas de mauvaises langues.
Comment! un homme qui a guéri Alfred d'un rhumatisme, un homme qui
vous propose de vous arracher cinq dents gratis sur six, un homme qui a des
certificats d'avoir guéri je ne sais combien de princes de l'Europe, et qui paye
son terme rubis sur l'ongle! Ah! bien oui... plutôt la mort que de croire
ça!...

Pendant que madame Pipelet manifestait son indignation contre les calomniateurs, Rodolphe se rappelait la lettre adressée à ce charlatan, lettre écrite
sur gros papier, d'une écriture contrefaite et à moitié effacée par les traces
d'une larme. Dans cette larme, dans cette lettre mystérieuse adressée à cet
homme, Rodolphe vit un drame, un terrible drame..... Un pressentiment involontaire lui disait que les bruits atroces qui couraient sur l'Italien étaient
fondés.

— Tenez, voilà Alfred!... — s'écria la portière — il vous dira comme moi
que c'est des méchantes langues qui accusent d'horreurs ce pauvre M. César
Bradamanti, qui l'a guéri d'un rhumatisme.

M. Pipelet entra dans la loge d'un air grave, magistral; il avait soixante
ans environ, un nez énorme, un embonpoint respectable, une grosse figure
taillée et enluminée à la façon des *bonshommes casse-noisettes* de Nuremberg.
Ce masque étrange était coiffé d'un chapeau tromblon à larges bords, roussi
de vétusté.

Alfred, qui ne quittait pas plus ce chapeau que sa femme ne quittait sa
perruque fantastique, se prélassait dans un vieil habit vert à basques immenses, aux revers pour ainsi dire plombés de souillures, tant ils paraissaient çà
et là d'un gris luisant. Malgré son chapeau tromblon et son habit vert, qui
n'étaient pas sans un certain cérémonial, M. Pipelet n'avait pas déposé le modeste emblème de son métier : un tablier de cuir dessinait son triangle fauve
sur un long gilet diapré d'autant de couleurs que la courte-pointe arlequin de
madame Pipelet. Le salut que le portier fit à Rodolphe ne manqua pas d'une

certaine affabilité ; mais, hélas ! le sourire de cet homme était amer... On y lisait l'expression d'une profonde mélancolie.

— Alfred, monsieur est un locataire pour la chambre et le cabinet du quatrième — dit madame Pipelet en présentant Rodolphe à Alfred — et nous t'avons attendu pour boire un verre de cassis qu'il a fait venir.

Cette attention délicate mit à l'instant M. Pipelet en confiance avec Rodolphe ; le portier porta la main au rebord antérieur de son chapeau, et dit d'une voix de basse digne d'un chantre de cathédrale :

— Nous vous satisferons, môssieur, comme portiers, de même que môssieur nous satisfera comme locataire : qui se ressemble s'assemble...

Puis, s'interrompant, M. Pipelet dit à Rodolphe avec anxiété :

— A moins pourtant, monsieur, que vous ne soyez peintre ?

— Non, je suis commis-marchand.

— Alors, monsieur, à vous rendre mes humbles devoirs. Je félicite la nature de ne pas vous avoir fait naître un de ces monstres d'artistes !

— Les artistes... des monstres ? — demanda Rodolphe.

M. Pipelet, au lieu de répondre, leva ses deux mains au plafond de sa loge et fit entendre un gémissement courroucé.

— Faut vous dire que les peintres ont empoisonné la vie d'Alfred, et qu'ils ont abruti mon vieux chéri, tel que vous le voyez — dit tout bas madame Pipelet à Rodolphe. Puis elle reprit plus haut et d'un ton caressant : — Allons, Alfred, sois raisonnable, ne pense pas à ce polisson-là... tu vas te faire du mal, tu ne pourras pas dîner.

— Non, j'aurai du courage et de la raison — répondit M. Pipelet avec une dignité triste et résignée. — Il m'a fait bien du mal... il a été mon persécuteur... mon bourreau... pendant bien long-temps ; mais maintenant je le méprise... Les peintres ! — ajouta-t-il en se tournant vers Rodolphe — ah ! monsieur, c'est la peste d'une maison... c'est sa démolition, c'est sa ruine.

— Vous avez logé un peintre ?

— Helas ! oui, monsieur, nous en avons logé un ! — dit M. Pipelet avec amertume — un peintre qui s'appelait Cabrion encore !

A ce souvenir, malgré son apparente modération, le portier ferma convulsivement les poings.

— Etait-ce le dernier locataire qui a occupé la chambre que je viens louer ? — demanda Rodolphe.

— Non, non, le dernier locataire était un brave, un digne jeune homme, nommé M. Germain ; mais avant lui c'était Cabrion. Ah ! monsieur, depuis son départ ce Cabrion a manqué me rendre fou, hébété...

— L'auriez-vous regretté à ce point ? — demanda Rodolphe.

— Cabrion, regretté ! — reprit le portier avec stupeur ; — regretter Cabrion ! Mais figurez-vous donc, monsieur, que M. Bras-Rouge lui a payé deux termes pour le faire déguerpir d'ici ; car on avait été assez malheureux pour lui faire un bail. Quel garnement ! Vous n'avez pas une idée, monsieur, des horribles

MONSIEUR PIPELET.

tours qu'il nous a joués à nous et aux locataires. Pour ne parler que d'un seul de ces tours, il n'y a pas un instrument à vent dont il n'ait fait bassement son complice pour démoraliser les locataires ! Oui, monsieur, depuis le cor de chasse jusqu'au flageolet, il a abusé de tout... poussant la vilenie jusqu'à jouer faux, et exprès, la même note pendant deux heures entières. C'était à en devenir enragé ! On a fait plus de vingt pétitions au principal locataire, M. Bras-Rouge, pour qu'il chassât ce gueux-là. Enfin, monsieur, on y parvint en lui payant deux termes... C'est drôle, n'est-ce pas, un locataire à qui on paye des termes ? mais on lui en aurait payé trois pour s'en dépêtrer. Il part... Vous croyez peut-être que c'est fini du Cabrion ? Vous allez voir ! Le lendemain, à onze heures du soir, j'étais couché : Pan ! pan ! pan ! — Je tire le cordon. On vient à la loge. — Bonsoir, portier — dit une voix — voulez-vous me donner une mèche de vos cheveux, s'il vous plaît ? — Mon épouse me dit : C'est quelqu'un qui se trompe de porte. Et je réponds à l'inconnu : — Ce n'est pas ici ; voyez à côté. — Pourtant, c'est bien ici le numéro 17 ? Le portier s'appelle bien Pipelet ? reprend la voix. — Oui, que je dis, je m'appelle bien Pipelet. — Eh bien ! Pipelet, mon ami, je viens vous demander une mèche de vos cheveux pour Cabrion ; c'est son idée, il y tient, il en veut. —

M. Pipelet regarda Rodolphe en secouant la tête et en se croisant les bras dans une attitude sculpturale.

— Vous comprenez, monsieur ?... C'est à moi, son ennemi mortel, à moi qu'il avait abreuvé d'outrages, qu'il venait impudemment demander une mèche de mes cheveux, une faveur que les dames refusent même quelquefois à leur bien-aimé !...

— Encore si ce Cabrion avait été bon locataire comme M. Germain ! — reprit Rodolphe avec un sang-froid imperturbable.

— Eût-il été bon locataire.. je ne lui aurais pas davantage accordé cette mèche — dit majestueusement l'homme au chapeau tromblon — ce n'est ni dans mes principes ni dans mes habitudes ; mais je me serais fait un devoir, une loi, de la lui refuser poliment.

— Ce n'est pas tout — reprit la portière — figurez-vous, monsieur, que depuis ce jour-là, le matin, le soir, la nuit, à toute heure, cet affreux Cabrion avait déchaîné une nuée de rapins qui venaient ici l'un après l'autre demander à Alfred une mèche de ses cheveux... toujours pour Cabrion !

— Aussi, monsieur — reprit M. Pipelet — j'aurais eu commis des crimes affreux, que je n'aurais pas eu un sommeil plus bourrelé. A chaque instant je me réveille en sursaut, croyant entendre la voix de ce damné Cabrion. Je me défie de tout le monde... dans chacun je suppose un ennemi qui va me demander de mes cheveux ; je perds mon aménité, je deviens soupçonneux, renfrogné, sombre, épilogueur comme un malfaiteur... cet infernal Cabrion a empoisonné ma vie.

Et M. Pipelet, poussant un profond soupir, inclina son chapeau tromblon sous le poids de cette immense infortune.

— Je conçois maintenant que vous n'aimiez pas les peintres — dit Rodolphe; — mais du moins ce M. Germain, dont vous parlez, vous a dédommagé de M. Cabrion?

— Oh! oui, monsieur... voilà un bon et digne jeune homme, franc comme l'or, serviable et pas fier, et gai... mais d'une bonne gaieté, qui ne faisait de mal à personne, au lieu d'être insolent et goguenard comme ce Cabrion, que Dieu confonde!

— Allons, calmez-vous, mon cher monsieur Pipelet, ne prononcez pas ce nom-là. Et maintenant quel est le propriétaire assez heureux pour posséder M. Germain, cette perle des locataires?

— Ni vu ni connu... personne ne sait ni ne saura où demeure à cette heure M. Germain. Quand je dis personne... excepté mademoiselle Rigolette.

— Et qu'est-ce que mademoiselle Rigolette? — demanda Rodolphe.

— Une petite ouvrière, l'autre locataire du quatrième.. — reprit madame Pipelet. — Voilà une seconde perle!... payant son terme d'avance... et si proprette dans sa chambrette, et si gentille pour tout le monde, et si gaie... un véritable oiseau du bon Dieu pour être avenante et joyeuse... avec ça travailleuse comme un petit castor, gagnant quelquefois jusqu'à ses deux francs par jour... mais dame! avec bien du mal?

— Comment mademoiselle Rigolette est-elle la seule qui sache la demeure de M. Germain?

— Quand il a quitté la maison — reprit madame Pipelet — il nous a dit . " Je n'attends pas de lettres; mais si par hasard il m'en arrivait, vous les remettriez à mademoiselle Rigolette. " Et en ça elle était digne de sa confiance... quand même la lettre serait chargée. N'est-ce pas, Alfred?

— Le fait est qu'il n'y aurait rien à dire sur le compte de mademoiselle Rigolette — dit sévèrement le portier — si elle n'avait pas eu la faiblesse de se laisser cajoler par cet infâme Cabrion.

— Pour ce qui est de ça, Alfred — reprit la portière — tu sais bien que c'est en tout bien tout honneur; quoique rieuse et bonne enfant, mademoiselle Rigolette est aussi sage que moi... Faut voir le gros verrou qu'elle a à sa porte. Ses voisins lui font la cour, ça n'est pas de sa faute, à cette petite... ça tient au local... ç'a avait été tout de même avec le commis-voyageur qui occupait la chambre avant Cabrion, comme après ce méchant peintre ç'a été avec M. Germain; encore une fois, il n'y avait aucun mal, et ça tient au local... on lui fait la cour, mais voilà tout...

— Ainsi — dit Rodolphe — les locataires de la chambre que je veux louer font nécessairement la cour à mademoiselle Rigolette?

— Nécessairement, monsieur; il faut être bon voisin avec elle, vous allez comprendre ça. On est voisin avec mademoiselle Rigolette... les deux chambres se touchent; eh bien, entre jeunesses... c'est une lumière à allumer, un petit peu de braise à emprunter... ou bien de l'eau... Quant à l'eau, on est sûr d'en trouver chez mademoiselle Rigolette, elle n'en manque jamais, c'est son luxe, c'est un vrai petit canard : dès qu'elle a un moment, elle est tout de suite à laver ses carreaux, son foyer... Aussi c'est toujours si propre chez elle!... vous verrez ça...

— Ainsi, M. Germain, eu égard à la localité, a donc été, comme vous dites, bon voisin avec mademoiselle Rigolette?

— Oui, monsieur, et c'est le cas de dire qu'ils étaient nés l'un pour l'autre. Si gentils, si jeunes, ils faisaient plaisir à voir descendre les escaliers le dimanche quand ils allaient se promener, car c'était leur seul jour de congé, à ces pauvres enfants! elle, bien attifée d'un petit coquet bonnet et d'une jolie robe à vingt-cinq sous l'aune, qu'elle se fait elle-même, mais qui lui allait comme à une reine; lui, mis en vrai monsieur!

— Et M. Germain n'a plus revu mademoiselle Rigolette depuis qu'il a quitté cette maison?

— Non, monsieur; à moins que ça ne soit le dimanche, car les autres jours mademoiselle Rigolette n'a pas le temps de penser aux amoureux, allez! elle se lève à cinq ou six heures, et travaille jusqu'à dix, quelquefois onze heures du soir; elle ne quitte jamais sa chambre, excepté le matin pour aller acheter sa provision pour elle et pour ses deux serins, et à eux trois ils ne mangent guère! Qu'est-ce qu'il leur faut? Deux sous de lait, un peu de pain, du mouron, de la salade, du millet et de la belle eau claire; ce qui ne les empêche pas de babiller et de gazouiller tous les trois, la petite et ses deux oiseaux, que c'est une bénédiction!... Avec ça, bonne et charitable en ce qu'elle peut... c'est-à-dire de son temps, de son sommeil et de ses soins; car, en travaillant quelquefois plus de douze heures par jour, c'est tout juste si elle gagne de quoi vivre... Tenez, ces malheureux des mansardes... que M. Bras-Rouge va mettre sur le pavé pas plus tard que dans trois ou quatre jours... mademoiselle Rigolette et M. Germain ont veillé leurs enfants pendant plusieurs nuits!

— Il y a donc une famille malheureuse ici?

— Malheureuse, monsieur! Dieu de Dieu... je le crois bien... Cinq enfants en bas âge, la mère au lit, presque mourante, la grand'mère idiote; et pour nourrir tout ça, un homme qui ne mange pas du pain tout son soûl en trimant comme un nègre, car c'est un fameux ouvrier!... Trois heures de sommeil sur vingt-quatre, voilà tout ce qu'il prend, et encore... quel sommeil!... quand on est réveillé par des enfants qui crient : « Du pain! » par une femme malade qui gémit sur sa paillasse... ou par la vieille idiote, qui se met quelquefois à rugir comme une louve... de faim aussi... car elle n'a pas plus de raison qu'une bête... Quand elle a par trop envie de manger... on l'entend des escaliers... elle hurle...

— Ah! c'est affreux! — s'écria Rodolphe; — et personne ne les secourt?

— Dame! monsieur... on fait ce qu'on peut entre pauvres gens. Depuis que le commandant me donne ses 12 francs par mois pour faire son ménage, je mets le pot au feu une fois la semaine, et ces malheureux d'en haut ont du bouillon... Mademoiselle Rigolette prend sur ses nuits, et dame! ça lui coûte toujours de l'éclairage, pour faire, avec des rognures d'étoffes, des brassières et des béguins aux petits... Ce pauvre M. Germain, qu'était pas bien calé non plus, faisait semblant de recevoir de temps en temps quelques bonnes bouteilles de vin de chez lui... et Morel... (c'est le nom de l'ouvrier) buvait un ou deux fameux coups qui le réchauffaient et lui mettaient pour un moment du cœur au ventre.

— Et le dentiste-opérateur ne faisait-il rien pour ces pauvres gens?

— M. Bradamanti?... — dit le portier — il m'a guéri mon rhumatisme, c'est vrai, je le vénère; mais dès ce jour-là... j'ai dit à mon épouse : — Anastasie... M. Bradamanti... Hum!... hum!... te l'ai-je dit, Anastasie?

— C'est vrai, tu me l'as dit...

— Qu'a-t-il donc fait?

— Voilà, monsieur : quand j'ai parlé à M. Bradamanti de la misère des Morel, à propos de ce qu'il se plaignait que la vieille idiote avait hurlé de faim toute la nuit, et que ça l'avait empêché de dormir... il m'a dit : — « Puisqu'ils sont si malheureux, s'ils ont des dents à arracher, je ne leur ferai pas même payer la sixième. »

— Décidément, madame Pipelet — dit Rodolphe — j'ai mauvaise opinion de cet homme. Et la prêteuse sur gages a-t-elle été plus charitable?

— Hum! dans les prix de M. Bradamanti — dit la portière; — elle leur a prêté sur leurs pauvres hardes... Tout y a passé, jusqu'à leur dernier matelas; c'est pas l'embarras, ils n'en ont jamais eu que deux...

— Et maintenant elle ne les aide pas?

— La mère Burette! Ah! bien oui! elle est aussi *chien* dans son espèce que son amoureux dans la sienne; car, dites donc! M. Bras-Rouge et la mère Burette... — ajouta la portière avec un clignement d'yeux et un hochement de tête extraordinairement malicieux.

— Vraiment? — dit Rodolphe.

— Je crois bien... à mort!... Et allllez donc! les étés de la Saint-Martin sont aussi chauds que les autres, n'est-ce pas. vieux chéri?

M. Pipelet, pour toute réponse, agita mélancoliquement son chapeau tromblon. Depuis que madame Pipelet avait fait montre d'un sentiment de charité à l'égard des malheureux des mansardes, elle semblait moins repoussante à Rodolphe.

— Et quel est l'état de ce pauvre ouvrier?

— Lapidaire en faux; il travaille à la pièce... et tant, et tant qu'il s'est contrefait à ce métier-là; vous le verrez..... Après tout, un homme est un homme, et il ne peut que ce qu'il peut, n'est-ce pas? Et quand il faut donner la pâtée à une famille de sept personnes, sans se compter, il y a du tirage!... Et encore sa fille aînée l'aide de ce qu'elle peut, et ça n'est guère!

— Et quel âge a cette fille?

— Dix-huit ans, et belle, belle... comme le jour; elle est servante chez un vieux grigou... riche à acheter Paris, un notaire, M. Jacques Ferrand.

— M. Jacques Ferrand ? — dit Rodolphe, étonné de cette nouvelle rencontre, car c'était chez ce notaire, ou du moins près de sa gouvernante, qu'il devait prendre les renseignements relatifs à la Goualeuse — M. Jacques Ferrand, qui demeure rue du Sentier ? — reprit-il.

— Juste !... vous le connaissez ?

— Il est le notaire de la maison de commerce à laquelle j'appartiens.

— Eh bien ! alors vous devez savoir que c'est un fameux fesse-mathieu... mais, faut être juste, honnête et dévot... tous les dimanches à la messe et à vêpres, faisant ses pâques, allant à confesse...; s'il ne fricote, ne fricotant jamais qu'avec des prêtres, buvant l'eau bénite, dévorant le pain bénit... un saint homme, quoi !... mais, dame ! avare et dur à cuire pour les autres comme pour lui-même... Voilà dix-huit mois que cette pauvre Louise, la fille du lapidaire, est servante chez lui... C'est un agneau pour la douceur... un cheval pour le travail... Elle fait tout là... et 18 francs de gages... ni plus, ni moins ; elle garde 6 francs par mois pour s'entretenir, et donne le reste à sa famille : c'est toujours ça ; mais quand il faut que sept personnes rongent là-dessus !

— Mais le travail du père... s'il est laborieux ?

— S'il est laborieux ! C'est un homme qui de sa vie n'a été *bu* : c'est rangé, c'est doux comme un Jésus ; ça ne demanderait au bon Dieu pour toute récompense que de faire durer les jours quarante-huit heures, pour pouvoir gagner un peu plus de pain pour sa marmaille.

— Son travail lui rapporte donc bien peu ?

— Il a été alité pendant trois mois, c'est ce qui l'a arriéré ; sa femme s'est abîmé la santé en le soignant, et à cette heure elle est moribonde ; c'est pendant ces trois mois qu'il a fallu vivre avec les 12 francs de Louise.:. et avec ce qu'ils ont emprunté sur gage à la mère Burette, et aussi quelques écus que lui a prêtés la *courtière* en pierres fausses pour qui il travaille. Mais huit personnes ! j'en reviens toujours là... et si vous voyiez leur bouge !... Mais tenez, monsieur, ne parlons pas de ça, voilà notre dîner cuit, et rien que de penser à leur mansarde... ça me tourne sur l'estomac... Heureusement M. Bras-Rouge va en débarrasser la maison... Quand je dis heureusement, ça n'est pas par méchanceté au moins... Mais puisqu'il faut qu'ils soient malheureux, ces pauvres Morel, et que nous n'y pouvons rien, autant qu'ils aillent être malheureux ailleurs. C'est un crève-cœur de moins.

— Mais si on les chasse d'ici, où iront-ils ?

— Dame ! je ne sais pas, moi.

— Et combien peut-il gagner par jour, ce pauvre ouvrier ?

— S'il n'était pas obligé de soigner sa mère, sa femme et les enfants, il gagnerait bien 3 à 4 francs, parce qu'il s'acharne ; mais comme il perd les trois quarts de son temps à faire le ménage, c'est au plus s'il gagne 40 sous.

— En effet, c'est bien peu... Pauvres gens !

— Oui, pauvres gens, allez !... c'est bien dit... Mais il y en a tant, de pauvres gens, que, puisqu'on n'y peut rien, il faut bien s'en consoler... n'est-ce pas, Alfred! Mais, à propos de consoler, et le cassis, nous ne lui disons rien.

— Franchement, madame Pipelet, ce que vous m'avez raconté là m'a serré le cœur; vous boirez à ma santé avec M. Pipelet.

— Vous êtes bien honnête, monsieur — dit le portier — mais voulez-vous toujours voir la chambre d'en haut?

— Volontiers; si elle me convient, je vous donnerai le denier-à-Dieu.

Le portier sortit de son antre. Rodolphe le suivit.

CHAPITRE XXIV.

LES QUATRE ÉTAGES.

L'escalier sombre, humide, paraissait encore plus obscur par cette triste journée d'hiver. L'entrée de chacun des appartements de cette maison offrait, pour ainsi dire, à l'œil de l'observateur une physionomie particulière. Ainsi la porte du logis qui servait de petite maison au *commandant* était fraîchement peinte d'une couleur brune veinée imitant le palissandre ; un bouton de cuivre doré étincelait à la serrure, et un beau cordon de sonnette à houppe de soie rouge contrastait avec la sordide vétusté des murailles.

La porte du second étage, habité par la devineresse prêteuse sur gages, présentait un aspect singulier : un hibou empaillé, oiseau suprêmement symbolique et cabalistique, était cloué par les pattes et par les ailes au-dessus du chambranle ; un petit guichet, grillagé de fil de fer, permettait d'examiner les visiteurs avant d'ouvrir.

La demeure du charlatan italien, que l'on soupçonnait d'exercer un épouvantable métier, se distinguait aussi par son entrée bizarre. Son nom se lisait tracé avec des dents de cheval incrustées dans une espèce de tableau de bois noir appliqué sur la porte. Au lieu de se terminer classiquement par une patte de lièvre ou par un pied de chevreuil, le cordon de sonnette s'attachait à un avant-bras et à une main de singe momifiés. Ce bras desséché, cette petite main à cinq doigts articulés par phalanges et terminés par des ongles, étaient hideux à voir. On eût dit la main d'un enfant.

Au moment où Rodolphe passait devant cette porte, qui lui parut sinistre, il lui sembla entendre quelques sanglots étouffés; puis tout à coup un cri douloureux, convulsif, horrible, un cri paraissant arraché du fond des entrailles, retentit dans le silence de cette maison.

Rodolphe tressaillit.

Par un mouvement plus rapide que la pensée, il courut à la porte et sonna violemment.

— Qu'avez-vous, monsieur? — dit le portier surpris.

— Ce cri... — dit Rodolphe — vous ne l'avez donc pas entendu?

— Si, monsieur. C'est sans doute quelque pratique à qui M. César Bradamanti arrache une dent... peut-être deux.

Cette explication était vraisemblable; pourtant elle ne satisfit pas Rodolphe. Son coup de sonnette avait été d'une extrême violence. On n'y répondit pas d'abord...

Plusieurs portes se fermèrent coup sur coup; puis, derrière la vitre d'un œil-de-bœuf placé près de la porte, et sur lequel Rodolphe attachait machinalement son regard, il vit confusément apparaître une figure décharnée, d'une pâleur cadavéreuse; une forêt de cheveux roux et grisonnants couronnait ce hideux visage, qui se terminait par une longue barbe de la même couleur que la chevelure. Cette vision disparut au bout d'une seconde.

Rodolphe resta pétrifié.

Pendant le peu de temps que dura cette apparition, il avait cru reconnaître certains traits bien caractéristiques de la figure de cet homme. Ces yeux verts et brillants comme l'aigue-marine sous leurs gros sourcils fauves et hérissés, cette pâleur livide, ce nez mince, saillant, recourbé en bec d'aigle, et dont les narines, bizarrement dilatées et échancrées, laissaient voir une partie de la cloison nasale, lui rappelaient d'une manière frappante un certain Polidori, dont le nom avait été maudit par Murph durant son entretien avec le baron de Graün. Quoique Rodolphe n'eût pas vu Polidori depuis seize ou dix-sept ans, il avait mille raisons de ne pas l'oublier; mais ce qui déroutait ses souvenirs, mais ce qui le faisait douter de l'identité de ces deux personnages, c'est que l'homme qu'il croyait retrouver sous le nom de ce charlatan à barbe et à cheveux roux, était très-brun. Si Rodolphe (en supposant que ses soupçons fussent fondés) ne s'étonnait pas d'ailleurs de voir un homme dont il connaissait la haute intelligence, le vaste savoir, le rare esprit, tomber à ce point de dégradation... peut-être d'infamie, c'est qu'il savait que ce rare esprit, que cette haute intelligence, que ce vaste savoir, s'alliaient à une perversité si profonde,

POLIDORI-BRADAMANTI.

à une conduite si déréglée, à des penchants si crapuleux, et surtout à une telle forfanterie de cynique et sanglant mépris des hommes et des choses, que cet homme, réduit à une misère méritée, avait pu, nous dirons presque, avait dû chercher les ressources les moins honorables, et trouver une sorte de satisfaction ironique à se voir, lui, véritablement distingué par les dons de l'esprit et ceux de la science, exercer ce vil métier auquel il s'adonnait. Mais, nous le répétons, quoiqu'il eût quitté Polidori dans la force de l'âge et que celui-ci dût avoir alors l'âge du charlatan, il y avait entre ces deux personnages certaines différences si notables, que Rodolphe doutait extrêmement de leur identité; néanmoins il dit à M. Pipelet :

— Est-ce qu'il y a long-temps que M. Bradamanti habite cette maison ?

— Mais environ un an, monsieur... Oui, c'est ça, il est venu pour le terme de janvier. C'est un locataire exact; il m'a guéri d'un fameux rhumatisme...

— Madame Pipelet m'a parlé de certains bruits horribles qui courent sur lui...

— Elle vous a parlé ?...

— Soyez tranquille, je suis discret.

— Eh bien ! monsieur, ce bruit-là, je n'y crois pas, je n'y croirai jamais, ma pudeur se refuse à y croire — dit M. Pipelet en rougissant, et en précédant son nouveau locataire à l'étage supérieur.

D'autant plus décidé à éclaircir ses doutes, que la présence de Polidori dans cette maison pouvait le gêner, et se sentant de plus en plus disposé à interpréter d'une manière lugubre le cri terrible dont il avait été si frappé, Rodolphe se promit de s'assurer de l'identité de cet homme, et suivit le portier à l'étage supérieur, où se trouvait la chambre qu'il voulait louer.

Le logis de mademoiselle Rigolette, voisin de cette chambre, était facile à reconnaître, grâce à une charmante galanterie du peintre, l'ennemi mortel de M. Pipelet. Une demi-douzaine de petits Amours joufflus, très-facilement et très-spirituellement peints dans le goût de Watteau, se groupaient autour d'une espèce de cartouche et portaient allégoriquement, l'un un dé à coudre, l'autre une paire de ciseaux, celui-là un fer à repasser, celui-ci un petit miroir de toilette; au milieu du cartouche, sur un fond bleu-clair, on lisait en lettres roses : *Mademoiselle Rigolette, couturière.* Le tout était encadré dans une guirlande de fleurs qui se détachait à merveille du fond vert-céladon de la porte. Ce ravissant petit panneau formait encore un contraste frappant avec la laideur de l'escalier.

Au risque d'irriter les plaies saignantes d'*Alfred*, Rodolphe lui dit, en montrant la porte de mademoiselle Rigolette :

— Ceci est sans doute l'ouvrage de M. Cabrion?

— Oui, monsieur, il s'est permis d'abîmer la peinture de cette porte avec ces indécents barbouillages d'enfants tout nus, qu'il appelle des Amours. Sans les supplications de mademoiselle Rigolette et la faiblesse de M. Bras-Rouge, j'aurais gratté tout cela ainsi que cette palette infectée de monstres non moins

monstres que l'auteur lui-même, que vous pouvez y voir avec son chapeau
pointu.

En effet, sur la porte de la chambre que venait louer Rodolphe, on voyait
une palette, entourée d'êtres bizarres, de figures grotesques, dont la spirituelle
fantaisie eût fait honneur à Callot.

Rodolphe suivit le portier dans cette chambre assez spacieuse, précédée d'un
petit cabinet, et éclairée par deux fenêtres qui ouvraient sur la rue du Temple;
quelques ébauches fantastiques, peintes sur la seconde porte par M. Cabrion,
avaient été scrupuleusement respectées par M. Germain. Rodolphe avait trop
de motifs d'habiter cette maison pour ne pas arrêter ce logement; il donna
donc modestement quarante sous au portier, et lui dit :

— Cette chambre me convient parfaitement : voici le denier à Dieu; demain
j'enverrai des meubles... mais surtout n'effacez pas cette palette, elle est très-
drôle... Ne trouvez-vous pas ?

— Ah! monsieur, dans mes cauchemars j'ai tous ces monstres-là à mes
trousses... avec Cabrion à leur tête... jugez quelle poursuite !!!

— Je conçois que c'est une société peu recommandable... Mais, dites-moi,
je n'ai pas besoin de voir M. Bras-Rouge, le principal locataire?

— Non, monsieur, il ne vient ici que de loin en loin, excepté pour les ma-

nigances de la mère Burette... C'est toujours avec moi que l'on traite directement; je vous demanderai seulement votre nom.

— Rodolphe.

— Rodolphe... qui?

— Rodolphe tout court, monsieur Pipelet.

— C'est différent, monsieur; ce n'est pas par curiosité que j'insistais : les
noms et les volontés sont libres.

— Dites-moi, monsieur Pipelet, est-ce que demain je ne devrais pas, comme
nouveau voisin, aller demander aux Morel si je ne peux pas leur être bon à
quelque chose, puisque mon prédécesseur, M. Germain, les aidait aussi selon
ses moyens?

— Si, monsieur, cela se peut; il est vrai que ça ne leur servira pas à grand'-
chose, puisqu'on les chasse; mais ça les flattera toujours. Puis, comme frappé
d'une idée subite, M. Pipelet s'écria, en regardant son nouveau locataire d'un
air fin et malicieux : — Je comprends, je comprends; c'est un commencement
pour finir par aller aussi faire le bon voisin chez la petite voisine d'à côté.

— Mais j'y compte bien !

— Il n'y a pas de mal à ça, monsieur, c'est l'usage, honnêtement s'entend !
et, tenez, je suis sûr que mademoiselle Rigolette a entendu qu'on visitait la
chambre et qu'elle est aux aguets pour nous voir descendre. Je vas faire du
bruit exprès en tournant la clef; regardez bien en passant sur le carré.

En effet, Rodolphe s'aperçut que la porte si gracieusement enjolivée d'Amours
Watteau était entre-bâillée, et il distingua vaguement, par l'étroite ouverture,
le bout relevé d'un petit nez couleur de rose et un grand œil noir vif et curieux;
mais comme il ralentissait le pas, la porte se ferma brusquement.

— Quand je vous disais qu'elle nous guettait! — reprit le portier; puis il
ajouta : — Pardon, excuse, monsieur... je vas à mon magasin...

— Qu'est-ce que cela?

— Au haut de cette échelle il y a le palier où s'ouvre la porte de la mansarde des Morel, et derrière un des lambris il se trouve un petit trou noir où je
mets des cuirs; le mur est si lézardé que, quand je suis dans mon trou, je puis
les voir et les entendre comme si j'y étais... Ça n'est pas que je les espionne !
juste ciel!... au contraire... Mais, pardon, monsieur, je vais chercher mon
morceau de basane... Si vous voulez toujours descendre, monsieur, je vous
rejoins.

Et M. Pipelet commença sur l'échelle qui conduisait aux mansardes une as-
cension assez périlleuse pour son âge.

Rodolphe jetait un dernier coup d'œil sur la porte de mademoiselle Rigolette,
en songeant que cette jeune fille, l'ancienne compagne de la pauvre Goualeuse,
connaissait sans doute la retraite du fils du Maître d'école, lorsqu'il entendit,
à l'étage inférieur, quelqu'un sortir de chez le charlatan; il reconnut le pas
léger d'une femme, et distingua le bruissement d'une robe de soie. Rodolphe
s'arrêta un moment par discrétion.

Lorsqu'il n'entendit plus rien, il descendit.

Arrivé au second étage, il vit et ramassa un mouchoir sur les dernières marches; il appartenait sans doute à la personne qui sortait du logis de Polidori. Rodolphe s'approcha d'une des étroites fenêtres qui éclairaient le carré, et examina ce mouchoir, magnifiquement garni de dentelles; il portait brodés, dans un de ses angles, un L et un N surmontés d'une couronne ducale.

Ce mouchoir était littéralement trempé de larmes.

La première pensée de Rodolphe fut de se hâter, afin de pouvoir rendre ce mouchoir à la personne qui l'avait perdu; mais il réfléchit que cette démarche ressemblerait peut-être, dans cette circonstance, à un mouvement d'inconvenante curiosité; il le garda, se trouvant ainsi, sans le vouloir, sur la trace d'une mystérieuse et sans doute sinistre aventure. En arrivant chez la portière, il lui dit :

— Est-ce qu'il ne vient pas de descendre une femme?

— Non, monsieur... C'est une belle *dame*, grande et mince, avec un voile noir. Elle sort de chez M. Bradamanti... Le petit Tortillard avait été chercher un fiacre, où elle vient de monter... Ce qui m'étonne, c'est que ce petit gueux-là s'est assis derrière le fiacre, peut-être pour voir où va cette dame; car il est curieux comme une pie et vif comme un furet, malgré son pied-bot.

Ainsi, pensa Rodolphe, le nom et l'adresse de cette femme seront sans doute connus de ce charlatan, dans le cas où il aurait ordonné à Tortillard de suivre l'inconnue.

— Eh bien! monsieur, la chambre vous convient-elle? — demanda la portière.

— Elle me convient beaucoup : je l'ai arrêtée, et demain j'enverrai mes meubles.

— Que le bon Dieu vous bénisse d'avoir passé devant notre porte, monsieur! Nous aurons un fameux locataire de plus.

— Je l'espère, madame Pipelet. Il est donc convenu que vous ferez mon ménage; demain on vous apportera des meubles, et je viendrai surveiller mon emménagement.

Rodolphe sortit.

Les résultats de sa visite à la maison de la rue du Temple étaient assez importants, et pour la solution du mystère qu'il voulait découvrir, et pour la noble curiosité avec laquelle il cherchait l'occasion de faire le bien et d'empêcher le mal.

Tels étaient ces résultats :

Mademoiselle Rigolette savait nécessairement la nouvelle demeure de François Germain, fils du Maître d'école;

Une jeune femme, qui, selon quelques apparences, pouvait malheureusement être la marquise d'Harville, avait donné au *commandant*, pour le lendemain, un nouveau rendez-vous qui la perdrait peut-être à jamais... et, pour mille raisons, nous l'avons dit, Rodolphe portait le plus vif intérêt à

M. d'Harville, dont le repos, l'honneur, semblaient si cruellement compromis ;

Un artisan honnête et laborieux, écrasé par la plus affreuse misère, allait être, lui et sa famille, jeté sur le pavé par l'intermédiaire de Bras-Rouge ;

Enfin, Rodolphe avait involontairement découvert quelques traces d'une aventure dont le charlatan César Bradamanti (peut-être Polidori) et une femme qui semblait appartenir au plus grand monde, étaient les principaux acteurs ;

De plus, la Chouette, récemment sortie de l'hôpital où elle était entrée après la scène de l'allée des Veuves, avait des intelligences suspectes avec madame Burette, devineresse et prêteuse sur gages, qui occupait le second étage de la maison.

Ayant recueilli ces divers renseignements, Rodolphe rentra chez lui, rue Plumet, remettant au lendemain sa visite au notaire Jacques Ferrand.

Le soir même, comme on le sait, Rodolphe devait se rendre à un grand bal, à l'ambassade de ***.

Avant de suivre notre héros dans cette nouvelle excursion, nous jetterons un coup d'œil rétrospectif sur Tom et sur Sarah, personnages importants de cette histoire.

CHAPITRE XXV.

TOM ET SARAH.

Sarah Seyton, alors veuve du comte Mac-Gregor, et âgée de trente-six à trente-sept ans, était d'une excellente famille écossaise, et fille d'un baronnet, gentilhomme campagnard. D'une beauté accomplie, orpheline à dix-sept ans, elle avait quitté l'Écosse avec son frère Tom Seyton de Halsbury. Par ses absurdes prédictions une vieille highlandaise, sa nourrice, avait exalté presque jusqu'à la démence les deux vices capitaux de Sarah — l'orgueil et l'ambition — en lui promettant, avec une incroyable persistance de conviction, les plus hautes destinées... pourquoi ne pas le dire? une destinée souveraine! La jeune Écossaise avait fini par croire fermement aux prédictions de sa nourrice, et se redisait sans cesse, pour corroborer sa foi ambitieuse, qu'une devineresse avait aussi promis une couronne à cette belle et excellente créole qui s'assit un jour sur le trône de France, et qui fut reine par la grâce et par la bonté, comme d'autres le sont par la grandeur et par la majesté.

Chose étrange! Seyton, aussi superstitieux que sa sœur, encourageait ses folles espérances, bien que résolu de consacrer sa vie à la réalisation du rêve de Sarah... de ce rêve aussi éblouissant qu'insensé. Néanmoins le frère et la sœur n'étaient pas assez aveugles pour croire rigoureusement à la prédiction de la highlandaise, et pour viser absolument à un trône de premier ordre, dans leur magnifique dédain des royautés secondaires ou des principautés régnantes; non, pourvu que la belle Écossaise ceignît un jour son front impérieux d'une couronne souveraine, le couple orgueilleux fermerait les yeux sur l'importance de cette couronne. A l'aide de l'*Almanach de Gotha* pour l'an de grâce 1819, Seyton dressa, au moment de quitter l'Écosse, une sorte de tableau synoptique par rang d'âge de tous les rois et altesses souveraines de l'Europe alors à marier.

Bien que fort absurde, l'ambition du frère et de la sœur était pure de tout moyen honteux; Seyton devait aider Sarah à ourdir la trame conjugale où elle espérait enlacer un *porte-couronne* quelconque; il devait être de moitié dans toutes les ruses, dans toutes les intrigues qui pourraient amener ce résultat; mais il aurait tué sa sœur plutôt que de voir en elle la maîtresse d'un prince, même avec la certitude d'un mariage *réparateur*.

L'espèce d'inventaire matrimonial qui résulta des recherches de Seyton et de Sarah dans l'*Almanach de Gotha* fut satisfaisant. La Confédération germa-

mque fournissait surtout un nombreux contingent de jeunes souverains présomptifs. Seyton n'ignorait pas la facilité du mariage allemand dit de la *main gauche*, mariage légitime d'ailleurs, auquel il se serait à la dernière extrémité résigné pour sa sœur. Il fut donc résolu entre eux d'aller d'abord en Allemagne commencer cette *pipée*.

Si ce projet paraît improbable, ces espérances insensées, nous répondrons d'abord qu'une ambition effrénée, encore exagérée par une superstitieuse croyance, se pique rarement d'être raisonnable dans ses visées et n'est guère tentée que de l'impossible; pourtant, en se rappelant certains faits contemporains, depuis d'augustes et respectables mariages morganatiques entre souverains et sujettes jusqu'à l'amoureuse odyssée de miss Pénélope et du prince de Capoue, on ne peut refuser quelque probabilité d'heureux succès aux imaginations de Seyton et de Sarah. Nous ajouterons que celle-ci joignait à une merveilleuse beauté de rares dispositions pour les talents les plus variés, et une puissance de séduction d'autant plus dangereuse, qu'avec une âme sèche et dure, un esprit adroit et méchant, une dissimulation profonde, un caractère opiniâtre et absolu, elle réunissait toutes les apparences d'une nature généreuse, ardente et passionnée.

Au physique, son organisation mentait aussi perfidement qu'au moral. Ses grands yeux noirs, tour à tour étincelants et langoureux sous leurs sourcils d'ébène, pouvaient feindre les embrasements de la volupté... et pourtant les brûlantes aspirations de l'amour ne devaient jamais faire battre son sein glacé; aucune surprise du cœur ou des sens ne devait déranger les impitoyables calculs de cette femme rusée, égoïste et ambitieuse. En arrivant sur le continent, elle ne voulut pas, d'après les conseils de son frère, commencer ses entreprises avant d'avoir fait un séjour à Paris, où elle désirait polir son éducation, et assouplir sa roideur britannique dans le commerce d'une société pleine d'élégance, d'agréments et de liberté de bon goût. Sarah fut introduite dans le meilleur et dans le plus grand monde, grâce à quelques lettres de recommandation et au bienveillant patronage de madame l'ambassadrice d'Angleterre et du vieux marquis d'Harville, qui avait connu en Angleterre le père de Tom et de Sarah.

Les personnes fausses, froides, réfléchies, s'assimilent avec une promptitude merveilleuse le langage et les manières les plus opposées à leur caractère : comme chez elles tout est dehors, surface, apparence, vernis, écorce; comme elles savent que dès qu'on les pénètre elles sont perdues; grâce à l'espèce d'instinct de conservation dont elles sont douées, elles sentent toute l'importance du déguisement moral, et elles se griment et se costument avec toute la prestesse et la réalité d'un comédien consommé... C'est dire qu'après six mois de séjour à Paris Sarah aurait pu lutter avec la Parisienne la plus parisienne du monde pour la grâce piquante de son esprit, le charme de sa gaieté, l'ingénuité de sa coquetterie et la naïveté provoquante de son regard à la fois chaste et passionné.

26

Trouvant sa sœur suffisamment *armée*, Seyton partit avec elle pour l'Allemagne, muni d'excellentes lettres d'introduction. Le premier État de la Confédération germanique qui se trouvait sur l'itinéraire de Sarah était le grand-duché de Gerolstein, ainsi désigné dans le diplomatique et infaillible *Almanach de Gotha* pour l'année 1819.

Généalogie des souverains de l'Europe et de leur famille.

. . . .

« GEROLSTEIN.

» Grand-duc : MAXIMILIEN-RODOLPHE, le 10 décembre 1764. Succède à son père CHARLES-FRÉDÉRIK-RODOLPHE, le 21 avril 1785. — Veuf, janvier 1808, de LOUISE-AMÉLIE, fille de JEAN-AUGUSTE, prince de BURGLEN.

» Fils · GUSTAVE-RODOLPHE, né le 17 avril 1803.

» Mère : Grande-duchesse JUDITH, douairière, veuve du grand-duc CHARLES-FRÉDÉRIK-RODOLPHE, le 21 avril 1785. »

Seyton, avec assez de bon sens, avait d'abord inscrit sur sa liste les plus jeunes des princes qu'il convoitait pour beaux-frères, pensant que l'extrême jeunesse est de plus facile séduction qu'un âge mûr. D'ailleurs, nous l'avons dit, le frère et la sœur avaient été particulièrement recommandés au grand-duc régnant de Gerolstein par le vieux marquis d'Harville, engoué, comme tout le monde, de Sarah, dont il ne pouvait assez admirer la beauté, la grâce et surtout le charmant naturel...

Il est inutile de dire que l'héritier présomptif du grand-duché de Gerolstein était *Gustave*-RODOLPHE; il avait dix-huit ans à peine lorsque Tom et Sarah furent présentés à son père. L'arrivée de la jeune Écossaise fut un événement dans cette cour allemande, calme, simple, sérieuse et pour ainsi dire patriarcale. Le grand-duc, le meilleur des hommes, gouvernait ses États avec une fermeté sage et une bonté paternelle; rien de plus matériellement, de plus moralement heureux que cette principauté : sa population laborieuse et grave, sobre et pieuse, offrait le type idéal du caractère allemand. Ces braves gens jouissaient d'un bonheur si profond, ils étaient si complétement satisfaits de leur condition, que la sollicitude éclairée du grand-duc avait eu peu à faire pour les préserver de la manie des innovations *constitutionnelles*. Quant aux modernes découvertes, quant aux idées pratiques qui pouvaient avoir une influence salutaire sur le bien-être et sur la moralisation de son peuple, le grand-duc s'en informait et les appliquait incessamment, ses résidents auprès des différentes puissances de l'Europe n'ayant pour ainsi dire d'autre mission que celle de tenir leur maître au courant de tous les progrès des sciences et des arts au point de vue d'utilité publique.

Nous l'avons dit, le grand-duc ressentait autant d'affection que de reconnaissance pour le vieux marquis d'Harville, qui lui avait rendu, en 1815, d'immenses services : aussi, grâce à la recommandation de ce dernier, Sarah

Seyton de Halsbury et son frère furent accueillis à la cour de Gerolstein avec une distinction et une bonté très-particulières. Quinze jours après son arrivée, la jeune Écossaise, douée d'un profond esprit d'observation, avait facilement pénétré le caractère ferme, loyal et ouvert du grand-duc; avant de séduire le fils, chose immanquable, elle avait sagement voulu s'assurer des dispositions du père. Quoique celui-ci parût aimer follement son fils, elle fut bientôt convaincue que ce père si tendre ne se départirait jamais de certains principes, de certaines idées sur les devoirs des princes, et ne consentirait jamais à ce qu'il regardait comme une mésalliance pour son fils; et ceci non par orgueil, mais par conscience, raison, dignité. Or, un homme de cette trempe énergique, d'autant plus affectueux et bon qu'il est plus ferme et plus fort, ne concède jamais rien de ce qui touche à sa conscience, à sa raison, à sa dignité.

Sarah fut sur le point de renoncer à son entreprise, en présence de ces obstacles presque insurmontables, mais, réfléchissant que, par compensation, Rodolphe était très-jeune, qu'on vantait généralement sa douceur, sa bonté, son caractère à la fois timide et rêveur, elle crut le jeune prince faible, irrésolu; elle persista donc dans son projet et dans ses espérances.

A cette occasion, sa conduite et celle de son frère furent un chef-d'œuvre d'habileté.

La jeune fille sut se concilier tout le monde, et surtout les personnes qui auraient pu être jalouses ou envieuses de ses avantages; elle fit oublier sa beauté, ses grâces, par la simplicité modeste dont elle les voila. Bientôt elle devint l'idole non-seulement du grand-duc, mais de la mère de ce prince, la grande-duchesse Judith douairière, qui, malgré ou à cause de ses quatre-vingt-dix ans, aimait à la folie tout ce qui était jeune et charmant.

Plusieurs fois Sarah et son frère parlèrent de leur départ. Jamais le souverain de Gerolstein ne voulut y consentir, et, pour s'attacher tout à fait les deux Écossais, il pria le baronnet Seyton de Halsbury d'accepter l'emploi vacant de premier écuyer, et il supplia Sarah de ne pas quitter la grande-duchesse Judith, qui ne pouvait plus se passer d'elle.

Après de nombreuses hésitations, combattues par les plus pressantes influences, Sarah et Seyton acceptèrent ces brillantes propositions, et s'établirent à la cour de Gerolstein, où ils étaient arrivés depuis deux mois.

Sarah, excellente musicienne, sachant le goût de la grande-duchesse pour les vieux maîtres, et entre autres pour Gluck, fit venir l'œuvre de cet homme illustre, et fascina la vieille princesse par son inépuisable complaisance et par le talent remarquable avec lequel elle lui chantait ces anciens airs, d'une beauté si simple, si expressive.

De son côté, Seyton sut se rendre très-utile dans l'emploi qu'on lui avait confié. Il connaissait parfaitement les chevaux; il avait beaucoup d'ordre et de fermeté : en peu de temps il transforma presque complétement le service des écuries du grand-duc, service que la négligence et la routine avaient presque désorganisé.

Le frère et la sœur furent bientôt également aimés, fêtés, choyés dans cette cour, car la préférence du maître commande les préférences secondaires. Sarah avait d'ailleurs besoin, pour ses futurs projets, de trop de points d'appui pour ne pas employer son habile séduction à se ménager des partisans. Son hypocrisie, revêtue des formes les plus attrayantes, trompa facilement la plupart de ces loyales Allemandes, et l'affection générale consacra bientôt l'excessive bienveillance du grand-duc.

Voici donc notre couple établi à la cour de Gerolstein, parfaitement et honorablement posé, sans qu'il ait été un moment question de Rodolphe. Par un hasard heureux, quelques jours après l'arrivée de Sarah, ce dernier était parti pour une inspection de troupes avec un aide-de-camp et le fidèle Murph. Cette absence, doublement favorable aux vues de Sarah, lui permit de disposer à son aise les principaux fils de la trame qu'elle ourdissait sans être gênée par la présence du jeune prince, dont l'admiration trop marquée aurait peut-être éveillé les craintes du grand-duc. Au contraire, en l'absence de son fils, il ne songea malheureusement pas qu'il venait d'admettre dans son intimité une jeune fille d'une rare beauté, d'un esprit charmant, qui devait se trouver avec Rodolphe à chaque instant du jour.

Sarah resta intérieurement insensible à cet accueil si touchant, si généreux, à cette noble confiance avec laquelle on l'introduisait au cœur de cette famille souveraine.

Ni cette jeune fille ni son frère ne reculèrent un moment devant leurs mauvais desseins; ils venaient sciemment apporter le trouble et le chagrin dans cette cour paisible et heureuse. Ils calculaient froidement les résultats probables des cruelles divisions qu'ils allaient semer entre un père et un fils jusqu'alors tendrement unis.

. . . .

Disons maintenant quelques mots rétrospectifs sur les premières années de Rodolphe. Pendant son enfance il avait été d'une complexion très-frêle. Son père fit ce raisonnement assez bizarre :

Les gentilshommes campagnards anglais sont généralement remarquables par une santé robuste. Ces avantages tiennent beaucoup à leur éducation physique simple, rude, agreste, qui développe leur vigueur. Rodolphe va sortir des mains des femmes; son tempérament est délicat; peut-être, en habituant cet enfant à vivre comme le fils d'un fermier anglais (sauf quelques ménagements), fortifierai-je sa constitution.

Le grand-duc fit chercher en Angleterre un homme digne et capable de diriger cette sorte d'éducation physique : sir Walter Murph, athlétique spécimen du gentilhomme campagnard du Yorkshire, fut chargé de ce soin important. La direction qu'il donna au jeune prince répondit parfaitement aux vues du grand-duc. Murph et son élève habitèrent pendant plusieurs années une charmante ferme située au milieu des champs et des bois, à quelques lieues de la ville de Gerolstein, dans la position la plus pittoresque et la plus salubre. Rodolphe, libre de toute étiquette, s'occupant avec Murph de travaux agricoles proportionnés à son âge, vécut donc de la vie sobre, mâle et régulière des champs, ayant pour plaisirs et pour distractions des exercices violents, la lutte, le pugilat, l'équitation, la chasse. Au milieu de l'air pur des prés, des bois et des montagnes, il sembla se transformer, poussa vigoureux comme un jeune chêne ; sa pâleur un peu maladive fit place aux brillantes couleurs de la santé ; quoique toujours svelte et nerveux, il sortit victorieux des plus rudes fatigues ; l'adresse, l'énergie, le courage suppléant à ce qui lui manquait de puissance musculaire, il put bientôt lutter avec avantage contre des jeunes gens beaucoup plus âgés que lui ; il avait alors environ quinze ou seize ans.

Son éducation scientifique s'était nécessairement ressentie de la préférence donnée à l'éducation physique : Rodolphe savait fort peu de chose ; mais le grand-duc pensait sagement que, pour demander beaucoup à l'esprit, il faut que l'esprit soit soutenu par une forte organisation physique ; alors, quoique tardivement fécondées par l'instruction, les facultés intellectuelles offrent de prompts résultats.

Le bon Walter Murph n'était pas savant, il ne put donner à Rodolphe que quelques connaissances premières ; mais personne mieux que lui ne pouvait inspirer à son élève la conscience de ce qui était juste, loyal, généreux ; l'horreur de ce qui était bas, lâche, misérable... Ces haines, ces admirations énergiques et salutaires s'enracinèrent pour toujours dans l'âme de Rodolphe ; plus tard, ces principes furent violemment ébranlés par les orages des passions, mais jamais ils ne furent arrachés de son cœur... La foudre frappe, sillonne, brise un arbre profondément planté ; mais la sève bout toujours dans ses racines, et mille verts rameaux rejaillissent bientôt de ce tronc qui paraissait desséché.

Murph donna donc à Rodolphe, si cela peut se dire, la santé du corps et celle de l'âme ; il le rendit robuste, agile et hardi, sympathique à ce qui était bon et bien, antipathique à ce qui était méchant et mauvais. Sa tâche ainsi admirablement remplie, le squire, appelé en Angleterre par de graves intérêts, quitta l'Allemagne pour quelque temps, au grand chagrin de Rodolphe, qui l'aimait tendrement.

Rassuré sur la santé de son fils, le grand-duc songea sérieusement à l'instruction de cet enfant chéri. Un certain docteur César Polidori, philologue renommé, médecin des plus distingués, historien érudit, savant versé dans l'étude des sciences exactes et physiques, fut chargé de cultiver, de féconder le sol riche, mais vierge, si parfaitement préparé par Murph.

Cette fois le choix du grand-duc fut bien malheureux, ou plutôt sa religion fut cruellement trompée par la personne qui lui présenta le docteur et le lui fit accepter comme précepteur du jeune prince.

Impie, fourbe, hypocrite, plein de ruse et d'adresse, dissimulant la plus dangereuse immoralité, le plus effrayant scepticisme, sous une écorce austère ; connaissant profondément les hommes, ou plutôt n'ayant expérimenté que les mauvais côtés, que les honteuses passions de l'humanité, le docteur Polidori était le plus détestable mentor que l'on pût donner à un jeune homme.

Rodolphe, abandonnant avec un extrême regret la vie indépendante, animée, qu'il avait menée jusqu'alors auprès de Murph, pour aller pâlir sur des livres et se soumettre aux cérémonieux usages de la cour de son père, prit d'abord le docteur en aversion. Cela devait être. En quittant son élève, le pauvre squire l'avait comparé, non sans raison, à un jeune poulain sauvage, plein de grâce et de feu, que l'on enlevait aux belles prairies, où il s'ébattait libre et joyeux, pour aller le soumettre au frein, à l'éperon, et lui apprendre à modérer, à utiliser des forces qu'il n'avait alors employées que pour courir, que pour bondir à son caprice.

Rodolphe commença par déclarer à Polidori qu'il ne se sentait aucune vocation pour l'étude, qu'il avait avant tout besoin d'exercer ses bras et ses jambes, de respirer l'air des champs, de courir les bois et les montagnes; un bon fusil et un bon cheval lui semblant d'ailleurs préférables aux plus beaux livres de la terre.

Le docteur s'attendait à cette antipathie; et il en fut secrètement ravi, car sous un autre point de vue les espérances de cet homme étaient aussi ambitieuses que celles de Sarah. Quoique le grand-duché de Gerolstein ne fût qu'un État secondaire, Polidori s'était bercé de l'espoir d'en être un jour le Richelieu, et de dresser Rodolphe au rôle de prince fainéant. Mais, voulant avant tout se rendre agréable à son élève, et lui faire oublier Murph à force de condescendance et d'obséquiosité, il dissimula au grand-duc la répugnance du jeune prince pour l'étude, vanta au contraire son assiduité, ses étonnants progrès; et quelques interrogatoires concertés d'avance entre lui et Rodolphe, mais qui semblaient improvisés, entretinrent le grand-duc (il faut le dire, peu lettré) dans son aveuglement et dans sa confiance.

Peu à peu l'éloignement que le docteur avait d'abord inspiré à Rodolphe se changea de la part du jeune prince en une familiarité cavalière, très-différente du sérieux attachement qu'il portait à Murph. Peu à peu il se trouva lié à Polidori (quoique pour des causes fort innocentes) par l'espèce de solidarité qui unit deux complices. Tôt ou tard Rodolphe devait mépriser un homme du caractère et de l'âge du docteur, qui mentait indignement pour excuser la paresse de son élève... Polidori savait cela. Mais il savait aussi que, si l'on ne s'éloigne pas tout d'abord avec dégoût des êtres corrompus, on s'habitue malgré soi et peu à peu à leur esprit, souvent attrayant, et qu'insensiblement on en vient à entendre, sans honte et sans indignation, railler et flétrir ce qu'on vénérait jadis.

Le docteur était du reste trop fin pour heurter de front certaines nobles convictions de Rodolphe, fruit de l'éducation de Murph. Après avoir redoublé de railleries sur la grossièreté des passe-temps des premières années de son élève, le docteur, déposant à demi son masque d'austérité, avait vivement éveillé la curiosité et enflammé l'imagination du jeune prince par les récits exagérés et ardemment colorés des plaisirs et des galanteries qui avaient *illustré* les règnes de Louis XIV, du Régent, et surtout de Louis XV, le héros de César Polidori. Il affirmait à ce malheureux enfant, qui l'écoutait avec une avidité funeste, que les voluptés, même excessives, loin de démoraliser un prince heureusement doué, le rendaient souvent au contraire clément et généreux, par cette raison que les belles âmes ne sont jamais mieux prédisposées à la bienveillance et à l'affectuosité que par le bonheur. Louis XV *le Bien-Aimé* était une preuve irrécusable de cette assertion. Et puis, ajoutait le docteur, que de grands hommes des temps anciens et modernes avaient largement sacrifié à l'épicuréisme le plus raffiné!!! depuis Alcibiade jusqu'à Maurice de Saxe, depuis Antoine jusqu'au grand Condé, depuis César jusqu'à Vendôme! De tels entretiens devaient exercer d'effroyables ravages dans une âme jeune, ardente et vierge ; de plus, le docteur traduisait éloquemment à son élève les odes d'Horace où ce rare génie exaltait avec le charme le plus entraînant les délices d'une vie tout entière vouée à l'amour et à des sensualités exquises.

Enfin, jouir de tout et toujours, c'était, selon le docteur, glorifier Dieu dans sa magnificence et dans l'éternité de ses dons.

Ces théories portèrent leurs fruits.

Au milieu de cette cour régulière et vertueuse, habituée, par l'exemple du maître, aux honnêtes plaisirs, aux innocentes distractions, Rodolphe, instruit par Polidori, rêvait déjà les folles nuits de Versailles, les orgies de Choisy, les violentes voluptés du Parc-aux-Cerfs, et aussi, çà et là par contraste, quelques amours romanesques. Le docteur n'avait pas manqué non plus de démontrer à Rodolphe qu'un prince de la Confédération germanique ne pouvait avoir d'autre prétention militaire que celle d'envoyer son contingent à la Diète. D'ailleurs l'esprit du temps n'était plus à la guerre. Couler délicieusement et paresseusement ses jours au milieu des femmes et des raffinements du luxe ; se reposer tour à tour de l'enivrement des plaisirs sensuels par les délicieuses récréations des arts ; chercher parfois dans la chasse, non pas en sauvage Nemrod, mais en intelligent épicurien, ces fatigues passagères qui doublent le charme de l'indolence et de la paresse... telle était, selon le docteur, la seule vie possible pour un prince qui (comble de bonheur!) trouvait un premier ministre capable de se vouer courageusement au fastidieux et lourd fardeau des affaires de l'État.

Rodolphe, en se laissant aller à des suppositions qui n'avaient rien de criminel parce qu'elles ne sortaient pas du cercle des probabilités fatales, se proposait, lorsque Dieu rappellerait à lui le grand-duc son père, de se vouer à cette vie que César Polidori lui peignait sous de si chaudes et de si riantes couleurs, et de prendre pour premier ministre cet homme dont il admirait le savoir, l'esprit, et dont il appréciait déjà l'aveugle complaisance.

Il est inutile de dire que le jeune prince gardait le plus profond secret sur les malheureuses espérances qui fermentaient en lui.

Sachant que les héros de prédilection du grand-duc, son père, étaient Gustave-Adolphe, Charles XII et le grand Frédéric (Maximilien-Rodolphe avait l'honneur d'appartenir à la maison royale de Brandebourg), Rodolphe pensait avec raison que ce prince, qui professait une admiration profonde pour ces rois-capitaines toujours bottés et éperonnés, chevauchant et guerroyant, regarderait son fils comme perdu s'il le croyait capable de vouloir remplacer dans sa cour la gravité tudesque par les mœurs faciles et licencieuses de la Régence. Un an… dix-huit mois se passèrent ainsi.

Au bout de ce temps Murph revint d'Angleterre et pleura de joie en embrassant son ancien élève. Au bout de quelques jours, sans pouvoir pénétrer la raison d'un changement qui l'affligeait profondément, le digne squire trouva Rodolphe froid, contraint envers lui, et presque ironique lorsqu'il lui rappela leur vie rude et agreste. Certain de la bonté naturelle du cœur du jeune prince, averti par un secret pressentiment, Murph le crut momentanément perverti par la pernicieuse influence du docteur Polidori, qu'il détestait d'instinct, et qu'il se promit d'observer attentivement. De son côté, ce dernier, vivement contrarié du retour de Murph, dont il redoutait la franchise, le bon sens et la pénétration, n'eut qu'une seule pensée, celle de perdre le gentilhomme dans l'esprit de Rodolphe. Ce fut à cette époque que Seyton et Sarah furent présentés et accueillis à la cour de Gerolstein avec la plus extrême distinction. Nous l'avons dit, à cette époque aussi Rodolphe avait été faire un voyage de quelques semaines dans le grand-duché en compagnie de Murph.

Pendant ce voyage le docteur n'était pas resté inactif. On dirait que les intrigants se devinent ou se reconnaissent à certains signes mystérieux, qui leur permettent de s'observer jusqu'à ce que leur intérêt les décide à une alliance ou à une hostilité déclarée. Quelques jours après l'établissement de Sarah et de son frère à la cour du grand-duc, Polidori était déjà particulièrement lié avec Seyton. Le docteur s'avouait à lui-même, avec un révoltant cynisme, qu'il se sentait une affinité naturelle presque involontaire pour les fourbes et pour les méchants : ainsi, disait-il, sans deviner positivement le but où tendaient Sarah et son frère, il s'était trouvé attiré vers eux par une sympathie trop vive pour ne pas leur supposer quelque dessein diabolique. Quelques questions de Seyton sur le caractère et sur les antécédents de Rodolphe, questions sans portée pour un homme moins en éveil que le docteur, l'éclairèrent tout à coup sur les tendances du frère et de la sœur ; seulement il ne crut pas à la jeune Écossaise des vues à la fois si honnêtes et si ambitieuses. La venue de cette charmante fille parut à Polidori un coup du sort. Rodolphe avait l'imagination enflammée d'amoureuses chimères ; Sarah devait être la réalité ravissante qui remplacerait tant de songes charmants. Elle prendrait sans doute une immense influence sur un cœur soumis au charme enchanteur d'un premier amour. Diriger, exploiter cette influence, et s'en servir pour perdre Murph à jamais, tel fut le plan du docteur. En homme habile, il fit parfaitement entendre aux deux ambitieux qu'il faudrait compter avec lui, étant seul responsable auprès du grand-duc de la vie privée du jeune prince.

Sarah et son frère comprirent à demi-mot, quoiqu'ils n'eussent en rien instruit le docteur de leurs secrets desseins. Au retour de Rodolphe et de Murph, tous trois, rassemblés par leur intérêt commun, s'étaient tacitement ligués contre le squire, leur ennemi le plus redoutable.

. . . .

Ce qui devait arriver... arriva.

A son retour, Rodolphe, voyant chaque jour Sarah, en devint follement épris. Bientôt elle lui avoua qu'elle partageait son amour, quoique cet amour, prévoyait-elle, dût leur causer de violents chagrins... Il ne pourrait jamais être heureux ; une trop grande distance les séparait ! Aussi recommanda-t-elle à Rodolphe la plus profonde discrétion, de peur d'éveiller les soupçons du grand-duc, qui serait inexorable, et les priverait de leur seul bonheur, celui de se voir chaque jour. Le jeune prince promit de s'observer et de cacher son amour. L'Écossaise était trop ambitieuse, trop sûre d'elle-même, pour se compromettre et se trahir aux yeux de la cour. Rodolphe, sentant aussi le besoin de la dissimulation, imita la prudence de Sarah. L'amoureux secret fut parfaitement gardé pendant quelque temps. Lorsque le frère et la sœur virent la passion effrénée de leur dupe arrivée à son paroxysme, et que son exaltation, de plus en plus difficile à contenir, menaçait d'éclater et de tout perdre, ils portèrent le grand coup. Le caractère du docteur autorisant cette confidence, d'ailleurs toute de moralité, Seyton lui fit les premières ouvertures sur la nécessité d'un mariage entre Rodolphe et Sarah ; sinon, ajoutait-il très-sincèrement, lui et sa sœur quitteraient immédiatement Gerolstein..... Sarah partageait l'amour du prince ; mais elle préférait la mort au déshonneur, et ne pouvait être que la femme de S. A.

Ces prétentions stupéfièrent le docteur, il n'avait jamais cru Sarah si audacieusement ambitieuse. Un tel mariage, entouré de difficultés sans nombre, de dangers de toute sorte, parut impossible à Polidori ; il dit franchement à Seyton pour quelles raisons le grand-duc ne consentirait jamais à une telle union. Seyton accepta ces raisons, en reconnut l'importance ; mais il proposa, comme un *mezzo termine* qui pouvait tout concilier, un mariage secret bien en règle, et seulement déclaré après la mort du grand-duc régnant. Sarah était de noble et ancienne maison ; une telle union ne manquait pas de précédents. Seyton donnait au prince huit jours pour se décider : sa sœur ne supporterait pas plus long-temps les cruelles angoisses de l'incertitude ; s'il lui fallait renoncer à l'amour de Rodolphe, elle prendrait cette douloureuse résolution le plus promptement possible.

Certain de ne pas se tromper sur les vues de Sarah, le docteur demeura fort perplexe. Il avait trois partis à prendre ·

Avertir le grand-duc de ce complot matrimonial ; — Ouvrir les yeux de Rodolphe sur les manœuvres de Tom et de Sarah ; — Prêter les mains à ce mariage.

Mais :

Prévenir le grand-duc, c'était s'aliéner à tout jamais l'héritier présomptif de la couronne. — Éclairer Rodolphe sur les vues intéressées de Sarah, c'était s'exposer à être reçu comme on l'est toujours par un amoureux lorsqu'on vient lui déprécier l'objet aimé; et puis quel terrible coup pour la vanité ou pour le cœur du jeune prince!... lui révéler que c'était surtout sa position souveraine qu'on voulait épouser.

En se prêtant au contraire à ce mariage, Polidori s'attachait Rodolphe et Sarah par un lien de reconnaissance profonde, ou du moins par la solidarité d'un acte dangereux. Sans doute tout pouvait se découvrir, et le docteur s'exposait alors à la colère du grand-duc; mais le mariage serait conclu, l'union valable, l'orage passerait, et le futur souverain de Gerolstein se trouverait d'autant plus lié envers Polidori que celui-ci aurait couru plus de dangers à son service. Après de mûres réflexions, celui-ci se décida donc à servir Sarah; néanmoins avec une certaine restriction dont nous parlerons plus tard. La passion de Rodolphe était arrivée à son dernier période; violemment exaspéré par la contrainte et par les habilissimes séductions de l'Écossaise, qui semblait souffrir encore plus que lui des obstacles insurmontables que l'honneur et le devoir mettaient à leur félicité... quelques jours de plus, le jeune prince se trahissait.

Aussi, lorsque le docteur lui proposa de ne plus jamais voir cette fille enivrante, ou de la posséder par un mariage secret, Rodolphe sauta au cou de Polidori, l'appela son sauveur, son ami, son père. Le temple et le ministre eussent été là que le jeune prince eût épousé à l'instant.

Le docteur voulut, *pour cause*, se charger de tout.

Il trouva un pasteur, des témoins; et l'union (dont toutes les formalités furent soigneusement surveillées et vérifiées par Seyton) fut secrètement célébrée pendant une courte absence du grand-duc, appelé à une conférence de la Diète germanique... Les prédictions de la montagnarde écossaise étaient réalisées : Sarah épousait l'héritier d'une couronne.

Sans amortir les feux de son amour, la possession rendit Rodolphe plus circonspect, et calma cette violence qui aurait pu compromettre le secret de sa passion pour Sarah. Le jeune couple, protégé par Seyton et par le docteur, s'entendit si bien, mit tant de réserve dans ses relations, qu'elles échappèrent à tous les yeux.

Un événement impatiemment attendu par Sarah changea bientôt ce calme en tempête... Elle devint mère... Alors se manifestèrent chez cette femme des exigences toutes nouvelles et effrayantes pour Rodolphe; elle lui déclara, en fondant en larmes hypocrites, qu'elle ne pouvait plus supporter la contrainte où elle vivait, contrainte que sa grossesse rendait plus pénible encore. Dans cette extrémité, elle proposait résolument au jeune prince de tout avouer au grand-duc, qui s'était, ainsi que la grande-duchesse douairière, de plus en plus affectionné à Sarah. Sans doute, ajoutait celle-ci, il s'indignerait d'abord, s'emporterait; mais il aimait si tendrement, si aveuglément son fils; il avait pour elle, Sarah, tant d'affection, que le courroux paternel s'apaiserait peu à peu, et elle prendrait enfin à la cour de Gerolstein le rang qui lui appartenait, si cela se peut dire, doublement, puisqu'elle allait donner un enfant à l'héritier présomptif du grand-duc. Cette prétention épouvanta Rodolphe : il connaissait le profond attachement de son père pour lui, mais il connaissait aussi l'inflexibilité des principes du grand-duc à l'endroit des devoirs de prince. A toutes ses objections Sarah répondait impitoyablement :

— Je suis votre femme devant Dieu et devant les hommes. Dans quelque temps je ne pourrai plus cacher ma grossesse; je ne veux plus rougir d'une position dont je suis au contraire si fière, et dont je puis me glorifier tout haut.

La paternité avait redoublé la tendresse de Rodolphe pour Sarah. Placé entre le désir d'accéder à ses vœux et la crainte du courroux de son père, il éprouvait d'affreux déchirements. Seyton prenait le parti de sa sœur.

— Le mariage est indissoluble — disait-il à son royal beau-frère. — Le grand-duc peut vous exiler de sa cour, vous et votre femme; rien de plus. Or il vous aime trop pour se résoudre à une pareille mesure; il préférera tolérer ce qu'il n'aura pu empêcher.

Ces raisonnements, fort justes d'ailleurs, ne calmaient pas les anxiétés de Rodolphe. Sur ces entrefaites, Seyton fut chargé par le grand-duc d'aller visiter plusieurs haras d'Autriche. Cette mission, qu'il ne pouvait refuser, ne devait le retenir que quinze jours au plus; il partit, à son grand regret, dans un moment très-décisif pour sa sœur. Celle-ci fut à la fois chagrine et satisfaite de l'éloignement de son frère : elle perdait l'appui de ses conseils; mais aussi, dans le cas où tout se découvrirait, il serait à l'abri de la colère du grand-duc. Sarah devait tenir Seyton au courant, jour par jour, des différentes phases d'une affaire si importante pour tous deux. Afin de correspondre plus sûrement et plus secrètement, ils convinrent d'un chiffre dont Polidori devait avoir aussi la clef. Cette précaution seule prouve que Sarah avait à entretenir son frère d'autre chose que de son amour pour Rodolphe. En effet, cette femme égoïste, froide, ambitieuse, n'avait pas senti se fondre les glaces de son cœur à l'embrasement de l'amour passionné qu'elle avait allumé. La maternité ne fut pour elle qu'un moyen d'action de plus sur Rodolphe, et n'attendrit pas même cette âme d'airain. La jeunesse, le fol amour, l'inexpérience de ce prince presque enfant, si perfidement attiré dans une position inextricable, inspiraient à peine de l'intérêt à cette femme égoïste; dans ses intimes confidences à Tom, elle se plaignait avec dédain et amertume de la faiblesse de cet adolescent, qui tremblait devant le plus paterne des princes allemands *qui vivait bien long-temps!* En un mot, cette correspondance entre le frère et la sœur dévoilait clairement leur égoïsme intéressé, leurs ambitieux calculs, leur impatience... presque homicide, et mettait à nu les ressorts de cette trame ténébreuse couronnée par le mariage de Rodolphe. Une des lettres de Sarah à son frère fut soustraite par Polidori, intermédiaire de cette correspondance. On verra plus tard dans quel but.

Peu de jours après le départ de Seyton, Sarah se trouvait au cercle de la grande-duchesse douairière. Plusieurs femmes la regardaient d'un air étonné et chuchotaient avec leurs voisines. La grande-duchesse Judith, malgré ses quatre-vingt-dix ans, avait l'oreille fine et la vue bonne : ce petit manège ne lui échappa pas. Elle fit signe à une des dames de son service de venir auprès d'elle, et apprit ainsi que l'on trouvait mademoiselle Sarah Seyton de Halsbury moins svelte, moins élancée que d'habitude. La vieille princesse adorait sa jeune protégée; elle eût répondu à Dieu de la vertu de Sarah. Indignée de la méchanceté de ces observations, elle haussa les épaules, et dit tout haut, du bout du salon où elle se tenait :

— Ma chère Sarah, écoutez !

Sarah se leva.

Il lui fallut traverser le cercle pour arriver auprès de la princesse, qui voulait, dans une intention toute bienveillante et par le seul fait de cette *traversée*, confondre les calomniateurs, et leur prouver victorieusement que la taille de sa protégée n'avait rien perdu de sa finesse et de sa grâce. Hélas! l'ennemie la plus perfide n'eût pas mieux imaginé que n'imagina l'excellente princesse, dans son désir de défendre sa protégée. Celle-ci vint à elle. Il fallut le profond respect qu'on portait à la grande-duchesse pour comprimer un murmure de surprise et d'indignation lorsque la jeune fille traversa le cercle. Les gens les moins clairvoyants s'aperçurent de ce que Sarah *ne voulait pas* cacher plus long-temps, car sa grossesse aurait pu se dissimuler encore; mais l'ambitieuse femme avait ménagé cet éclat, afin de forcer Rodolphe à déclarer son mariage.

La grande-duchesse, ne se rendant pourtant pas encore à l'évidence, dit tout bas à Sarah :

— Ma chère enfant, vous êtes aujourd'hui affreusement habillée... Vous qui avez une taille à tenir dans les dix doigts, vous n'êtes plus reconnaissable.

. . . .

Nous raconterons plus tard les suites de cette découverte, qui amena de grands et terribles événements. Mais nous dirons dès à présent ce que le lecteur a sans doute déjà deviné... que *Fleur-de-Marie* était le fruit du mariage secret de Rodolphe et de Sarah... et que tous deux croyaient leur fille morte.

. . . .

On n'a pas oublié que Rodolphe, après avoir visité la maison de la rue du Temple, était rentré chez lui, et qu'il devait, le soir même, se rendre à un bal donné par madame l'ambassadrice de ***. C'est à cette fête que nous suivrons S. A. le grand-duc régnant de Gerolstein, GUSTAVE-RODOLPHE, voyageant en France sous le nom de *comte de Duren*.

CHAPITRE XXVI.

LE BAL.

A onze heures du soir, un suisse en grande livrée ouvrit la porte d'un hôtel de la rue Plumet, pour laisser sortir une magnifique berline bleue attelée de deux superbes chevaux gris à tous crins, et de la plus grande taille; sur le siége à large housse frangée de crépines de soie, se carrait, coiffé d'un tricorne aplati, un énorme cocher, rendu plus énorme encore par une pelisse bleue fourrée, à collet-pèlerine de martre, couturée d'argent sur toutes les tailles, et cuirassée de brandebourgs; derrière le carrosse un valet de pied gigantesque et poudré, vêtu d'une livrée bleue, jonquille et argent, accostait un chasseur aux moustaches formidables, galonné comme un tambour-major, et dont le chapeau, largement bordé, était à demi caché par une touffe flottante de plumes jaunes et bleues.

Les lanternes jetaient une vive clarté dans l'intérieur de cette voiture doublée de satin; l'on pouvait y voir Rodolphe, assis à droite, ayant à sa gauche le baron de Graün, et devant lui le fidèle Murph.

Par déférence pour le souverain que représentait l'ambassadeur chez lequel il se rendait au bal, Rodolphe portait seulement sur son habit la plaque diamantée de l'ordre de ***.

Le ruban orange et la croix d'émail de grand-commandeur de *l'Aigle d'Or de Gerolstein* pendaient au cou de sir Walter Murph; le baron de Graün était décoré des mêmes insignes. On ne parle que pour mémoire d'une innombrable quantité de croix de tous pays qui se balançaient à une chaînette d'or placée entre les deux premières boutonnières de l'habit du diplomate.

— Je suis tout heureux — dit Rodolphe — des bonnes nouvelles que madame Georges me donne sur ma pauvre petite protégée de la ferme de Bouqueval; les soins de David ont fait merveille. Et à propos de la *Goualeuse*, avouez, sir Walter Murph — ajouta Rodolphe en souriant — que si l'une de vos mauvaises connaissances de la Cité vous voyait ainsi *déguisé*, vaillant charbonnier... elle serait furieusement étonnée.

— Mais je crois, monseigneur, que V. A. R. causerait la même surprise si elle voulait aller ce soir rue du Temple faire une visite d'amitié à madame Pipelet, dans l'intention d'égayer un peu la mélancolie de ce pauvre Alfred... victime de l'infernal Cabrion.

— Monseigneur nous a si parfaitement dépeint Alfred avec son majestueux habit vert, son air doctoral et son inamovible chapeau-tromblon — dit le baron — que je crois le voir trôner dans sa loge obscure et enfumée. Du reste, V. A. R. est, j'ose l'espérer, satisfaite des indications de mon agent secret? Cette maison de la rue du Temple a complétement répondu à l'attente de monseigneur?

— Oui... — dit Rodolphe; — j'ai même trouvé là plus que je n'attendais...
— Puis après un moment de triste silence, et pour chasser l'idée pénible que lui causaient ses craintes au sujet de la marquise d'Harville, il reprit d'un ton plus gai. — Je n'ose avouer cette puérilité, mais je trouve assez de piquant dans ces contrastes : après avoir ce matin offert un verre de cassis à madame Pipelet et gardé sa loge, me retrouver ce soir... un de ces privilégiés qui, *par la grâce de Dieu*, règnent sur ce bas monde. (*L'homme aux quarante écus* disait *mes rentes* tout comme un millionnaire) — ajouta Rodolphe en manière de parenthèse et d'allusion au peu d'étendue de ses États.

— Mais bien des millionnaires, monseigneur, n'auraient pas le rare, l'admirable bon sens de l'homme aux quarante écus — dit le baron.

— Ah! mon cher de Graün, vous êtes trop bon, mille fois trop bon; vous me comblez — reprit Rodolphe avec une ironie moqueuse, pendant que le baron regardait Murph en homme qui s'aperçoit trop tard qu'il a dit une sottise.

— En vérité — reprit Rodolphe — je ne sais, mon cher de Graün, comment reconnaître la bonne opinion que vous voulez bien avoir de moi, et surtout comment vous rendre flatterie pour flatterie.

— Monseigneur... je vous en supplie, ne prenez pas cette peine — dit le baron, qui avait un moment oublié que Rodolphe se vengeait toujours des louanges, dont il avait horreur, par des railleries impitoyables.

— Comment donc, baron! mais je ne veux pas être en reste avec vous;

vous avez loué mon esprit, je m'en vais vous rendre votre éloge en louant votre figure, car d'honneur, baron, c'est tout au plus si vous avez vingt ans, l'Antinoüs n'a pas des traits plus enchanteurs que les vôtres.

— Ah! monseigneur... grâce...

— Regardez donc, Murph; l'Apollon a-t-il des formes à la fois plus sveltes, plus élégantes et plus juvéniles?

— Monseigneur..... il y avait si long-temps que je ne m'étais permis la moindre flatterie.

— Vois donc, Murph, ce cercle d'or qui retient, sans les cacher, les boucles de sa belle chevelure noire qui flotte sur son cou divin...

— Ah! monseigneur... grâce... grâce, je me repens... — dit le malheureux diplomate avec une expression de désespoir comique. (On n'a pas oublié qu'il avait cinquante ans, les cheveux gris, crêpés et poudrés, une haute cravate blanche, le visage maigre et des besicles d'or).

— Pardon pour le baron, monseigneur; ne l'accablez pas sous le poids de cette mythologie — dit le squire en riant : — je suis caution auprès de V. A. R. que de long-temps il ne s'avisera plus de dire... une flatterie; puisque dans le nouveau vocabulaire de Gerolstein le mot vérité se traduit ainsi.

— Et toi aussi, vieux Murph? à ce moment tu oses...

— Monseigneur, ce pauvre de Graün m'afflige... je désire partager sa punition.

— Monsieur mon charbonnier ordinaire, voilà un dévouement à l'amitié qui vous honore. Mais, sérieusement, mon cher de Graün, comment oubliez-vous que je ne permets la flatterie qu'à d'Harneim et à ses pareils? car, il faut être charitable, ils ne sauraient me dire autre chose : c'est le ramage de leur plumage; mais un homme de votre goût et de votre esprit!... fi, baron!

— Eh bien! monseigneur — dit résolument le baron — il y a beaucoup d'orgueil, que V. A. R. me pardonne ma franchise, dans votre aversion pour la louange.

— A la bonne heure! baron, j'aime mieux cela; expliquez-vous.

— Eh bien! monseigneur, c'est absolument comme si une très-jolie femme disait à un de ses admirateurs : Mon Dieu! je sais que je suis charmante; votre approbation est parfaitement vaine et fastidieuse. A quoi bon affirmer l'évidence? S'en va-t-on crier par les rues : Le soleil éclaire?

— Ceci est plus adroit, baron, et plus dangereux; aussi, pour varier votre supplice, je vous avouerai que cet infernal Polidori n'eût pas trouvé mieux pour dissimuler le poison de la flatterie.

— Monseigneur, je me tais.

— Ainsi, V. A. R. — dit sérieusement Murph cette fois — ne doute plus maintenant que ce ne soit Polidori qu'elle ait retrouvé rue du Temple.

— Je n'en doute plus, puisque vous avez été prévenu qu'il était à Paris depuis quelque temps.

— J'avais oublié, ou plutôt omis, de vous parler de lui, monseigneur —

dit tristement Murph — parce que je sais combien le souvenir de cet homme est odieux à V. A. R.

Les traits de Rodolphe s'assombrirent de nouveau ; plongé dans de tristes réflexions, il garda le silence jusqu'au moment où la voiture entra dans la cour de l'ambassade.

Toutes les fenêtres de cet immense hôtel brillaient éclairées dans la nuit noire ; une haie de laquais en grande livrée s'étendait depuis le péristyle et les antichambres jusqu'aux salons d'attente, où se trouvaient les valets de chambre.

M. le comte *** et madame la comtesse *** avaient eu le soin de se tenir dans leur premier salon de réception jusqu'à l'arrivée de Rodolphe. Il entra bientôt, suivi de Murph et de M. de Graün.

Rodolphe était alors âgé de trente-six ans ; mais, quoiqu'il approchât du déclin de la vie, la parfaite régularité de ses beaux traits, l'air de dignité affable répandu dans toute sa personne, l'auraient toujours rendu extrêmement remarquable, lors même que ces avantages n'eussent pas été rehaussés de l'auguste éclat de son rang. C'était enfin un prince dans l'idéalité poétique du mot.

Vêtu très-simplement, Rodolphe portait une cravate et un gilet blanc ; son habit bleu boutonné très-haut, et au côté gauche duquel brillait une plaque de diamants, dessinait sa taille, aussi fine qu'élégante et souple, et son pantalon de casimir noir, assez juste, laissait voir un pied charmant chaussé de bas de soie à jour.

Le grand-duc allait si peu dans le monde, que son arrivée produisit une certaine sensation ; tous les regards s'arrêtèrent sur lui lorsqu'il parut dans le premier salon de l'ambassade, accompagné de Murph et du baron de Graün, qui se tenaient à quelques pas derrière lui. Un attaché, chargé de surveiller sa venue, alla aussitôt en avertir la comtesse *** ; celle-ci, ainsi que son mari, s'avança au-devant de Rodolphe en lui disant :

— Je ne sais comment exprimer à V. A. R. toute ma reconnaissance pour la faveur dont elle daigne nous honorer aujourd'hui.

— Vous savez, madame l'ambassadrice, que je suis toujours très-empressé de vous faire ma cour, et très-heureux de pouvoir dire à M. l'ambassadeur combien je lui suis affectionné ; car nous sommes d'anciennes connaissances, monsieur le comte.

— V. A. R., en daignant se le rappeler, me donne un nouveau motif de ne jamais oublier ses bontés.

— Je vous assure, monsieur le comte, que ce n'est pas ma faute si certains souvenirs me sont toujours présents ; j'ai le bonheur de ne garder la mémoire que de ce qui m'a été très-agréable.

— Mais V. A. R. est merveilleusement douée — dit en souriant la comtesse de***.

— N'est-ce pas, madame ! Ainsi, dans bien des années, j'aurai, je l'espère, le plaisir de vous rappeler ce jour, et le goût, l'élégance extrêmes qui président à ce bal... Car, franchement, je puis vous dire cela tout bas, il n'y a que vous qui sachiez donner des fêtes.

Monseigneur ?...

— Et ce n'est pas tout ; dites-moi donc, madame, pourquoi les femmes me paraissent toujours plus jolies chez vous qu'ailleurs ?

— C'est que V. A. R. étend jusqu'à ces dames la bienveillante indulgence qu'elle nous témoigne — dit le comte.

— Permettez-moi de ne pas être de votre avis, monsieur le comte ; je crois que cela dépend absolument de madame l'ambassadrice.

— V. A. R. voudrait-elle avoir la bonté de m'expliquer ce prodige ? — dit la comtesse en souriant.

— Mais c'est tout simple, madame : vous savez accueillir toutes ces belles dames avec une urbanité si parfaite, une grâce si exquise, vous leur dites à chacune un mot si charmant et si flatteur, que celles qui ne méritent pas tout à fait... tout à fait vos aimables louanges — dit Rodolphe en souriant avec malice — en sont d'autant plus radieuses, tandis que celles qui la méritent... sont non moins radieuses d'être si justement appréciées par vous : ces innocentes satisfactions épanouissent toutes les physionomies ; le bonheur rend attrayantes les moins agréables, et voilà pourquoi, madame la comtesse, les

Daubigny del. et sculp.

Son Excellence M. H. Thiers.
1er livre 1857.

femmes semblent toujours plus jolies chez vous qu'ailleurs... Je suis sûr que monsieur l'ambassadeur dira comme moi.

— V. A. R. me donne de trop excellentes raisons de penser comme elle pour que je ne m'y rende pas.

— Et moi, monseigneur — dit la comtesse de *** — au risque d'être un peu comme ces belles dames qui ne méritent pas tout à fait... les louanges qu'on leur donne, j'accepte la flatteuse explication de V. A. R. avec autant de reconnaissance et de plaisir que si c'était une vérité...

— Pour vous convaincre, madame, que rien n'est plus réel, faisons quelques observations à propos des effets de la louange sur la physionomie...

— Ah! monseigneur... ce serait un piége horrible — dit en riant la comtesse de ***.

— Allons, madame l'ambassadrice, je renonce à mon projet, mais à une condition... c'est que vous me permettrez de vous offrir un moment mon bras... On m'a parlé d'un jardin d'hiver... véritablement féerique... Est-ce que vous voudrez bien me faire voir cette merveille des *Mille et une Nuits*?

— Avec le plus grand plaisir, monseigneur .. mais on a fait un récit très-exagéré à V. A. R... Elle va d'ailleurs en juger... à moins que son indulgence habituelle ne l'abuse...

Rodolphe offrit son bras à l'ambassadrice, et entra avec elle dans les autres salons, pendant que le comte *** s'entretenait avec le baron de Graün et Murph, qu'il connaissait depuis long-temps.

Rien en effet de plus féerique, de plus digne des *Mille et une Nuits* que le jardin d'hiver dont Rodolphe avait parlé à madame la comtesse de ***.

Qu'on se figure, aboutissant à une longue et splendide galerie, un emplacement de quarante toises de longueur sur trente de largeur : une cage vitrée, d'une extrême légèreté et façonnée en voûte, recouvre à une hauteur de cinquante pieds environ ce parallélogramme ; les murailles, recouvertes d'une infinité de glaces sur lesquelles se croisent les petites losanges vertes d'un treillage de jonc à mailles très-serrées, ressemblent à un berceau à jour, grâce à la réflexion de la lumière sur les miroirs, et sont presque entièrement cachées par une palissade d'orangers aussi gros que ceux des Tuileries, et de camélias de même force ; les premiers sont chargés de fruits qui brillent comme autant de pommes d'or sur un feuillage d'un vert lustré, les seconds sont émaillés de fleurs pourpres, blanches et roses.

Ceci est la clôture de ce jardin.

Cinq ou six énormes massifs d'arbres et d'arbustes de l'Inde ou des tropiques, plantés dans de profonds encaissements de terre de bruyère, sont environnés d'allées marbrées d'une charmante mosaïque de coquillages, et assez larges pour que deux ou trois personnes puissent s'y promener de front. Il est impossible de peindre l'effet que produisait, en plein hiver, et pour ainsi dire au milieu d'un bal, cette riche et puissante végétation exotique. Ici des bananiers énormes atteignent presque les vitres de la voûte, et mêlent leurs larges tait-on singulièrement intéressé par le contraste de cette douceur ineffable avec les succès dont jouissait la marquise.

Nous essaierons de faire comprendre toute notre pensée.

Trop digne, trop éminemment douée pour aller coquettement au-devant des hommages, madame d'Harville se montrait cependant aussi affectueusement reconnaissante de ceux qu'on lui rendait que si elle les eût à peine mérités ; elle n'en était pas fière, mais heureuse... Indifférente aux louanges, mais très-sensible à la bienveillance, elle distinguait parfaitement la flatterie de la sympathie.

Son esprit juste, fin, parfois malin sans méchanceté, poursuivait surtout d'une raillerie spirituelle ces gens ravis d'eux-mêmes, toujours occupés d'attirer l'attention, de mettre constamment en évidence leur figure radieuse d'une foule de sots bonheurs et bouffie d'une foule de sots orgueils... — Gens — disait plaisamment madame d'Harville — qui toute leur vie ont l'air de danser *le cavalier seul* en face d'un miroir invisible auquel ils sourient complaisamment..... Un caractère à la fois timide et fier dans sa réserve inspirait au contraire à madame d'Harville un intérêt certain.

Ces quelques mots étaient nécessaires à l'intelligence de certains faits que nous dirons plus tard.

Le teint de madame d'Harville, d'une éblouissante pureté, se nuançait du plus frais incarnat ; de longues boucles de cheveux châtain-clair effleuraient ses épaules arrondies, fermes et lustrées comme un beau marbre blanc. On peindrait difficilement l'angélique bonté de ses grands yeux gris, frangés de longs cils noirs. Sa bouche vermeille, d'une mansuétude adorable, était à ses yeux charmants ce que sa parole affable et touchante était à son regard mélancolique et doux. Nous ne parlerons ni de sa taille accomplie ni de l'exquise distinction de toute sa personne. Elle portait une robe de crêpe blanc, garnie de camélias roses naturels et de feuilles du même arbuste, parmi lesquelles des diamants à demi cachés brillaient çà et là comme autant de gouttes d'étincelante rosée ; une guirlande semblable était placée avec grâce sur son front pur et blanc.

Le genre de beauté de la comtesse Sarah Mac-Gregor faisait encore valoir la marquise d'Harville. Agée de trente-cinq ans environ, Sarah paraissait à peine en avoir trente. Rien ne semble plus *sain au corps* que le froid égoïsme ; on se conserve long-temps frais dans cette glace... La *conservation* de Sarah prouvait ce que nous avançons.

Sauf un léger embonpoint qui donnait à sa taille, plus grande, mais moins svelte que celle de madame d'Harville, une grâce voluptueuse, Sarah brillait d'un éclat tout juvénile ; peu de regards pouvaient soutenir le feu de ses yeux ardents et noirs ; son nez était aquilin ; ses lèvres rouges, hautaines, exprimaient l'orgueil et la résolution.

La comtesse Mac-Gregor portait une robe de moire paille sous une tunique de crêpe de la même couleur ; une simple couronne de feuilles naturelles de

Ferd Delanoy sc

Marquise d'Harville

pyrrus d'un vert d'émeraude ceignait sa tête et s'harmonisait à merveille avec ses bandeaux de cheveux noirs comme de l'encre. Cette coiffure sévère donnait un cachet antique au profil impérieux de cette femme.

Beaucoup de gens, dupes de leur figure, voient une irrésistible vocation dans le caractère de leur physionomie. L'un se trouve l'air excessivement guerrier, il guerroie; l'autre rimeur, il rime; conspirateur, il conspire; politique, il politique; prédicateur, il prêche... Sarah se trouvait, non sans raison, un air parfaitement royal; elle dut accepter les prédictions à demi réalisées de la Highlandaise, et persister dans sa croyance à une destinée souveraine.

La marquise et Sarah avaient aperçu Rodolphe dans le jardin d'hiver au moment où elles y descendaient; mais le prince parut ne pas les voir.

. . . .

— Le prince est si occupé de l'ambassadrice — dit madame d'Harville à Sarah — qu'il n'a pas fait attention à nous...

— Ne croyez pas cela, ma chère Clémence — répondit la comtesse, qui était tout à fait dans l'intimité de madame d'Harville; — le prince nous a au contraire parfaitement vues; mais je lui ai fait peur... Sa bouderie dure toujours.

— Moins que jamais je comprends son opiniâtreté à vous éviter : souvent je lui ai reproché l'étrangeté de sa conduite envers vous... une ancienne amie. « La comtesse Sarah et moi, nous sommes ennemis mortels — m'a-t-il répondu en plaisantant; — j'ai fait vœu de ne jamais lui parler; et il faut — a-t-il ajouté — que ce vœu soit bien sacré pour que je me prive de l'entretien d'une personne si aimable. » Aussi, ma chère Sarah, toute singulière que m'a paru cette réponse, j'ai bien été obligée de m'en contenter [1].

— Je vous assure que la cause de cette brouillerie mortelle, demi-plaisante, demi-sérieuse, est pourtant des plus innocentes; si un tiers n'y était pas intéressé, depuis long-temps je vous aurais confié ce grand secret... Mais qu'avez-vous donc, ma chère enfant?... vous paraissez préoccupée.

— Ce n'est rien... tout à l'heure il faisait si chaud dans la galerie, que j'ai ressenti quelque peu de migraine; asseyons-nous un moment ici .. cela passera... je l'espère.

— Vous avez raison; tenez, voilà justement un coin bien obscur; vous y serez parfaitement à l'abri des recherches de ceux que votre absence va désoler...— ajouta Sarah en souriant et en appuyant sur ces mots.

Les deux jeunes femmes s'assirent sur un divan.

— J'ai dit *ceux* que votre absence va désoler, ma chère Clémence... Ne me savez-vous pas gré de ma discrétion?

La marquise rougit légèrement, baissa la tête et ne répondit rien.

— Combien vous êtes peu raisonnable ! — lui dit Sarah d'un ton de reproche

---

[1] L'amour de Rodolphe pour Sarah, et les événements qui succédèrent à cet amour, remontant à dix-sept ou dix-huit ans, étaient complétement ignorés dans le monde, Sarah et Rodolphe ayant autant d'intérêt l'un que l'autre à les cacher.

amical. — N'avez-vous pas confiance en moi, enfant? Sans doute, enfant : je suis d'un âge à vous appeler ma fille.

— Moi, manquer de confiance envers vous! — dit la marquise à Sarah avec tristesse; — ne vous ai-je pas dit au contraire ce que je n'aurais jamais dû m'avouer à moi-même?

— A merveille. Eh bien! voyons... parlons de *lui* : vous avez donc juré de le désespérer jusqu'à la mort?

— Ah! — s'écria madame d'Harville avec effroi — que dites-vous!

— Vous ne le connaissez pas encore, pauvre chère enfant... C'est un homme d'une énergie froide, pour qui la vie est peu de chose. Il a toujours été si malheureux... et l'on dirait que vous prenez encore plaisir à le torturer!

— Pensez-vous cela, mon Dieu!

— C'est sans le vouloir, peut-être; mais cela est... Oh! si vous saviez combien ceux qu'une longue infortune a accablés sont douloureusement susceptibles! Tenez, tout à l'heure j'ai vu deux grosses larmes rouler dans ses yeux.

— Il serait vrai?

— Sans doute... Et cela au milieu d'un bal; et cela au risque d'être perdu de ridicule si l'on s'apercevait de cet amer chagrin. Savez-vous qu'il faut bien aimer pour souffrir ainsi... et surtout pour ne pas songer à cacher au monde que l'on souffre ainsi?...

— De grâce, ne me parlez pas de cela — reprit madame d'Harville d'une voix émue; — vous me faites un mal horrible... Je ne connais que trop cette expression de souffrance à la fois si douce et si résignée... Hélas! c'est la pitié qu'il m'inspirait qui m'a perdue... — dit involontairement madame d'Harville.

— Quelle exagération!... perdue pour être en coquetterie avec un homme qui pousse même la discrétion et la réserve jusqu'à ne pas se faire présenter à votre mari, de peur de vous compromettre! M. Charles Robert n'est-il pas un homme rempli d'honneur, de délicatesse et de cœur! Si je le défends avec cette chaleur, c'est que vous l'avez connu et vu seulement chez moi, et qu'il a pour vous autant de respect que d'attachement...

— Je n'ai jamais douté de ses nobles qualités, vous m'avez toujours dit tant de bien de lui!... Mais, vous le savez, ce sont surtout ses malheurs qui l'ont rendu intéressant à mes yeux.

— Et combien il mérite et justifie cet intérêt! avouez-le. Et puis d'ailleurs comment un si admirable visage ne serait-il pas l'image de l'âme! Avec sa haute et belle taille, il me rappelle les preux des temps chevaleresques. Je l'ai vu une fois en uniforme de commandant de la garde nationale : il était impossible d'avoir meilleur air. Certes, si la noblesse se mesurait au mérite et à la figure, au lieu d'être simplement M. Charles Robert, il serait duc et pair. Ne représenterait-il pas merveilleusement bien un des plus grands noms de France?

— La noblesse de naissance me touche peu, vous le savez, vous qui me reprochez parfois d'être un peu républicaine — dit madame d'Harville en souriant.

— Certes, j'ai toujours pensé, comme vous, que M. Charles Robert n'avait pas besoin de titres pour être aimable; et puis quel talent! quelle voix charmante! de quelle ressource il nous a été dans nos concerts intimes du matin! vous souvenez-vous? La première fois que vous avez chanté ensemble, quelle expression il mettait dans son duo avec vous! quelle émotion!...

— Tenez, je vous en prie — dit madame d'Harville après un long silence — changeons de conversation.

— Pourquoi?

— Cela m'attriste profondément, ce que vous m'avez dit tout à l'heure de son air désespéré...

— Je vous assure que, dans l'excès de son chagrin, un homme aussi passionné peut chercher dans la mort un terme à...

— Oh! je vous en prie, taisez-vous! taisez-vous! — dit madame d'Harville en interrompant Sarah — cette pensée m'est déjà venue... — Puis, après un assez long silence, la marquise ajouta : — Encore une fois, parlons d'autre chose... de votre ennemi mortel — reprit-elle avec une gaieté affectée; — parlons du prince, je ne l'avais pas vu depuis long-temps. Savez-vous qu'il est toujours charmant, quoique presque roi? Toute républicaine que je suis, je trouve qu'il y a peu d'hommes aussi agréables que lui.

Sarah jeta à la dérobée un regard haineux, scrutateur et défiant sur madame d'Harville, et reprit gaiement :

— Avouez, chère Clémence, que vous êtes très-capricieuse. Je vous ai connu des alternatives d'admiration et d'aversion singulières pour le prince; il y a quelques mois, lors de son arrivée ici, vous en étiez tellement fanatique, qu'entre nous... j'ai craint un moment pour le repos de votre cœur.

— Grâce à vous, du moins — dit madame d'Harville en souriant — mon admiration n'a pas été de longue durée; vous avez si bien joué votre rôle d'ennemie mortelle à l'égard du prince, vous m'avez fait sur lui de telles révélations... que, je l'avoue, l'éloignement a remplacé ce *fanatisme* qui vous faisait craindre pour le repos de mon cœur : repos que votre ennemi ne songeait d'ailleurs guère à troubler; car, peu de temps avant vos révélations, le prince, tout en continuant de voir intimement mon mari, avait presque cessé de m'honorer de ses visites.

— A propos! et votre mari est-il ici ce soir? — dit Sarah.

— Non! il a préféré rester chez lui — répondit madame d'Harville avec embarras.

— Il va de moins en moins dans le monde, ce me semble?

— Il ne l'a jamais beaucoup aimé.

La marquise était visiblement embarrassée; Sarah s'en aperçut et continua :

— La dernière fois que je l'ai vu, il m'a semblé plus pâle qu'à l'ordinaire.

— Il a été un peu souffrant...

— Tenez, ma chère Clémence, voulez-vous que je sois franche?

— Je vous en prie...

29

— Quand il s'agit de votre mari, vous êtes souvent dans un état d'anxiété extraordinaire.

— Moi... Quelle folie!

— Quelquefois, en parlant de lui, et cela bien malgré vous, votre physionomie exprime... mon Dieu! comment vous dirai-je cela?... — et Sarah appuya sur les mots suivants en ayant l'air de vouloir lire jusqu'au fond du cœur de Clémence : — Oui, votre physionomie exprime une sorte de... répugnance craintive...

Les traits impassibles de madame d'Harville défièrent d'abord le regard inquisiteur de Sarah : pourtant celle-ci s'aperçut d'un léger tremblement nerveux; mais presque insensible, qui agita un instant la lèvre inférieure de la jeune femme. Ne voulant pas pousser plus loin ses investigations et surtout éveiller la défiance de son *amie*, elle se hâta d'ajouter, pour donner le change à la marquise :

— Oui, une répugnance craintive, comme celle qu'inspire ordinairement un jaloux bourru...

A cette interprétation, le léger mouvement convulsif de la lèvre de madame d'Harville cessa; elle parut soulagée d'un poids énorme, et répondit :

— Mais non, M. d'Harville n'est ni bourru ni jaloux... je vous assure...— Puis, cherchant sans doute le prétexte de rompre une conversation qui lui pesait, elle s'écria tout à coup . — Ah! mon Dieu, voici cet insupportable duc de Lucenay, un des amis de mon mari... Pourvu qu'il ne nous aperçoive pas! D'où sort-il donc? Je le croyais à mille lieues d'ici!

— En effet, on le disait parti pour un voyage d'un an ou deux en Orient; il y a cinq mois à peine qu'il a quitté Paris. Voilà une brusque arrivée qui a dû singulièrement contrarier la duchesse de Lucenay, quoique le duc ne soit guère gênant — dit Sarah avec un sourire méchant. — Elle ne sera d'ailleurs pas seule à maudire ce fâcheux retour... M. de Saint-Remy partagera son chagrin.

— Ne soyez donc pas médisante, ma chère Sarah; dites que ce retour sera fâcheux... pour tout le monde... M. de Lucenay est assez désagréable pour que vous généralisiez votre reproche.

— Je ne médis pas, je ne suis qu'un écho. On dit encore que M. de Saint-Remy, modèle des élégants, qui a ébloui tout Paris de son faste, est à peu près ruiné, quoique son train diminue à peine ; cela s'explique d'ailleurs..... madame de Lucenay étant puissamment riche...

— Ah! quelle horreur!...

— Encore une fois, je ne suis qu'un écho... Ah! mon Dieu! le duc nous a vues. Il vient, il faut se résigner. C'est désolant ; je ne sais rien au monde de plus désagréable que lui ; il est souvent de si mauvaise compagnie, il rit si haut de ses sottises, il est si bruyant qu'il en est insupportable ; si vous tenez à votre flacon ou à votre éventail, défendez-les courageusement contre lui, car il a encore l'inconvénient de briser tout ce qu'il touche, et cela de l'air le plus badin et le plus satisfait du monde.

Appartenant à une des plus grandes maisons de France, jeune encore, d'une figure qui n'eût pas été désagréable sans la longueur grotesque et démesurée de son nez, M. le duc de Lucenay joignait à une turbulence et à une agitation perpétuelle des éclats de voix et de rire si retentissants, des propos souvent d'un goût si détestable, des attitudes d'une désinvolture si cavalière et si inattendue, qu'il fallait à chaque instant se rappeler son nom pour ne pas s'étonner de le voir au milieu de la société la plus distinguée de Paris, et pour comprendre que l'on tolérât ses excentricités de gestes et de langage, auxquelles l'habitude avait d'ailleurs assuré une sorte d'impunité. On le fuyait comme la peste, quoiqu'il ne manquât pas d'ailleurs d'un certain esprit qui pointait çà et là à travers la plus incroyable exubérance de paroles. C'était un de ces êtres vengeurs, aux mains desquels on souhaitait toujours de voir tomber les gens ridicules ou haïssables.

Madame la duchesse de Lucenay, une des femmes les plus agréables et encore des plus à la mode de Paris, malgré ses trente ans sonnés, avait fait souvent parler d'elle; mais on excusait presque la légèreté de sa conduite en songeant aux intolérables bizarreries de M. de Lucenay.

Un dernier trait de ce caractère fâcheux était une intempérance et un cynisme d'expressions inouï à propos d'indispositions saugrenues ou d'infirmités ridicules qu'il s'amusait à vous supposer, et dont il vous plaignait tout haut et à brûle-pourpoint devant cent personnes. Parfaitement brave d'ailleurs, et allant au-devant des conséquences de ses mauvaises plaisanteries, il avait donné ou reçu de nombreux coups d'épée sans se corriger davantage.

Ceci posé, nous ferons retentir aux oreilles du lecteur la voix aigre et perçante de M. de Lucenay, qui, du plus loin qu'il aperçut madame d'Harville et Sarah, se mit à crier :

— Eh bien ! eh bien ! qu'est-ce que c'est que ça ? qu'est-ce que je vois là... Comment !.. la plus jolie femme du bal qui se tient à l'écart... c'est-il permis ! Faut-il que je revienne des antipodes pour faire cesser un tel scandale ? D'abord, si vous continuez de vous dérober à l'admiration générale, marquise, je crie comme un brûlé... je crie à la disparition du plus charmant ornement de cette fête !

Et, pour péroraison, M. de Lucenay se jeta pour ainsi dire à la renverse à côté des deux femmes; après quoi il croisa sa jambe gauche sur sa cuisse droite, et prit son pied dans sa main.

— Comment, monsieur, vous voilà déjà de retour de Constantinople ! — lui dit madame d'Harville en se reculant avec impatience.

— Déjà ! Vous dites là ce que ma femme a pensé, j'en suis sûr; car elle n'a pas voulu m'accompagner ce soir dans ma rentrée dans le monde, et son absence a fait mille fois plus d'effet que ma présence. C'est drôle... quand je viens avec elle, personne ne fait attention à moi. Mais, quand j'arrive seul, tout le monde m'entoure en me disant : Où est donc madame de Lucenay? ne viendra-t-elle pas ce soir?... etc., etc. C'est comme vous, marquise, je reviens de

Constantinople, et vous me recevez comme un chien dans un jeu de quilles.
Je suis pourtant aussi aimable qu'un autre...

— Il vous était si facile de rester aimable... en Orient... — dit madame
d'Harville avec un demi-sourire.

— C'est-à-dire de rester absent, n'est-ce pas ? Mais c'est une horreur, mais
c'est une infamie, ce que vous dites là ! — s'écria M. de Lucenay en décroisant
ses jambes et en frappant sur son chapeau comme sur un tambour de basque.

— Pour l'amour du ciel, monsieur, ne criez pas si haut et tenez-vous tranquille,
ou vous allez nous faire quitter la place — dit madame d'Harville avec humeur.

— Quitter la place ? ça serait donc pour me donner votre bras et aller faire
un tour dans la galerie ?

— Avec vous ? certainement non. Voyons, je vous prie, ne touchez pas à ce
bouquet : de grâce, laissez aussi cet éventail, vous allez le briser, selon votre
habitude...

— Si ce n'est que ça, j'en ai cassé plus d'un, allez ! surtout un magnifique
éventail chinois que madame de Vaudémont avait donné à ma femme.

En disant ces rassurantes paroles, M. de Lucenay, renversé en arrière,
tracassait dans un réseau de plantes grimpantes qu'il tirait à lui par petites
secousses. Il finit par les détacher de l'arbre qui les soutenait ; elles tombèrent,
et le duc s'en trouva pour ainsi dire couronné... Alors ce furent des éclats de
rire si glapissants, si fous, si assourdissants, que madame d'Harville eût fui
cet incommode et fâcheux personnage, si elle n'eût pas aperçu M. Charles
Robert (le commandant, comme disait madame Pipelet) qui s'avançait à l'autre
extrémité de l'allée. La jeune femme, craignant de paraître ainsi aller à sa rencontre, resta auprès de M. de Lucenay.

— Dites donc, madame Mac-Gregor, je devais joliment avoir l'air d'un dieu
Pan, d'une naïade, d'un silvain, d'un sauvage, sous ce feuillage ? — dit M. de
Lucenay en s'adressant à Sarah, dont il se rapprocha brusquement. — A propos
de sauvage, il faut que je vous raconte une histoire outrageusement indécente...
Figurez-vous qu'à Otaïti...

— Monsieur le duc ! — lui dit Sarah d'un ton glacial.

— Eh bien ! au fait... je ne vous dirai pas mon histoire ; tant pis pour vous,
je la garde pour madame de Fonbonne, que voilà.

Madame de Fonbonne était une grosse petite femme de cinquante ans, très-
prétentieuse, très-ridicule ; son menton touchait sa gorge, et elle montrait toujours le blanc de ses gros yeux en parlant de son âme, des langueurs de son
âme, des besoins de son âme, des aspirations de son âme... A ces inconvé-
nients elle joignait celui de porter ce soir-là un affreux turban d'étoffe couleur
de cuivre, avec un semis de dessins verts.

— Oui, je garde mon histoire pour madame de Fonbonne — s'écria le duc.

— De quoi s'agit-il donc, monsieur le duc ? — dit madame de Fonbonne en
minaudant, en roucoulant et en commençant à faire les yeux blancs, comme on
dit vulgairement.

— Il s'agit, madame, d'une histoire horriblement indécente, révoltante et incongrue.

— Ah! mon Dieu! Et qui est-ce qui oserait? qui est-ce qui aurait l'audace de...

— Moi, madame; c'est une histoire que je sais et qui ferait rougir un vieux Chamboran. Mais je connais votre goût désordonné... Écoutez-moi ça.

— Monsieur! il est inconcevable que vous vous permettiez...

— Eh bien, au fait, vous ne la saurez pas non plus, mon histoire! parce qu'après tout, vous qui vous mettez toujours si bien, avec tant de goût, avec tant d'élégance, vous avez ce soir un turban, ah! mais un turban qui, permettez-moi de vous le dire, ressemble à une vieille tourtière rongée de vert-de-gris.

Et le duc de rire aux éclats.

— Si vous êtes revenu d'Orient pour recommencer vos absurdes plaisanteries, que l'on tolère parce que vous êtes à moitié fou — dit la grosse femme irritée — on regrettera fort votre retour, monsieur...

Et elle s'éloigna majestueusement.

— Dites-donc, madame Mac-Gregor, il faut que je me tienne à quatre pour ne pas aller la battre et la décoiffer, cette vilaine précieuse — dit M. de Lucenay — mais je la respecte... elle est orpheline... Ah ! ah ! ah !... — et de rire de nouveau. — Tiens, M. Charles Robert ! — reprit M. de Lucenay — Je l'ai rencontré aux eaux des Pyrénées... c'est un éblouissant garçon, il chante comme un cygne... Vous allez voir, marquise, comme je vais l'intriguer... Voulez-vous que je vous le présente ?

— Tenez-vous en repos et laissez-nous tranquilles — dit Sarah en tournant le dos à M. de Lucenay.

Pendant que M. Charles Robert s'avançait lentement, ayant l'air d'admirer les fleurs de la serre, M. de Lucenay avait manœuvré assez habilement pour s'emparer du flacon de Sarah, et il s'occupait en silence et avec un soin extrême à démantibuler le bouchon de ce bijou.

M. Charles Robert s'avançait toujours ; sa grande taille était parfaitement proportionnée, ses traits d'une irréprochable régularité, sa mise d'une suprême élégance ; cependant son visage, sa tournure manquaient de charme, de grâce, de distinction ; sa démarche était roide et gênée, ses mains et ses pieds gros et vulgaires. Lorsqu'il aperçut madame d'Harville, sa fade et insignifiante physionomie prit tout à coup une expression de mélancolie profonde beaucoup trop subite pour n'être pas feinte ; néanmoins ce semblant était parfait. M. Robert avait l'air si malheureux, si naturellement désolé, lorsqu'il s'approcha de madame d'Harville, que celle-ci ne put s'empêcher de songer aux sinistres paroles de Sarah sur les excès auxquels le désespoir aurait pu le porter.

— Eh ! bonjour donc, mon cher monsieur ! — dit M. de Lucenay au commandant en l'arrêtant au passage — je n'ai pas eu le plaisir de vous voir depuis notre rencontre aux eaux... Mais qu'est-ce que vous avez donc ? Mais comme vous avez l'air souffrant !

Ici M. Charles Robert jeta un long et mélancolique regard sur madame d'Harville, et répondit au duc, d'une voix plaintivement accentuée :

— En effet, monsieur, je suis... très-souffrant...

— Mon Dieu, mon Dieu, comme c'est désolant, vous ne pouvez donc pas vous débarrasser de votre vilaine *pituite !* — lui demanda M. de Lucenay avec l'air du plus sérieux intérêt.

A cette question saugrenue, M. Charles Robert resta un moment stupéfait, abasourdi ; puis, le rouge de la colère lui montant au front, il dit d'une voix ferme et brève à M. de Lucenay :

— Puisque vous vous inquiétez de ma santé, monsieur, j'espère que vous viendrez savoir demain matin de mes nouvelles ?

— Comment donc, mon cher monsieur... mais certainement... j'enverrai... — dit le duc avec hauteur.

M. Charles Robert fit un demi-salut et s'éloigna.

— Ce qu'il y a de fameux, c'est qu'il n'a pas plus de pituite que le grand

Turc — dit M. de Lucenay en se renversant de nouveau près de Sarah — à moins que j'aie deviné sans le savoir. Après tout, ça se pourrait... Dites donc, madame Mac-Gregor, est-ce qu'il vous fait l'effet d'avoir la pituite, ce grand garçon ?

Sarah s'éloigna brusquement de M. de Lucenay sans lui répondre davantage.

Tout ceci s'était passé très-rapidement. Sarah avait difficilement contenu un éclat de rire à l'absurde question du duc de Lucenay au commandant; mais madame d'Harville avait affreusement souffert en songeant à l'atroce position d'un homme qui se voit interpellé si ridiculement devant une femme qu'il aime; alors, épouvantée de l'idée qu'un duel pouvait avoir lieu, entraînée par un sentiment de pitié irrésistible, Clémence se leva brusquement, prit le bras de Sarah, rejoignit M. Charles Robert, qui ne se possédait pas de rage, et lui dit tout bas en passant près de lui : — *Demain, à une heure... j'irai...*

Puis, regagnant la galerie avec la comtesse, elle quitta le bal.

Rodolphe, en se rendant à cette fête pour remplir un devoir de convenance, voulait aussi tâcher de découvrir si ses craintes au sujet de madame d'Harville étaient fondées, et si elle était réellement l'héroïne du récit de madame Pipelet. Après avoir quitté le jardin d'hiver avec la comtesse ***, il avait parcouru en vain plusieurs salons, dans l'espoir de rencontrer madame d'Harville seule. Il revenait à la serre chaude, lorsque, un moment arrêté sur la première marche de l'escalier, il fut témoin de la scène rapide qui se passa entre madame d'Harville et M. Charles Robert après la détestable plaisanterie du duc de Lucenay. Rodolphe surprit un échange de regards très-significatifs entre Clémence et *le commandant*. Un secret pressentiment lui dit que ce grand et beau jeune homme était le mystérieux locataire de la rue du Temple. Voulant s'en assurer, il rentra dans la galerie.

Une valse allait commencer; au bout de quelques minutes, il vit M. Charles Robert debout dans l'embrasure d'une porte, et semblant on ne peut plus satisfait de lui-même, car il était ravi et de sa réponse à M. de Lucenay (M. Charles Robert, malgré ses ridicules, ne manquait nullement de bravoure) et du rendez-vous que lui avait donné madame d'Harville pour le lendemain, bien certain cette fois qu'elle n'y manquerait pas.

Rodolphe alla trouver Murph.

— Tu vois bien ce jeune homme blond, au milieu de ce groupe, là-bas ?

— Ce grand monsieur qui a l'air de se sourire à lui-même ? Oui, monseigneur.

— Tâche d'approcher assez de lui pour pouvoir dire tout bas, sans qu'il te voie, mais de façon à ce que lui seul t'entende, ces mots : *Tu viens bien tard, mon ange !*

Le squire regarda Rodolphe d'un air stupéfait.

— Sérieusement, monseigneur ?

— Sérieusement. Et s'il se retourne à ces mots, garde ce magnifique sang-froid que j'ai si souvent admiré, afin que ce monsieur ne puisse découvrir qui a prononcé ces paroles.

— Je n'y comprends rien, monseigneur; mais j'obéis.

Le digne Murph, avant la fin de la valse, était parvenu à se placer immédiatement derrière M. Charles Robert. Rodolphe, parfaitement posté pour ne rien perdre de l'effet de cette expérience, suivit attentivement Murph des yeux; au bout d'une seconde, M. Charles Robert se retourna brusquement d'un air interdit... Le squire impassible ne sourcilla pas; certes ce grand homme chauve, d'une figure imposante et grave, fut le dernier que le commandant soupçonna d'avoir prononcé ces mots, qui lui rappelaient le désagréable quiproquo dont madame Pipelet avait été la cause et l'héroïne.

La valse finie, Murph revint trouver Rodophe.

— Eh bien, monseigneur, ce jeune homme s'est retourné comme si je l'avais mordu. Ces mots sont donc magiques?

— Ils sont magiques, mon vieux Murph, ils m'ont découvert ce que je voulais savoir.

Rodolphe n'avait plus qu'à plaindre madame d'Harville d'une erreur d'autant plus dangereuse qu'il pressentait vaguement que Sarah en était complice ou confidente. A cette découverte, il ressentit un coup douloureux; il ne douta plus de la cause des chagrins de M. d'Harville, qu'il aimait tendrement : la jalousie les causait sans doute. Sa femme, douée de qualités charmantes, se sacrifiait à un homme qui le méritait si peu..... Maître d'un secret surpris par hasard, incapable d'en abuser, ne pouvant rien tenter pour éclairer madame d'Harville, qui d'ailleurs lui paraissait céder à l'entraînement aveugle de la passion, Rodolphe se voyait condamné à rester le témoin impassible de la perte de cette jeune femme, qu'il avait aimée, lui, avec autant de secret que de passion...que, malgré lui, il aimait encore...

Il fut tiré de ces réflexions par M. de Graün.

— Si V. A. R. veut m'accorder un moment d'entretien dans le petit salon du fond, où il n'y a personne, j'aurai l'honneur de lui rendre compte des renseignements qu'elle m'a ordonné de prendre.

Rodolphe suivit M. de Graün.

— La seule duchesse au nom de laquelle puissent se rapporter les initiales N et L est madame la duchesse de Lucenay, née de Noirmont — dit le baron — elle n'est pas ici ce soir. Je viens de voir son mari, M. de Lucenay, parti il y a cinq mois pour un voyage d'Orient qui devait durer plus d'une année ; il est revenu subitement il y a deux ou trois jours.

On se souvient que, dans sa visite à la maison de la rue du Temple, Rodolphe avait trouvé, sur le palier même de l'appartement du charlatan César Bradamanti, un mouchoir trempé de larmes, richement garni de dentelles, et dans l'angle duquel il avait remarqué les lettres N et L surmontées d'une couronne ducale. D'après son ordre, mais ignorant ces circonstances, M. de Graün s'était informé du nom des duchesses actuellement à Paris, et il avait obtenu les renseignements dont nous venons de parler.

Rodolphe comprit tout.

Il n'avait aucune raison de s'intéresser à madame de Lucenay, mais il ne put s'empêcher de frémir en songeant que si elle avait réellement rendu visite au charlatan, ce misérable, qui n'était autre que Polidori, possédant le nom de cette femme, qu'il avait fait suivre par Tortillard, pouvait abuser du terrible secret qui mettait la duchesse dans sa dépendance.

— Le hasard est quelquefois bien singulier, monseigneur — reprit M. de Graün.

— Comment cela ?

— Au moment où M. de Grangeneuve venait de me donner ces renseignements sur M. et madame de Lucenay, en ajoutant assez malignement que le retour imprévu de M. de Lucenay avait dû contrarier beaucoup la duchesse et un fort joli garçon, le plus merveilleux élégant de Paris, le vicomte de Saint-Remy, M. l'ambassadeur m'a demandé si je croyais que V. A. R. lui permettrait de lui présenter le vicomte, qui se trouve ici ; il vient d'être attaché à la légation de Gerolstein, et il serait trop heureux de cette occasion de faire sa cour à V. A. R.

Rodolphe ne put réprimer un mouvement d'impatience, et dit :

30

— Voilà qui m'est infiniment désagréable..... mais je ne puis refuser.....
Allons, dites au comte de *** de me présenter M. de Saint-Remy.

Malgré sa mauvaise humeur, Rodolphe savait trop son métier de prince
pour manquer d'affabilité dans cette occasion. D'ailleurs, l'on donnait M. de
Saint-Remy pour amant à la duchesse de Lucenay, et cette circonstance pi-
quait assez la curiosité de Rodolphe.

Le vicomte de Saint-Remy s'approcha, conduit par le comte de***. M. de
Saint-Remy était un charmant jeune homme de vingt-cinq ans, mince, svelte,
de la tournure la plus distinguée, de la physionomie la plus avenante ; il avait
le teint fort brun, mais de ce brun velouté, transparent et couleur d'ambre,
remarquable dans les portraits de Murillo ; ses cheveux noirs à reflet bleuâtre,
séparés par une raie au-dessus de la tempe gauche, très-lisses sur le front, se
bouclaient avec grâce autour de son visage, et laissaient à peine voir le lobe
incolore des oreilles ; le noir foncé de ses prunelles se découpait brillamment
sur le globe de l'œil, qui, au lieu d'être blanc, se nacrait de cette nuance légèrement azurée qui donne au regard des Indiens une expression si charmante.
Par un caprice de la nature, l'épaisseur soyeuse de sa petite moustache contrastait avec l'imberbe juvénilité de son menton et de ses joues, aussi unies
que celles d'une jeune fille ; il portait par coquetterie une cravate de satin noir
très-basse, qui laissait voir l'attache élégante de son cou, digne du *Jeune flú-
teur* antique.

Une seule perle rattachait les longs plis de sa cravate, perle d'un prix ines-
timable par sa grosseur, la pureté de sa forme et l'éclat de son orient, si vif
qu'une opale n'eût pas été plus splendidement irisée. D'un goût parfait, la
mise de M. de Saint-Remy s'harmonisait à merveille avec ce bijou d'une magnifique simplicité.

On ne pouvait jamais oublier la figure et la personne de M. de Saint-Remy,
tant il sortait du type ordinaire des élégants. Son luxe de voitures et de chevaux était extrême ; grand et beau joueur, le total de son *livre de paris de
courses* s'élevait toujours annuellement à deux ou trois mille louis. On citait sa
maison de la rue de Chaillot comme un modèle d'élégante somptuosité ; on
faisait chez lui une chère exquise, ensuite on jouait un jeu d'enfer, et il perdait souvent des sommes considérables avec l'insouciance la plus hospitalière ;
pourtant on savait la fortune du vicomte dissipée depuis long-temps. Tout
son bien lui venait de sa mère, et son père vivait pauvre et retiré au fond de
l'Anjou.

Pour expliquer les prodigalités incompréhensibles de M. de Saint-Remy,
les envieux ou les méchants parlaient, ainsi que l'avait fait Sarah, des grands
biens de la duchesse de Lucenay ; mais ils oubliaient qu'à part la vileté de
cette supposition M. de Lucenay avait naturellement un contrôle sur la fortune de sa femme, et que M. de Saint-Remy dépensait au moins 50,000 écus
ou 200,000 francs par an. D'autres parlaient d'usuriers imprudents, car
M. de Saint-Remy n'attendait plus d'héritage. D'autres enfin le disaient TROP

heureux sur le *turf* [1], et parlaient tout bas d'*entraîneurs* et de *jockeys* corrompus par lui pour faire perdre les chevaux contre lesquels il avait parié beaucoup d'argent... mais le plus grand nombre des gens du monde s'inquiétaient peu des moyens auxquels M. de Saint-Remy avait recours pour subvenir à son faste.

Il appartenait par sa naissance au meilleur et au plus grand monde; il était gai, brave, spirituel, bon compagnon, facile à vivre : il donnait d'excellents dîners de garçons, et tenait ensuite tous les enjeux qu'on lui proposait; que fallait-il de plus? Les femmes l'adoraient, on nombrait à peine ses triomphes de toutes sortes; il était jeune et beau, galant et magnifique dans toutes les occasions où un homme peut l'être avec des femmes du monde; enfin, grâce à l'engouement général, l'obscurité dont était entourée la source du Pactole où il puisait à pleines mains jetait même sur sa vie un certain charme mystérieux. On disait, en souriant insoucieusement : « Il faut que ce diable de Saint-Remy ait trouvé la pierre philosophale ! » En apprenant qu'il s'était fait attacher à la légation de France près le grand-duc de Gerolstein, d'autres personnes avaient pensé qu'il voulait faire une *retraite honorable*. Tel était M. de Saint-Remy.

Le comte de *** dit à Rodolphe, en le lui présentant :

— J'ai l'honneur de présenter à Votre Altesse Royale M. le vicomte de Saint-Remy, attaché à la légation de Gerolstein.

Le vicomte salua profondément, et dit à Rodolphe :

— V. A. R. daignera-t-elle excuser l'impatience que j'éprouve de lui faire ma cour? J'ai peut-être eu trop hâte de jouir d'un honneur auquel j'attachais tant de prix.

— Je serai, monsieur, très-satisfait de vous revoir à Gerolstein... Comptez-vous y aller bientôt?

— Le séjour de V. A. R. à Paris me rend moins empressé de partir.

— Le paisible contraste de nos cours allemandes vous étonnera beaucoup, monsieur, habitué que vous êtes à la vie de Paris.

— J'ose assurer à V. A. R. que la bienveillance qu'elle daigne me témoigner, et qu'elle voudra peut-être bien me continuer, m'empêcherait seule de jamais regretter Paris.

— Il ne dépendra pas de moi, monsieur, que vous pensiez toujours ainsi pendant le temps que vous passerez à Gerolstein.

Et Rodolphe fit une légère inclinaison de tête qui annonçait à M. de Saint-Remy que la présentation était terminée. Le vicomte salua et se retira. Le prince, très-physionomiste, était sujet à des sympathies ou à des aversions presque toujours justifiées. Après le peu de mots échangés avec M. de Saint-Remy, sans pouvoir s'en expliquer la cause, il éprouva pour ce brillant jeune homme une sorte d'éloignement involontaire. Il lui trouvait quelque chose de perfidement rusé dans le regard, et une *physionomie dangereuse*.

---

[1] *Turf*, terrain de course où s'engagent les paris.

Nous retrouverons M. de Saint-Remy dans des circonstances qui contras-
teront bien terriblement avec l'éclatante position qu'il occupait lors de sa présentation à Rodolphe; l'on jugera de la réalité des pressentiments de ce dernier.

Cette présentation terminée, Rodolphe, réfléchissant aux bizarres rencontres
que le hasard avait amenées, descendit au jardin d'hiver. L'heure du souper
était arrivée, les salons devenaient presque déserts; le lieu le plus reculé de
la serre chaude se trouvait au bout d'un massif, à l'angle d'une muraille
qu'un énorme bananier, entouré de plantes grimpantes, cachait presque entièrement; une petite porte de service, masquée par le treillage, et condui-
sant à la salle du buffet par un long corridor, était restée entr'ouverte, non
loin de cet arbre feuillu.

Abrité par ce paravent de verdure, Rodolphe s'assit en cet endroit. Il était
depuis quelques moments plongé dans une rêverie profonde, lorsque son nom,
prononcé par une voix bien connue, le fit tressaillir.

Sarah, assise de l'autre côté du massif qui cachait entièrement Rodolphe,
causait en anglais avec son frère Tom.

Le prince écouta attentivement l'entretien suivant :

— La marquise est allée un instant au bal du baron de Nerval — disait Sarah — elle s'est heureusement retirée sans pouvoir parler à Rodolphe, qui la cherchait; car je crains toujours l'influence qu'il exerce encore sur elle à son insu, influence que j'ai eu tant de peine à combattre et à détruire en partie... Enfin cette rivale, que j'ai toujours redoutée par pressentiment, et qui plus tard pouvait tant gêner mes projets... cette rivale sera perdue demain... Écoutez-moi, ceci est grave... mon frère.

— Vous vous trompez, jamais Rodolphe n'a aimé la marquise.

— Il est temps maintenant de vous donner quelques explications à ce sujet... Beaucoup de choses se sont passées pendant votre dernier voyage... et, comme il faut agir plus tôt que je ne pensais... ce soir même... en sortant d'ici, cet entretien est indispensable... Heureusement nous sommes seuls.

— Je vous écoute.

— Avant d'avoir vu Rodolphe, Clémence d'Harville, j'en suis sûre, n'avait jamais aimé... Je ne sais pour quelle raison elle éprouve un invincible éloignement pour son mari, qui l'adore. Il y a là un mystère que j'ai voulu en vain pénétrer. La présence de Rodolphe avait excité dans le cœur de Clémence mille émotions nouvelles. J'étouffai cet amour naissant par des révélations, ou plutôt par des calomnies accablantes pour le prince. Mais le besoin d'aimer était éveillé chez la marquise; rencontrant chez moi ce Charles Robert, elle a été frappée de sa beauté, frappée comme on l'est à la vue d'un tableau; cet homme est malheureusement aussi niais que beau, mais il a quelque chose de touchant dans le regard. J'exaltai la noblesse de son âme, l'élévation de son caractère. Je savais la *bonté* naturelle de madame d'Harville; j'attribuai à M. Robert les malheurs les plus intéressants; je lui recommandai d'être toujours mortellement triste, de ne procéder que par soupirs, et surtout de parler peu. Il a suivi mes conseils. Grâce à son talent de chanteur, à sa figure, à son apparence de tristesse incurable et à son silence, il s'est fait distinguer de madame d'Harville, qui a ainsi donné le change à ce besoin d'aimer que la vue de Rodolphe avait éveillé en elle... Comprenez-vous maintenant?

Parfaitement; continuez.

— Robert et madame d'Harville ne se voyaient intimement que chez moi; deux fois la semaine nous faisions de la musique à nous trois, le matin. Le beau ténébreux soupirait, disait quelques tendres mots à voix basse; il glissa deux ou trois billets. Je craignais encore plus sa prose que ses paroles; mais une femme est toujours indulgente pour les premières déclarations qu'elle reçoit: celles de mon protégé ne lui nuisirent pas, car, selon mon conseil, elles furent très-laconiques; l'important pour lui était d'obtenir un rendez-vous. Cette petite marquise avait plus de principes que d'amour, ou plutôt elle n'avait pas assez d'amour pour oublier les principes... A son insu, le souvenir de Rodolphe existait toujours au fond de son cœur, veillait pour ainsi dire sur elle et combattait son faible penchant pour M. Charles Robert... penchant beaucoup plus factice que réel... mais entretenu par l'exagération incessante de mes louanges à l'égard de cet Apollon sans cervelle, que je lui peignais toujours accablé de malheurs imaginaires. Enfin, Clémence, vaincue par l'air profondément désespéré de son adorateur, se décida un jour, beaucoup plus par pitié que par amour, à lui accorder ce rendez-vous si désiré.

— Vous avait-elle donc faite sa confidente ?

— Elle m'avait avoué son attachement pour M. Charles Robert, voilà tout. Je ne fis rien pour en savoir davantage; cela l'eût gênée... Mais lui, ravi de bonheur ou plutôt d'orgueil, me fit part de son bonheur, sans me dire pourtant ni le jour ni le lieu du rendez-vous.

— Comment l'avez-vous connu ?

— Karl, par mon ordre, alla le lendemain et le surlendemain de très-bonne heure s'embusquer à la porte de M. Robert et le suivit. Le second jour, vers midi, notre amoureux prit en fiacre le chemin d'un quartier perdu, rue du Temple... Il descendit dans une maison de mauvaise apparence; il y resta une heure et demie environ, puis s'en alla. Karl attendit long-temps pour voir si personne ne sortirait après M. Charles Robert. Personne ne sortit : la marquise avait manqué à sa promesse. Je le sus le lendemain par l'amoureux, aussi courroucé que désappointé. Je lui conseillai de redoubler de désespoir. La pitié de Clémence s'émut encore; nouveau rendez-vous, mais aussi vain que le premier. Une dernière fois cependant elle vint jusqu'à la porte : c'était un progrès. Vous voyez combien cette femme lutte... Et pourquoi ? Parce que, j'en suis sûre, et c'est ce qui cause ma haine contre elle, Clémence a toujours au fond du cœur une pensée pour Rodolphe, et cette pensée la défend et la protége. Enfin, ce soir, la marquise a donné à M. Robert un rendez-vous pour demain; cette fois, je n'en doute pas, elle s'y rendra. Le duc de Lucenay a si grossièrement ridiculisé ce jeune homme, que la marquise, bouleversée de l'humiliation de son adorateur, lui a accordé par compassion ce qu'elle ne lui eût peut-être pas accordé sans cela. Cette fois, je vous le répète, elle tiendra sa promesse.

— Quels sont vos projets ?

— M. Charles Robert est si peu fait pour comprendre la délicatesse du sentiment qui, ce soir, a dicté la résolution de la marquise, que demain il voudra profiter de ce rendez-vous : et il se perdra complétement; car Clémence se résigne à cette compromettante démarche sans entraînement, sans amour, et seulement par pitié. Je la connais, elle se rend là pour faire acte de courageux dévouement, mais très-décidée à ne pas oublier un moment ses devoirs. Le Charles Robert tentera de profiter de sa bonne fortune : la marquise le prendra en aversion; et, son illusion détruite, elle retombera sous l'influence de son premier amour pour Rodolphe, qui, j'en suis sûre, couve toujours au fond de son cœur.

— Eh bien ?

— Eh bien ! je veux qu'elle soit à jamais perdue pour Rodolphe. Il aurait, je n'en doute pas, moi, trahi tôt ou tard l'amitié de M. d'Harville en répondant à l'amour de Clémence; mais il prendra celle-ci en horreur, il ne la reverra jamais s'il la sait coupable d'une faute dont il n'aura pas été l'objet ; c'est un crime impardonnable pour un homme.

— Je conçois, vous voulez prévenir le mari afin qu'une rupture éclatante prouve au prince que la marquise est coupable ?

— Et cela sera d'autant plus facile que, d'après ce que m'a dit Clémence, le marquis a de vagues soupçons, sans savoir sur qui les fixer .. Il est minuit, nous allons quitter le bal ; vous descendrez au premier café venu, vous écrirez à M. d'Harville que sa femme se rend demain, à une heure, rue du Temple, n° 17, pour une entrevue amoureuse. Il est jaloux : il surprendra Clémence ; le reste va de soi-même !

— C'est une abominable action — dit froidement Seyton.

— Vous êtes scrupuleux, mon frère... Mes moyens sont odieux, soit... je brise ce qui entrave ma marche, soit encore... mais ai-je été ménagée, moi ?

— Non... aussi je suis votre complice... Tout à l'heure je ferai ce que vous désirez ; mais je vous répète que c'est une abominable action.

— Vous consentez néanmoins ?

— Il le faut... ce soir M. d'Harville sera instruit de tout. Et .. mais... il me semble qu'il y a quelqu'un là, derrière ce massif ! — dit tout à coup Seyton en s'interrompant et en parlant à voix basse. — J'ai cru entendre remuer.

— Voyez donc — dit Sarah avec inquiétude.

Seyton se leva, fit le tour du massif, et ne vit personne.

Rodolphe venait de disparaître par la petite porte dont nous avons parlé.

— Je me suis trompé — dit Seyton en revenant — il n'y a personne.

— C'est ce qu'il me semblait...

— Écoutez, Sarah, je ne crois pas la marquise aussi dangereuse que vous le pensez pour l'avenir de votre projet ; le prince a certains principes qu'il n'enfreindra jamais. Cette jeune fille qu'il a conduite à cette ferme il y a six semaines, cette jeune fille qu'il entoure de soins, à laquelle on donne une éducation choisie, et qu'il a été visiter plusieurs fois, m'inspire des craintes plus fondées. Nous ignorons qui elle est, quoiqu'elle semble appartenir à une classe obscure de la société. Mais la rare beauté dont elle est douée, le déguisement que le prince a pris pour la conduire dans ce village, l'intérêt croissant qu'il lui porte, tout prouve que cette affection n'est pas sans importance. Aussi j'ai été au-devant de vos désirs. Pour écarter cet autre obstacle, plus réel, je crois, il a fallu agir avec une extrême prudence, nous bien renseigner sur les gens de la ferme et sur les habitudes de cette jeune fille... Ces renseignements, je les ai ; le moment d'agir est venu ; le hasard m'a renvoyé cette horrible vieille qui avait gardé mon adresse. Ses relations avec des gens de l'espèce du brigand qui nous a attaqués lors de notre excursion dans la Cité nous serviront puissamment. Tout est prévu... il n'y aura aucune preuve contre nous... Et d'ailleurs, si cette créature, comme il y paraît, appartient à la classe ouvrière, elle n'hésitera pas entre nos offres et le sort même brillant qu'elle peut rêver, car le prince a gardé un profond incognito... Enfin demain cette question sera résolue, sinon... nous verrons...

— Ces deux obstacles écartés... Tom... alors notre grand projet...

— Il offre des difficultés, mais il peut réussir.

— Avouez qu'il aura une heureuse chance de plus si nous l'exécutons au moment où Rodolphe sera doublement accablé par le scandale de la conduite de madame d'Harville et par la disparition de cette créature à laquelle il s'intéresse tant... Dites, ne sera-ce pas le moment de lui persuader que la fille qu'il pleure encore chaque jour... n'est pas morte... et... alors...

— Silence, ma sœur — dit Seyton en interrompant Sarah — on revient du souper.—Puisque vous croyez utile de prévenir le marquis d'Harville du rendez-vous de demain, partons... il est tard.

— L'heure avancée de la nuit à laquelle lui sera donné cet avis en prouvera l'importance.

Tom et Sarah sortirent du bal de l'ambassadrice de ***.

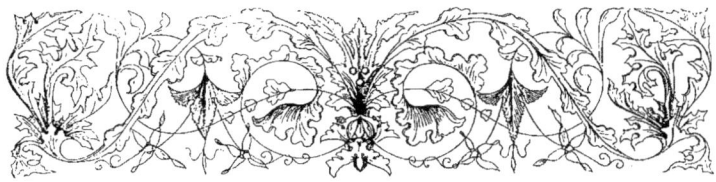

CHAPITRE XXVII.

Voulant à tout prix avertir madame d'Harville du danger qu'elle courait, Rodolphe avait quitté le jardin d'hiver sans attendre la fin de l'entretien de Seyton et de Sarah, ignorant ainsi le complot tramé par le frère et la sœur contre *Fleur-de-Marie* et le péril imminent qui menaçait cette jeune fille. Malgré son zèle, il ne put malheureusement prévenir la marquise, comme il l'espérait. Celle-ci, en sortant de l'ambassade, devait par convenance paraître un moment chez madame de Nerval; mais, vaincue par les émotions qui l'agitaient, madame d'Harville n'eut pas le courage d'aller à cette seconde fête, et rentra chez elle.

Ce contre-temps perdit tout.

M. de Graün, ainsi que presque toutes les personnes de la société de l'ambassadrice, était invité chez madame de Nerval. Rodolphe y conduisit rapidement le baron, avec ordre de chercher madame d'Harville dans le bal, et de la prévenir que le prince, désirant le soir même lui faire secrètement une communication du plus grand intérêt, se trouverait à pied devant l'hôtel d'Harville, et qu'il s'approcherait de la voiture de la marquise pour lui parler à sa portière pendant que les gens attendraient l'ouverture de la porte cochère.

Après beaucoup de temps perdu à chercher madame d'Harville dans ce bal, le baron revint... sans l'avoir rencontrée. Rodolphe fut au désespoir; il avait sagement pensé qu'il fallait avant tout avertir la marquise de la trahison dont on voulait la rendre victime; car alors la délation de Sarah, qu'il ne pouvait empêcher, passerait pour une indigne calomnie. Il était trop tard... la lettre infâme de la comtesse Mac-Gregor était parvenue au marquis à une heure après minuit.

. . . .

Le lendemain matin M. d'Harville se promenait lentement dans sa chambre à coucher, meublée avec une élégante simplicité et seulement ornée d'une panoplie d'armes modernes et d'une étagère garnie de livres.

Le lit n'avait pas été défait, pourtant la courte-pointe de soie pendait en lambeaux; une chaise et une petite table d'ébène à pieds tors étaient renversées près de la cheminée ; ailleurs on voyait sur le tapis les débris d'un verre de cristal , des bougies à demi écrasées et un flambeau à deux branches qui avait roulé au loin.

Ce désordre semblait causé par une lutte violente...

M. d'Harville avait trente ans environ , une figure mâle et caractérisée, d'une expression ordinairement agréable et douce, mais alors contractée, pâle, violacée ; il portait ses habits de la veille ; son cou était nu, son gilet ouvert ; sa chemise déchirée paraissait tachée çà et là de quelques gouttes de sang ; ses cheveux bruns, ordinairement bouclés, retombaient roides et emmêlés sur son

front livide. Après avoir encore long-temps marché , les bras croisés , la tête basse , le regard fixe et rouge , il s'arrêta brusquement devant son foyer éteint, malgré la forte gelée survenue pendant la nuit. Il prit sur le marbre de la cheminée la lettre suivante, qu'il relut, avec une dévorante attention, à la clarté blafarde et matinale de ce jour d'hiver :

« *Demain , à une heure , votre femme doit se rendre rue du Temple , n° 17, pour une amoureuse entrevue. Suivez-la , et vous saurez tout... Heureux époux !* »

A mesure qu'il lisait ces mots , déjà tant de fois lus pourtant... les lèvres de M. d'Harville, bleuies par le froid, semblaient convulsivement épeler lettre par lettre ce funeste billet.

A ce moment la porte s'ouvrit, un valet de chambre entra. Ce serviteur, déjà vieux, avait les cheveux gris, une figure honnête et bonne.

Le marquis retourna brusquement la tête sans changer de position, tenant toujours la lettre entre ses deux mains.

— Que veux-tu ? — dit-il durement au domestique.

Celui-ci, au lieu de répondre, contemplait d'un air de stupeur douloureuse le désordre de la chambre ; puis, regardant attentivement son maître, il s'écria :

— Du sang à votre chemise... Mon Dieu ! mon Dieu, monsieur, vous vous serez blessé... Vous étiez seul... Pourquoi ne m'avez-vous pas sonné... comme à l'ordinaire... lorsque vous avez ressenti les...

— Va-t'en...

— Mais, monsieur le marquis, vous n'y pensez pas, votre feu est éteint, il fait ici un froid mortel, et surtout... après... votre...

— Te tairas-tu !.. laisse-moi !

— Pardon, monsieur le marquis — reprit le valet de chambre tout tremblant — mais vous avez donné ordre à M. Doublet d'être ici ce matin à dix heures et demie ; il est là avec le notaire.

— C'est juste — dit amèrement le marquis en reprenant son sang-froid. — Quand on est riche, il faut songer aux affaires... C'est si beau, la fortune !... — Puis il ajouta : — Fais entrer M. Doublet dans mon cabinet.

— Il y est, monsieur le marquis.

— Donne-moi de quoi m'habiller... Tout à l'heure... je sortirai...

— Mais, monsieur le marquis...

— Fais ce que je te dis, Joseph — dit M. d'Harville d'un ton plus doux. Et il ajouta : — Est-on déjà entré chez ma femme ?

— Je ne crois pas que madame la marquise ait encore sonné.

— On me préviendra dès qu'elle sonnera.

— Oui, monsieur le marquis.

— Dis à Philippe de venir t'aider ; tu n'en finiras pas !

— Mais, monsieur, attendez que j'aie un peu rangé ici — répondit tristement Joseph. — On s'apercevrait de ce désordre, et l'on ne comprendrait pas ce qui a pu arriver cette nuit à monsieur le marquis...

— Et si l'on comprenait... ce serait bien hideux, n'est-ce pas ? — reprit M. d'Harville d'un ton de raillerie douloureuse.

— Ah! monsieur — s'écria Joseph — Dieu merci ! personne ne se doute...

— Personne ?... Non ! personne... — répondit le marquis d'un air sombre.

Pendant que Joseph s'occupait de réparer le désordre de la chambre de son maître, celui-ci alla droit à la panoplie dont nous avons parlé, examina attentivement pendant quelques minutes les armes qui la composaient, fit un geste de satisfaction sinistre, et dit à Joseph :

— Je suis sûr que tu as oublié de faire nettoyer mes fusils qui sont là-haut dans mon nécessaire de chasse?

— Monsieur le marquis ne m'en a pas parlé — dit Joseph d'un air étonné.

— Si; mais tu l'as oublié.

— Je proteste à monsieur le marquis...

— Ils doivent être dans un bel état!...

— Il y a un mois à peine qu'on les a rapportés de chez l'armurier.

— Il n'importe : dès que je serai habillé, va me chercher ce nécessaire; j'irai peut-être à la chasse demain ou après, je veux examiner ces fusils.

— Je les descendrai tout à l'heure, monsieur le marquis.

La chambre remise en ordre, un second valet de chambre vint aider Joseph.

La toilette terminée, M. d'Harville entra dans le cabinet où l'attendaient M. Doublet, son intendant, et un clerc de notaire.

— C'est l'acte que l'on vient lire à monsieur le marquis — dit l'intendant; — il ne reste plus qu'à le signer.

— Vous l'avez lu, monsieur Doublet?

— Oui, monsieur le marquis.

— En ce cas, cela suffit... je signe...

Il signa, le clerc sortit.

— Moyennant cette acquisition, monsieur le marquis — dit M. Doublet d'un air triomphant — votre revenu foncier, en belles et bonnes terres, ne va pas à moins de 126,000 francs en sacs... Savez-vous que cela est rare, monsieur le marquis, un revenu de 126,000 francs en terres?

— Je suis un homme bien heureux, n'est-ce pas, monsieur Doublet! 126,000 livres de rente en terres!... Il n'y a pas de félicité pareille!

— Sans compter le portefeuille de monsieur le marquis... qui va à plus de deux millions... sans compter...

— Certainement, sans compter... tant d'autres bonheurs encore!

— Dieu soit loué! monsieur le marquis, car il ne vous manque rien : jeunesse, richesse, santé... tous les bonheurs réunis enfin; et parmi eux — dit M. Doublet en souriant agréablement — ou plutôt à leur tête... je mets celui d'être l'époux de madame la marquise et d'avoir une charmante petite fille qui ressemble à un chérubin...

M. d'Harville jeta un regard sinistre sur l'intendant.

Nous renonçons à peindre l'expression de sauvage ironie avec laquelle il dit à M. Doublet, en lui frappant familièrement sur l'épaule :

— Avec environ 250,000 livres de rente, une femme comme la mienne... et un enfant qui ressemble à un chérubin..... il ne reste plus rien à désirer, n'est-ce pas?

— Eh! eh! monsieur le marquis — répondit naïvement l'intendant — il vous reste à désirer de vivre le plus long-temps possible... pour marier mademoiselle votre fille et être grand-père... Arriver grand-père... c'est ce que je souhaite de tout mon cœur à monsieur le marquis, comme à madame la marquise d'être grand'mère et arrière-grand'mère...

— Ce bon monsieur Doublet... qui songe à Philémon et à Baucis ! Il est toujours plein d'à-propos !

— Monsieur le marquis est trop bon... Il n'a rien à m'ordonner?...

— Rien... Ah ! si, pourtant... Combien avez-vous en caisse?

— Vingt-neuf mille trois cent et quelques francs pour le courant, monsieur le marquis, sans compter l'argent déposé à la Banque.

— Vous m'apporterez ce matin 20,000 francs en or, et vous les remettrez à Joseph si je suis sorti.

— Ce matin?

— Ce matin...

— Dans une heure les fonds seront ici... Monsieur le marquis n'a plus rien à me dire?

— Non, monsieur Doublet.

— Cent vingt-six mille francs de rente en terres! en sacs! — répéta l'intendant en s'en allant. — C'est un beau jour pour moi que celui-ci; je craignais tant que cette ferme si à notre convenance ne nous échappât... Votre serviteur, monsieur le marquis.

— Au revoir, monsieur Doublet.

A peine l'intendant fut-il sorti, que M. d'Harville tomba sur un fauteuil avec accablement; il appuya ses deux coudes sur son bureau et cacha sa figure dans ses mains... Pour la première fois depuis qu'il avait reçu la lettre fatale de Sarah, il put pleurer.

— Oh ! — disait-il — cruelle dérision de la destinée... qui m'a fait riche !... Que mettre dans ce cadre d'or maintenant? Ma honte... l'infamie de Clémence ! infamie qu'un éclat va faire rejaillir peut-être jusque sur le front de ma fille !... Cet éclat, dois-je m'y résoudre, ou dois-je avoir pitié... de...

Puis, se levant, l'œil étincelant, les dents convulsivement serrées, il s'écria d'une voix sourde :

— Non... non... du sang, du sang! le terrible sauve du ridicule !...... Je comprends maintenant son aversion... La misérable !...

Puis, s'arrêtant tout à coup, comme atterré par une réflexion soudaine, il reprit d'une voix sourde :

— Son aversion... oh! je sais bien ce qui la cause; je lui fais horreur... je l'épouvante !...

Et après un long silence :

— Mais est-ce ma faute, à moi? Faut-il qu'elle me trompe pour cela?..... Au lieu de haine... n'est-ce pas de la pitié que je mérite? — reprit-il en s'animant par degrés. — Non, non, du sang !... tous deux... tous deux !... car elle lui a sans doute *tout dit*... à l'AUTRE.

Cette pensée redoubla la fureur du marquis. Il leva ses deux poings crispés vers le ciel; puis, passant sa main brûlante sur ses yeux, et sentant la nécessité de rester calme devant ses gens, il rentra dans sa chambre à coucher avec une apparente tranquillité : il y trouva Joseph.

— Eh bien, les fusils?

— Les voilà, monsieur le marquis; ils sont en parfait état.

— Je vais m'en assurer... Ma femme a-t-elle sonné?

— Je ne sais pas, monsieur le marquis.

— Va t'en informer.

Le valet de chambre sortit.

M. d'Harville se hâta de prendre dans la boîte à fusils une petite poire à poudre, quelques balles, des capsules; puis il referma le nécessaire et garda la clef; il alla ensuite à la panoplie, y prit une paire de pistolets de MANTON de demi-grandeur, les chargea, et les fit facilement entrer dans les poches de sa longue redingote du matin.

Joseph revint.

— Monsieur, on peut entrer chez madame la marquise.

— Est-ce que madame d'Harville a demandé sa voiture?

— Non, monsieur le marquis; mademoiselle Juliette a dit devant moi au chef d'écurie, qui venait demander les ordres de madame la marquise pour la matinée, que, comme il faisait froid et sec, madame sortait à pied... si elle sortait.

— Très-bien... Ah! j'oubliais : si je vais à la chasse, ce sera demain ou après... Dis à Williams de visiter le petit briska de voyage ce matin même; tu m'entends?

— Oui, monsieur le marquis... Vous ne voulez pas votre canne?

— Non... N'y a-t-il pas une place de fiacres ici près?

— Tout près, au coin de la rue de Lille.

Après un moment d'hésitation et de silence, le marquis reprit :

— Va demander à mademoiselle Juliette si madame d'Harville est visible.

Joseph sortit.

— Allons... c'est un spectacle comme un autre. Oui, je vais aller chez elle et observer le masque doucereux et perfide sous lequel cette infâme rêve sans doute l'adultère de tout à l'heure; j'écouterai sa bouche mentir pendant que je lirai le crime dans ce cœur déjà vicié... Oui... cela est curieux, voir comment vous regarde, vous parle et vous répond une femme qui, l'instant d'après, va souiller votre nom d'une de ces taches ridicules et horribles qu'on ne lave qu'avec des flots de sang... Fou que je suis! elle me regardera, comme toujours, le sourire aux lèvres, la candeur au front! Elle me regardera comme elle regarde sa fille en la baisant au front et en lui faisant prier Dieu... Le regard... le miroir de l'âme! — et il haussa les épaules avec mépris — plus il est doux et pudique, le regard, plus il est faux et corrompu. Elle le prouve... et j'y ai été pris comme un sot... O rage! quel froid et insolent mépris elle devait avoir pour moi lorsqu'au moment peut-être où elle allait trouver... l'*autre*... elle m'entendait la combler de preuves d'estime et de tendresse... Je lui parlais comme à une jeune mère chaste et sérieuse, en qui j'avais mis l'espoir de toute ma vie... et elle allait... Oh! non! non! — s'écria M. d'Harville en sentant sa fureur s'augmenter — non! je ne la verrai pas, je ne veux pas la voir... ni ma fille non plus... je me trahirais, je compromettrais ma vengeance.

En sortant de chez lui, au lieu d'entrer chez madame d'Harville, il dit seulement à la femme de chambre de la marquise :

— Vous direz à madame d'Harville que je désirais lui parler ce matin, mais que je suis obligé de sortir pour un moment; si par hasard il lui convenait de déjeuner avec moi, je serai rentré vers midi.

— Pensant que je vais rentrer, elle se croira beaucoup plus libre — se dit M. d'Harville. Et il se rendit à une place de fiacres assez voisine de sa maison.

— Cocher, à l'heure!

— Oui, bourgeois, il est onze heures et demie. Où allons-nous?

— Rue de Belle-Chasse, au coin de la rue Saint-Dominique, le long du mur d'un jardin qui se trouve là... tu attendras.

— Oui, bourgeois.

Les stores baissés, le fiacre partit, et arriva bientôt presque en face de l'hôtel d'Harville. De cet endroit, personne ne pouvait sortir de chez le marquis sans

qu'il le vît. Le rendez-vous accordé par sa femme était pour une heure; l'œil ardemment fixé sur la porte de sa demeure, il attendit... Sa pensée était entraînée par un torrent de colères si effrayantes, si vertigineuses, que le temps lui semblait passer avec une incroyable rapidité... Midi sonnait à Saint-Thomas-d'Aquin, lorsque la porte de l'hôtel d'Harville s'ouvrit lentement, et la marquise sortit.

— Déjà!... Ah! quelle attention! Elle craint de faire attendre l'*autre*!... — se dit le marquis avec une ironie farouche.

Le froid était vif, le pavé sec. Clémence portait un chapeau noir, recouvert d'un voile de blonde de la même couleur, et une douillette de soie *raisin de Corinthe*; son immense châle de cachemire bleu-foncé retombait jusqu'au bas de sa robe, qu'elle releva légèrement et gracieusement pour traverser la rue. Grâce à ce mouvement, on vit jusqu'à la cheville son petit pied étroit et cambré, merveilleusement chaussé d'une bottine de satin turc.

Chose étrange, malgré les terribles idées qui le bouleversaient, M. d'Harville remarqua dans ce moment le pied de sa femme, qui ne lui avait jamais paru plus coquet et plus joli... Cette vue exaspéra sa fureur; en songeant à son rival abhorré, il sentit jusqu'au vif les morsures aiguës de la *jalousie sensuelle*... En une seconde, toutes les ardentes folies de l'amour heureux et passionné se peignirent à sa pensée en traits de flamme... Alors, pour la première fois de sa vie, il ressentit au cœur une affreuse douleur physique, un élancement profond, incisif, pénétrant, qui lui arracha un cri sourd.

Jusqu'à ce moment son âme seule avait souffert... il n'avait songé qu'à la sainteté des devoirs outragés; mais son dernier ressentiment fut si cruel, qu'il put à peine dissimuler l'altération de sa voix pour parler au cocher, en soulevant à demi le store.

— Tu vois bien cette dame en châle bleu et en chapeau noir, qui va le long du mur?

— Oui, bourgeois.

— Marche au pas, et suis-la... Si elle va à la place des fiacres où je t'ai pris, arrête-toi, et suis la voiture où elle montera.

— Oui, bourgeois... Tiens, tiens, c'est amusant!

Madame d'Harville se rendit en effet à la place des fiacres, et monta dans une de ces voitures.

Le cocher de M. d'Harville la suivit.

Les deux fiacres partirent.

Au bout de quelque temps, au grand étonnement du marquis, son cocher prit le chemin de Saint-Thomas-d'Aquin, et bientôt il s'arrêta devant cette église.

— Eh bien! que fais tu?

— Bourgeois, la dame vient de descendre à l'église... Sapristi!... jolie petite jambe tout de même... C'est très-amusant!

Mille pensées diverses agitèrent M. d'Harville; il crut d'abord que sa femme, remarquant qu'on la suivait, voulait dérouter les poursuites. Puis il songea que peut-être la lettre qu'il avait reçue était une calomnie indigne...

Si Clémence était coupable, à quoi bon cette fausse apparence de piété !
N'était-ce pas une dérision sacrilége ! Un moment M. d'Harville eut une lueur
d'espoir, tant il y avait de contraste entre cette apparente piété et la démarche
dont il accusait sa femme... Cette consolante illusion ne dura pas long-temps.

Le cocher se pencha et lui dit :

— Bourgeois, la petite dame remonte en voiture.

— Suis-la...

— Oui, bourgeois !... Ah ! mais très-amusant... très-amusant !...

Le fiacre gagna les quais, l'Hôtel-de-Ville, la rue Sainte-Avoye, et enfin
la rue du Temple.

— Bourgeois — dit le cocher en se retournant vers M. d'Harville — le
camarade vient d'arrêter au n° 17, nous sommes au 13, faut-il arrêter aussi !

— Oui !...

— Bourgeois, la petite dame vient d'entrer dans l'allée du n° 17.

— Ouvre-moi.

— Oui, bourgeois...

Quelques secondes après, M. d'Harville entrait dans l'allée sur les pas de
sa femme.

Madame d'Harville entra dans la maison.

Attirés par la curiosité, madame Pipelet, Alfred et l'écaillère étaient groupés
sur le seuil de la porte de la loge. L'escalier était si sombre qu'en arrivant
du dehors on ne pouvait en apercevoir une seule marche; la marquise, obligée
de s'adresser à madame Pipelet, lui dit d'une voix altérée, presque défaillante :

— Madame, où est l'escalier, s'il vous plaît?

— Un instant; où allez-vous, madame?

— Chez M. Charles... madame !...

— Monsieur... qui? — répéta la vieille, feignant de n'avoir pas entendu,
afin de donner le temps à son mari et à l'écaillère d'examiner les traits de la
malheureuse femme à travers son voile.

— Je demande... M. Charles... madame — répéta Clémence d'une voix
tremblante, et en baissant la tête pour tâcher de dérober ses traits aux regards
qui l'examinaient avec une si insolente curiosité.

— Ah! M. Charles! à la bonne heure... vous parlez si bas que je n'avais
pas entendu..... Eh bien! ma belle petite dame, puisque vous allez chez
M. Charles, beau jeune homme aussi, montez tout droit, c'est la porte en face.

La marquise, accablée de confusion, mit le pied sur la première marche.

— Eh! eh! eh! — ajouta la vieille en ricanant — il paraît que c'est pour
tout de bon aujourd'hui. Vive la noce! et allllez donc!

— Ça n'empêche pas qu'il est amateur, le commandant — reprit l'écaillère
d'une grosse voix — elle n'est pas piquée des vers, sa margot...

S'il ne lui avait pas fallu passer de nouveau devant la loge où se tenaient
ces créatures, madame d'Harville, mourant de honte et de frayeur, serait re-
descendue à l'instant même. Elle fit un dernier effort et arriva sur le palier.

Quelle fut sa stupeur!... Elle se trouva face à face avec Rodolphe, qui, lui mettant une bourse dans la main, lui dit précipitamment :

— Votre mari sait tout, il vous suit...

A ce moment on entendit la voix aigre de madame Pipelet s'écrier :

— Où allez-vous, monsieur?

— C'est lui! — dit Rodolphe; et il ajouta rapidement, en poussant pour ainsi dire madame d'Harville vers l'escalier du second étage : — Montez au cinquième; vous venez secourir une famille malheureuse, ils s'appellent Morel.....

— Monsieur, si vous ne me dites pas chez qui vous allez, vous me passerez sur le corps comme à la vieille garde de Waterloo — s'écria madame Pipelet en barrant le passage à M. d'Harville.

Voyant, du bout de l'allée, sa femme parler à la portière, le marquis s'était aussi arrêté un moment.

— J'accompagne cette dame... qui vient d'entrer — dit le marquis.

— Ah bah! s'écria madame Pipelet d'un air ébahi — alors c'est différent, passez.

Entendant un bruit inusité, M. Charles Robert entre-bâilla sa porte; Rodolphe la poussa brusquement, entra chez le commandant et s'y renferma avec lui au moment où M. d'Harville arrivait sur le palier. Le prince craignant, malgré l'obscurité, d'être reconnu par le marquis, avait profité de cette occasion de lui échapper sûrement.

M. Charles Robert, magnifiquement vêtu de sa robe de chambre de lampas rouge à ramages orangés et de son bonnet grec de velours brodé, resta stupéfait à la vue de Rodolphe, qu'il n'avait pas aperçu la veille à l'ambassade, et qui était en ce moment fort modestement vêtu.

— Monsieur... que signifie?... lui dit-il avec hauteur.

— Taisez-vous! — répondit Rodolphe à voix basse, avec une telle expression d'angoisse que M. Charles Robert se tut machinalement.

Un bruit violent comme celui d'un corps qui tombe et qui roule sur plusieurs degrés, retentit dans le silence de l'escalier.

Le malheureux l'a tuée! — s'écria Rodolphe.

— Tuée!... qui? mais que se passe-t-il donc ici? — dit M. Charles Robert à voix basse et en pâlissant. Sans lui répondre, Rodolphe entr'ouvrit la porte. Et il vit descendre en se hâtant et en boitant le petit Tortillard; il tenait à la main la bourse de soie rouge que Rodolphe venait de donner à madame d'Harville.

Tortillard disparut.

On entendit le pas léger de madame d'Harville et le pas plus pesant de son mari, qui continuait de la suivre aux étages supérieurs. Ne comprenant pas comment Tortillard avait cette bourse en sa possession, mais un peu rassuré, Rodolphe dit impérieusement à M. Robert :

— Ne sortez pas d'ici avant une heure, monsieur.

— Comment, monsieur, que je ne sorte pas ! — reprit M. Robert d'un ton impatient et courroucé — qu'est-ce que cela signifie ? qui êtes-vous et de quel droit !...

— M. d'Harville sait tout, il a suivi sa femme jusqu'à votre porte, et il la suit là-haut.

— Ah ! mon Dieu, mon Dieu ! — s'écria Charles Robert en joignant les mains avec stupeur. — Mais qu'est-ce qu'elle va faire là-haut ? Comment sortira-t-elle de là ?

— Restez chez vous et ne bougez pas avant que la portière ne vous avertisse — dit Rodolphe; et, laissant le commandant fort inquiet, il descendit à la loge.

— Eh bien ! dites donc — s'écria madame Pipelet d'un air rayonnant — ça chauffe, ça chauffe ! il y a un monsieur qui suit la petite dame. C'est sans doute le mari, le *jaunet* ; j'ai deviné ça tout de suite, et je l'ai laissé monter. Il va se massacrer avec le commandant, ça fera du bruit dans le quartier : on fera queue pour venir voir la maison comme on a été voir le n° 36, où il s'est commis un *assassin*. Mais c'est étonnant qu'on ne les entende pas se prendre de bec !

— Ma chère madame Pipelet, voulez-vous me rendre un grand service ? — Et Rodolphe mit cinq louis dans la main de la portière. — Lorsque cette petite dame va descendre... demandez-lui comment vont les pauvres Morel; dites-lui qu'elle fait une bonne œuvre en les secourant, ainsi qu'elle l'avait promis la dernière fois qu'elle est venue prendre des informations sur eux.

Madame Pipelet regardait l'argent et Rodolphe avec stupeur.

— Comment... monsieur, cet or... c'est pour moi ?.. et cette petite dame... elle n'est donc pas chez le commandant ?

— Le monsieur qui la suit est le mari. Avertie à temps, la pauvre femme a pu monter chez les Morel, à qui elle a l'air d'apporter des secours; comprenez-vous ?

— Si je vous comprends ! . Certainement, roupie sur l'ongle, comme dit cet autre ! Il faut que je vous aide à enfoncer le mari... ça me va... comme un gant !.. Et alllllez donc !!! on dirait que je n'ai fait que ça toute ma vie... dites donc !...

Ici on vit le chapeau-tromblon de M. Pipelet se redresser brusquement dans la pénombre de la loge.

— Anastasie — dit gravement Alfred — voilà que tu ne respectes rien du tout sur la terre, comme M. César Bradamanti. Il est des choses qu'on ne doit jamais railler, même dans le charme de l'intimité...

— Voyons, voyons, vieux chéri, ne fais pas la bégueule et tes gros yeux en boule de loto... tu vois bien que je plaisante. Est-ce que tu ne sais pas qu'il n'y a personne sous la calotte des cieux qui puisse se vanter de... Enfin suffit... Si j'oblige cette jeune dame, c'est par rapport à notre nouveau locataire, qui est si bon qu'on peut dire que c'est le roi des locataires. — Puis, se retournant vers Rodolphe : — Vous allez me voir travailler !.. voulez-vous rester là dans le coin derrière le rideau ?.. Tenez, justement je les entends.

Rodolphe se hâta de se cacher.

Monsieur et madame d'Harville descendaient. Le marquis donnait le bras à sa femme. Lorsqu'ils arrivèrent en face de la loge, les traits de M. d'Harville exprimaient un bonheur profond, mêlé d'étonnement et de confusion.

Clémence était calme et pâle.

— Eh bien, ma bonne petite dame... — s'écria madame Pipelet en sortant de sa loge — vous les avez vus, ces pauvres Morel ? J'espère que ça fend le cœur ! Ah ! mon Dieu ! c'est une bien bonne œuvre que vous faites là... Je vous l'avais dit, qu'ils étaient fameusement à plaindre, la dernière fois que vous êtes venue aux informations. Soyez tranquille, allez, vous n'en ferez jamais assez pour de si braves gens... n'est-ce pas, Alfred ?

Alfred, dont la pruderie et la droiture naturelle se révoltaient à l'idée d'entrer dans ce complot anti-conjugal, répondit par une sorte de grognement aussi vague que discordant

Madame Pipelet reprit :

— Pardon, excuse, madame, c'est qu'Alfred a sa crampe au pylore, c'est ce qui fait qu'on ne l'entend pas ; sans cela il vous dirait, comme moi, que ces pauvres gens vont bien prier le bon Dieu pour vous, ma digne dame !

M. d'Harville regardait sa femme avec admiration, et répétait :

— Un ange ! un ange ! Oh ! la calomnie !

— Un ange ! Vous avez raison, monsieur — dit madame Pipelet — et un bon ange du bon Dieu encore !...

— Mon ami, partons — dit madame d'Harville, qui, souffrant horriblement de la contrainte qu'elle s'imposait depuis son entrée dans cette maison ; sentait ses forces à bout.

— Partons — dit le marquis.

Au moment de sortir de l'allée, il dit à sa femme :

— Clémence, j'ai bien besoin de pardon et de pitié !...

— Qui n'en a pas besoin ? — dit la marquise avec un soupir.

Rodolphe sortit de sa retraite, profondément ému de cette scène de terreur mélangée de ridicule et de grossièreté, dénoûment bizarre d'un drame mystérieux qui avait soulevé tant de passions diverses.

— Eh bien ! — dit madame Pipelet — j'espère que je l'ai joliment fait aller, le jaunet ! Il mettrait maintenant sa femme sous cloche, avec une étiquette... Pauvre cher homme ! il me fait de la peine..... Et vos meubles, monsieur Rodolphe, on ne les a pas apportés.

— Je vais m'en occuper... Vous pouvez maintenant avertir le commandant qu'il peut descendre...

— C'est vrai... Dites donc, en voilà une farce !... Il paraît qu'il aura loué son appartement pour le roi de Prusse... C'est bien fait... avec ses mauvais 12 francs par mois... Voilà la quatrième fois qu'on le fait aller.

Rodolphe sortit.

— Alfred — dit madame Pipelet — au tour du commandant, maintenant... Je vais joliment rire !

Et elle monta chez M. Charles Robert ; elle sonna ; il ouvrit.

— Commandant ! — et Anastasie porta militairement le dos de sa main à sa perruque — je viens vous déprisonner... Ils sont partis bras dessus bras dessous, le mari et la femme, à votre nez et à votre barbe. C'est égal, vous en réchappez d'une belle... grâce à M. Rodolphe ; vous lui devez une fière chandelle !...

— Ce monsieur mince et à moustaches s'appelle M. Rodolphe ?

— Lui-même...

— Qu'est-ce que c'est que cet homme-là ?

— Cet homme-là... — s'écria madame Pipelet d'un air courroucé — il en vaut bien un autre ! deux autres ! C'est un commis-voyageur, le roi des locataires, car il n'a qu'une pièce et ne lésine pas, lui..... il m'a donné 6 francs pour son ménage ; 6 francs, et du premier coup encore !... 6 francs sans marchander !

— C'est bon... c'est bon... Tenez, voilà la clef.

— Faudra-t-il faire du feu demain, commandant ?

— Non !

— Et après-demain ?

— Non ! non !

— Eh bien, commandant, vous souvenez-vous, quand je vous disais que vous ne feriez pas vos frais ?...

M. Charles Robert jeta un regard furieux sur la portière et sortit, ne pouvant comprendre comment un commis-voyageur, M. Rodolphe, s'était trouvé instruit de son rendez-vous avec la marquise d'Harville.

Au moment où le commandant sortit de l'allée, Tortillard y entrait clopinant.

— Te voilà, mauvais sujet — dit madame Pipelet.

— La Borgnesse n'est pas venue me chercher ? — demanda le *gamin* à la portière, sans lui répondre.

— La Chouette ? non, vilain monstre. Pourquoi donc qu'elle viendrait te chercher ?

— Tiens, pour me mener à la campagne, donc ! — dit Tortillard en se balançant à la porte de la loge.

— Et ton maître ?

— Mon père a demandé à M. Bradamanti de me donner congé aujourd'hui... pour aller à la campagne... à la campagne... à la campagne — psalmodia le fils de Bras-Rouge en chantonnant et en tambourinant sur les carreaux de la loge.

— Veux-tu finir, scélérat... tu vas casser mes vitres ! Mais voilà un fiacre.

— Ah ! bon, c'est la Chouette — dit l'enfant ; — quel bonheur d'aller en voiture !

En effet, à travers la glace et sur le store rouge opposé, on vit se dessiner le profil glabre et terreux de la Borgnesse.

Elle fit signe à Tortillard, il accourut.

Le cocher lui ouvrit la portière, il monta dans le fiacre.

La Chouette n'était pas seule.

Dans l'autre coin de la voiture, enveloppé dans un vieux manteau à collet fourré, les traits à demi cachés par un bonnet de soie noire qui tombait sur ses sourcils... on apercevait le *Maître d'école.*

Ses paupières rouges laissaient voir, pour ainsi dire, *deux yeux blancs,* immobiles, sans prunelles, et qui rendaient plus effrayant encore son visage couturé, hideux et marbré par le froid.

— Allons, *môme,* couche-toi sur les *arpions* de mon homme, tu lui tiendras chaud, dit la Borgnesse à Tortillard, qui s'accroupit comme un chien entre les jambes du Maître d'école et de la Chouette.

— Maintenant — dit le cocher du fiacre — à la *gernaffle* [1] de Bouqueval ! n'est-ce pas, la Chouette ? Tu verras que je sais *trimballer une roite* [2].

— Et surtout *riffaude ton gaye* [3] — dit le Maître d'école, car il faut que nous empaumions la jeune fille ce soir.

[1] A la ferme. — [2] Conduire une voiture. — [3] Chauffe ton cheval.

— Sois tranquille, *sans-mirettes* [1], il *défouraillera* [2] jusqu'à la *traviole* [3].

— Veux-tu que je te donne une *médecine* [4] ? dit le Maître d'école.

— Laquelle ? — répond le cocher.

— *Prends de l'air* en passant devant les *sondeurs* [5] ; ils pourraient te reconnaître, tu as été long-temps rôdeur de barrières.

— J'ouvrirai l'œil — dit l'autre en montant sur son siége.

D'après ce langage d'argot, on devine facilement que le cocher improvisé était un brigand, digne compagnon du Maître d'école.

La voiture quitta la rue du Temple.

Deux heures après, à la tombée du jour, ce fiacre, renfermant le *Maître d'école*, *la Chouette* et *Tortillard*, s'arrêta devant une croix de bois marquant l'embranchement d'un chemin creux et désert qui conduisait à la ferme de Bouqueval, où se trouvait *la Goualeuse*, sous la protection de madame Georges.

[1] Sans yeux. — [Œil, *mirette* : encore un mot presque gracieux dans cet épouvantable vocabulaire.] — [2] Il courra. — [3] Jusqu'à la traverse. — [4] Un conseil. Donneur de conseils : *médecin*. — [5] Va vite en passant devant les commis de la barrière.

CHAPITRE XXVIII.

IDYLLE.

Cinq heures sonnaient à l'église du petit village de Bouqueval ; le froid était vif, le ciel clair ; le soleil, s'abaissant lentement derrière les grands bois effeuillés qui couronnent les hauteurs d'Écouen, empourprait l'horizon et jetait ses rayons pâles et obliques sur les vastes plaines durcies par la gelée.

Aux champs, chaque saison offre presque toujours des aspects charmants. Tantôt la neige éblouissante change la campagne en d'immenses paysages d'albâtre qui déploient leurs splendeurs immaculées sur un ciel d'un gris-rose. Alors, quelquefois à la brune, gravissant la colline ou descendant la vallée, le fermier rentre au logis : cheval, manteau, chapeau, tout est couvert de neige ; âpre est la froidure, glaciale est la bise, sombre est la nuit qui s'avance ; mais là-bas, là-bas, au milieu des arbres dépouillés, les petites fenêtres de la ferme sont gaiement éclairées ; sa haute cheminée de briques jette au ciel une épaisse colonne de fumée qui annonce au fermier attardé que le foyer pétillant, que le souper rustique l'attendent, puis après la veillée babillarde une nuit paisible et chaude, pendant que le vent siffle au dehors et que les chiens des métairies éparses dans la plaine aboient et se répondent au loin.

Tantôt, dès le matin, le givre suspend aux arbres ses girandoles de cristal que le soleil d'hiver fait scintiller de l'éclat diamanté du prisme ; la terre de labour humide et grasse est creusée de longs sillons où gîte le lièvre fauve, où courent allègrement les perdrix grises. Çà et là on entend le tintement mélancolique de la clochette du *maître-bélier* d'un grand troupeau de moutons répandu sur les pentes vertes et gazonnées des chemins creux ; pendant que, bien enveloppé de sa mante grise à raies noires, le berger, assis au pied d'un arbre, chante en tressant un panier de joncs.

Quelquefois la scène s'anime : l'écho renvoie les sons affaiblis du cor et les cris de la meute ; un daim effaré franchit tout à coup la lisière de la forêt, débouche dans la plaine en fuyant d'effroi, et va se perdre à l'horizon au milieu d'autres taillis. Les trompes, les aboiements se rapprochent ; des chiens blancs et orangés sortent à leur tour de la futaie ; ils courent sur la terre brune, ils courent sur les guérets en friche ; le nez collé à la voie, ils suivent, en criant, les traces du daim. A leur suite viennent les chasseurs vêtus de rouge, courbés sur l'encolure de leurs chevaux rapides ; ils animent la meute à cors et à cris ! Ce tourbillon éclatant passe comme la foudre ; le bruit s'amoindrit : peu à peu

tout se tait ; chiens , chevaux , chasseurs disparaissent au loin dans le bois où s'est réfugié le daim.

Alors le calme renaît , alors le profond silence des grandes plaines n'est plus interrompu que par le chant monotone du berger.

. . . .

Ces tableaux , ces sites champêtres abondaient aux environs du village de Bouqueval , situé, malgré sa proximité de Paris, dans une sorte de désert auquel on ne pouvait arriver que par des chemins de traverse. Cachée pendant l'été au milieu des arbres, comme un nid dans le feuillage , la ferme où était retirée la Goualeuse apparaissait alors tout entière et sans voile de verdure. Le cours de la petite rivière, glacée par le froid, ressemblait à un long ruban d'argent mat déroulé au milieu des prés toujours verts, à travers lesquels de belles vaches passaient lentement en regagnant leur étable. Ramenées par les approches du soir, des volées de pigeons s'abattaient successivement sur le faîte aigu du colombier; les noyers immenses qui , pendant l'été , ombrageaient la cour et les bâtiments de la ferme, alors dépouillés de leurs feuilles, laissaient voir des toits de tuiles et de chaume veloutés de mousse d'un vert éclatant ou d'un fauve orangé.

Une lourde charrette traînée par trois chevaux vigoureux , trapus , à crinière épaisse, à robe lustrée, aux colliers bleus garnis de grelots et de houppes de laine rouge, rapportaient des gerbes de blé provenant d'une des meules de la plaine. Cette pesante voiture arrivait dans la cour par la porte charretière, tandis qu'un nombreux troupeau de moutons se pressait à l'une des entrées latérales. Bêtes et gens semblaient impatients d'échapper à la froidure de la nuit et de goûter les douceurs du repos; les chevaux hennirent joyeusement à la vue de l'écurie, les moutons bêlèrent en assiégeant la porte des chaudes bergeries, les laboureurs jetèrent un coup d'œil affamé à travers les fenêtres de la cuisine du rez-de-chaussée, où l'on préparait un souper pantagruélique.

Il régnait dans cette ferme un ordre rare, extrême, une propreté minutieuse. Au lieu d'être couverts de boue sèche, çà et là épars et exposés aux intempéries des saisons, les herses, charrues, rouleaux et autres instruments aratoires, dont quelques-uns étaient d'invention toute nouvelle, s'alignaient, propres et peints, sous un vaste hangar où les charretiers venaient aussi ranger avec symétrie les harnais de leurs chevaux. Vaste, nette, bien plantée, la cour sablée n'offrait pas à la vue ces monceaux de fumier, ces flaques d'eau croupissante qui déparent les plus belles exploitations de la Beauce ou de la Brie; la basse-cour, entourée d'un treillage vert, renfermait et recevait toute la gent emplumée qui rentrait le soir par une petite porte s'ouvrant sur les champs. Sans nous appesantir sur de plus grands détails, nous dirons qu'en toutes choses cette ferme passait à bon droit dans le pays pour une *ferme-modèle*, autant par l'ordre qu'on y avait établi et l'excellence de son agriculture et de ses récoltes, que par le bonheur et la moralité du nombreux personnel qui faisait valoir ces terres et qui était choisi parmi les meilleurs et les plus honnêtes laboureurs du canton.

Nous dirons tout à l'heure la cause de cette prospérité ; en attendant, nous conduirons le lecteur à la porte treillagée de la basse-cour, qui ne le cédait en rien à la ferme par l'élégance champêtre de ses juchoirs, de ses poulaillers et de son petit canal encaissé de pierres de roche où coulait incessamment une eau vive et limpide, alors soigneusement débarrassée des glaçons qui pouvaient l'obstruer.

Une espèce de révolution se fit tout à coup parmi les habitants ailés de cette basse-cour : les poules quittèrent leurs perchoirs en caquetant, les dindons gloussèrent, les pintades glapirent, les pigeons abandonnèrent le toit du colombier et s'abattirent sur le sable en roucoulant.

L'arrivée de Fleur-de-Marie causait toutes ces folles gaietés.

Greuze ou Watteau n'auraient jamais rêvé un aussi charmant modèle, si les joues de la pauvre Goualeuse eussent été plus rondes et plus vermeilles ; pourtant, malgré sa pâleur délicate, l'expression de ses traits, l'ensemble de sa personne, la grâce de son attitude eussent encore été dignes d'exercer les pinceaux des grands peintres que nous avons nommés.

Le petit bonnet rond de Fleur-de-Marie découvrait son front et ses bandeaux de cheveux blonds ; comme presque toutes les paysannes des environs de Paris, par-dessus ce bonnet, dont on voyait toujours le fond et les barbes, elle portait, posé à plat et attaché derrière sa tête avec deux épingles, un large mouchoir d'indienne rouge dont les bouts flottants retombaient carrément sur ses épaules ; coiffure pittoresque et gracieuse, que la Suisse ou l'Italie pourraient nous envier. Un fichu de batiste blanche, croisé sur son sein, était à demi caché par le haut et large bavolet de son tablier de toile bise ; un corsage en gros drap bleu, à manches justes, dessinait sa taille fine, et tranchait sur son épaisse jupe de futaine grise rayée de brun ; des bas bien blancs et des souliers à cothurnes cachés dans de petits sabots noirs, garnis sur le coude-pied d'un carré de peau d'agneau, complétaient ce costume d'une simplicité rustique, auquel le charme naturel de Fleur-de-Marie donnait une grâce extrême.

Tenant d'une main son tablier relevé par les deux coins, elle y puisait des poignées de grains qu'elle distribuait à la foule ailée dont elle était entourée. Un joli pigeon d'une blancheur argentée, au bec et aux pieds de pourpre, plus audacieux et plus familier que ses compagnons, après avoir voltigé quelque temps autour de Fleur-de-Marie, s'abattit enfin sur son épaule. La jeune fille, sans doute accoutumée à ces façons cavalières, ne discontinua pas de jeter son grain à pleines mains ; mais tournant à demi son doux visage d'un profil enchanteur, elle leva un peu la tête et tendit en souriant sa petite bouche rose au petit bec rose de son ami..... Les derniers rayons du soleil couchant jetaient un reflet d'or pâle sur ce tableau naïf.

Pendant que la Goualeuse s'occupait de ces soins champêtres, madame Georges et l'abbé Laporte, curé de Bouqueval, assis au coin du feu dans le petit salon de la ferme, parlaient de Fleur-de-Marie, sujet d'entretien toujours intéressant pour eux. Le vieux curé pensif, recueilli, la tête basse et les coudes appuyés sur ses genoux, étendait machinalement devant le foyer ses deux mains tremblantes. Madame Georges, occupée d'un travail de couture, regardait l'abbé de temps à autre et paraissait attendre qu'il lui répondît.

Après un moment de silence :

— Vous avez raison, madame Georges, il faudra prévenir M. Rodolphe ; s'il interroge Marie, elle lui est si reconnaissante qu'elle avouera peut-être à son bienfaiteur ce qu'elle nous cache...

— N'est-il pas vrai, monsieur le curé ! alors ce soir même j'écrirai à l'adresse qu'il m'a donnée, allée des Veuves...

— Pauvre enfant ! — reprit l'abbé ; — elle devrait se trouver si heureuse... Quel chagrin peut donc la miner à cette heure ?...

— Rien ne la peut distraire de cette tristesse, monsieur le curé... pas même l'application qu'elle met à l'étude...

Elle a véritablement fait des progrès extraordinaires depuis le peu de temps que nous nous occupons de son éducation.

— N'est-ce pas, monsieur l'abbé ! Apprendre à lire et à écrire presque couramment, et savoir assez compter pour m'aider à tenir les livres de la ferme ! Et puis cette chère petite me seconde si activement en toutes choses, que j'en suis à la fois touchée et émerveillée .. Ne s'est-elle pas, presque malgré moi, fatiguée de manière à m'inquiéter sur sa santé !

— Heureusement ce médecin nègre nous a rassurés sur les suites de cette toux légère qui nous effrayait.

— Il est si bon, ce M. David ! Il s'intéressait tant à elle ! mon Dieu, comme tous ceux qui la connaissent... Ici chacun la chérit et la respecte. Cela n'est pas étonnant, puisque, grâce aux vues généreuses et élevées de M. Rodolphe, les gens de cette métairie sont l'élite des meilleurs sujets du pays... Mais les êtres les plus grossiers, les plus indifférents, ressentiraient l'attrait de cette douceur à la fois angélique et craintive qui a toujours l'air de demander grâce... Malheureuse enfant ! comme si elle était seule coupable !

L'abbé reprit après quelques minutes de réflexion :

— Ne m'avez-vous pas dit que la tristesse de Marie datait, pour ainsi dire, du séjour que madame Dubreuil, la fermière de M. le duc de Lucenay à Arnouville, avait fait ici lors des fêtes de la Toussaint ?

— Oui, monsieur le curé, j'ai cru le remarquer ; et pourtant madame Dubreuil, et surtout sa fille Clara, modèle de candeur et de bonté, ont subi, comme tout le monde, le charme de Marie ; toutes deux l'accablent journellement de marques d'amitié. Vous le savez, le dimanche nos amis d'Arnouville viennent ici, ou bien nous allons chez eux. Eh bien ! l'on dirait que chaque visite augmente la mélancolie de notre chère enfant, quoique Clara l'aime déjà comme une sœur.

— En vérité, madame Georges, c'est un mystère étrange... Quelle peut être la cause de ce chagrin caché ? Elle devrait se trouver si heureuse ! Entre sa vie présente et sa vie passée il y a la différence de l'enfer au paradis... On ne saurait l'accuser d'ingratitude...

— Elle ! grand Dieu !... elle... si tendrement reconnaissan'e de nos soins ! elle chez qui nous avons toujours trouvé des instincts d'une si rare délicatesse ! Cette pauvre petite ne fait-elle pas tout ce qu'elle peut afin de gagner pour ainsi dire sa vie ? ne tâche-t-elle pas de compenser, par les services qu'elle rend, l'hospitalité qu'on lui donne ? Ce n'est pas tout ; excepté le dimanche, où j'exige qu'elle s'habille avec un peu de recherche pour m'accompagner à l'église, elle a voulu porter des vêtements aussi grossiers que ceux des filles de campagne. Et malgré cela il existe en elle une distinction, une grâce si naturelles, qu'elle est encore charmante sous ses habits, n'est-ce pas, monsieur le curé ?

— Ah ! que je reconnais bien là l'orgueil maternel ! — dit le vieux prêtre en souriant.

A ces mots les yeux de madame Georges se remplirent de larmes : elle pensait à son fils.

L'abbé devina la cause de son émotion et lui dit :

— Courage ! Dieu vous a envoyé cette enfant pour vous aider à attendre le moment où vous retrouverez votre fils. Et puis un lien sacré vous attachera bientôt à Marie : une marraine, lorsqu'elle comprend bien sa mission, c'est presque une mère. Quant à M. Rodolphe, il lui a donné, pour ainsi dire, la vie de l'âme en la retirant de l'abîme... d'avance il a rempli ses devoirs de parrain.

— La trouvez-vous suffisamment instruite pour lui accorder ce sacrement, que l'infortunée n'a sans doute pas encore reçu ?

— Tout à l'heure en m'en retournant avec elle au presbytère, je la préviendrai que cette cérémonie se fera probablement dans quinze jours.

— Elle vous sera si reconnaissante ! elle a tant d'âme !

— Ah ! il est cruel qu'elle ait de grandes fautes à expier !

— Mon Dieu ! monsieur l'abbé, abandonnée si jeune, sans ressources, sans appui, presque sans notions du bien et du mal, précipitée malgré elle dans la voie du vice, comment n'aurait-elle pas succombé ?

— Le bon sens moral aurait dû la soutenir, l'éclairer ; et d'ailleurs, a-t-elle tâché d'échapper à cet horrible sort ? Les âmes charitables sont-elles donc si rares à Paris ?

— Non, sans doute, monsieur l'abbé, mais où aller les chercher ? Avant que d'en découvrir une, que de refus, que d'indifférence ! Et puis pour Marie il ne s'agissait pas d'une aumône passagère, mais d'un intérêt continu qui l'eût mise à même de gagner honorablement sa vie... Bien des mères sans doute auraient eu pitié d'elle ; mais il fallait avoir le bonheur de les rencontrer. Ah ! croyez-moi, j'ai connu la misère... A moins d'un hasard providentiel semblable à celui qui, hélas ! trop tard, a fait connaître Marie à M. Rodolphe ; à moins, dis-je, d'un de ces hasards, les malheureux, presque toujours brutalement repoussés à leurs premières demandes, croient la pitié introuvable, et, pressés par la faim... par la faim si impérieuse, ils cherchent souvent dans le vice des ressources qu'ils désespèrent d'obtenir de la commisération.

A ce moment la Goualeuse entra dans le salon.

— D'où venez-vous, mon enfant? — lui demanda madame Georges avec intérêt.

— De visiter le fruitier, madame, après avoir fermé les portes de la basse-cour. Les fruits sont très-bien conservés, sauf quelques-uns que j'ai ôtés.

— Pourquoi n'avez-vous pas dit à Claudine de faire cette besogne, Marie? Vous vous serez encore fatiguée.

— Non, non, madame, je me plais tant dans mon fruitier! cette bonne odeur de fruits mûrs est si douce!

— Il faudra, monsieur le curé, que vous visitiez un jour le fruitier de Marie — dit madame Georges. — Vous ne vous figurez pas avec quel goût elle l'a arrangé : des guirlandes de raisins séparent chaque espèce de fruits, et ceux-ci sont encore divisés en compartiments par des bordures de mousse.

— Oh! monsieur le curé, je suis sûre que vous serez content — dit ingénument la Goualeuse. — Vous verrez comme la mousse fait un joli effet autour des pommes bien rouges ou des belles poires couleur d'or. Il y a surtout des pommes d'api qui sont si gentilles, qui ont de si charmantes couleurs roses et blanches, qu'elles ont l'air de petites têtes de chérubins dans un nid de mousse verte — ajouta la jeune fille avec l'exaltation de l'*artiste* pour son œuvre.

Le curé regarda madame Georges en souriant et dit à Fleur-de-Marie :

— J'ai déjà admiré la laiterie que vous dirigez, mon enfant; elle ferait l'envie de la ménagère la plus difficile; un de ces jours j'irai aussi admirer votre fruitier, et ces belles pommes rouges, et ces belles poires couleur d'or, et surtout ces jolies petites pommes-chérubins dans leur lit de mousse. Mais voici le soleil tout à l'heure couché; vous n'aurez que le temps de me conduire au presbytère et de revenir ici avant la nuit... Prenez votre mante et partons, mon enfant... Mais au fait, j'y songe, le froid est bien vif; restez, quelqu'un de la ferme m'accompagnera.

— Ah! monsieur le curé, vous la rendriez malheureuse — dit madame Georges — elle est si contente de vous reconduire ainsi chaque soir!

— Monsieur le curé — ajouta la Goualeuse en levant sur le prêtre ses grands yeux bleus et timides — je croirais que vous n'êtes pas content de moi si vous ne me permettiez pas de vous accompagner comme d'habitude.

— Moi! pauvre enfant... prenez donc vite, vite, votre mante alors, et enveloppez-vous bien.

Fleur-de-Marie se hâta de jeter sur ses épaules une sorte de pelisse à capuchon en grosse étoffe de laine blanchâtre bordée d'un ruban de velours noir, et offrit son bras au curé.

— Heureusement — dit celui-ci — qu'il n'y a pas loin et que la route est sûre...

— Comme il est un peu plus tard aujourd'hui que les autres jours — reprit madame Georges — voulez-vous que quelqu'un de la ferme aille avec vous, Marie ?

— On me prendrait pour une peureuse... — dit Marie en souriant. — Merci, madame, ne dérangez personne pour moi ; il n'y a pas un quart d'heure de chemin d'ici au presbytère... je serai de retour avant la nuit...

— Je n'insiste pas, car jamais, Dieu merci ! on n'a entendu parler de vagabonds dans ce pays.

— Sans cela, je n'accepterais pas le bras de cette chère enfant — dit le curé — quoiqu'il me soit d'un grand secours.

Bientôt l'abbé quitta la ferme, appuyé sur le bras de Fleur-de-Marie, qui réglait son pas léger sur la marche lente et pénible du vieillard.

Quelques minutes après, le prêtre et la Goualeuse arrivèrent auprès du chemin creux où étaient embusqués le Maître d'école, la Chouette et Tortillard

CHAPITRE XXIX.

L'EMBUSCADE.

L'église et le presbytère de Bouqueval s'élevaient à mi-côte au milieu d'une châtaigneraie, d'où l'on dominait le village. Fleur-de-Marie et l'abbé gagnèrent un sentier sinueux qui conduisait à la maison curiale, en traversant le chemin creux dont cette colline était diagonalement coupée. La Chouette, le Maître d'école et Tortillard, tapis dans une des anfractuosités de ce chemin, virent le prêtre et Fleur-de-Marie descendre dans la ravine et en sortir par une pente escarpée. Les traits de la jeune fille étant cachés sous le capuchon de sa mante, la borgnesse ne reconnut pas son ancienne victime.

— Silence, mon homme! — dit la vieille au Maître d'école — la *gosseline* ¹ et le *sanglier* ² viennent de passer la *traviole* ³; c'est bien elle, d'après le signalement que nous a donné le grand homme en deuil : tenue campagnarde, taille moyenne, jupe rayée de brun, mante de laine à bordure noire. Elle reconduit comme ça tous les jours le *sanglier* à sa cassine, et elle revient toute seule. Quand elle va repasser tout à l'heure, là, au bout du chemin, il faudra tomber dessus et l'enlever pour la porter dans la voiture.

— Et si elle crie au secours! — reprit le Maître d'école — on l'entendra de la ferme, puisque vous dites que l'on en voit les bâtiments près d'ici; car vous voyez... vous autres — ajouta-t-il d'une voix sourde.

— Bien sûr que d'ici on voit les bâtiments tout proche — dit Tortillard. — Il y a un instant, j'ai grimpé au haut du talus en me traînant sur le ventre... J'ai entendu un charretier qui parlait à ses chevaux dans cette cour là-bas...

— Alors voilà ce qu'il faut faire — reprit le Maître d'école après un moment de silence : — Tortillard va se mettre au guet à l'entrée du sentier. Quand il verra la petite revenir de loin, il ira au-devant d'elle en criant qu'il est fils d'une pauvre vieille femme qui s'est blessée en tombant dans le chemin creux, et il suppliera la jeune fille de venir à son secours.

— J'y suis, fourline. La pauvre vieille, ça sera ta Chouette. Bien *sor-*

¹ La jeune fille. — ² Le prêtre. — ³ Le chemin creux

bonné [1]. Mon homme, tu es toujours le roi des *têtards* [2] ! Et après, qu'est-ce que je ferai?

— Tu t'enfonceras bien avant dans le chemin creux du côté où attend Barbillon avec le fiacre... Je me cacherai tout près. Quand Tortillard t'aura amené la petite au milieu de la ravine, cesse de geindre et saute dessus, une main autour de son *colas* [3], et l'autre dans sa *bavarde* pour lui *arquepincer* le *chiffon rouge* [4] et l'empêcher de crier...

— Connu, fourline... comme pour la femme du canal Saint-Martin, quand nous l'avons fait *flotter* après lui avoir *grinchi la négresse* [5] qu'elle portait sous le bras; même jeu, n'est-ce pas?

— Oui, toujours du même... Pendant que tu tiendras ferme la petite, Tortillard accourra me chercher; à nous trois, nous *embaluchonnons* la jeune fille dans mon manteau; nous la portons à la voiture de Barbillon, et de là plaine Saint-Denis, où l'homme en deuil nous attend.

— C'est ça qui est *enflaqué!* Tiens, vois-tu, fourline, tu n'as pas ton pareil. Si j'avais de quoi, je te tirerais un feu d'artifice sur ta boule, et je t'illuminerais en verres de couleur à la saint Charlot, patron du *taule* [6]. Entends-tu ça, toi, moutard! si tu veux devenir *passé-singe* [7], dévisage mon gros têtard; voilà un homme!... — dit orgueilleusement la Chouette à Tortillard.

Puis, s'adressant au Maître d'école :

— A propos, tu ne sais pas : Barbillon a une peur de chien d'*avoir une fièvre cérébrale* [8].

— Pourquoi ça?

— L'autre jour, en revenant de chez la mère Martial, la veuve du guillotiné, qui tient le cabaret de l'île du Ravageur, Barbillon, le Gros-Boiteux et le Squelette se sont pris de dispute avec le mari d'une laitière qui venait tous les matins de la campagne, dans une petite charrette conduite par un âne, vendre du lait dans la Cité, au coin de la rue de la Vieille-Draperie, proche chez l'ogresse du *Lapin-Blanc*, et ils l'ont *buté à coups de vingt-et-deux* [9].

Le fils de Bras-Rouge, ne comprenant pas l'argot, écoutait la Chouette avec une sorte de curiosité désappointée.

— Tu voudrais bien savoir ce que nous disons-là, hein! moutard?

— Tiens, vous parlez de la mère Martial, qui est à l'île du Ravageur, près d'Asnières; je la connais bien, sa fille Calebasse aussi, et François et Amandine, qui ont mon âge... et qui sont les souffre-douleurs de la maison... Mais après vous parlez de *buter* quelqu'un... c'est de l'argot, bien sûr.

— Oui, et si tu es gentil je te l'apprendrai, l'argot. Tu as bientôt l'âge où ça peut servir. Seras-tu content, fifi!

— Oh! je crois bien! Et puis j'aimerais mieux rester avec vous qu'avec mon

[1] Bien raisonné. — [2] Des hommes de tête. — [3] Du cou. — [4] L'autre dans la bouche, pour lui prendre la langue. — [5] Que nous l'avons noyée après lui avoir enlevé une caisse entourée de toile cirée noire (ces sortes de paquets s'appellent en argot des négresses). — [6] Du bourreau. — [7] Criminel habile — [8] D'être sous le coup d'une accusation capitale. — [9] Tué à coups de couteau.

vieux filou de charlatan, à piler ses drogues. Si je savais où il cache sa *mort-aux-rats pour les hommes*, je lui en mettrais dans sa soupe, pour n'être plus forcé de trimer avec lui.

La Chouette se prit à rire, et dit à Tortillard en l'attirant à elle :

— Venez tout de suite baiser maman, loulou... Es-tu drôlet!... Mais comment sais-tu qu'il a de la mort-aux-rats pour les hommes, ton maître?

— Tiens! je lui ai entendu dire ça, un jour que j'étais caché dans le cabinet de sa chambre où il met ses bouteilles, ses machines d'acier, et où il tripote dans ses petits pots.

— Tu l'as entendu quoi dire?... — demanda la Chouette.

— Je l'ai entendu dire à un monsieur, en lui donnant une poudre dans un papier : Vous vous ennuieriez de la vie, qu'en prenant ça en trois doses vous vous endormiriez sans mal ni douleur.

— Et qui était ce monsieur? demanda le Maître d'école.

— Un beau jeune monsieur, qui avait des moustaches noires et une jolie figure comme une dame... Il est revenu une autre fois; mais cette fois-là, quand il est parti je l'ai suivi par ordre de M. Bradamanti pour savoir où il irait *percher*. Ce joli monsieur, il est entré rue de Chaillot, dans une belle maison. Mon maître m'avait même dit : « N'importe où ce monsieur ira, suis-le et attends-le à la porte; s'il ressort, *resuis*-le jusqu'à ce qu'il ne ressorte plus de l'endroit où il sera entré, ça prouvera qu'il demeure dans ce dernier lieu; alors, Tortillard, mon garçon, tortille-toi pour savoir son nom... ou sinon, moi, je te tortillerai les oreilles d'une drôle de manière. »

— Eh bien?

— Eh bien! je m'ai tortillé et j'ai su le nom... du joli monsieur.

— Et comment as-tu fait? demanda le Maître d'école.

— Tiens... moi pas bête, j'ai entré chez le portier de la maison de la rue de Chaillot, d'où ce monsieur ne ressortait pas; un portier poudré avec un bel habit brun à collet jaune galonné d'argent... Je lui ai dit comme ça . « Mon bon monsieur, je viens pour chercher cent sous que le maître d'ici m'a promis pour avoir retrouvé son chien que je lui ai rendu, une petite bête noire qui s'appelle *Trompette* : à preuve que ce monsieur qui est brun, qui a des moustaches noires, une redingote blanchâtre et un pantalon bleu-clair, m'a dit qu'il demeurait rue de Chaillot, n° 11, et qu'il se nommait M. Dupont. — Le monsieur dont tu parles est mon maître, et s'appelle M. le vicomte de Saint-Remy. Il n'y a pas ici d'autre chien que toi-même, méchant gamin : ainsi file, ou je t'étrille, pour t'apprendre à vouloir me filouter cent sous — me répond le portier en ajoutant à ça un grand coup de pied... C'est égal — reprit philosophiquement Tortillard — je savais le nom du joli monsieur à moustaches noires, qui venait chez mon maître chercher de la mort-aux-rats pour les hommes qui s'ennuient de vivre : il s'appelle le vicomte de Saint-Remy, my, my, Saint-Remy — ajouta le fils de Bras-Rouge en fredonnant ces derniers mots, selon son habitude.

34

— Tu veux donc que je te mange, petit momacque! — dit la Chouette en embrassant Tortillard; — est-il finaud! Tiens, tu mériterais que je serais ta mère, scélérat!

Et la borgnesse embrassa Tortillard avec une affectation grotesque. Le fils de Bras-Rouge, profondément touché de cette preuve d'affection, y répondit avec expansion, et s'écria dans sa reconnaissance :

— Vous n'avez qu'à ordonner, vous verrez comme je vous obéirai bien..... comme je vous servirai!...

— Vrai? Eh bien! tu ne t'en repentiras pas...

— Oh! je voudrais rester avec vous!

— Si tu es sage, nous verrons ça; tu ne nous quitteras pas, nous deux mon homme.

— Oui — dit le Maître d'école — tu me conduiras comme un pauvre aveugle, tu diras que tu es mon fils; nous nous introduirons dans les maisons; et, mille massacres! — ajouta le meurtrier avec colère — la Chouette aidant, nous ferons encore de bons coups; je montrerai à ce démon de Rodolphe..... qui m'a aveuglé, que je ne suis pas au bout de mon rouleau!... Il m'a ôté la vue, mais il ne m'a pas ôté la pensée du mal; je serai la tête, Tortillard les yeux, et toi la main, la Chouette; tu m'aideras, hein?

— Est-ce que je ne suis pas à toi à corde et à potence, fourline? Est-ce que quand, en sortant de l'hôpital, j'ai appris que tu m'avais fait demander chez l'ogresse par ce *pante*[1] de Saint-Mandé, j'ai pas couru tout de suite à ton village, chez ces colasses de paysans, en disant que j'étais ta *largue*[2]!

Ces mots de la borgnesse rappelèrent un mauvais souvenir au Maître d'école. Changeant brusquement de ton et de langage avec la Chouette, il s'écria d'une voix courroucée :

— Oui, je m'ennuyais, moi, tout seul avec ces honnêtes gens; au bout d'un mois je n'y pouvais plus tenir... j'avais peur... Alors j'ai eu l'idée de te faire dire de venir me trouver. Et bien m'en a pris! — ajouta-t-il d'un ton de plus en plus irrité — le lendemain de ton arrivée, j'étais dépouillé du reste de l'argent que ce démon de l'allée des Veuves m'avait donné. Oui... on m'a volé ma ceinture pleine d'or pendant mon sommeil... Toi seule tu as pu faire le coup : voilà pourquoi je suis maintenant à ta merci... Tiens, toutes les fois que je pense à ça, je ne sais pourquoi je ne te tue pas sur la place... vieille voleuse!!

Et il fit un pas dans la direction de la borgnesse.

— Prenez garde à vous, si vous faites mal à la Chouette! — s'écria Tortillard.

— Je vous écraserai tous les deux, toi et elle, méchantes vipères que vous êtes! — s'écria le brigand avec rage. Et, entendant le fils de Bras-Rouge parler auprès de lui, il lui lança au hasard un si furieux coup de poing, qu'il l'aurait assommé s'il l'eût atteint. Tortillard, autant pour se venger que pour venger la

---

[1] Homme naïf, simple. — [2] Ta femme.

Chouette, ramassa une pierre, visa le Maître d'école, et l'atteignit au front. Le coup ne fut pas dangereux, mais la douleur fut vive. Le brigand se leva furieux, terrible comme un taureau blessé, fit quelques pas en avant et au hasard; mais il trébucha.

— Casse-cou!!! — cria la Chouette en riant aux larmes.

Malgré les liens sanglants qui l'attachaient à ce monstre, elle voyait, pour plusieurs raisons, et avec une sorte de joie féroce, l'anéantissement de cet homme jadis si redoutable, si vain de sa force athlétique.

La borgnesse justifiait ainsi à sa manière cette effrayante pensée de La Rochefoucauld, que « nous trouvons toujours quelque chose de satisfaisant dans le malheur de nos meilleurs amis. » Le hideux enfant aux cheveux jaunes et à la figure de fouine partageait l'hilarité de la borgnesse A un nouveau faux pas du Maître d'école il s'écria :

— Ouvre donc l'œil, mon vieux, ouvre donc!... Tu vas de travers, tu festonnes... Est-ce que tu n'y vois pas clair?... Essuie donc mieux les verres de tes lunettes!

Dans l'impossibilité d'atteindre l'enfant, le meurtrier herculéen s'arrêta, frappa du pied avec rage, mit ses deux énormes poings velus sur ses yeux et poussa un rugissement rauque comme un tigre muselé.

— Tu tousses, vieux! — dit le fils de Bras-Rouge. — Tiens, voilà de la fameuse réglisse; c'est un gendarme qui me l'a donnée, faut pas que ça t'en dégoûte !

Et il ramassa une poignée de sable fin qu'il jeta au visage de l'assassin.

Fouetté à la figure par cette pluie de gravier, le Maître d'école souffrit plus cruellement de cette nouvelle insulte que du coup de pierre; blêmissant sous ses cicatrices livides, il étendit brusquement ses deux bras en croix par un mouvement de désespoir inexprimable, et, levant vers le ciel sa face épouvantable, il s'écria d'une voix profondément suppliante :

— Mon Dieu! mon Dieu! mon Dieu!

De la part d'un homme souillé de tous les crimes, d'un bandit devant qui tremblaient naguère les plus déterminés scélérats, cet appel involontaire à la commisération divine avait quelque chose de providentiel.

— Ah! ah! ah! fourline qui fait le crucifix — s'écria la Chouette en ricanant. — La langue te tourne, mon homme; c'est le *boulanger* ¹ qu'il faut appeler à ton secours.

— Mais un couteau au moins, que je me tue!... un couteau!!! puisque tout le monde m'abandonne... — cria le misérable en se mordant les poings avec une furie sauvage.

— Un couteau!... tu en as un dans ta poche, fourline, et qui a le fil... Le petit vieux de la rue du Roule, tu sais, par un clair de lune... et le marchand de bœufs sur la route de Poissy, ont dû en aller dire de bonnes nouvelles aux taupes... de ton couteau... Prends-le donc.

¹ Le diable.

Le Maître d'école, ainsi *mis en demeure* de s'exécuter, changea de conversation, et reprit d'une voix sourde et lâche :

— Le Chourineur était bon, lui... il ne m'a pas volé, il a eu pitié de moi.

— Pourquoi m'as-tu dit que j'avais *grinchi* ton *orient* [1] ? — reprit la Chouette en contenant à peine son envie de rire.

— Toi seule tu es entrée dans ma chambre — dit le brigand ; — on m'a volé la nuit de ton arrivée, qui veux-tu que je soupçonne ? Ces paysans étaient incapables de cela...

— Pourquoi donc qu'ils ne grinchiraient pas comme d'autres, les paysans ? parce qu'ils boivent du lait et qu'ils vont à l'herbe pour leurs lapins ?

— Enfin on m'a volé, toujours...

— Est-ce que c'est la faute de ta Chouette ? Ah çà..., voyons, penses-y donc ! est-ce que, si j'avais effarouché ta ceinture, je serais restée avec toi après le coup ? Es-tu bête ! Bien sûr que je t'aurais nettoyé de ton argent, si je l'avais pu ; mais, foi de Chouette, tu m'aurais revue quand l'argent aurait été mangé, parce que tu me plais tout de même avec tes yeux blancs... brigand !... Voyons, sois donc gentil, ne t'ébrèche pas comme ça tes quenottes en les grinçant.

— On croirait qu'il casse des noix ! — dit Tortillard.

— Ah ! ah ! ah ! il a raison, le môme... Voyons, calme-toi, mon homme, et laisse-le rire, c'est de son âge !... Mais avoue que t'es pas juste ; quand le grand homme en deuil, qui a l'air d'un croque-mort, m'a dit : « Il y a mille francs pour vous si vous enlevez une jeune fille qui est dans la ferme de Bouqueval, et si vous me l'amenez à un endroit de la plaine Saint-Denis que je vous indiquerai, » réponds, fourline, est-ce que je ne t'ai pas tout de suite proposé d'être du coup, au lieu de choisir quelqu'un qui aurait vu clair ? C'est donc comme qui dirait l'aumône que je te fais... Car, excepté pour tenir la petite pendant que nous l'embaluchonnerons avec Tortillard, tu me serviras comme une cinquième roue à un omnibus. Mais, c'est *égal*, à part que je t'aurais volé si j'avais pu, j'aime à te faire du bien... Je veux que tu doives tout à ta Chouette chérie ; c'est mon genre, à moi !!! Nous donnerons deux cents *balles* à Barbillon pour avoir conduit la voiture et être venu ici une fois, avec un domestique du grand monsieur en deuil, reconnaître l'endroit où il fallait nous cacher pour attendre la petite... et il nous restera huit cents *balles* à nous deux pour nocer... Qu'est-ce que tu dis de ça ? Eh bien, es-tu encore fâché contre ta vieille ?

— Qui m'assure que tu me donneras quelque chose... une fois le coup fait ? — dit le brigand avec une sombre défiance.

— Je pourrais ne te rien donner du tout, c'est vrai ; car tu es dans ma poêle, mon homme, comme autrefois la Goualeuse... Faut donc te laisser frire à mon idée, en attendant qu'à son tour le *boulanger* t'enfourne, eh ! eh ! eh !...

[1] Volé ton or.

Eh bien ! fourline, est-ce que tu boudes toujours ta Chouette ?.. ajouta la borgnesse en frappant sur l'épaule du brigand qui restait muet et accablé.

— Tu as raison — dit-il avec un soupir de rage concentrée ; — c'est mon sort... Moi... moi... à la merci d'un enfant et d'une femme qu'autrefois j'aurais tués d'un souffle ! Oh ! si je n'avais pas si peur de la mort ! — dit-il en retombant assis sur le talus.

— Es-tu poltron, maintenant !.. es-tu poltron ! — dit la Chouette avec mépris. — Parle donc tout de suite de ta *muette* [1], ça sera plus farce. Tiens, si tu n'as pas plus de courage que ça, je prends de l'air et je te lâche.

— Et ne pouvoir me venger de cet homme qui, en me martyrisant ainsi, m'a mis dans l'affreuse position où je me trouve, et dont je ne sortirai jamais ! — s'écria le Maître d'école dans un redoublement de rage. — Oh ! j'ai bien peur de la mort, oui... j'en ai bien peur ; mais on me dirait : On va te le donner entre tes deux bras, cet homme... entre tes deux bras... puis après on vous jettera tous deux dans un abîme ; je dirais : Qu'on m'y jette... oui... car je serais bien sûr de ne pas le lâcher avant d'arriver au fond avec lui... et pendant que nous roulerions tous les deux, je le mordrais au visage, à la gorge, au cœur ; je le tuerais avec mes dents ; car je serais jaloux d'un couteau !

— À la bonne heure, fourline, voilà comme je t'aime... Sois calme... Nous le retrouverons, va, ce gueux de Rodolphe... et le Chourineur aussi... Courage ! mon homme, nous en mangerons de tous les deux : c'est moi qui te le dis, nous en mangerons !

— Bien vrai, tu ne m'abandonneras pas ! — dit le brigand à la Chouette d'un ton soumis, mais défiant. — Maintenant, si tu m'abandonnais... qu'est-ce que je deviendrais !..

— Ça, c'est vrai... Dis donc, fourline... quelle farce si nous deux Tortillard nous nous *esbignions* avec la voiture, et que nous te laissions là... au milieu des champs... par cette nuit où le froid va pincer dur. C'est ça qui serait drôle, hein, brigand !

À cette menace, le Maître d'école frémit ; il se rapprocha de la Chouette et lui dit en tremblant :

— Non, non, tu ne feras pas ça, la Chouette... ni toi non plus, Tortillard, ça serait trop méchant.

— Ah ! ah ! ah ! trop méchant... est-il simple !... Et le petit vieux de la rue du Roule ! et le marchand de bœufs ! et la femme du canal Saint-Martin ! et le monsieur de l'allée des Veuves ! est-ce que tu crois qu'ils t'ont trouvé caressant... avec ton *surin* [2] ! Pourquoi donc qu'à ton tour on ne te ferait pas manger du chien enragé !

— Je suis en votre pouvoir, n'en abusez pas... — dit sourdement le Maître d'école. — Voyons... j'avoue... j'ai eu tort de te soupçonner, j'ai eu tort aussi

[1] De ta conscience. — [2] Poignard.

de vouloir battre Tortillard ; je t'en demande pardon , entends-tu... et à toi
aussi, Tortillard... oui, je vous demande pardon à tous deux.

— Moi, je veux qu'il demande pardon à genoux d'avoir voulu battre la
Chouette — dit Tortillard.

— Gueux de momacque!... est-il amusant! — dit la Chouette en éclatant
de rire ; — il me donne pourtant envie de voir quelle frimousse tu feras comme
ça... mon homme! Allons, à genoux, comme si tu *jaspinais* d'amour à ta
vieille ; dépêche-toi, ou nous te lâchons, et je t'en préviens, dans une demi-
heure il fera nuit, car tu as l'air de ne pas t'en douter, vieux sans yeux.

— Nuit ou jour, qu'est-ce que ça lui fait? — dit Tortillard en goguenardant.
— Ce monsieur garde toujours ses volets fermés.

— Me voici à genoux... Je te demande pardon , la Chouette, et à toi aussi,
Tortillard... Eh bien! êtes-vous contents? — dit le brigand en s'agenouillant
au milieu du chemin. — Maintenant vous ne m'abandonnerez pas, dites?

Ce groupe étrange, encadré dans les talus du ravin , éclairé par les lueurs
rougeâtres du crépuscule, était hideux à voir. Au milieu du chemin, le Maître
d'école, suppliant, étendait vers la borgnesse ses mains puissantes ; sa rude et
épaisse chevelure retombait comme une crinière sur son front livide ; ses paupières rouges, démesurément écartées par la frayeur, laissaient alors voir la
moitié de sa prunelle immobile, terne, vitreuse, morte... le regard d'un cadavre. Courbant humblement ses formidables épaules, cet hercule s'agenouil-
lait tremblant aux pieds d'une vieille femme et d'un enfant.

La borgnesse, enveloppée d'un châle de tartan rouge , la tête couverte d'un
vieux bonnet de tulle noir qui laissait échapper quelques mèches de cheveux
gris, dominait le Maître d'école de toute sa hauteur. Le visage osseux, tanné,
ridé, plombé, de cette vieille au nez crochu, exprimait une joie insultante et
féroce ; son œil fauve étincelait comme un charbon ardent ; un rictus sinistre
retroussait ses lèvres ombragées de longs poils, et montrait trois ou quatre
grandes dents jaunes et déchaussées.

Tortillard, vêtu de sa blouse à ceinture de cuir, debout sur un pied, s'appuyait au bras de la Chouette pour se maintenir en équilibre.

La figure maladive et rusée de cet enfant rachitique, au teint aussi blafard
que ses cheveux, exprimait en ce moment une méchanceté railleuse et diabolique... L'ombre projetée par l'escarpement du ravin redoublait l'horreur de
cette scène, que l'obscurité croissante voilait à demi.

— Mais promettez-moi donc au moins de ne pas m'abandonner! — répéta
le Maître d'école effrayé du silence de la Chouette et de Tortillard, qui jouissaient de son effroi. — Est-ce que vous n'êtes plus là? — ajouta le meurtrier
en se penchant pour écouter et avançant machinalement les bras.

— Si, si, mon homme, nous sommes là ; n'aie pas peur... t'abandonner!
plutôt *baiser la camarde* [1]! Une fois pour toutes il faut que je te rassure et

—————
[1] Mourir.

que je te dise pourquoi je ne t'abandonnerai jamais... Écoute-moi bien : J'ai
toujours adoré avoir quelqu'un à qui faire sentir mes ongles... bête ou gens...

Avant la Pégriotte (que le boulanger me la renvoie ! car j'ai toujours mon
idée... de la débarbouiller avec du vitriol); avant la Pégriotte, j'avais un
môme qui *s'est refroidi*[1] à la peine, c'est pour cela que j'ai été *au clou*[2] six
ans; pendant ce temps-là je faisais la misère à des oiseaux, je les apprivoisais
pour les plumer tout vifs..... mais je ne faisais pas mes frais, ils ne duraient
rien; en sortant de prison la Goualeuse est tombée sous ma griffe, mais la
petite gueuse s'est sauvée pendant qu'il y avait encore de quoi s'amuser sur sa
peau; après j'ai eu un chien qui a pâti autant qu'elle, j'ai fini par lui couper
une patte de derrière et une patte de devant : ça lui faisait une si drôle de dé-
gaîne que j'en riais, mais que j'en riais à crever !

— Il faudra que je fasse ça à un chien que je connais, et qui m'a mordu —
se dit Tortillard.

— Quand je t'ai rencontré, mon homme — continua la Chouette — j'étais
en train d'abîmer un chat... Eh bien! à cette heure, c'est toi qui seras mon

[1] Est mort. — [2] En prison.

chat, mon chien, mon oiseau, ma Pégriotte; tu seras... ma *bête de souffrance* enfin... Comprends-tu, mon homme? au lieu d'avoir un oiseau ou un enfant à tourmenter, j'aurai comme qui dirait un loup ou un tigre; c'est ça qui est un peu chenu, hein?

— Vieille furie! — s'écria le Maître d'école en se relevant avec rage.

— Allons, voilà encore que tu boudes ta vieille!... Eh bien! quitte-la, tu es le maître. Bonsoir... gros volage.

— La porte des champs est ouverte, file, *sans yeux*, et toujours tout droit, tu arriveras quelque part! — dit Tortillard en éclatant de rire.

— Oh! mourir!..... mourir!..... — cria le Maître d'école en se tordant les bras.

Tout à coup Tortillard, se penchant vers la terre, dit à voix basse :

— J'entends marcher dans le sentier, cachons-nous... Ça n'est pas la jeune fille, car on vient par le même côté où elle est venue.

En effet, une paysanne robuste, dans la force de l'âge, suivie d'un gros chien de ferme, et portant sur sa tête un panier couvert, parut au bout de quelques minutes, traversa le ravin et prit le sentier que suivaient le prêtre et la Goualeuse. Nous rejoindrons ces deux personnages, et nous laisserons les trois complices embusqués dans le chemin creux.

CHAPITRE XXX.

LE PRESBYTÈRE.

Les dernières lueurs du soleil s'éteignaient lentement derrière la masse imposante du château d'Écouen et des bois qui l'environnaient; de tous côtés s'étendaient à perte de vue des plaines immenses aux sillons bruns, durcis par la gelée... vaste solitude dont le hameau de Bouqueval semblait l'oasis. Le ciel, d'une sérénité superbe, se marbrait au couchant de quelques longues traînées de pourpre, signe certain de vent et de froid; ces tons, d'abord d'un rouge vif, devenaient violets, puis d'un noir bleuâtre à mesure que le crépuscule envahissait l'atmosphère. Le croissant de la lune, fin, délié comme la moitié d'un anneau d'argent, commençait à briller doucement dans un milieu d'azur et d'ombre où scintillaient déjà quelques étoiles. Le silence était absolu, l'heure solennelle. Le curé s'arrêta un moment sur la colline pour jouir de l'aspect de cette belle soirée. Après quelques moments de recueillement, étendant sa main tremblante vers les profondeurs de l'horizon à demi voilé par la brume du soir, il dit à Fleur-de-Marie, qui marchait pensive à côté de lui :

— Voyez donc, mon enfant, cette immensité dont on n'aperçoit plus les bornes... on n'entend pas le moindre bruit... ne semble-t-il pas que le silence nous donne une idée de l'infini et de l'éternité..... Je vous dis cela, Marie, parce que vous êtes singulièrement sensible aux beautés de la création. Souvent j'ai été frappé de l'admiration à la fois poétique et religieuse qu'elles vous inspiraient, à vous, pauvre prisonnière... qui en avez été si long-temps déshéritée... N'êtes-vous pas frappée comme moi du calme imposant qui règne à cette heure?

La Goualeuse ne répondit rien.

Étonné, le curé la regarda; elle pleurait.

— Qu'avez-vous donc, mon enfant?

— Mon père, je suis bien malheureuse!

— Malheureuse? Vous... maintenant malheureuse?

— Je sais que je n'ai pas le droit de me plaindre de mon sort, après tout ce qu'on a fait pour moi... et pourtant...

— Et pourtant?

— Ah! mon père, pardonnez-moi ces chagrins; ils offensent peut-être mes bienfaiteurs...

— Écoutez, Marie, nous vous avons souvent demandé le motif de la tristesse dont vous êtes quelquefois accablée, et qui cause à votre seconde mère de vives inquiétudes... Vous avez évité de nous répondre; nous avons respecté votre secret en nous affligeant de ne pouvoir soulager vos peines.

— Hélas! mon père, je ne puis vous dire ce qui se passe en moi. Ainsi que vous, tout à l'heure, je me suis sentie émue à l'aspect de cette soirée calme et triste... mon cœur s'est brisé... et j'ai pleuré...

— Mais qu'avez-vous, Marie! Vous savez combien l'on vous aime..... Voyons... avouez-moi tout. D'ailleurs, je puis vous dire cela; le jour approche où madame Georges et M. Rodolphe vous présenteront aux fonts du baptême, en prenant devant Dieu l'engagement de vous protéger toujours.

— M. Rodolphe! lui... qui m'a sauvée! — s'écria Fleur-de-Marie en joignant les mains; — il daignerait me donner cette nouvelle preuve d'affection! Oh! tenez, je ne vous cacherai rien, mon père, je crains trop d'être ingrate.

— Ingrate, et comment?

— Pour me faire comprendre, il faut que je vous parle des premiers jours où je suis venue à la ferme.

— Je vous écoute; nous causerons en marchant.

— Vous serez indulgent, n'est-ce pas, mon père? Ce que je vais vous dire est peut-être bien mal.

— Le Seigneur vous a prouvé qu'il était miséricordieux. Prenez courage.

— Lorsque j'ai su, en arrivant ici, que je ne quitterais pas la ferme et madame Georges — dit Fleur-de-Marie après un moment de recueillement — j'ai cru faire un beau rêve. D'abord j'éprouvais comme un étourdissement de bonheur; à chaque instant je songeais à M. Rodolphe. Bien souvent, toute seule et malgré moi, je levais les yeux au ciel comme pour l'y chercher et le remercier. Enfin..... je m'en accuse, mon père..... je pensais plus à lui qu'à

Dieu; car il avait fait pour moi ce que Dieu seul aurait pu faire. J'étais heureuse... heureuse comme quelqu'un qui a échappé pour toujours à un grand danger. Vous et madame Georges, vous étiez si bons pour moi, que je me croyais plus à plaindre... qu'à blâmer.

Le curé regarda la Goualeuse avec surprise; elle continua :

— Peu à peu je me suis habituée à cette vie si douce : je n'avais plus peur, en me réveillant, de me retrouver chez l'ogresse; je me sentais, pour ainsi dire, dormir avec sécurité; toute ma joie était d'aider madame Georges dans ses travaux, de m'appliquer aux leçons que vous me donniez, mon père... et aussi de profiter de vos exhortations. Sauf quelques moments de honte quand je songeais au passé, je me croyais l'égale de tout le monde, parce que tout le monde était bon pour moi, lorsqu'un jour...

Ici les sanglots interrompirent Fleur-de-Marie.

— Voyons, calmez-vous, pauvre enfant, courage! et continuez.

La Goualeuse, essuyant ses yeux, reprit :

— Vous vous souvenez, mon père, que, lors des fêtes de la Toussaint, madame Dubreuil, fermière de M. le duc de Lucenay à Arnouville, est venue ici passer quelque temps avec sa fille.

— Sans doute, et je vous ai vue avec plaisir faire connaissance avec Clara Dubreuil; elle est douée des meilleures qualités.

— C'est un ange, mon père... un ange... Quand je sus qu'elle devait venir pendant quelques jours à la ferme, mon bonheur fut bien grand, je ne songeais qu'au moment où je verrais cette compagne si désirée. Enfin elle arriva. J'étais dans ma chambre; je devais la partager avec elle, je la parais de mon mieux; on m'envoya chercher. J'entrai dans le salon, mon cœur battait; madame Georges, me montrant cette jolie jeune personne, qui avait l'air aussi doux que modeste et bon, me dit : — « Marie, voilà une amie pour vous. — Et j'espère que vous et ma fille serez bientôt comme deux sœurs » — ajouta madame Dubreuil. A peine sa mère avait-elle dit ces mots, que mademoiselle Clara accourut m'embrasser..... Alors, mon père — dit Fleur-de-Marie en pleurant — je ne sais ce qui se passa tout à coup en moi... mais quand je sentis le frais visage de Clara s'appuyer sur ma joue flétrie... ma joue est devenue brûlante de honte... de remords... je me suis souvenue de ce que j'étais... Moi!... moi recevoir les caresses d'une jeune personne si honnête!...

— Mais, mon enfant...

— Ah! mon père — s'écria Fleur-de-Marie en interrompant le curé avec une exaltation douloureuse — lorsque M. Rodolphe m'a emmenée de la Cité, j'avais déjà vaguement la conscience de ma dégradation..... Mais croyez-vous que l'éducation, que les conseils, que les exemples que j'ai reçus de madame Georges et de vous, en éclairant tout à coup mon esprit, ne m'aient pas, hélas! fait comprendre que j'avais été encore plus coupable que malheureuse?.....

Avant l'arrivée de mademoiselle Clara, lorsque ces pensées me tourmentaient, je m'étourdissais en tâchant de contenter madame Georges et vous, mon père... Si je rougissais du passé, c'était à mes propres yeux... Mais la vue de cette jeune personne de mon âge, si charmante, si vertueuse, m'a fait songer à la distance qui existerait à jamais entre elle et moi... Pour la première fois j'ai senti qu'il est des flétrissures que rien n'efface..... Depuis ce jour cette pensée ne me quitte plus. Malgré moi, je m'y appesantis sans cesse ; depuis ce jour enfin, je n'ai plus un moment de repos...

La Goualeuse essuya ses yeux remplis de larmes.

Après l'avoir regardée pendant quelques instants avec une tendre commisération, le curé reprit :

— Réfléchissez donc, mon enfant, que si madame Georges voulait vous voir l'amie de mademoiselle Dubreuil, c'est qu'elle vous savait digne de cette liaison par votre bonne conduite. Les reproches que vous vous faites s'adressent presque à votre seconde mère.

— Je le sais, mon père, j'avais tort sans doute ; mais je ne pouvais surmonter ma honte et ma crainte... Une fois Clara établie à la ferme, je fus aussi triste que j'avais d'abord cru être heureuse en pensant au plaisir d'avoir une compagne de mon âge ; elle, au contraire, était toute joyeuse. On lui avait fait un lit dans ma chambre. Le premier soir, avant de se coucher, elle m'embrassa et me dit qu'elle m'aimait déjà, qu'elle se sentait beaucoup d'attrait pour moi ; elle me demanda de l'appeler Clara, comme elle m'appellerait Marie. Ensuite elle pria Dieu, en me disant qu'elle joindrait mon nom à ses prières si je voulais joindre son nom aux miennes. Je n'osai pas lui refuser cela. Après avoir encore causé quelque temps, elle s'endormit ; moi, je ne m'étais pas couchée ; je m'approchai d'elle ; je regardais en pleurant sa figure d'ange ; et puis, en pensant qu'elle dormait dans la même chambre que moi... que moi, qu'on avait trouvée chez l'ogresse avec des voleurs et des assassins... je tremblais comme si j'avais commis une mauvaise action, j'avais de vagues frayeurs... Il me semblait que Dieu me punirait un jour... Je me couchai, j'eus des rêves affreux, je revis les figures sinistres que j'avais presque oubliées, le Chourineur, le Maître d'école, la Chouette, cette femme borgne qui m'avait torturée étant petite. Oh ! quelle nuit !... mon Dieu ! quelle nuit ! quels rêves ! — dit la Goualeuse en frémissant encore à ce souvenir.

— Pauvre Marie ! — reprit le curé avec émotion ; — que ne m'avez-vous fait plus tôt ces tristes confidences ! je vous aurais rassurée... Mais continuez.

— Je m'étais endormie bien tard, mademoiselle Clara vint m'éveiller en m'embrassant. Pour vaincre ce qu'elle appelait ma froideur et me prouver son amitié, elle voulut me confier un secret : elle devait s'unir, lorsqu'elle aurait dix-huit ans accomplis, au fils d'un fermier de Goussainville, qu'elle aimait tendrement ; le mariage était depuis long-temps arrêté entre les deux familles. Ensuite elle me raconta en peu de mots sa vie passée... vie simple, calme, heureuse : elle n'avait jamais quitté sa mère, elle ne la quitterait jamais ; car son fiancé devait partager l'exploitation de la ferme avec M. Dubreuil. « Maintenant, Marie — me dit-elle — vous me connaissez comme si vous étiez ma

sœur ; racontez-moi donc votre enfance... » A ces mots je crus mourir de honte...
je rougis, je balbutiai. J'ignorais ce que madame Georges avait dit de moi ;
je craignais de la démentir. Je répondis vaguement qu'orpheline et élevée par
des personnes sévères, je n'avais pas été très-heureuse pendant mes premières
années, et que mon bonheur datait de mon séjour auprès de madame Georges.
Alors Clara, bien plus par intérêt que par curiosité, me demanda où j'avais été
élevée : était-ce à la ville, ou à la campagne ? comment se nommait mon père ?
Elle me demanda surtout si je me rappelais d'avoir vu ma mère. Chacune de
ces questions m'embarrassait autant qu'elle me peinait ; car il me fallait y répondre par des mensonges, et vous m'avez appris, mon père, combien il est
mal de mentir... Mais Clara n'imagina pas que je pouvais la tromper. Attribuant
l'hésitation de mes réponses au chagrin que me causaient les tristes souvenirs
de mon enfance, Clara me crut, me plaignit avec une bonté qui me navra. O
mon père ! vous ne saurez jamais ce que j'ai souffert dans ce premier entretien !
combien il me coûtait de ne pas dire une parole qui ne fût hypocrite et fausse !...

— Infortunée ! que la colère de Dieu s'appesantisse sur ceux qui, en vous
jetant dans une abominable voie de perdition, vous forceront peut-être de subir
toute votre vie les inexorables conséquences d'une première faute !

— Oh ! oui, ceux-là ont été bien méchants, mon père — reprit amèrement
Fleur-de-Marie — car ma honte est ineffaçable... A mesure que Clara me
parlait du bonheur qui l'attendait, de son mariage, de sa douce vie de famille, je ne pouvais m'empêcher de comparer mon sort au sien ; car, malgré
les bontés dont on me comble, mon sort sera toujours misérable ; vous
et madame Georges, en me faisant comprendre la vertu, vous m'avez fait
aussi comprendre la profondeur de mon abjection passée ; rien ne pourra m'empêcher d'avoir été le rebut de ce qu'il y a de plus vil au monde. Hélas ! puisque la connaissance du bien et du mal devait m'être si funeste, que ne me
laissait-on à mon malheureux sort !

— Oh ! Marie ! Marie !...

— N'est-ce pas, mon père... ce que je dis est bien mal ? Hélas ! voilà ce
que je n'osais vous avouer... Oui, quelquefois je suis assez ingrate pour méconnaître les bontés dont on me comble, pour me dire : Si l'on ne m'eût pas
arrachée à l'infamie, eh bien ! la misère, les coups m'eussent tuée bien vite ;
au moins je serais morte dans l'ignorance d'une pureté que je regretterai
toujours.

— Hélas ! Marie, cela est fatal ! une nature, même généreusement douée
par le Créateur, n'eût-elle été plongée qu'un jour dans la fange dont on vous a
tirée, en garde un stigmate ineffaçable...

— Vous le voyez bien, mon père — s'écria douloureusement Fleur-de-Marie
— je dois désespérer jusqu'à la mort !

— Vous devez désespérer d'effacer de votre vie cette page désolante — dit
le prêtre d'une voix triste et grave — mais vous devez espérer en la miséri-
corde infinie du Tout-Puissant. Ici-bas, pour vous, pauvre enfant, larmes,

remords, expiation; mais un jour, là-haut — ajouta-t-il en élevant sa main vers le firmament qui commençait à s'étoiler — là-haut, pardon, félicité éternelle!

— Pitié... pitié, mon Dieu!... je suis si jeune... et ma vie sera peut-être encore si longue!... — dit la Goualeuse d'une voix déchirante, en tombant à genoux aux pieds du curé par un mouvement involontaire.

Le prêtre était debout au sommet de la colline, non loin de laquelle s'élevait le presbytère; sa soutane noire, sa figure vénérable, encadrée de longs cheveux blancs et doucement éclairée par les dernières clartés du crépuscule, se dessinaient sur l'horizon, d'une transparence, d'une limpidité profonde : or pâle au couchant, saphir au zénith. Le prêtre levait au ciel une de ses mains tremblantes, et abandonnait l'autre à Fleur-de-Marie, qui la couvrait de larmes. Le capuchon de sa mante grise, à ce moment rabattu sur ses épaules, laissait voir le profil enchanteur de la jeune fille, son charmant regard suppliant et baigné de larmes...

Cette scène simple et grande offrait un contraste, une coïncidence bizarre avec l'horrible scène qui, presque au même instant, se passait dans les profondeurs du chemin creux entre le Maître d'école et la Chouette. Caché dans les ténèbres d'un noir ravin, assailli de lâches terreurs, un effroyable meurtrier, portant la peine de ses forfaits, s'était aussi agenouillé... mais devant sa complice, furie railleuse, vengeresse, qui le tourmentait sans merci et le poussait à de nouveaux crimes... sa complice... cause première des malheurs de Fleur-de-Marie.

De Fleur-de-Marie, que torturait un remords incessant... L'exagération de sa douleur n'était-elle pas concevable? Entourée depuis son enfance d'êtres dégradés, méchants, infâmes; quittant sa prison pour l'antre de l'ogresse, autre prison horrible; n'étant jamais sortie des cours de sa geôle ou des rues caverneuses de la Cité, cette malheureuse jeune fille n'avait-elle pas vécu jusqu'alors dans une ignorance profonde du beau et du bien, aussi étrangère aux sentiments nobles et religieux qu'aux splendeurs magnifiques de la nature. Et voilà que tout ce qu'il y a d'admirable dans la créature et dans la création se révèle à la fois et en un moment à son âme étonnée... A ce spectacle imposant, son esprit s'agrandit, son intelligence se développe, ses nobles instincts s'éveillent... Et c'est parce que son esprit s'est agrandi, parce que son intelligence s'est développée, parce que ses nobles instincts se sont éveillés... qu'ayant la conscience de sa dégradation première, elle ressent pour sa vie passée une douloureuse et incurable horreur, et comprend, hélas! ainsi qu'elle le dit, — qu'il est des souillures qui ne s'effacent jamais.

. . . .

— Oh! malheur à moi! — disait la Goualeuse désespérée : — ma vie tout entière, fût-elle aussi longue, aussi pure que la vôtre, mon père, sera donc désormais flétrie par la conscience et par le souvenir du passé..... Malheur à moi!

— Bonheur à vous, au contraire, Marie, bonheur à vous! ces remords pleins d'amertume, mais salutaires, prouvent la religieuse susceptibilité de votre âme !... Tant d'autres, moins noblement douées que vous, eussent à votre place vite oublié le passé pour ne songer qu'à jouir de la félicité *présente !* Croyez-moi, chacune de ces souffrances vous sera comptée là-haut. Dieu vous a laissée un moment dans la voie mauvaise pour vous réserver la gloire du repentir et la récompense éternelle due à l'expiation ! Ne l'a-t-il pas dit lui-même : « Ceux-là qui font le bien sans combat et qui viennent à moi le sourire aux lèvres, ceux-là sont mes élus ; mais ceux-là qui, blessés dans la lutte, viennent à moi saignants et meurtris, ceux-là sont les élus d'entre mes élus... » Courage donc, mon enfant !... soutien, appui, conseils, rien ne vous manquera... Je suis bien vieux... mais madame Georges, mais M. Rodolphe ont encore de longues années à vivre, M. Rodolphe surtout, qui vous témoigne tant d'intérêt... qui suit vos progrès avec une sollicitude si éclairée...

La Goualeuse allait répondre lorsqu'elle fut interrompue par la paysanne dont nous avons parlé, qui, suivant la même route que la jeune fille et l'abbé, venait de les rejoindre ; c'était une des servantes de la ferme.

— Pardon, excuse, monsieur le curé — dit-elle au prêtre — mais madame Georges m'a dit d'apporter ce panier de fruits au presbytère, et qu'en même temps je ramènerais mademoiselle Marie, car il se fait tard ; mais j'ai pris *Turc* avec moi — dit la fille de ferme en caressant un énorme chien des Pyrénées, qui eût défié un ours au combat. — Quoiqu'il n'y ait jamais de mauvaise rencontre dans le pays, c'est toujours plus prudent.

— Vous avez raison, Claudine ; nous voici d'ailleurs arrivés au presbytère : vous remercierez madame Georges pour moi.

Puis, s'adressant tout bas à la Goualeuse, le curé lui dit d'un ton grave :

— Il faut que je me rende demain à la conférence du diocèse ; mais je serai de retour sur les cinq heures. Si vous le voulez, mon enfant, je vous attendrai au presbytère. Je vois, à l'état de votre esprit, que vous avez besoin de vous entretenir longuement encore avec moi.

— Je vous remercie, mon père — répondit Fleur-de-Marie ; — demain je viendrai, puisque vous voulez bien me le permettre.

— Mais nous voici arrivés à la porte du jardin — dit le prêtre ; — laissez ce panier-là, Claudine ; ma gouvernante le prendra. Retournez vite à la ferme avec Marie, car la nuit est presque venue, et le froid augmente. A demain, Marie, à cinq heures !

— A demain, mon père.

L'abbé rentra dans son jardin.

La Goualeuse et Claudine, suivies de *Turc*, reprirent le chemin de la métairie.

CHAPITRE XXXI.

LA RENCONTRE.

La nuit était venue, claire et froide. Suivant les avis du Maître d'école, la Chouette avait gagné avec ce brigand un endroit du chemin creux plus éloigné du sentier et plus rapproché du carrefour où Barbillon attendait avec le fiacre. Tortillard, posté en vedette, guettait le retour de Fleur-de-Marie, qu'il devait attirer dans ce guet-apens en la suppliant de venir à son aide pour secourir une pauvre vieille femme. Le fils de Bras-Rouge avait fait quelques pas en dehors du ravin pour aller à la découverte, lorsque, prêtant l'oreille, il entendit au loin la Goualeuse parler à la paysanne qui l'accompagnait. Tout était manqué. Tortillard se hâta de redescendre dans le ravin et de courir avertir la Chouette.

— Il y a quelqu'un avec la jeune fille — dit-il d'une voix basse et essoufflée.

— Que *le taule lui fauche le colas* [1], à cette petite gueuse! — s'écria la Chouette en fureur.

— Avec qui est-elle? — demanda le Maître d'école.

— Sans doute avec la paysanne qui tout à l'heure a passé dans le sentier, suivie d'un gros chien. J'ai reconnu la voix d'une femme — dit Tortillard; — tenez… entendez-vous… entendez-vous le bruit de leurs sabots?…

En effet, dans le silence de la nuit, les semelles de bois résonnaient au loin sur la terre durcie par la gelée.

[1] Que le bourreau lui coupe le cou.

— Elles sont deux... je peux me charger de la petite à la mante grise ; mais l'autre ! comment faire ! Fourline n'y voit pas... et Tortillard est trop faible pour *amortir* cette camarade, que le diable étrangle ! Comment faire ? — répéta la Chouette.

— Je ne suis pas fort ; mais, si vous voulez, je me jetterai aux jambes de la paysanne qui a un chien, je m'y accrocherai des mains et des dents ; je ne lâcherai pas, allez !... Pendant ce temps-là vous entraînerez bien la petite... vous, la Chouette.

— Et si elles crient, si elles regimbent, on les entendra de la ferme — reprit la borgnesse — et on aura le temps de venir à leur secours avant que nous ayons rejoint le fiacre de Barbillon... C'est pas déjà si commode à emporter une femme qui se débat !

— Et elles ont un gros chien avec elles ! — dit Tortillard.

—- Bah ! bah ! si ce n'était que ça, d'un coup de soulier je lui casserais la gargoine, à leur chien — dit la Chouette.

— Elles approchent — reprit Tortillard en prêtant de nouveau l'oreille au bruit des pas lointains — elles vont descendre dans le ravin.

— Mais parle donc, fourline — dit la Chouette au Maître d'école ; — qu'est-ce que tu conseilles, gros têtard ?... est-ce que tu deviens muet ?

— Il n'y a rien à faire aujourd'hui — répondit le brigand.

— Et les mille *balles* du monsieur en deuil — s'écria la Chouette — ils seront donc flambés ? Plus souvent !... Ton couteau ! ton couteau ! fourline... Je tuerai la camarade pour qu'elle ne nous gêne pas ; quant à la petite, nous deux Tortillard et moi, nous viendrons bien à bout de la bâillonner.

—- Mais l'homme en deuil ne s'attend pas à ce que l'on tue quelqu'un...

— Eh bien ! nous mettrons ce *raisiné*-là ¹ en *extrà* sur son mémoire ; faudra bien qu'il nous le paye, puisqu'il sera notre complice.

— Les voilà !... Elles descendent — dit Tortillard à voix basse.

— Ton couteau, mon homme ! — s'écria la Chouette aussi à voix basse.

— Oh ! la Chouette... — s'écria Tortillard avec effroi en étendant ses mains vers la borgnesse — c'est trop fort... la tuer... oh ! non, non !

— Ton couteau ! je te dis... — répéta tout bas la Chouette, sans faire attention aux supplications de Tortillard et en se déchaussant à la hâte. — Je vas ôter mes souliers — ajouta-t-elle — pour les surprendre en marchant à pas de loup derrière elles ; il fait déjà sombre; mais je reconnaîtrai bien la petite à sa mante, et je *refroidirai* ² l'autre.

— Non ! — dit le brigand — aujourd'hui c'est inutile ; il sera toujours temps demain.

— Tu as peur, frileux ! —- dit la Chouette avec un mépris farouche.

— Je n'ai pas peur — répondit le Maître d'école ; — mais tu peux manquer ton coup et tout perdre.

¹ Le sang — ² Je tuerai.

Le chien qui accompagnait la paysanne, éventant sans doute les gens embusqués dans le chemin creux, s'arrêta court, aboya avec furie, et ne répondit pas aux appels réitérés de Fleur-de-Marie.

— Entends-tu leur chien? les voilà... vite, ton couteau... ou sinon!... — s'écria la Chouette d'un air menaçant.

— Viens donc me le prendre... de force! — dit le Maître d'école.

— C'est fini! il est trop tard! — s'écria la Chouette après avoir écouté un moment avec attention — les voilà passés... Tu me payeras ça! va, potence! — ajouta-t-elle, furieuse, en montrant le poing à son complice; — mille francs de perdus par ta faute!

— Mille, deux mille, peut-être trois mille de gagnés, au contraire — reprit le Maître d'école d'un ton d'autorité. — Écoute-moi, la Chouette... tu vas retourner auprès de Barbillon... vous vous en irez tous les deux avec sa voiture au rendez-vous où vous attend le monsieur en deuil... vous lui direz qu'il n'y a rien à faire aujourd'hui, mais que demain ça sera enlevé... La petite va seule tous les soirs reconduire le prêtre; c'est un hasard si aujourd'hui elle a rencontré quelqu'un; demain nous aurons meilleure chance : demain donc tu reviendras à cette heure, au carrefour, avec Barbillon et sa voiture.

— Mais toi? mais toi?

— Tortillard va me conduire à la ferme où demeure cette fille; je bâtirai une histoire... je dirai que nous sommes égarés, et nous demanderons à passer la nuit à la ferme, dans un coin de l'étable. Jamais ça ne se refuse. Tortillard examinera bien les portes, les fenêtres, les issues de la maison : il y a toujours de l'argent chez ces gens-là à l'approche des fermages. La ferme est située, dites-vous, dans un endroit désert; une fois que nous en connaîtrons les entrées et les sorties, on pourra y revenir avec les amis; c'est une affaire à ménager...

— Toujours têtard, et quelle sorbonne! — dit la Chouette en se radoucissant. — Continue, fourline.

— Demain matin, au lieu de quitter la ferme, je me plaindrai d'une douleur qui m'empêchera de marcher. Si on ne me croit pas, je montrerai la plaie que j'ai gardée depuis que j'ai brisé ma *manille* [1], et dont je souffre toujours. Je dirai que c'est une brûlure que je me suis faite avec une barre de fer rouge dans mon état de mécanicien; on me croira. Ainsi je resterai à la ferme une partie de la journée, pour que Tortillard ait encore le temps de tout bien examiner. Le soir arrivé, au moment où la petite sortira, comme d'habitude, avec le prêtre, je dirai que je suis mieux et que je me trouve en état de partir. Moi et Tortillard nous suivrons la jeune fille de loin, nous reviendrons l'attendre ici en dehors du ravin. Nous connaissant déjà, elle n'aura pas de défiance en nous revoyant; nous l'aborderons... nous deux Tortillard... et une fois qu'elle sera à portée de mon bras, j'en réponds; elle est enflaquée,

[1] Anneau qui tient la chaîne des forçats.

et les mille francs sont à nous. Ce n'est pas tout... dans deux ou trois jours
nous pourrons donner l'*affaire de la ferme* au Barbillon ou à d'autres, et
partager ensuite avec eux s'il y a quelque chose, puisque c'est nous qui aurons *nourri le poupard* [1].

— Tiens, *sans mirettes* [2], t'as pas ton pareil — dit la Chouette en embrassant le Maître d'école. — Il est fameux, ton plan ! Dis donc, fourline, quand
tu seras tout à fait infirme, faudra te faire *grinche consultant ;* tu gagneras autant d'argent qu'un *rat de prison* [3]. Allons, baise ta vieille, et dépêche-toi...
ces paysans, ça se couche comme les poules. Je me sauve retrouver Barbillon ;
demain à quatre heures nous serons à la croix du carrefour avec lui et sa rou-
lante, à moins que d'ici là on ne l'arrête pour avoir avec le Gros-Boiteux et le
Squelette escarpé le mari de la laitière de la rue de la Vieille-Draperie. Mais
si ça n'est pas lui, ça sera un autre, puisque le faux fiacre appartient au monsieur en deuil, qui s'en est déjà servi. Un quart d'heure après notre arrivée
au carrefour, je serai ici à t'attendre.

— C'est dit... A demain, la Chouette...

— Et moi qui oubliais de donner de la cire à Tortillard, s'il y a quelque empreinte à prendre à la ferme ! Tiens, sauras-tu bien t'en servir, fifi ! — dit la
borgnesse en donnant un morceau de cire à Tortillard.

— Oui, oui, allez, papa m'a montré. J'ai pris pour lui l'empreinte de la
serrure d'une petite cassette de fer que mon maître le charlatan garde dans son
cabinet noir.

— A la bonne heure ; et pour qu'elle ne colle pas, n'oublie pas de mouiller
ta cire après l'avoir bien échauffée dans ta main.

— Connu, connu ! — répondit Tortillard.

— A demain, fourline — dit la Chouette.

— A demain — reprit le Maître d'école.

La Chouette alla rejoindre le fiacre. Le Maître d'école et Tortillard sortirent
du chemin creux, et se dirigèrent du côté de la ferme ; la lumière qui brillait à
travers les fenêtres leur servait de guide.

Étrange fatalité qui rapprochait ainsi Anselme Duresnel de sa femme, qu'il
n'avait pas vue depuis sa condamnation aux travaux forcés à perpétuité.

[1] Indiqué, préparé le vol. — [2] Sans yeux. — [3] Qu'un avocat.

TH. FRERE.

CHAPITRE XXXII.

LA VEILLÉE.

Est-il quelque chose de plus réjouissant à voir que la cuisine d'une grande métairie à l'heure du repas du soir, dans l'hiver surtout? Est-il quelque chose qui rappelle davantage le calme et le bien-être de la vie rustique? On aurait pu trouver une preuve de ce que nous avançons dans l'aspect de la cuisine de la ferme de Bouqueval. Son immense cheminée, haute de six pieds, large de huit, ressemblait à une grande baie de pierre ouverte sur une fournaise; dans l'âtre noir flamboyait un véritable bûcher de hêtre et de chêne. Ce brasier énorme envoyait autant de clarté que de chaleur dans toutes les parties de la cuisine, et rendait inutile la lumière d'une lampe suspendue à la maîtresse poutre qui traversait le plafond. De grandes marmites et des casseroles de cuivre rouge rangées sur des tablettes étincelaient de propreté; une antique fontaine du même métal brillait comme un miroir ardent non loin d'une huche de noyer, soigneusement cirée, d'où s'exhalait une appétissante odeur de pain chaud. Une table longue, massive, recouverte d'une nappe de grosse toile d'une extrême propreté, occupait le milieu de la salle; la place de chaque convive était marquée par une de ces assiettes de faïence, brunes au dehors, blanches au dedans, et par un couvert de fer luisant comme de l'argent. Au milieu de la table, une grande soupière remplie de potage aux légumes fumait comme un cratère et couvrait de sa vapeur savoureuse un plat formidable de choucroute au jambon et un autre plat non moins formidable de ragoût de mouton aux pommes de terre ; enfin un quartier de veau rôti, flanqué de deux salades d'hiver, accosté de deux corbeilles de pommes et de deux fromages, complétait l'abondante symétrie de ce repas. Trois ou quatre cruches de grès remplies d'un cidre pétillant, autant de miches de pain bis grandes comme des meules de moulin, étaient à la discrétion des laboureurs.

Un vieux chien de berger, griffon noir, presque édenté, doyen émérite de la gent canine de la métairie, devait à son grand âge et à ses anciens services la permission de rester au coin du feu. Usant modestement et discrètement de ce privilége, le museau allongé sur ses deux pattes de devant, il suivait d'un œil attentif les différentes évolutions culinaires qui précédaient le souper. Ce chien vénérable répondait au nom quelque peu bucolique de *Lysandre*.

Peut-être l'*ordinaire* des gens de cette ferme, quoique fort simple, semblera-t-il un peu somptueux ; mais madame Georges (en cela fidèle aux vues de Rodolphe) améliorait autant que possible le sort de ses serviteurs, exclusivement choisis parmi les gens les plus honnêtes et les plus laborieux du pays. On les payait largement, on rendait leur sort très-heureux, très-enviable : aussi, entrer comme métayer à la ferme de Bouqueval était le but de tous les bons laboureurs de la contrée : salutaire ambition qui entretenait parmi eux une émulation d'autant plus louable qu'elle tournait au profit des maîtres qu'ils servaient ; car on ne pouvait se présenter pour obtenir une des places vacantes à la métairie qu'avec l'appui des plus excellents antécédents..... Rodolphe créait ainsi sur une très-petite échelle une sorte de *ferme-modèle*, non-seulement destinée à l'amélioration des bestiaux et des procédés aratoires, mais surtout à l'*amélioration des hommes*, et il atteignait ce but en *intéressant* les hommes à être probes, actifs, intelligents.

Après avoir terminé les apprêts du souper et posé sur la table un broc de vin destiné à accompagner le *dessert*, la cuisinière de la ferme alla sonner la cloche. A ce joyeux appel, laboureurs, valets de ferme, laitières, filles de basse-cour, au nombre de douze ou quinze, entrèrent gaiement dans la cuisine. Les hommes avaient l'air mâle et ouvert ; les femmes étaient avenantes et robustes, les jeunes filles alertes et gaies ; toutes ces physionomies placides respiraient la bonne humeur, la quiétude et le contentement de soi ; ils s'apprêtaient avec une sensualité naïve à faire honneur à ce repas bien gagné par les rudes labeurs de la journée.

Le haut de la table fut occupé par un vieux laboureur à cheveux blancs, au visage loyal, au regard franc et hardi, à la bouche un peu moqueuse ; véritable type du paysan de *bon sens*, de ces esprits fermes et droits, nets et lucides, rustiques et malins, qui sentent leur vieux Gaulois d'une lieue. Le père Châtelain (ainsi se nommait ce Nestor), n'ayant pas quitté la ferme depuis son enfance, était alors employé comme maître laboureur. Lorsque Rodolphe acheta la métairie, le vieux serviteur lui fut justement recommandé ; il le garda et l'investit, sous les ordres de madame Georges, d'une sorte de surintendance des travaux de culture. Le père Châtelain exerçait sur ce personnel de la ferme une haute influence due à son âge, à son savoir, à son expérience.

Tous les paysans se placèrent.

Après avoir dit le *Benedicite* à haute voix, le père Châtelain, suivant un vieil et saint usage, traça une croix sur un des pains avec la pointe de son couteau, et en coupa un morceau représentant la *part de la Vierge* ou la part du pauvre; il versa ensuite un verre de vin sous la même invocation, et plaça le tout sur une assiette qui fut pieusement placée au milieu de la table. A ce moment les chiens de garde aboyèrent avec force; le vieux *Lysandre* leur répondit par un grognement sourd, retroussa sa lèvre et laissa voir deux ou trois crocs encore respectables.

— Il y a quelqu'un le long des murs de la cour — dit le père Châtelain.

A peine avait-il dit ces paroles, que la cloche de la grande porte tinta.

— Qui peut venir si tard? — dit le vieux laboureur — tout le monde est rentré... Va toujours voir, Jean René.

Jean René, jeune garçon de ferme, remit avec regret dans son assiette une énorme cuillerée de soupe brûlante sur laquelle il soufflait d'une force à désespérer Éole, et sortit de la cuisine.

Voilà depuis bien long-temps la première fois que madame Georges et mademoiselle Marie ne viennent pas s'asseoir au coin du feu pour assister à notre souper — dit le père Châtelain ; — j'ai une rude faim , mais je mangerai de moins bon appétit.

— Madame Georges est montée dans la chambre de mademoiselle Marie , car, en revenant de reconduire M. le curé, mademoiselle s'est trouvée un peu souffrante et s'est couchée — répondit Claudine, la robuste fille qui avait ramené la Goualeuse du presbytère, et ainsi renversé sans le savoir les sinistres desseins de la Chouette.

— Notre bonne mademoiselle Marie est seulement indisposée... mais elle n'est pas malade , n'est-ce pas ? — demanda le vieux laboureur avec inquiétude

— Non, non, Dieu merci ! père Châtelain ; madame Georges a dit que ça ne serait rien — reprit Claudine ; — sans cela elle aurait envoyé chercher à Paris M. David, ce médecin nègre... qui a déjà soigné mademoiselle Marie lorsqu'elle a été malade. C'est égal, c'est tout de même bien étonnant, un médecin noir ! Si c'était pour moi, je n'aurais pas du tout de confiance. Un médecin blanc, à la bonne heure... c'est chrétien.

— Est-ce que M. David n'a pas guéri mademoiselle Marie, qui était languissante dans les premiers temps ?

— Si, père Châtelain.

— Eh bien ?

— C'est égal, un médecin noir, ça a quelque chose d'effrayant.

— Est-ce qu'il n'a pas remis sur pied la vieille mère Anique , qui , à la suite d'une plaie aux jambes, ne pouvait tant seulement bouger de son lit depuis trois ans ?

— Si, si, père Châtelain.

— Eh bien ! ma fille ?...

— Oui , père Châtelain ; mais un médecin noir... pensez donc... tout noir, tout noir...

— Écoute, ma fille : de quelle couleur est ta génisse Musette ?

— Blanche, père Châtelain, blanche comme un cygne , et fameuse laitière, on peut dire cela sans l'exposer à rougir... cette bête !

— Et ta génisse *Rosette ?*

— Noire comme un corbeau , père Châtelain ; fameuse laitière aussi, faut être juste pour tout le monde.

— Et le lait de cette génisse noire, de quelle couleur est-il ?

— Mais blanc, père Châtelain... c'est tout simple, blanc comme neige.

— Et ce lait est aussi blanc et aussi bon que celui de Musette ?

— Mais oui, père Châtelain.

— Quoique Rosette soit noire ?

— Quoique Rosette soit noire... Qu'est-ce que ça fait au lait que la vache soit noire, rousse ou blanche ?

— Eh bien ! alors, ma fille, pourquoi ne veux-tu pas qu'un médecin noir soit aussi bon qu'un médecin blanc ?

— Dame... père Châtelain, c'était par rapport à la peau — dit la jeune fille après un moment de cogitation profonde. — Mais au fait, puisque *Rosette* la noire a d'aussi bon lait que *Musette* la blanche, la peau n'y fait rien.

Ces réflexions physiognomoniques de Claudine sur la différence des races blanches et noires furent interrompues par le retour de Jean René qui soufflait dans ses doigts avec autant de vigueur qu'il avait soufflé sur sa soupe.

— Oh ! quel froid ! quel froid il fait cette nuit !.. Il gèle à pierre fendre — dit-il en entrant ; — vaut mieux être dedans que dehors par un temps pareil. Quel froid !

— Gelée commencée par un vent de nord-est sera rude et longue ; tu dois savoir ça, garçon. Mais qui a sonné ? — demanda le doyen des laboureurs.

— Un pauvre aveugle et un enfant qui le conduit, père Châtelain.

— Et qu'est-ce qu'il veut, cet aveugle ? — demanda le père Châtelain à Jean René.

— Ce pauvre homme et son fils se sont égarés en voulant aller à Louvres par la traverse ; comme il fait un froid de loup et que la nuit est noire, car le ciel se couvre, l'aveugle et son enfant demandent à passer la nuit à la ferme, dans un coin de l'étable.

— Madame Georges est si bonne qu'elle ne refuse jamais l'hospitalité à un malheureux ; elle consentira, bien sûr, à ce qu'on donne à coucher à ces pauvres gens... mais il faut la prévenir. Vas-y, Claudine.

Claudine disparut.

— Et où attend-il, ce brave homme ? — demanda le père Châtelain.

— Dans la petite grange.

— Pourquoi l'as-tu mis dans la grange ?

— S'il était resté dans la cour, les chiens l'auraient mangé tout cru, lui et son petit. Oui, père Châtelain, j'avais beau dire : « Tout beau, Médor... ici, Turc... à bas, Sultan !... » J'ai jamais vu des déchaînés pareils. Et pourtant, à la ferme on ne les dresse pas à mordre sur le pauvre, comme dans bien des endroits...

— Ma foi, mes enfants, la *part du pauvre* aura été ce soir réservée pour tout de bon... Serrez-vous un peu... Bien ! Mettons deux couverts de plus, l'un pour l'aveugle, l'autre pour son fils ; car sûrement madame Georges leur laissera passer la nuit ici.

— C'est tout de même étonnant que les chiens soient furieux comme ça — se dit Jean René ; — il y avait surtout Turc, que Claudine a emmené en allant ce soir au presbytère... il était comme un possédé..... En le flattant pour l'apaiser, j'ai senti les poils de son dos tout hérissés... on aurait dit d'un porc-épic. Qu'est-ce que vous dites de cela, hein! père Châtelain, vous qui savez tout?

— Je dis, mon garçon, moi *qui sais tout*, que les bêtes en savent encore plus long que moi... Lors de l'ouragan de cet automne, qui avait changé la petite rivière en torrent, quand je m'en revenais à nuit noire, avec mes chevaux de labour, assis sur *Coco*, le vieux cheval rouan, que le diable m'emporte si j'aurais su où passer à gué, car on n'y voyait pas plus que dans un four!... Eh bien! j'ai laissé la bride sur le cou du vieux rouan, et il a trouvé tout seul ce que nous n'aurions trouvé ni les uns ni les autres... Qui est-ce qui lui a appris cela?

— Oui, père Châtelain, qui est-ce qui lui a appris cela, au vieux cheval rouan?

— Celui qui apprend aux hirondelles à nicher sur les toits, et aux bergeronnettes à nicher dans les roseaux, mon garçon... Eh bien! Claudine — dit le vieil oracle à la laitière qui rentrait portant sous son bras deux paires de draps bien blancs, qui jetaient une suave odeur de sauge et de thym — eh bien! madame Georges a ordonné de faire souper et coucher ici ce pauvre aveugle et son fils, n'est-ce pas?

— Voilà des draps pour faire leurs lits dans la petite chambre au bout du corridor — dit Claudine.

— Allons, va les chercher, Jean René... Toi, ma fille, approche deux chaises du feu, ils se réchaufferont un moment avant de se mettre à table...

On entendit de nouveau les aboiements furieux des chiens, et la voix de Jean René qui tâchait de les apaiser. La porte de la cuisine s'ouvrit brusquement : le Maître d'école et Tortillard entrèrent avec précipitation comme s'ils eussent été poursuivis.

— Prenez donc garde à vos chiens! — s'écria le Maître d'école avec frayeur — ils ont manqué nous mordre.

— Ils m'ont arraché un morceau de ma blouse — s'écria Tortillard encore pâle d'effroi...

— Excusez, mon brave homme — dit Jean René en fermant la porte — mais je n'ai jamais vu nos chiens si méchants... C'est, bien sûr, le froid qui les agace... Ces bêtes n'ont pas de raison; elles veulent peut-être mordre pour se réchauffer!...

— Allons, à l'autre maintenant! — dit le laboureur en arrêtant le vieux Lysandre au moment où, grondant d'un air menaçant, il allait s'élancer sur les nouveaux venus. — Il a entendu les autres chiens aboyer de furie, il veut faire comme eux. Veux-tu aller te coucher tout de suite, vieux sauvage!... veux-tu...

A ces mots du père Châtelain accompagnés d'un coup de pied significatif, *Lysandre* regagna, toujours grondant, sa place de prédilection au coin du foyer. Le Maître d'école et Tortillard restaient à la porte de la cuisine, n'osant pas avancer; les traits du bandit étaient si hideux que les habitants de la ferme

37

restèrent un instant frappés, les uns de dégoût, les autres d'effroi. Cette impression n'échappa pas à Tortillard ; la frayeur des paysans le rassura, il fut fier de
l'épouvante qu'inspirait son compagnon. Ce premier mouvement passé, le
père Châtelain, ne songeant qu'à remplir les devoirs de l'hospitalité, dit au
Maître d'école :

— Mon brave homme , avancez près du feu, vous vous réchaufferez d'abord.
Vous souperez ensuite avec nous , car vous arrivez au moment où nous allions
nous mettre à table. Tenez, asseyez-vous là. Mais à quoi ai-je la tête ! —
ajouta le père Châtelain , — ce n'est pas à vous , mais à votre fils que je dois
m'adresser, puisque malheureusement vous êtes aveugle. Voyons , mon enfant,
conduis ton père auprès de la cheminée.

— Oui , mon bon monsieur — répondit Tortillard d'un ton nasillard , patelin
et hypocrite ; — que le bon Dieu vous rende votre bonne charité !... Suis-moi,
pauvre papa... suis-moi... prends bien garde. — Et l'enfant guida les pas du
brigand.

Tous deux arrivèrent près de la cheminée. D'abord Lysandre gronda sourdement; mais ayant flairé un instant le Maître d'école , il poussa tout à coup

cette sorte d'aboiement lugubre qui fait dire communément que les chiens *hur-lent à la mort.*

— Enfer ! — se dit le Maître d'école. — Est-ce donc le sang qu'ils flairent, ces maudits animaux ? J'avais ce pantalon-là pendant la nuit de l'assassinat du marchand de bœufs...

— Tiens, c'est étonnant — dit tout bas Jean René — le vieux Lysandre qui hurle à la mort en sentant le bonhomme.

Alors il arriva une chose étrange. Les cris de Lysandre étaient si perçants, si plaintifs, que les autres chiens l'entendirent (la cour de la ferme n'étant sé-parée de la cuisine que par une fenêtre vitrée), et, selon l'habitude de la race canine, ils répétèrent à l'envi ces hurlements funèbres qui, selon les croyances populaires, prédisent les approches de la mort. Quoique peu superstitieux, les métayers s'entre-regardèrent presque avec effroi. Le Maître d'école lui-même, malgré son endurcissement infernal, tressaillit un moment en entendant ces abois sinistres... qui éclataient à son arrivée, à lui... assassin. Tortillard, scep-tique, effronté comme un enfant de Paris, corrompu pour ainsi dire à la ma-melle, resta seul indifférent à l'effet moral de cette scène. Délivré de la crainte d'être mordu, cet avorton railleur se moqua de ce qui atterrait les habitants de la ferme et de ce qui faisait frissonner le Maître d'école.

La première stupeur passée, Jean René sortit, et l'on entendit bientôt les claquements de son fouet qui dissipèrent les lugubres *pressentiments* de Turc, de Sultan et de Médor. Peu à peu les visages contristés des laboureurs se ras-sérénèrent. Au bout de quelques moments, l'épouvantable laideur du Maître d'école leur inspira plus de pitié que d'horreur ; ils plaignirent le petit boiteux de son infirmité, lui trouvèrent une mine *futée* très-intéressante, et le louèrent beaucoup des soins empressés qu'il prodiguait à son père. L'appétit des la-boureurs, un moment oublié, se réveilla avec une nouvelle énergie, et l'on n'entendit pendant quelques instants que le bruit des fourchettes. Tout en s'es-crimant de leur mieux sur leurs mets rustiques, métayers et métayères remar-quaient avec attendrissement les prévenances de l'enfant pour l'aveugle, auprès duquel on l'avait placé. Tortillard lui préparait ses morceaux, lui coupait son pain, lui versait à boire avec une attention toute filiale. Ceci était le beau côté de la médaille, voici le revers. Autant par cruauté que par l'esprit d'imitation naturel à son âge, Tortillard trouvait une jouissance cruelle à tourmenter le Maître d'école, à l'exemple de la Chouette ; ainsi qu'elle, il trouvait un charme extrême à avoir, lui chétif, *pour bête de souffrance* un tigre muselé... il eut de plus la méchanceté de vouloir raffiner son plaisir en forçant le Maître d'école à supporter ses mauvais traitements sans sourciller, et compensa chacune de ses attentions ostensibles pour son père supposé par un coup de pied souterrain particulièrement adressé à une plaie très-ancienne que le Maître d'école, comme beaucoup de forçats, avait à la jambe droite, à l'endroit où pesait l'anneau de sa chaîne pendant son séjour au bagne. Il fallut à ce brigand un courage d'au-tant plus stoïque pour cacher sa souffrance à chaque atteinte de Tortillard, que ce petit monstre, afin de mettre sa victime dans une position plus difficile encore, choisissait pour ses attaques tantôt le moment où le Maître d'école buvait, tantôt le moment où il parlait.

— Tiens, pauvre papa, voilà une noix toute épluchée — dit Tortillard en mettant dans l'assiette du Maître d'école un de ces fruits soigneusement détaché de sa coque.

— Bien, mon enfant — dit le père Châtelain; puis, s'adressant au bandit : — Vous êtes sans doute bien à plaindre, brave homme; mais vous avez un si bon fils... que cela doit vous consoler un peu !

— Oui, oui, mon malheur est grand, et, sans la tendresse de mon cher enfant... je...

Le Maître d'école ne put retenir un cri aigu... Le fils de Bras-Rouge avait cette fois rencontré le vif de la plaie; la douleur fut intolérable.

— Mon Dieu !... qu'as-tu donc, pauvre papa ? — s'écria Tortillard d'une voix larmoyante, et, se levant, il se jeta au cou du Maître d'école. Dans son premier mouvement de douleur et de rage, celui-ci voulut étouffer le petit boiteux entre ses bras d'hercule, et le pressa si violemment contre sa poitrine que l'enfant, perdant sa respiration, laissa entendre un sourd gémissement..... Mais, réfléchissant aussitôt qu'il ne pouvait se passer de Tortillard, le Maître d'école se contraignit et le repoussa sur sa chaise. Dans tout ceci les paysans ne virent qu'un échange de tendresses paternelles et filiales : la pâleur et la suffocation de Tortillard leur parurent causées par l'émotion de ce *bon fils*.

— Qu'avez-vous donc, mon brave ? — demanda le père Châtelain. — Votre cri de tout à l'heure a fait pâlir votre enfant... Pauvre petit... tenez, il peut à peine respirer !

— Ce n'est rien — répondit le Maître d'école en reprenant son sang-froid. — Je suis de mon état serrurier-mécanicien; il y a quelque temps, en travaillant au marteau une barre de fer rougie, je l'ai laissée tomber sur mes jambes, et je me suis fait une brûlure si profonde qu'elle n'est pas encore cicatrisée... Tout à l'heure je me suis heurté au pied de la table, et je n'ai pu retenir un cri de douleur.

— Pauvre papa ! — dit Tortillard, remis de son *émotion* et jetant un regard diabolique sur le Maître d'école — pauvre papa ! c'est pourtant vrai, mes bons messieurs, on n'a jamais pu le guérir de sa jambe... Hélas ! non, jamais !... Oh ! je voudrais bien avoir son mal, moi... pour qu'il ne l'ait plus, ce pauvre papa...

Les femmes regardèrent Tortillard avec attendrissement.

— Eh bien ! mon brave homme — reprit le père Châtelain — il est malheureux pour vous que vous ne soyez pas venu à la ferme il y a trois semaines, au lieu d'y venir ce soir.

— Pourquoi cela ?

— Parce que nous avons eu ici, pendant quelques jours, un docteur de Paris qui a un remède souverain pour les maux de jambe. Une bonne vieille femme du village ne pouvait pas marcher depuis trois ans ; le docteur lui a mis de son onguent sur ses blessures... A présent elle court comme un Basque, et elle se promet au premier jour d'aller à pied remercier son sauveur, *allée des Veuves*, à Paris... Vous voyez que d'ici il y a un bon bout de chemin. Mais qu'est-ce que vous avez donc ? encore cette maudite blessure ?

Ces mots, *allée des Veuves*, rappelaient de si terribles souvenirs au Maître d'école, qu'il n'avait pu s'empêcher de tressaillir et de contracter ses traits hideux.

— Oui — répondit-il en tâchant de cacher son trouble — encore un élancement...

— C'est vraiment dommage — reprit le père Châtelain — que ce digne médecin ne soit pas ici ; mais, j'y pense, il est aussi charitable que savant ; en retournant à Paris, faites-vous conduire chez lui par votre petit garçon ; il vous guérira, j'en suis sûr ; son adresse n'est pas difficile à retenir : allée des Veuves, nº 17. Si vous oubliez le numéro... peu importe, ils ne sont pas beaucoup de médecins dans cet endroit-là, et surtout de médecins nègres... car figurez-vous qu'il est nègre, cet excellent docteur David.

Les traits du Maître d'école étaient tellement couturés de cicatrices, que l'on ne put s'apercevoir de sa pâleur. Il pâlit pourtant... il pâlit affreusement en entendant d'abord citer le numéro de la maison de Rodolphe, et ensuite parler de David... le docteur noir... de ce noir qui, par ordre de Rodolphe, lui avait infligé un supplice épouvantable dont à chaque instant il subissait les terribles conséquences...

Le père Châtelain, ne s'étant pas aperçu de la pâleur du Maître d'école, continua :

— Du reste, mon brave homme, lorsque vous partirez, on donnera l'adresse du docteur à votre fils, et ce sera obliger M. David que le mettre à même de rendre service à quelqu'un ; il est si bon, si bon !... c'est dommage qu'il ait toujours l'air triste... Mais, tenez... buvons un coup à la santé de votre futur sauveur...

— Merci... je n'ai plus soif — dit le Maître d'école d'un air sombre.

— Ce n'est plus du cidre que je vous ai versé, mais du vieux vin — dit le laboureur. — Il y a bien des bourgeois qui n'en boivent pas de pareil. Dame ! ce n'est pas une ferme comme une autre que celle-ci... Qu'est-ce que vous dites de notre ordinaire ?

— Il est très-bon — répondit machinalement le Maître d'école de plus en plus absorbé dans de sinistres pensées.

— Eh bien ! c'est tous les jours comme ça : bon travail et bon repas, bonne conscience et bon lit ; en quatre mots, voilà notre vie : nous sommes sept cultivateurs ici, et sans nous vanter nous faisons autant de besogne que quatorze, mais aussi on nous paye comme quatorze. Aux simples laboureurs, cent cinquante écus par an ; aux laitières et aux filles de ferme... soixante écus ! et à partager entre nous un dixième des produits de la ferme... Dame ! vous comprenez que nous ne laissons pas la terre un brin se reposer, car la pauvre vieille nourricière, tant plus elle produit, tant plus nous avons.

— Votre maître ne doit guère s'enrichir en vous avantageant de la sorte — dit le Maître d'école.

— Notre maître ?.. Oh ! ça n'est pas un maître comme les autres. Il a une manière de s'enrichir qui n'est qu'à lui.

— Que voulez-vous dire ? — demanda l'aveugle, qui désirait engager la conversation pour échapper aux noires pensées qui le poursuivaient ; — votre maître est donc bien extraordinaire ?

— Extraordinaire en tout, mon brave homme ; mais, tenez, le hasard vous a amené ici, puisque ce village est éloigné de tout grand chemin. Vous n'y reviendrez sans doute jamais ; vous ne le quitterez pas du moins sans savoir ce que c'est que notre maître et ce qu'il fait de cette ferme ; en deux mots, je vas vous dire ça, à condition que vous le répéterez à tout le monde... Vous verrez... c'est aussi bon à dire qu'à entendre...

— Je vous écoute — reprit le Maître d'école.

— Et vous ne serez pas fâché de m'avoir entendu — dit le père Châtelain au Maître d'école. — Figurez-vous qu'un jour notre maître s'est dit : « Je suis très-riche, c'est bien ; mais comme ça ne me fait pas dîner deux fois... si je faisais dîner ceux qui ne dînent pas du tout, et dîner mieux de braves gens qui ne mangent pas à leur faim ? Ma foi, ça me va ; vite à l'œuvre ! » Et notre maître s'est mis à l'œuvre. Il a acheté cette ferme, qui alors n'avait pas un grand *faire-valoir*, et n'employait guère plus de deux charrues ; je sais cela, je suis né ici. Notre maître a augmenté les terres, vous saurez tout à l'heure pourquoi... A la tête de la ferme il a mis une digne femme, aussi respectable que malheureuse... c'est toujours comme ça qu'il choisit... et il lui a dit : « Cette maison sera, comme la maison du bon Dieu, ouverte aux bons, fermée aux méchants ; on en chassera les mendiants paresseux, mais on y donnera toujours *l'aumône du travail* à ceux qui ont bon courage : cette aumône-là, loin d'humilier qui la reçoit, profite à qui la donne : et le riche qui ne la fait pas est un mauvais riche... » C'est notre maître qui dit ça ; mais il fait mieux que de dire... il agit... Autrefois il y avait un chemin direct d'ici à Écouen qui raccourcissait d'une bonne lieue ; mais, dame ! il était si effondré, si effondré, qu'on n'y pouvait plus passer, c'était la mort aux chevaux et aux voitures ; quelques corvées, un peu d'argent fournis par un chacun des fermiers du pays auraient remis la route en état ; mais tant plus un chacun avait envie de voir cette route en état, tant plus un chacun renâclait à fournir argent et corvée. Notre maître voyant ça a dit : « Le chemin sera fait ; mais comme ceux qui pourraient y contribuer n'y contribuent pas, comme c'est environ un chemin de luxe, il profitera plus tard à ceux qui ont chevaux et voitures, mais il profitera d'abord à ceux qui n'ont que deux bras, du cœur et pas de travail. Ainsi, par exemple, un gaillard robuste frappe-t-il à la ferme en disant : J'ai faim et je manque d'ouvrage :— « Mon garçon, voilà une bonne soupe, une pioche, une pelle ; on va vous conduire au chemin d'Écouen : faites chaque jour deux toises de cailloutis, et chaque soir vous aurez quarante sous, une toise vingt sous, une demi-toise dix sous, sinon rien. » — Moi, à la brune, en revenant des champs, je vais inspecter le chemin et m'assurer de ce qu'un chacun a fait.

— Et quand on pense qu'il y a eu deux sans-cœurs assez gredins pour manger la soupe et voler la pioche et la pelle ! — dit Jean René avec indignation — ça dégoûterait de faire le bien...

— Ça, c'est vrai — dirent quelques laboureurs.

— Allons donc ! mes enfants — reprit le père Châtelain. — Voire... on ne ferait donc ni plantations ni semailles, parce qu'il y a des chenilles, des charançons et autres mauvaises bestioles rongeuses de feuilles ou grugeuses de grain ? Non, non, on écrase les vermines; le bon Dieu, qui n'est pas chiche, fait pousser de nouveaux bourgeons, de nouveaux épis: le dommage est réparé, et l'on ne s'aperçoit tant seulement pas que les bêtes malfaisantes ont passé par là. N'est-ce pas, mon brave homme ? — dit le vieux laboureur au Maître d'école.

— Sans doute, sans doute — reprit celui-ci qui semblait depuis quelques moments réfléchir profondément.

— Quant aux femmes et aux enfants, il y a aussi du travail pour eux et pour leurs forces — ajouta le père Châtelain.

— Et malgré ça — dit Claudine la laitière — le chemin n'avance pas vite.

— Dame ! ma fille, ça prouve qu'heureusement dans le pays les braves gens ne manquent pas d'ouvrage.

— Mais à un infirme, à moi, par exemple — dit tout à coup le Maître d'école — est-ce qu'on ne m'accorderait pas la charité d'une place dans un coin de la ferme, un morceau de pain et un abri... pour le peu de temps qui me reste à vivre ? Oh ! si cela se pouvait... mes bonnes gens... je passerais ma vie à remercier votre maître.

Le brigand parlait alors sincèrement. Il ne se repentait pas pour cela de ses crimes ; mais l'existence paisible, heureuse, des laboureurs, excitait d'autant plus son envie qu'il songeait à l'avenir effrayant que lui réservait la Chouette: avenir qu'il avait été loin de prévoir, et qui lui faisait regretter davantage encore d'avoir, en rappelant sa complice auprès de lui, perdu pour jamais la possibilité de vivre auprès des honnêtes gens chez lesquels le Chourineur l'avait placé.

Le père Châtelain regarda le Maître d'école avec étonnement.

— Mais, mon pauvre homme — lui dit-il — je ne vous croyais pas tout à fait sans ressources ?

— Hélas ! mon Dieu, si... j'ai perdu la vue par un accident de mon métier... Je vais à Louvres chercher des secours chez un parent éloigné... mais, vous comprenez... quelquefois les gens sont si égoïstes... si durs .. — dit le Maître d'école.

— Oh ! il n'y a pas d'égoïste qui tienne — reprit le père Châtelain — un bon et honnête ouvrier comme vous, malheureux comme vous, avec un enfant si gentil, si bon fils, ça attendrirait des pierres... Mais le maître qui vous employait avant votre accident, comment ne fait-il rien pour vous ?

— Il est mort... — dit le Maître d'école après un moment d'hésitation — et c'était mon seul protecteur...

— Mais l'hospice des Aveugles ?...

— Je n'ai pas l'âge d'y entrer...

— Pauvre homme !... Vous êtes bien à plaindre !

— Eh bien ! vous croyez que, si je ne trouve pas à Louvres le secours que j'espère, votre maître, que je respecte déjà sans le connaître, n'aura pas pitié de moi ?...

— Malheureusement, voyez-vous, la ferme n'est pas un hospice... Ordinairement ici on accorde aux infirmes de passer une nuit ou un jour à la ferme... puis on leur donne un secours... et que le bon Dieu les ait en aide...

— Ainsi, je n'ai aucun espoir d'intéresser votre maître à mon triste sort ? — dit le brigand avec un soupir de regret.

— Je vous dis la règle, mon brave homme ; mais notre maître est si compatissant, si généreux, qu'il est capable de tout.

— Vous croyez ? — s'écria le Maître d'école. — Il serait possible qu'il consentît à me laisser vivre ici dans un coin ? Je serais heureux de si peu !...

— Je vous dis que notre maître est capable de tout... S'il consent à vous garder à la ferme, vous n'auriez pas à vous cacher dans un coin ; vous seriez traité comme nous donc !... comme aujourd'hui..... On trouverait de quoi occuper votre enfant selon ses forces ; bons conseils et bons exemples ne lui manqueraient point ; notre vénérable curé l'instruirait avec les autres enfants du village, et il grandirait dans le bien, comme on dit... Mais pour ça, tenez, il faudrait demain matin parler tout franchement à *Notre-Dame-de-Bon-Secours...*

— Comment ? — dit le Maître d'école.

— Nous appelons ainsi notre maîtresse... Si elle s'intéresse à vous, votre affaire est sûre... En fait de charité, notre maître ne sait rien refuser à notre dame...

— Oh ! alors je lui parlerai... je lui parlerai !... — s'écria joyeusement le Maître d'école, se voyant déjà délivré de la tyrannie de la Chouette.

Cette espérance trouva peu d'écho chez Tortillard, qui ne se sentait nullement disposé à profiter des offres du vieux laboureur et *à grandir dans le bien* sous les auspices d'un vénérable curé. Le fils de Bras-Rouge avait des penchants peu rustiques et l'esprit peu tourné à la bucolique ; d'ailleurs, fidèle aux traditions de la Chouette, il aurait vu avec un vif déplaisir le Maître d'école se soustraire à leur commun despotisme : il sentit donc le besoin de rappeler à la réalité le brigand, qui s'égarait déjà parmi de champêtres et riantes illusions...

— Oh ! oui — répéta le Maître d'école — je lui parlerai, à *Notre-Dame-de-Bon-Secours...* elle aura pitié de moi, et...

Tortillard donna en ce moment et sournoisement un vigoureux coup de pied au Maître d'école, et l'atteignit *au bon endroit*. La souffrance interrompit et abrégea la phrase du brigand, qui répéta, après un tressaillement douloureux :

— Oui, j'espère que cette bonne dame aura pitié de moi.

— Pauvre bon papa... — reprit Tortillard; — mais tu comptes donc pour rien ma bonne tante... *madame la Chouette*, qui t'aime si fort... Pauvre tante *la Chouette!*... Oh! elle ne t'abandonnera pas comme ça! vois-tu! Elle serait plutôt capable de venir te réclamer ici avec notre cousin *M. Barbillon*.

— *Madame la Chouette? M. Barbillon?* On voit que ce brave homme a des parents chez les poissons et chez les oiseaux... — dit tout bas Jean René d'un air prodigieusement malicieux, en donnant un coup de coude à sa voisine. — Comme c'est drôle, hein! Claudine?

E.S.C.   IL. ANDIGNAT

— Grand *sans-cœur*, allez! pouvez-vous rire de ces malheureux — répondit tout bas la fille de ferme, en donnant à son tour à Jean René un coup de coude à lui briser trois côtes.

— Madame la Chouette est une de vos parentes! — demanda le laboureur au Maître d'école.

— Oui... c'est une de nos parentes... — répondit-il avec un morne et sombre accablement. .

— C'est cette parente que vous allez trouver à Louvres? — demanda le père Châtelain.

38

— Oui — dit le brigand — mais je crois que mon fils se trompe en comptant trop sur elle; aussi, en tout cas, je parlerai demain matin à la bonne dame d'ici... et j'implorerai son appui auprès du respectable propriétaire de cette ferme; mais — ajouta-t-il pour changer la conversation et mettre un terme aux imprudents propos de Tortillard — mais, à propos du propriétaire de cette ferme, on m'avait promis de me dire ce qu'il y a de particulier dans l'organisation de la métairie où nous sommes.

— C'est moi qui vous ai promis cela — dit le père Châtelain — et je vais remplir ma promesse. Notre maître, après avoir ainsi imaginé ce qu'il appelle *l'aumône du travail*, s'est dit : Il y a des établissements et des prix pour encourager l'amélioration des chevaux, des bestiaux, des charrues et de bien d'autres choses encore... ma foi !..... M'est avis qu'il serait un brin temps de moyenner aussi de quoi améliorer les hommes..... Bonnes bêtes, c'est bien ; bonnes gens, ça serait mieux, mais plus difficile. Avec lourde avoine et pré dru, eau vive et air pur, soins constants et sûr abri, chevaux et bestiaux viendront comme à souhait et donneront contentement ; mais, pour les hommes, voire ! c'est autre chose :. on ne met pas un homme en grand'vertu comme un bœuf en grand'chair. L'herbage profite au bœuf, parce que l'herbage, savoureux au goût, lui plaît en l'engraissant ; eh bien ! m'est avis que, pour que les bons conseils profitent à l'homme, faudrait faire qu'il trouve son compte à les suivre...

— Comme le bœuf trouve son compte à manger de bonne herbe, n'est-ce pas, père Châtelain ?

— Justement, mon garçon.

— Mais, père Châtelain — dit un autre laboureur — on a parlé dans les temps d'une manière de ferme où des jeunes voleurs qui avaient eu, malgré ça, une très-bonne conduite tout de même, apprenaient l'agriculture, et étaient soignés, choyés comme petits princes.

— C'est vrai, mes enfants ; il y a du bon là-dedans ; c'est humain et charitable de ne jamais désespérer des méchants ; mais faudrait faire aussi espérer les bons. Un honnête jeune homme, robuste et laborieux, ayant envie de bien faire et de bien apprendre, se présenterait à cette ferme de jeunes ex-voleurs, qu'on lui dirait : Mon gars, as-tu un brin volé et vagabondé ? — Non. — Eh bien ! il n'y a pas de place ici pour toi.

— C'est pourtant vrai ce que vous dites là, père Châtelain — dit Jean René. — On fait pour des coquins ce qu'on ne fait pas pour les honnêtes gens ; on améliore les bêtes et que non pas les hommes.

— C'est pour donner l'exemple et remédier à ça, mon garçon, que notre maître, comme je l'apprends à ce brave homme, a établi cette ferme... « Je sais bien, a-t-il dit, que *là-haut* il y a des récompenses pour les honnêtes gens ; mais *là-haut*... dame !... c'est bien haut, c'est bien loin ; et d'aucuns (il faut les plaindre, mes enfants) n'ont point la vue et l'haleine assez longue pour atteindre là ; et puis, où trouveraient-ils le temps de regarder *là-haut* ? Pendant le jour, du lever au coucher du soleil, courbés sur la terre, ils la bêchent et la rebêchent pour un maître; la nuit, ils dorment harassés sur leur grabat... Le dimanche, ils s'enivrent au cabaret pour oublier les fatigues d'hier et celles de demain. C'est qu'aussi ces fatigues sont stériles pour eux, pauvres gens! Après un travail forcé, leur pain est-il moins noir? non! leur couche moins dure? non! leur enfant moins malingre? non! leur femme moins épuisée à le nourrir?... Et le nourrir!... elle ne mange pas à sa faim! Après ça, je sais bien, mes enfants, que noir est leur pain, mais c'est du pain; dur est leur grabat, mais c'est un lit; chétifs sont leurs enfants, mais ils vivent. Les malheureux supporteraient peut-être allégrement leur sort, s'ils croyaient qu'un chacun est comme eux. Mais ils vont à la ville ou au bourg le jour du marché, et là ils voient du pain blanc, d'épais et chauds matelas, des enfants fleuris comme des rosiers de mai, et si rassasiés, si rassasiés, qu'ils jettent du gâteau à des chiens... Dame!... alors, quand ils reviennent à leur hutte de terre, à leur pain noir, à leur grabat, ces pauvres gens se disent, en voyant leur petit enfant souffreteux, maigre, affamé, à qui ils auraient bien voulu apporter un de ces gâteaux que les petits riches jetaient aux chiens : « Puisqu'il faut qu'il y ait des riches et des pauvres, pourquoi ne sommes-nous pas nés riches? c'est injuste... Pourquoi chacun n'a-t-il pas son tour? » Sans doute, mes enfants, ce qu'ils disent là est déraisonnable... et ne sert pas à leur faire paraître leur joug plus léger; et pourtant ce joug dur et pesant, qui quelquefois les blesse, les écrase, il leur faut le porter sans relâche, et cela sans espoir de se reposer jamais... sans espoir de connaître un jour, un seul jour le bonheur que donne l'aisance... Toute la vie comme ça · dame! ça paraît long... long comme un jour de pluie sans un seul petit rayon de soleil. Alors on va à l'ouvrage avec tristesse et dégoût. Finalement la plupart des gagés se disent : « A quoi bon travailler mieux et davantage! que l'épi soit lourd ou léger, ça m'est tout un! A quoi bon me crever de beau zèle? Restons strictement honnêtes; le mal est puni, ne faisons pas le mal; le bien est sans récompense, ne faisons pas le bien... » Ces pensers-là sont malsains; mes enfants... de cette insouciance à la fainéantise il n'y a pas loin, et de la fainéantise au vice il y a moins loin encore... Malheureusement, ceux-là qui, ni bons ni méchants, ne font ni bien ni mal, sont le plus grand nombre; c'est donc ceux-là, a dit notre maître, qu'il faut améliorer, ni plus ni moins que s'ils avaient l'honneur d'être des chevaux, des bêtes à cornes ou à laine... Faisons qu'ils aient intérêt à être actifs, sages, laborieux, instruits et dévoués à leurs devoirs..... prouvons-leur qu'en devenant meilleurs ils deviendront matériellement plus heureux... tout le monde y gagnera... Pour que les bons conseils leur profitent, donnons-leur ici-bas comme qui dirait un brin l'avant-goût du bonheur qui attend les justes là-haut... Son plan bien arrêté, notre maître a fait savoir dans les environs qu'il lui fallait six laboureurs et autant de femmes ou filles de ferme; mais il voulait choisir ce monde-là parmi les meilleurs sujets du pays, d'après les renseignements qu'il ferait prendre chez les maires, chez les curés ou ailleurs. On devait être payé comme nous le sommes, c'est-à-dire comme des princes, nourri mieux que des bourgeois, et partager entre tous les travailleurs un dixième des produits de la récolte; on resterait deux ans à la ferme, pour faire ensuite place à d'autres laboureurs choisis aux mêmes conditions; après cinq ans révolus, on pourrait se représenter s'il y avait des vacances... Aussi, depuis la fondation de la ferme, laboureurs et journaliers se disent dans les environs : Soyons actifs, honnêtes, laborieux, faisons-nous remarquer par notre bonne conduite, et nous pourrons un jour avoir une des places de la ferme de Bouqueval; là nous vivrons comme en paradis durant deux ans; nous nous perfectionnerons dans notre état; nous emporterons un bon pécule, et par là-dessus, en sortant d'ici, c'est à qui voudra nous engager, puisque pour entrer ici il faut un brevet d'excellent sujet.

— Je suis déjà retenu pour entrer à la ferme d'Arnouville, chez M. Dubreuil — dit Jean René.

— Et moi, je suis engagé pour Gonesse — reprit un autre laboureur.

— Vous le voyez, mon brave homme, à cela tout le monde gagne : les fermiers des environs profitent doublement : il n'y a que douze places d'hommes et de femmes à donner, mais il se forme peut-être cinquante bons sujets dans le canton pour y prétendre; or ceux qui n'auront pas eu les places n'en resteront pas moins bons sujets, n'est-ce pas? et, comme on dit, les morceaux en seront et en resteront toujours bons, car si on n'a pas la chance une fois on espère l'avoir une autre; en fin de compte, ça fait nombre de braves gens de plus. Tenez... parlant par respect, pour un cheval ou pour un bétail qui gagne le prix de vitesse, de force ou de beauté, on fait cent élèves capables de disputer ce prix. Eh bien! ceux de ces cent élèves qui ne l'ont pas remporté, ce prix, n'en restent pas moins bons et vaillants... Hein! mon brave homme, quand je vous disais que notre ferme n'était pas une ferme ordinaire, et que notre maître n'était pas un maître ordinaire?

— Oh! non sans doute... — s'écria le Maître d'école — et plus sa bonté, sa générosité me semblent grandes, plus j'espère qu'il prendra en pitié mon triste sort. Un homme qui fait le bien si noblement, avec tant d'intelligence, ne doit pas regarder à un bienfait de plus ou de moins. Que je sache donc au moins son nom et aussi celui de la *Dame-de-Bon-Secours* — ajouta vivement le Maître d'école — que je puisse bénir d'avance ces nobles noms; car je suis sûr que vos maîtres auront pitié de moi.

— Ah! dame, vous vous attendez peut-être à des noms à grands fracas? Ah bien, oui! ce sont des noms simples et doux comme ceux des saints. *Notre-Dame-de-Bon-Secours* s'appelle *madame Georges*... Notre maître s'appelle *M. Rodolphe*.

— Ma femme!... mon bourreau!... — murmura le brigand, foudroyé par cette révélation.

Rodolphe!!! Madame Georges!!!

Le Maître d'école ne pouvait se croire abusé par une fortuite ressemblance de noms; avant de le condamner à un terrible supplice, Rodolphe lui avait dit porter à madame Georges un vif intérêt. Enfin, la présence récente du nègre David dans cette ferme prouvait au Maître d'école qu'il ne se trompait pas. Il reconnut quelque chose de providentiel, de fatal dans cette dernière rencontre, qui renversait ses espérances fondées sur la générosité du maître de cette ferme. Son premier mouvement fut de fuir. Rodolphe lui inspirait une invincible terreur; peut-être se trouvait-il à cette heure dans la ferme... A peine remis de sa stupeur, le brigand se leva de table, prit la main de Tortillard, et s'écria d'un air égaré :

— Allons nous-en... conduis-moi... sortons d'ici !

Les laboureurs se regardèrent avec surprise.

— Vous en aller... maintenant? Vous n'y pensez pas, mon pauvre homme — dit le père Châtelain. — Ah çà ! quelle mouche vous pique? est-ce que vous êtes fou?...

Tortillard saisit adroitement cet à-propos, poussa un long soupir, fit un signe de tête affirmatif; et, mettant son index sur son front, il donna ainsi à entendre aux laboureurs que la raison de son prétendu père n'était pas fort saine. Le vieux laboureur lui répondit par un signe d'intelligence et de compassion.

— Viens, viens, sortons! — répéta le Maître d'école en cherchant à entraîner l'enfant. Tortillard, absolument décidé à ne pas quitter un bon gîte pour courir les champs par cette froidure, dit d'une voix dolente :

— Mon Dieu! pauvre papa, c'est ton accès qui te reprend; calme-toi, ne sors pas par le froid de la nuit... ça te ferait mal... J'aimerais mieux, vois-tu, avoir le chagrin de te désobéir que de te conduire hors d'ici à cette heure. — Puis, s'adressant aux laboureurs : — N'est-ce pas, mes bons messieurs, que vous m'aiderez à empêcher mon pauvre papa de sortir ?

— Oui, oui, sois tranquille, mon enfant — dit le père Châtelain — nous n'ouvrirons pas à ton père... Il sera bien forcé de coucher à la ferme!

— Vous ne me forcerez pas à rester ici! — s'écria le Maître d'école; — et puis d'ailleurs je gênerais votre maître... monsieur... Rodolphe... Vous m'avez dit que la ferme n'était pas un hospice. Ainsi, encore une fois, laissez-moi sortir...

— Gêner notre maître... Soyez tranquille... Malheureusement il n'habite pas à la ferme, il n'y vient pas aussi souvent que nous le voudrions..... Mais serait-il ici, que vous ne le gêneriez pas du tout...

— Non, non! — dit le brigand avec terreur — j'ai changé d'idée... mon fils a raison : ma parente de Louvres aura pitié de moi... J'irai la trouver.

— Tout ce que je puis vous dire — reprit complaisamment le père Châtelain, croyant avoir affaire à un homme dont le cerveau était un peu fêlé — c'est que, quant à continuer votre route ce soir avec ce pauvre petit, il ne faut pas y compter; nous y mettrons bon ordre.

Quoique Rodolphe ne fût pas à Bouqueval, les terreurs du Maître d'école étaient loin de se calmer; bien qu'affreusement défiguré, il craignait encore d'être reconnu par sa femme, qui, d'un moment à l'autre, pouvait descendre;

dans ce cas il était persuadé qu'elle le dénoncerait et le ferait arrêter, car il avait toujours pensé que Rodolphe, en lui infligeant un châtiment aussi terrible, avait voulu surtout satisfaire à la haine et à la vengeance de madame Georges. Mais le brigand ne pouvait quitter la ferme, il se trouvait à la merci de Tortillard. Il se résigna donc ; et, pour. éviter d'être surpris par sa femme, il dit au laboureur :

— Puisque vous m'assurez que cela ne gênera pas votre maître ni votre dame... j'accepte l'hospitalité que vous m'offrez ; mais comme je suis très-fatigué, je vais, si vous le permettez, aller me coucher : je voudrais repartir demain matin au point du jour.

— Oh ! demain matin, à votre aise ! on est matinal ici ; et, de peur que vous ne vous égariez de nouveau, on vous mettra dans votre route.

— Moi, si vous voulez, j'irai conduire ce pauvre homme un bon bout de chemin — dit Jean René — puisque madame m'a dit de prendre la carriole pour aller chercher demain des sacs d'argent chez le notaire, à Villiers-le-Bel.

— Tu mettras ce pauvre aveugle dans sa route, mais tu iras sur tes jambes — dit le père Châtelain. — Madame a changé d'avis tantôt, elle a réfléchi avec raison que ce n'était pas la peine d'avoir à la ferme et à l'avance une si grosse somme ; il sera temps d'aller lundi prochain à Villiers-le-Bel, jusque-là l'argent est aussi bien chez le notaire qu'ici.

— Madame sait mieux que moi ce qu'elle a à faire ; mais qu'est-ce qu'il y a à craindre ici pour l'argent, père Châtelain !

— Rien, mon garçon, Dieu merci ! Mais c'est égal, j'aimerais mieux avoir ici cinq cents sacs de blé que dix sacs d'écus.

— Voyons — reprit le père Châtelain en s'adressant au brigand et à Tortillard — venez, mon brave homme ; et toi, suis-moi, mon enfant — ajouta-t-il en prenant un flambeau. Puis, précédant les deux hôtes de la ferme, il les conduisit dans une petite chambre du rez-de-chaussée, où ils arrivèrent après avoir traversé un large corridor sur lequel s'ouvraient plusieurs portes. Le laboureur posa la lumière sur une table et dit au Maître d'école :

— Voici votre gîte ; que le bon Dieu vous donne une nuit franche, mon brave homme ! Quant à toi, mon enfant, tu dormiras bien, c'est de ton âge.

Le brigand alla s'asseoir, sombre et pensif, sur le bord du lit auprès duquel il fut conduit par Tortillard. Le petit boiteux fit un signe d'intelligence au laboureur au moment où celui-ci sortait de la chambre, et le rejoignit dans le corridor.

— Que veux-tu, mon enfant ! — lui demanda le père Châtelain.

— Mon Dieu ! mon bon monsieur, je suis bien à plaindre ! quelquefois mon pauvre papa a des attaques pendant la nuit, c'est comme des convulsions ; je ne puis le secourir à moi tout seul : si j'étais obligé d'appeler du secours... est-ce qu'on m'entendrait d'ici !

— Pauvre petit ! — dit le laboureur avec intérêt — sois tranquille... Tu vois bien cette porte-là, à côté de l'escalier !

— Oui, mon bon monsieur, je la vois...

— Eh bien ! un de nos valets de ferme couche toujours là ; tu n'aurais qu'à aller l'éveiller, la clef est à sa porte : il viendrait t'aider à secourir ton père.

— Hélas ! monsieur, ce garçon de ferme et moi nous ne viendrions peut-être pas à bout de mon pauvre papa si ses convulsions le prenaient... Est-ce que vous ne pourriez pas venir aussi, vous qui avez l'air si bon... si bon !

— Moi, mon enfant, je couche, ainsi que les autres laboureurs, dans un corps de logis tout au fond de la cour. Mais rassure-toi, Jean-René est vigoureux, il abattrait un taureau par les cornes. D'ailleurs, s'il fallait quelqu'un pour vous aider, il irait avertir notre vieille cuisinière : elle couche au premier à côté de notre dame et de notre demoiselle... et au besoin la bonne femme sert de garde-malade, tant elle est soigneuse.

— Oh ! merci, merci ! mon digne monsieur; je vas prier le bon Dieu pour vous, car vous êtes bien charitable d'avoir comme cela pitié de mon pauvre papa.

— Bien, mon enfant... Allons, bonsoir; il faut espérer que tu n'auras besoin du secours de personne pour contenir ton père. Rentre, il t'attend peut-être.

— J'y cours. Bonne nuit, monsieur.

— Dieu te garde, mon enfant !...

Et le vieux laboureur s'éloigna.

A peine eut-il le dos tourné, que le petit boiteux lui fit ce geste suprêmement moqueur et insultant, familier aux *gamins* de Paris : geste qui consiste à se frapper la nuque du plat de la main gauche, et à plusieurs reprises, en lançant chaque fois en avant la main droite tout ouverte. Avec une astuce diabolique, ce dangereux enfant venait de surprendre une partie des renseignements qu'il voulait avoir pour servir les sinistres projets de la Chouette et du Maître d'école. Il savait déjà que le corps de logis où il allait coucher n'était habité que par madame Georges, Fleur-de-Marie, une vieille cuisinière et un garçon de ferme. Tortillard, en rentrant dans la chambre qu'il occupait avec le Maître d'école, se garda bien de s'approcher de lui. Ce dernier l'entendit, et lui dit à voix basse.

— D'où viens-tu encore, gredin !

— Vous êtes bien curieux, *sans yeux*...

Oh ! tu vas me payer tout ce que tu m'as fait souffrir et endurer ce soir, enfant de malheur ! — s'écria le Maître d'école ; et il se leva furieux, cherchant Tortillard à tâtons, en s'appuyant aux murailles pour se guider. — Je t'étoufferai, va ! méchante vipère !..

— Pauvre papa... nous sommes donc bien gai, que nous jouons à Colin-Maillard avec notre petit enfant chéri ! — dit Tortillard en ricanant et en échappant le plus facilement du monde aux poursuites du Maître d'école. Celui-ci, d'abord emporté par un mouvement de colère irréfléchi, fut bientôt obligé, comme toujours, de renoncer à atteindre le fils de Bras-Rouge.

Forcé de subir sa persécution effrontée jusqu'au moment où il pourrait se venger sans péril, le brigand, dévorant son courroux impuissant, se jeta sur son lit en blasphémant.

—Pauvre papa... est-ce que tu as une rage de dents... que tu jures comme ça ! Et M. le curé, qu'est-ce qu'il dirait s'il t'entendait ?... il te mettrait en pénitence...

C. SEIGNEURGENS

— Bien ! bien ! — reprit le brigand d'une voix sourde et contrainte après un long silence — raille-moi, abuse de mon malheur... lâche que tu es !... c'est beau, va ! c'est généreux !

— Oh ! c'te balle ! généreux ! Que ça de toupet ! — s'écria Tortillard en éclatant de rire ; — excusez ! . avec ça que vous mettiez des mitaines pour ficher des volées à tout le monde à tort et à travers quand vous n'étiez pas borgne de chaque œil !

— Mais je ne t'ai jamais fait de mal... à toi... Pourquoi me tourmentes-tu ainsi !

— Parce que vous avez dit des sottises à la Chouette d'abord... Et puis monsieur voulait se donner le genre de rester à nous embêter ici, en faisant le câlin avec les paysans... Monsieur voulait peut-être se mettre au lait d'ânesse !

— Gueux que tu es ! si j'avais eu la possibilité de rester à cette ferme...

cette ferme que le tonnerre écrase maintenant ! tu m'en aurais presque empêché avec tes insolences.

— Vous ! rester ici ! en voilà une farce ! Et qu'est-ce qui aurait été la bête de souffrance de *madame la Chouette ?* Moi, peut-être ? Merci, je sors d'en prendre !

— Méchant avorton !

— Avorton ! tiens, raison de plus ; je dis comme *ma tante* la Chouette, il n'y a rien de plus amusant que de vous faire rager à mort, vous qui me tueriez d'un coup de poing... c'est bien plus farce que si vous étiez faible... Vous étiez joliment drôle, allez, ce soir à table... Dieu de Dieu ! quelle comédie je me donnais à moi tout seul... un vrai *pourtour* de la Gaîté ! A chaque coup de pied que je vous allongeais en sourdine, la colère vous portait le sang à la tête et vos yeux blancs devenaient rouges au bord ; il ne leur manquait qu'un petit peu de bleu au milieu ; avec ça ils auraient été tricolores... deux vraies cocardes de sergent de ville, quoi !...

— Allons, voyons, tu aimes à rire, tu es gai... bah... c'est de ton âge ; je ne me fâche pas — dit le Maître d'école d'un ton affectueux et dégagé, espérant apitoyer Tortillard ; — mais au lieu de rester là à me blaguer, tu ferais mieux de te souvenir de ce que t'a dit la Chouette, que tu aimes tant ; tu devrais tout examiner, prendre des empreintes. As-tu entendu ! ils ont parlé d'une grosse somme d'argent qu'ils auront ici lundi... Nous y reviendrions avec les amis et nous ferions un bon coup... Bah ! j'étais bien bête de vouloir rester ici... j'en aurais eu assez au bout de huit jours, de ces bonasses de paysans... n'est-ce pas, mon garçon ? — dit le brigand pour flatter Tortillard.

— En restant ici vous m'auriez fait de la peine, parole d'honneur — dit le fils de Bras-Rouge en ricanant.

— Oui, oui, il y a un bon coup à faire dans cette maison... Et quand même il n'y aurait rien à voler, je reviendrais ici avec la Chouette pour me venger — dit le brigand d'une voix altérée par la fureur et par la haine ; — car c'est, bien sûr, ma femme qui a excité contre moi cet infernal Rodolphe ; et en m'aveuglant ne m'a-t-il pas mis à la merci de tout le monde.... de la Chouette, d'un gamin comme toi... Eh bien ! puisque je ne peux pas me venger sur lui... je me vengerai sur ma femme !... Oui, elle payera pour tous... quand je devrais mettre le feu à cette maison et m'ensevelir moi-même sous ses décombres... Oh ! je voudrais !... je voudrais !...

— Vous voudriez bien la tenir, votre femme, hein, vieux ! Et dire qu'elle est à dix pas de vous... c'est ça qu'est vexant ! Si je voulais, je vous conduirais à la porte de sa chambre... moi... car je sais où elle est, sa chambre... je le sais, je le sais, je le sais ! — ajouta Tortillard en chantonnant selon son habitude.

— Tu sais où est sa chambre ! — s'écria le Maître d'école avec une joie féroce — tu le sais !...

Je vous vois venir — dit Tortillard ; — allons, faites le beau sur vos pattes de derrière, comme un chien à qui on montre un os... Attention, vieux Azor !

39

— Tu sais où est la chambre de ma femme ? — répéta le brigand en se tournant du côté où il entendait la voix de Tortillard.

— Oui, je le sais; et ce qu'il y a de fameux, c'est qu'un seul garçon de ferme couche dans le corps de logis où nous sommes ; je sais où est sa porte, la clef est après : crac! un tour, et il est enfermé... Allons, debout, vieux Azor !

— Qui t'a dit cela ? — s'écria le brigand en se levant involontairement.

— Bien, Azor... A côté de la chambre de votre femme couche une vieille cuisinière... un autre tour de clef, et nous sommes maîtres de la maison, maîtres de votre femme et de la jeune fille à la mante grise que nous venions enlever... Maintenant, la patte, vieux Azor; faites le beau pour ce maître, tout de suite.

— Tu mens, tu mens... Comment saurais-tu cela ?

— Moi boiteux, mais moi pas bête... Tout à l'heure j'ai inventé de dire à ce vieux bibard de laboureur que la nuit vous aviez quelquefois des convulsions, et je lui ai demandé où je pourrais trouver du secours si vous aviez votre attaque... Alors il m'a répondu que, si ça vous prenait, je pourrais éveiller le valet et la cuisinière, et il m'a enseigné où ils couchaient... l'un en bas, l'autre en haut... au premier, à côté de votre femme, votre femme, votre femme !...

— Et Tortillard de répéter son chant monotone. Après un long silence, le Maître d'école lui dit d'une voix calme, avec un air d'effrayante résolution :

— Écoute... j'ai assez de la vie... Tout à l'heure... eh bien ! oui... je l'avoue... j'ai eu une espérance qui me fait maintenant paraître mon sort plus affreux encore... La prison, le bagne, la guillotine, ne sont rien auprès de ce que j'endure depuis ce matin... et cela, j'aurai à l'endurer toujours... Conduismoi à la chambre de ma femme; j'ai là mon couteau... je la tuerai... On me tuera après, ça m'est égal... La haine m'étouffe... Je serai vengé... ça me soulagera... Ce que j'endure, c'est trop, c'est trop ! pour moi devant qui tout tremblait. Tiens, vois-tu... si tu savais ce que je souffre... tu aurais pitié de moi... Depuis un instant il me semble que mon crâne va éclater... mes veines battent à se rompre... mon cerveau s'embarrasse...

— Un rhume de cerveau, vieux ?.. connu... Éternuez... ça le purge... — dit Tortillard en éclatant de rire. — Voulez-vous une prise ?

Et, frappant bruyamment sur le dos de sa main gauche fermée, comme il eût frappé sur le couvercle d'une tabatière, il chantonna :

> J'ai du bon tabac dans ma tabatière ;
> J'ai du bon tabac, tu n'en auras pas.

— Oh ! mon Dieu ! mon Dieu ! ils veulent me rendre fou ! — s'écria le brigand, devenu véritablement presque insensé par une sorte d'éréthisme de vengeance sanguinaire, ardente, implacable, qui cherchait en vain à s'assouvir. L'exubérance des forces de ce monstre ne pouvait être égalée que par leur impuissance à se satisfaire. Qu'on se figure un loup affamé, furieux, hydrophobe, harcelé pendant tout un jour par un enfant à travers les barreaux de sa cage, et sentant à deux pas de lui une victime qui satisferait à la fois et sa faim et sa rage. Au dernier sarcasme de Tortillard, le brigand perdit presque la tête.

À défaut de victime, il voulut, dans sa frénésie, répandre son propre sang... le sang l'étouffait. Un moment il fut décidé à se tuer; il aurait eu à la main un pistolet armé, qu'il n'eût pas hésité. Il fouilla dans sa poche, en tira un long couteau-poignard, l'ouvrit, le leva pour s'en frapper... Mais, si rapides que fussent ces mouvements, la réflexion, la peur, l'instinct vital les devancèrent. Le courage manqua au meurtrier, son bras armé retomba sur ses genoux.....

Tortillard avait suivi ses mouvements d'un œil attentif; lorsqu'il vit le dénoûment inoffensif de cette velléité tragique, il s'écria en ricanant :

— Garçon, un duel!... plumez les canards...

Le Maître d'école, craignant de perdre la raison dans un dernier et inutile éclat de fureur, ne voulut pas, si cela se peut dire, entendre cette nouvelle insulte de Tortillard, qui raillait si insolemment la lâcheté de cet assassin reculant devant le suicide. Désespérant d'échapper à ce qu'il appelait, par une sorte de fatalité vengeresse, la *cruauté* de cet enfant maudit, le brigand voulut tenter un dernier effort en s'adressant à la cupidité du fils de Bras-Rouge.

— Oh! — lui dit-il d'une voix presque suppliante — conduis-moi à la porte de ma femme; tu prendras tout ce que tu voudras dans sa chambre, et puis tu te sauveras; tu me laisseras seul... tu crieras au meurtre, si tu veux! On m'arrêtera, on me tuera sur la place... tant mieux!... je mourrai vengé, puisque je n'ai pas le courage d'en finir... Oh! conduis-moi... conduis-moi; il y a, bien sûr, chez elle de l'or, des bijoux ; je te dis que tu prendras tout... pour toi tout seul... entends-tu!... pour toi tout seul... je ne te demande que de me conduire à la porte, près d'elle...

— Oui... j'entends bien; vous voulez que je vous mène à sa porte... et puis à son lit... et puis que je vous dise où frapper, et puis que je vous guide le bras, n'est-ce pas! Vous voulez enfin me faire servir de manche à votre couteau!... vieux monstre! — reprit Tortillard avec une expression de mépris, de colère et d'horreur qui, pour la première fois de la journée, rendit sérieuse sa figure de fouine, jusqu'alors railleuse et effrontée. — On me tuerait plutôt... entendez-vous... que de me forcer à vous conduire chez votre femme.

— Tu refuses !

Le fils de Bras-Rouge ne répondit rien. Il s'approcha pieds nus et sans être entendu du Maître d'école, qui, assis sur son lit, tenait toujours son grand couteau à la main; puis, avec une adresse et une prestesse merveilleuses, Tortillard lui enleva cette arme et fut d'un bond à l'autre bout de la chambre.

— Mon couteau! mon couteau! — s'écria le brigand en étendant les bras.

— Non, car vous seriez capable de demander demain matin à parler à votre femme et de vous jeter sur elle pour la tuer..... puisque vous avez assez de la vie, comme vous dites, et que vous êtes assez poltron pour ne pas oser vous tuer vous-même...

— Il défend ma femme contre moi maintenant! — s'écria le bandit, dont la pensée commençait à s'obscurcir. — C'est donc le démon que ce petit monstre? Où suis-je? pourquoi la défend-il!

— Pour te faire bisquer... — dit Tortillard ; et sa physionomie reprit son masque d'impudente raillerie.

— Ah ! c'est comme ça ! — murmura le Maître d'école dans un complet égarement — eh bien ! je vais mettre le feu à la maison !... nous brûlerons tous !... tous... j'aime mieux cette fournaise-là que l'autre... La chandelle... la chandelle...

— Ah ! ah ! ah ! — s'écria Tortillard en éclatant de rire de nouveau — si on ne t'avait pas soufflé ta chandelle... à toi... et pour toujours... tu verrais que la nôtre est éteinte depuis une heure...

Et Tortillard de chantonner :

Ma chandelle est morte,
Je n'ai plus de feu...

Le Maître d'école poussa un sourd gémissement, étendit les bras et tomba de toute sa hauteur sur le carreau, la face contre terre, frappé d'un coup de sang ; il resta sans mouvement.

— Connu, vieux !... — dit Tortillard ; — c'est une frime pour me faire venir auprès de toi et pour me ficher une ratapiole... Quand tu auras assez fait la planche sur le carreau, tu te relèveras.

Et le fils de Bras-Rouge, décidé à ne pas s'endormir, de crainte d'être surpris à tâtons par le Maître d'école, resta assis sur sa chaise, les yeux attentivement fixés sur le brigand, persuadé que celui-ci lui tendait un piége, et ne le croyant nullement en danger. Pour s'occuper agréablement, Tortillard tira mystérieusement de sa poche une petite bourse de soie rouge, et compta lentement et avec des regards de convoitise et de jubilation dix-sept pièces d'or qu'elle contenait. Voici la source des richesses mal acquises de Tortillard : On se souvient que madame d'Harville allait être surprise par son mari lors du fatal rendez-vous qu'elle avait accordé au commandant. Rodolphe, en donnant une bourse à la jeune femme, lui avait dit de monter au cinquième étage chez les Morel, sous le prétexte de leur apporter des secours. Madame d'Harville gravissait rapidement l'escalier, tenant la bourse à la main, lorsque Tortillard, descendant de chez le charlatan, guigna la bourse de l'œil, fit semblant de tomber en passant auprès de la marquise, la heurta, et, dans le choc, lui enleva subtilement la bourse. Madame d'Harville, éperdue, entendant les pas de son mari, s'était hâtée d'arriver au cinquième, sans penser à se plaindre du vol audacieux du petit boiteux. Après avoir compté et recompté son or, Tortillard jeta les yeux sur le Maître d'école toujours étendu par terre... Un moment inquiet, il prêta l'oreille, il entendit le brigand respirer librement : il crut qu'il prolongeait indéfiniment sa ruse.

— Toujours du même, donc, vieux ! — lui dit-il.

Un hasard avait sauvé le Maître d'école d'une congestion cérébrale sans doute mortelle. Sa chute avait occasionné un salutaire et abondant saignement de nez. Il tomba ensuite dans une sorte de torpeur fiévreuse, moitié sommeil, moitié délire ; et il fit alors ce rêve étrange ! ce rêve épouvantable !...

TORTILLARD.

CHAPITRE XXXIII.

Tel est le rêve du Maître d'école

Il revoit Rodolphe dans la maison de l'allée des Veuves. Rien n'est changé dans le salon où le brigand a subi son horrible supplice. Rodolphe est assis derrière la table où se trouvent les papiers du Maître d'école et le petit saint-esprit de lapis qu'il a donné à la Chouette.

La figure de Rodolphe est grave, triste.

A sa droite le nègre David, impassible, silencieux, se tient debout; à sa gauche est le Chourineur, il regarde cette scène d'un air épouvanté.

Dans ce rêve, le Maître d'école n'est plus aveugle, mais il voit à travers un sang limpide qui remplit la cavité de ses orbites. Tous les objets lui paraissent colorés d'une teinte rouge.

Ainsi que les oiseaux de proie planent immobiles dans les airs au-dessus de la victime qu'ils fascinent avant de la dévorer, une chouette monstrueuse, ayant pour tête le hideux visage de la borgnesse, plane au-dessus du Maître d'école... Elle attache incessamment sur lui un œil rond, flamboyant, verdâtre.

Ce regard continu pèse sur sa poitrine d'un poids immense.

De même qu'en s'habituant à l'obscurité on finit par y distinguer des objets d'abord imperceptibles, le Maître d'école s'aperçoit qu'un immense lac de sang le sépare de la table où siége Rodolphe. Mais bientôt ce juge inflexible prend peu à peu, ainsi que le Chourineur et le nègre, des proportions colossales... Ces trois fantômes atteignent en grandissant les frises du plafond, qui s'élèvent à mesure.

Le lac de sang est calme, uni comme un miroir rouge. Le Maître d'école voit s'y refléter sa hideuse image. Puis bientôt elle s'efface sous le bouillonnement des flots qui s'enflent. De leur surface agitée s'élève comme l'exhalaison fétide d'un marécage, un brouillard livide de cette couleur violâtre particulière aux lèvres des trépassés. Et, à mesure que ce brouillard monte, monte... les figures de Rodolphe, du Chourineur et du nègre continuent de grandir, de grandir d'une manière incommensurable, et dominent toujours cette vapeur sinistre.

Au milieu de cette vapeur, le Maître d'école voit apparaître des spectres pâles, des scènes meurtrières dont il est l'acteur...

Dans ce fantastique mirage il voit d'abord un petit vieillard chauve, vêtu

d'une redingote brune et portant un garde-vue de soie verte; il est occupé,
dans une chambre délabrée, à compter et à ranger des piles de pièces d'or, à
la lueur d'une lampe... Au travers de la fenêtre éclairée par une lune blafarde,
qui blanchit la cime de quelques grands arbres agités par le vent, le Maître
d'école se voit lui-même en dehors... collant à la vitre son horrible visage... et
suivant les moindres mouvements du petit vieillard avec des yeux flamboyants...
puis, brisant un carreau, il ouvre la croisée, saute d'un bond sur sa victime,
et lui enfonce un long couteau entre les deux épaules.

L'action est si rapide, le coup si prompt, si sûr, que le cadavre du vieillard
reste assis sur la chaise...

Le meurtrier veut retirer son couteau... de ce corps mort... Il ne le peut pas...
Il redouble d'efforts... Ils sont vains.

Il veut alors abandonner son couteau... Impossible !!!

La main de l'assassin tient au manche du poignard, comme la lame du poignard tient au cadavre de l'assassiné...

Le meurtrier entend alors résonner des éperons et retentir des sabres sur les
dalles d'une pièce voisine... Pour s'échapper à tout prix, il veut emporter avec
lui le corps chétif du vieillard, dont il ne peut détacher ni son couteau ni sa
main...

Il ne peut y parvenir... Ce frêle petit cadavre pèse comme une masse de
plomb... Malgré ses épaules d'hercule, malgré ses efforts désespérés, le Maître
d'école ne peut même soulever ce poids énorme.

Le bruit de pas retentissants et de sabres traînants se rapproche de plus en plus...

La clef tourne dans la serrure. La porte s'ouvre...

La vision disparaît...

Et alors la chouette bat des ailes en criant :

—C'est le vieux Richard de la rue du Roule... ta virginité d'assassin... d'assassin... d'assassin !...

Un moment obscurcie, la vapeur qui couvre le lac de sang redevient transparente, et laisse apercevoir un autre spectre...

Le jour commence à poindre, le brouillard est épais et sombre... un homme, vêtu comme le sont les marchands de bestiaux, est étendu mort sur la berge d'un grand chemin. La terre foulée, le gazon arraché prouvent que la victime a fait une résistance désespérée... Cet homme a cinq blessures saignantes à la poitrine... Il est mort, et pourtant il siffle ses chiens, il appelle à son secours en criant : *A moi !... à moi !...*

Mais il siffle, mais il appelle par ses cinq larges plaies dont les bords béants... s'agitent comme des lèvres qui parlent... Ces cinq appels, ces cinq sifflements simultanés, sortant de ce cadavre par la *bouche* de ses blessures saignantes, sont effrayants à entendre...

A ce moment la chouette agite ses ailes, et parodie les gémissements funèbres de la victime en poussant cinq éclats de rire, mais d'un rire strident, farouche comme le rire des fous ; puis elle s'écrie :

—Le marchand de bœufs de Poissy... assassin !... assassin !... assassin !...

Des échos souterrains prolongés répètent d'abord très-haut les rires sinistres de la chouette, puis ils semblent aller se perdre dans les entrailles de la terre.

A ce bruit, deux grands chiens noirs comme l'ébène, aux yeux étincelants comme des tisons, commencent à tourner... à tourner... rapidement autour du Maître d'école en aboyant avec furie... Ils le touchent presque, et cependant leurs abois sont si lointains qu'ils paraissent apportés par le vent du matin.

Peu à peu les spectres pâlissent, s'effacent comme des ombres, et disparaissent dans la vapeur livide qui monte toujours.

Une nouvelle exhalaison couvre la surface du lac de sang et s'y superpose.

C'est une sorte de brume verdâtre, transparente; on dirait la coupe verticale d'un canal rempli d'eau.

D'abord on voit le lit du canal recouvert d'une vase épaisse composée d'innombrables reptiles ordinairement imperceptibles à l'œil, mais qui, grossis comme si on les voyait au microscope, prennent des aspects monstrueux, des proportions énormes relativement à leur grosseur réelle. Ce n'est plus de la bourbe, c'est une masse compacte, vivante, grouillante, un enchevêtrement inextricable qui fourmille et pullule, si pressé, si serré, qu'une sourde et imperceptible ondulation soulève à peine le niveau de cette vase ou plutôt de ce banc d'animaux impurs. Au-dessus coule lentement, lentement, une eau fangeuse, épaisse, morte, qui charrie dans son cours pesant les immondices incessamment vomis par les égouts d'une grande ville, des débris de toutes sortes, des cadavres d'animaux...

Tout à coup le Maître d'école entend le bruit d'un corps qui tombe lourdement à l'eau. Dans son brusque reflux, cette eau lui jaillit au visage...

A travers une foule de bulles d'air qui remontent à la surface du canal, il voit s'y engouffrer rapidement une femme qui se débat... qui se débat...

Et il se voit, lui et la Chouette, se sauver précipitamment des bords du canal Saint-Martin, en emportant une caisse enveloppée de toile noire. Néanmoins il assiste à toutes les phases de l'agonie de la victime que lui et la Chouette viennent de jeter dans le canal.

Après cette première immersion, la victime remonte à fleur d'eau et agite précipitamment ses bras, comme quelqu'un qui, ne sachant pas nager, essaie en vain de se sauver... Puis elle pousse un grand cri... Ce cri extrême, désespéré, se termine par le bruit sourd, saccadé, d'une ingurgitation involontaire... et la femme redescend une seconde fois au-dessous de l'eau.

La chouette, qui plane toujours immobile, parodie le râle convulsif de la noyée, comme elle a parodié les gémissements du marchand de bestiaux.

Au milieu d'éclats de rire funèbres, la chouette répète :

— Glou... glou... glou...

Les échos souterrains redisent ses cris.

Submergée une seconde fois, la femme suffoque et fait malgré elle un violent mouvement d'aspiration; mais, au lieu d'air, c'est encore de l'eau qu'elle aspire... Alors sa tête se renverse en arrière, son visage contracté s'injecte et bleuit, son cou devient livide et gonflé, ses bras se roidissent, et, dans une dernière convulsion, la noyée agonisante agite ses pieds qui reposaient sur la vase.

Elle est alors entourée d'un nuage de bourbe noirâtre qui remonte avec elle à la surface de l'eau. A peine la noyée exhale-t-elle son dernier souffle, qu'elle est déjà couverte d'une myriade de reptiles microscopiques, vorace et horrible vermine de la bourbe... Le cadavre reste un moment à flot, oscille encore quelque peu, puis s'abîme lentement, horizontalement, les pieds plus bas que la tête; et commence à suivre entre deux eaux le courant du canal... Quelquefois le cadavre tourne sur lui-même, et son visage se trouve en face du Maître d'école; alors le spectre le regarde fixement de ses deux gros yeux glauques, vitreux, opaques... ses lèvres violettes s'agitent... Le Maître d'école est loin de la noyée, et pourtant elle lui murmure à l'oreille... *Glou... glou... glou...* en accompagnant ces mots bizarres du bruit singulier que fait un flacon submergé en se remplissant d'eau.

La chouette répète *Glou... glou... glou...* en agitant ses ailes, et s'écrie:

— LA FEMME DU CANAL SAINT-MARTIN!... ASSASSIN!... ASSASSIN!... ASSASSIN!....... La vision de la noyée disparaît.

Le lac de sang, au delà duquel le Maître d'école voit toujours Rodolphe, devient d'un noir bronzé; puis il rougit et se change bientôt en une fournaise liquide telle que du métal en fusion; puis ce lac de feu s'élève, monte... monte... vers le ciel ainsi qu'une trombe immense.

Bientôt c'est un horizon incandescent comme du fer chauffé à blanc... Cet horizon immense, infini, éblouit et brûle à la fois les regards du Maître d'école; cloué à sa place, il ne peut en détourner la vue... Alors sur ce fond de lave ardente, dont la réverbération le dévore, il voit lentement passer et repasser un à un les spectres noirs et gigantesques de ses victimes...

— LA LANTERNE MAGIQUE DU REMORDS !.. DU REMORDS !.. DU REMORDS !.. —
s'écrie la chouette, en battant des ailes et en riant aux éclats.

Malgré les douleurs intolérables que lui cause cette contemplation incessante, le Maître d'école a toujours les yeux attachés sur les spectres qui se
meuvent dans la nappe enflammée... Il éprouve alors quelque chose d'épouvantable... Passant par tous les degrés d'une torture sans nom, à force de regarder ce foyer torréfiant, il sent ses prunelles, qui ont remplacé le sang dont
ses orbites étaient remplies dans le commencement de son rêve; il sent ses prunelles devenir chaudes, brûlantes, se fondre à cette fournaise, fumer, bouillonner,
et enfin se calciner dans leurs cavités comme dans deux creusets de fer rouge.

Par une effroyable faculté, après avoir *vu* autant que senti les transforma-
tions successives de ses prunelles en cendres, il retombe dans les ténèbres de
sa première cécité.

Mais voilà que tout à coup ses douleurs intolérables s'apaisent par enchan-
tement. Un souffle aromatique d'une fraîcheur délicieuse a passé sur ses orbites
brûlantes encore. Ce souffle est un suave mélange des senteurs printanières
qu'exhalent les fleurs champêtres baignées d'une humide rosée. Le Maître
d'école entend autour de lui un bruissement léger comme celui de la brise qui
se joue dans le feuillage, comme celui d'une source d'eau vive qui ruisselle et
murmure sur son lit de cailloux et de mousse... Des milliers d'oiseaux gazouillent
de temps à autre les plus mélodieuses fantaisies; s'ils se taisent, des voix
enfantines, d'une angélique pureté, chantent des paroles étranges, inconnues,
des paroles pour ainsi dire ailées, que le Maître d'école entend monter aux
cieux avec un léger frémissement... Un sentiment de bien-être moral, d'une
mollesse, d'une langueur indéfinissables, s'empare peu à peu de lui... C'est un
épanouissement de cœur, un ravissement d'esprit, rayonnement d'âme dont
aucune impression physique, si enivrante qu'elle soit, ne saurait donner une
idée! Il se sent doucement planer dans une sphère éthérée; il lui semble qu'il
s'élève à une distance incommensurable.

Après avoir goûté quelques moments cette félicité sans nom, il se retrouve
dans le ténébreux abîme de ses pensées habituelles. Son rêve continue, mais il
n'est plus que le brigand musclé qui blasphème et se damne dans des accès de
fureur impuissante.

Une voix retentit, sonore, solennelle.

C'est la voix de Rodolphe !

Le Maître d'école frémit épouvanté; il a vaguement la conscience de rêver,
mais l'effroi que lui inspire Rodolphe est si formidable, qu'il fait, mais en vain,
tous ses efforts pour échapper à cette nouvelle vision.

La voix parle... il écoute...

L'accent de Rodolphe n'est pas courroucé; il est rempli de tristesse, de
compassion.

— Pauvre misérable — dit-il au Maître d'école — l'heure du repentir n'a pas encore sonné pour vous... Dieu seul sait quand elle sonnera... La punition de vos crimes est incomplète encore... Vous avez souffert, vous n'avez pas expié; la destinée poursuit son œuvre de haute justice... Vos complices sont devenus vos tourmenteurs; une femme, un enfant vous domptent, vous torturent... En vous infligeant un châtiment terrible contre vos crimes, je vous l'avais dit... rappelez-vous mes paroles : *Tu as criminellement abusé de ta force; je paralyserai ta force... — Les plus vigoureux, les plus féroces tremblaient devant toi; tu trembleras devant les plus faibles...* Vous avez quitté l'obscure retraite où vous pouviez vivre pour le repentir et pour l'expiation... Vous avez eu peur du silence et de la solitude... Vous avez voulu vous étourdir par de nouveaux forfaits... Tout à l'heure, dans un épouvantable et sanguinaire éréthisme, vous avez voulu tuer votre femme; elle est là, sous le même toit que vous; elle dort sans défense; vous avez un couteau, sa chambre est à deux pas; aucun obstacle ne vous empêche d'arriver jusqu'à elle; rien ne peut la soustraire à votre rage : rien que votre impuissance... Le rêve de tout à l'heure, celui que maintenant vous rêvez, vous pourraient être d'un grand enseignement, ils pourraient vous sauver... Les images mystérieuses de ce songe ont un sens profond... Le lac de sang où vous sont apparues vos victimes... c'est le sang que vous avez versé... La lave ardente qui l'a remplacé... c'est le remords dévorant qui aurait dû vous consumer, afin qu'un jour Dieu, prenant en pitié vos longues tortures, vous appelât à lui... et vous fît goûter les douceurs ineffables du pardon. Mais il n'en sera pas ainsi... Non, non! ces avertissements seront inutiles. . loin de vous repentir, vous regretterez chaque jour, avec d'horribles blasphèmes, le temps où vous commettiez vos crimes... Hélas! de cette lutte continuelle entre vos ardeurs sanguinaires et l'impossibilité de les satisfaire, entre vos habitudes d'oppression féroce et la nécessité de vous soumettre à des êtres aussi faibles que cruels, il résultera pour vous un sort si affreux .. si horrible!... Oh! pauvre misérable!

Et la voix de Rodolphe s'altéra. Il se tut un moment, comme si l'émotion et l'effroi l'eussent empêché de continuer...

Le Maître d'école sentit ses cheveux se hérisser sur son front...

Quel était donc ce sort... qui apitoyait même son bourreau!..,

— Le sort qui vous attend est si épouvantable — reprit Rodolphe — que Dieu, dans sa vengeance inexorable et toute-puissante, voudrait vous faire expier à vous seul les crimes de tous les hommes, qu'il n'imaginerait pas un supplice plus effrayant!... Malheur à vous... malheur à vous!...

A ce moment, le Maître d'école jeta un cri perçant et s'éveilla en sursaut de ce rêve horrible.

FIN DE LA PREMIÈRE PARTIE.

TABLE DES CHAPITRES

DE LA PREMIÈRE PARTIE.

FIN DE LA TABLE DE LA PREMIÈRE PARTIE.

AVIS AU RELIEUR

POUR LE CLASSEMENT DES GRAVURES DE LA PREMIÈRE PARTIE.

—◦◦◦—

N. B. — La planche de Louise Morel, donnée avec la huitième livraison, appartient au deuxième volume.

—◦◦◦—

PARIS, IMPRIMÉ PAR BÉTHUNE ET PLON.